痛并快乐着

白岩松 著

长江出版传媒

长江文艺出版社

图书在版编目（CIP）数据

痛并快乐着：新版 / 白岩松 著 .-- 武汉：长江文艺出版社，2016.4（2019.12 重印）
ISBN 978-7-5354-8716-2

I. ①痛… II. ①白… III. ①随笔—作品集—中国—当代 IV. ① I267.1

中国版本图书馆 CIP 数据核字（2016）第 060902 号

痛并快乐着

白岩松　著

选题产品策划生产机构 | 北京长江新世纪文化传媒有限公司
总 策 划 | 金丽红　黎　波
责任编辑 | 陈　曦　　　　装帧设计 | 郭　璐　　　　责任印制 | 张志杰　王会利
助理编辑 | 杨翠翠　　　　内文制作 | 张景莹　　　　媒体运营 | 刘　冲　刘　峥　洪振宇
总 发 行 | 北京长江新世纪文化传媒有限公司
电　　话 | 010-58678881　　　　　传　　真 | 010-58677346
地　　址 | 北京市朝阳区曙光西里甲 6 号时间国际大厦 A 座 1905 室　　　邮　　编 | 100028

出　　版 | 长江出版传媒　　长江文艺出版社
地　　址 | 湖北省武汉市雄楚大街 268 号湖北出版文化城 B 座 9-11 楼　　邮　　编 | 430070
印　　刷 | 三河市百盛印装有限公司
开　　本 | 710 毫米 ×1000 毫米　1/16　　　　　印　　张 | 18.75
版　　次 | 2016 年 4 月第 1 版　　　　　　　　　印　　次 | 2019 年 12 月第 13 次印刷
字　　数 | 280 千字
定　　价 | 39.80 元
盗版必究（举报电话：010-58678881）
（图书如出现印装质量问题，请与选题产品策划生产机构联系调换）

▲ 看到朱总理写完"舆论监督"四个字后，又写下了"群众喉舌"这四个震动人心的大字，我激动地鼓起掌来，于是，演播室内掌声一片。朱总理笑着回过头来对我说：没完，还有呢！于是我们又看到了"政府镜鉴，改革尖兵"八个字。这张照片就拍于第一次掌声将起的那一瞬间。

▲ 在庐山的悬崖上，突出一块巨石，上面竟长出一棵松树，这成了庐山一景，人称石松，而这一景也正是我名字的由来。当年我拍完这张照片，被工作人员叫到一边，由于这一景游客不得下去拍照，因此我违章，被罚款五元。在当时，这对我是大数目。

▲ 在纽约自由女神像前，我手里拿着万宝路烟盒，高举一根烟来个模仿秀。如此调侃自由女神似乎有些不敬，但现如今，在很多人心里，民主与自由的概念是不是变成了以万宝路香烟为代表的物质诱惑呢？

▲ 正在吃饭的是国医关幼波，给别人治了一辈子的病，现在常替我们这些所谓的现代人担心，因为关老认为，现代人的生活方式毁健康的多。于是，我们该相互提醒，"1"是健康，婚姻、事业、金钱就是后面一个又一个"0"；健康这个"1"在的时候，后面的"0"越多，你的人生越丰富；而前面这个健康的"1"一旦不在了，你后面的"0"再多，人生也只是一个"0"。

▲ 直到今天，看着屏幕上的自己，我仍有一种陌生感，做得不多却得到虚名很多，这是电视送给我的恩惠，让我一直不安。因此我必须告诉自己：背靠着大树，自己却并不是大树。同时还得提醒自己，在屏幕上说很多无价值的废话，无异于谋财害命。

▲ 直播一结束，敬大姐、老方我们仨就上了"炕"，这是一种放松状态的延续，也许还是一种开始。

▲ 这张照片拍于1999年11月16日上午，采访龙永图的时候，李副台长（右二）和新闻评论部主任袁正明（右一）一直待在演播室。龙永图临走时，副台长送他的一幅小画意味深长：马到成功。

▲ 三十岁的时候，我成了父亲，又过三十年，我六十，他三十。那个时候，他拥有的快乐会不会更多，痛苦会不会很少呢？答案取决于未来的三十年中，我们将如何行走。

目录 CONTENTS

地平线断想（代序）

文 / 白岩松

一

有很多事情，在想象中发生的时候，神圣无比，而当真实的发生到来的时候，人们却失望地发现，它并不如想象中的神奇与壮观。

新千年的来临就是如此。世界各地的人们，很早之前就为这一天的到来设计了各种场面。于是，我们这些人也一直用倒计时的心态来等待着这一天的这一刻。幻想中，是有些激动的，毕竟告别的是一个世纪和一个"1"字头的千年。

但很快我们就发现，这所谓的神奇时刻，更像是商家和传媒联手策划的卖点，在普通人心中，这一夜和平时也许并没什么不同。

不过，我是新闻人，因此即使那一夜自己想睡觉，工作也不允许我这样做，我注定要打起精神迎接新千年。当 1999 年 12 月 31 日 24 时，那意味着新的一个千年开始的钟声敲响，我来不及激动和感慨万千，身边的直播正在进行，下一个环节就要开始。于是，在这被很多人认为神圣一刻的时间里，我心如止水，在工作中敬业地扮演着螺丝钉的角色，然后几个小时飞快地过去。新千年第一天的凌晨，工作结束了，我出奇地困，于是倒头便睡，忘了这是一个崭新的开始。

二

但新的千年毕竟来了。

在此之前，我们都像一个爬山的旅人，走过的路程陡峭无比，理想、鲜血、生命、眼泪铺就的登山之路异常艰苦。最初的情形我们已无从知晓，因为我们是后半程上的路。走过一段之后，这一个百年和千年的山顶就在我们的眼前。于是，我们相互鼓励着，加油，还有十年，加油，还有九年，加油……五年、三年、一年，在倒计时的牵引下，我们互相搀扶着走上千年和百年的山顶。

原本以为这山顶是一个可以休息的地方，上来了才发现：这不过是一个新的地平线，前方还有一个又一个山顶，中间雾气迷蒙，路是怎样的，我们无从知晓，而且我们也都悲观地知道，下一个山顶，我们这些地平线上的人大都看不到了，不管那山顶是怎样的美丽或凄凉，都是后人眼中的风景。可这并不意味着我们会停下脚步，地平线从来只用作出发，于是我们只能简单回头看看，然后掸掸灰尘，又该上路了。

三

不停地有人在说：我们真是幸运，因为赶上了千载难逢的千年之交和很多人没经历过的世纪之交。

我似乎一直都不敢同意这样的幸运观。

千年太过漫长，我们这些人怕是没有权利回顾也没有权利去感慨万千的，但面对一个百年，谈论一下的资格似乎勉强还有。于是，我觉得，人走在世纪的中间，浑浑噩噩，迷迷茫茫，也就罢了，可赶上世纪之交，就似乎必然要回头看看，清点清点路程，计算计算得失，这一回头不要紧，竟在百年的路上，查看出我们那么多的创痛、伤口、眼泪，还有贫穷、遭受的屈辱、走错路的遗憾、同胞间因战争或"革命"的互相争斗。

回望中的画面当然是触目惊心的。

然后才开始庆幸：这一个百年毕竟过去，那不堪回首的画面也就在新世纪钟声敲响的时候悄悄合上了。记忆可以掩盖，但回首时心中的那份疼痛却会在新世纪的路上隐隐地持续很久。

这难道就是正逢世纪之交的"幸运"？

四

在一次不经意的聆听中，发现了台湾歌手齐豫的一首歌，名字叫"觉"。

上中学的时候，我们在课本中都学过林觉民的《与妻书》，作为推翻旧制度的英雄，林觉民何等壮烈，在就义之前，仍能给妻子留下一封大义凛然并流传后世的遗书。

然后我们就都记住了死去的林觉民，忘记了那还活着的林觉民的妻。林觉民就义之后，她又过着怎样的生活呢？

齐豫的这首《觉》，就是站在林觉民妻子的角度上，唱给林觉民听的歌。当然，真正聆听这首歌的只能是我们这些只记住林觉民却忘记了他妻子的人们。

"爱，不再开始，却只能停在开始，把缱绻了一时当作被爱了一世……谁给你选择的权利，让你就这样的离去，谁把我无止境的付出都化成纸上的一个名字，如今，当我寂寞那么真，我还是得相信，刹那即永恒。"

歌唱完了，听者半天都回不过神来，在这一个过去的世纪中，以革命的名义，一个又一个儿子、丈夫、父亲战死疆场或其他的什么地方，然后在各种典籍中，我们都一次又一次默念着他们的名字。但是，他们的妻子、母亲又是怎样在人们的忽略中度过余生的呢？

五

那么远的事，我还是觉得没资格谈，我只是从一个儿子和丈夫的角度，替过去世纪中很多的母亲和妻子忧伤一下罢了。再大的苦难，都已经过去，那些妻子和母亲也大都追寻丈夫和儿子的踪影，到另一个世界团圆去了。因此今天的我们再给予怎样多的同情，都有点儿马后炮的意思，所以，写到这儿，也只能是愣了愣神，不过更多是为了以后的妻子和母亲。

六

关于母亲的话题本该结束，可是由于"革命"或叫"运动"在中国延续了很久，所以连我这个三十多岁的年轻人都开始有权谈一件自己亲身经历过的和母亲有关的话题。

1978 年，我从东北的海拉尔去遥远的内蒙古西部的集宁市为我的父亲开追悼会。

到了集宁市，很多母亲过去的同事见到我，表情都有些怪异，一口一个小萝卜头叫着，让我多少有些惊慌。

后来听母亲讲才知道，由于"文化大革命"中，父母都被打成"内人党"，因此，我刚生下两个月，便开始随父母住进牛棚。每到晚上，我便啼哭不止，我在这边一哭，父母的牛棚难友们就在另外的一些屋子里哭，小萝卜头的称呼便由大人们脱口而出。

知道我有这样经历的人，都会同情地送给我一句：小时候够苦的。

我似乎不以为然，年幼无知时，经历的苦难再大都不该称其为苦，因为自己浑然不觉，甚至在记忆中连一些痕迹都没有。那时真正苦的应该是大人。

我一直在想，在那样年代的每一个牛棚里的晚上，当我不知趣的哭泣引起大人们落泪的时候，我母亲心中该是怎样的绝望呢？

而在中国，这样的母亲又有很多很多，事隔很久，她们还需要安慰吗？如果需要，我们又该用什么样的方式安慰她们呢？

七

新世纪的到来，把这一切记忆都悄悄地合上了，站在地平线上的人们，当然更多的时间，是把视线投向前方。

这绝不是一个可以忘记过去的崭新开始，甚至可以说，不好好回头，是不能走好前路的。对于我这个三十多岁的新闻人来说，没有资格谈论很久以前的事，刚才说的一些更久远的事，就当是童言无忌，因为在我的身上，真正可以动笔的记忆只能从1989年开始。

那一年，我从校园中走出，对于每一届毕业生来讲，这转变都意味着一种挑战和兴奋，但那一年，我们很多人没有。

这个国家正在经历震荡，短时间，没人看得清前方，于是，我们也只好在社会的大船上随之起起伏伏。

不管当时怎样年轻，可我的角色已经是新闻人；不管周围怎样乐观或绝望，这都不是一个可以独善其身的职业。于是，我不得不在这十年中，努力睁大眼睛，在痛苦与快乐交织的心情中，同这个国家一起朝前走。

八

记得很清楚，1989年春节刚过，我便急匆匆地从家中逃出来，跑回学校，和约好的大学同学共同花天酒地。那个时候，家是束缚，社会这个外面的世界才是我们演出的舞台，在家里多待一天，连呼吸都会觉得沉闷。

1999年春节，我在妻子的家江苏镇江过节，那一个春节，我过得清净，名山名寺走走，清茶一杯，闲谈少许，日子在舒坦中一转眼就过去了。终于到了要从家中离开，回北京去开始新工作的时候，可就在这时，我却忽然像小学生不愿意上学一样，为这一长段家居生活的结束而闷闷不乐起来。其实，这个时候，我逃避的并不是北京也并不是工作，而是在这座城市和这种工作中必有的挣扎、竞争、苦闷和心灵的劳累。

从二十一岁想尽早离家，到三十一岁多少有些厌倦外面的世界，变化的时间只用了十年，这个时候，才真正听懂了十年前的那首歌：外面的世界很精彩，外面的世界很无奈。

九

一定有人问我，你的这本书为什么叫"痛并快乐着"？

首先要声明，这五个字的组合并不是我的独创，它来自齐秦一张专辑的名字。

1989 年，我们是在崔健和齐秦的歌声中离开校园的，崔健意味着我们面对社会，齐秦告诉我们独对心灵。对于我们这一大批人来说，"齐秦"这两个字已不是一个歌手的名字，而变成了一种记忆的开关。在齐秦的歌曲中，他有很多精彩的创作，都深深地打动过我们，歌词或旋律总是容易和我们亲近。在他的一系列专辑之中，《痛并快乐着》并不特别出色，我听过这一张专辑之后，留下最深印象的已不是哪首歌哪一段旋律，而恰恰是这张专辑的名字：痛并快乐着。

开始动笔写这本书的时候，我想过很多名字，但突然从某一天起，"痛并快乐着"这五个字就在我的脑海中固执地停留，挥之不去。同时非常奇怪的是，真是应了"名不正言不顺"这句老话，自从我默认了这五个字为书名以后，手中的笔开始变得顺畅，我明白：这五个字正是我手下文字的首领，它们快乐地相遇了。

十

回首过去十年，仔细查看我们每一个人的心路历程，你都会轻易地发现，痛苦与快乐紧密地纠缠在一起。

每一步走得都那么不容易，有时甚至有点儿坚持不下去的感觉，痛苦自然会在这样的过程中出现。然而坚持住了，痛苦过去，无论国家、民族还是个人，事业又向前迈出了一步，快乐就在我们回首的时候，在看到一条前进轨迹的时候出现了。

改革的车轮飞快地旋转着，经济数字转动的同时，还有我们的心情随之转动，"平静"二字已经变得有些奢侈，而在不平静的转动中，一会儿经历痛苦，一会儿感受快乐，每一个中国人都不得不让自己的心灵坐上了上下颠簸的过山车。

不过，好在痛苦与快乐是紧密纠缠着，如果只有痛苦而没有快乐与希望，那走不了几步，人们就会在黑暗中陷入绝望，从此拒绝前行；而生活中只有快乐没有痛苦，那除了在傻子的头脑里恐怕就只能是在希望中的未来。

痛苦与快乐在心中此起彼伏，恐怕将是几代中国人的心灵宿命，只要每次回首时，都能快乐地看到中国和我们每个人向前的脚步，那走每一步时的痛苦也就好忍受多了。

其实我们别无选择。

十一

在这痛苦与快乐交织的岁月里，作为一名新闻人，我走过十年路程。同大家一样，在新闻的舞台上走每一步都需要坚持，绝望的感觉不时出现，但也都过去了。赶路之后，猛一回头看，自己和身边很多人笑了，我们清晰地看到那些前进的脚印。于是我们时常乐观一下，虽然今日的局面还远远没有达到圆满，但同过去相比进步这么大，已是让人快乐的结果。

就在这种时常出现的乐观中，在自以为是的成就感里，有一天，我们被人当头棒喝。

1998年冬，我们《东方之子》栏目要拍摄一位学者，这位学者也是我们早在字里行间熟悉了的。由于他身上强烈的自省精神和批判意识，使得他在众多唯唯诺诺的声音中显得卓尔不凡，自然成了他身边学子们喜爱的人，当然也被我们尊敬，于是，将他请进我们的栏目成了一个美好的愿望。

一切顺利，我们开始跟踪拍摄。有一天，拍他为大学生们进行的演讲。教室里人很多，空气中弥漫着自由的气息，讲着讲着，这位学者对学子说了这样一段话："我过去是学新闻出身的，但我耻于与新闻为伍……"

话音落了，人群中有些兴奋，然而这句话却像子弹一样击中了我们。

我理解学者话中的含意，也许是过去特殊年代给他的黑暗意识太重，因此他没有看到今日的新闻界正在艰难但却执著地向前变革。因此，被学者犀利的言语子弹击中，我首先感受的是一种疼，不过疼痛过后，我也特别想告诉这位学者，假如讽刺、愤怒、偏激可以解决中国所有的问题，我一定选择以骂人为职业。但是，激愤在中国于事无补，只有坚韧的改变才是理想中国诞生的良方，哪怕在这种坚韧之中，你会有委屈甚至会有屈辱。

我依然敬重这位学者，因为敢于说真话是思想者的必备美德，但请他也能在同行者的队伍中，慢慢把新闻人列入其中，只有队伍壮大了，改变才会快一些，中国也才会尽早全新。

十二

采访中，总能听到一些至理名言，比如在采访一位部长的时候，他就讲起过一位老人给他的上岗赠言，三个字："不要急！"

据这位部长说，以前，年轻气盛，很多事情落实不到位，理想不能很快变成现实，心里就急，就气愤，但慢慢终于明白，很多事情都有个曲折反复的过程，非得锲而不舍非得有耐心才成。于是，"不要急"就成为他心中的警句。

我想，这三个字也该送给所有关心中国前途的人们。不要急不是不思进取，而是思进取的时候耐得住一时的反复或原地踱步；不要急不是内心真的不着急，看看中国的曲折之路，看看我们落后于别人的那些数字，不急是假的。而不要急正是在这种现实前面，不再梦想着一夜之间什么都马上改变，对于中国这样一个国家来说，这份着急的结果只能是让这个易变的国家走向众人理想的反面，这是最可怕的结局。因此，不要急，就是能耐下性子来，通过渐进式的变革推动着中国一步一步结实地向前走，只要一直向前，哪怕路上仍有很多艰难险阻，中国的明天依然是我们梦想中的中国。

方向是比速度更重要的追求。

十三

新千年到来的钟声敲过也还只是短短的时间，相信我们绝大多数人站在地平线上，多少还有些手足无措，内心会忐忑不安，没人会知道前路会是怎样。

上一个世纪，中国人是用泪水稀释着欢笑走过来的，因此，站在新世纪的地平线上，我们有理由在新的百年中获取更多，梦想更多。

一代又一代人，不管经历过怎样的打击和波折，面对未来的时候，都会投入更多的希望和歌唱。虽然新的世纪中，依然还会有战争有欺骗有眼泪有失望，但对于刚刚把富强之梦开始转化为现实的中国人来说，最好在这个新世纪里，我们能欢笑多于眼泪、快乐多于痛苦、和平远远多于战争、善良永远多于欺骗和伪善。我想，这不该是一种过分的要求。

一切都要从我们今日脚下的地平线开始，在此之前的二十多年里，我们已用痛苦与快乐铸就的坚强为今天搭起了最好的起跑线，新世纪的黎明，雾气依然很重，前方还是一如既往地模糊，但是，让我们出发吧！

走，就有希望。

把手伸给我

留下吻和每一声叹息

让我那肩头挡住的世界

不再打扰你

假若爱不是遗忘的话

苦难也不是记忆

让我们的眼睛

挽留住每一个欢乐的瞬息

记住我的话吧

一切都不会过去

……

作者注：对于我来说，诗人的这首诗，是我打开记忆大门的钥匙，无论是今天还是未来白发苍苍的时候，只要这首诗进入脑海，很多过去的情节就会倾泻而出。

　　每个到了北京的人，都会有一张这样的照片。据母亲说，当初我第一次能站起来，就是在天安门广场，家中还有照片为证呢。但您现在看到的这一张，是刚上大学一个月之后的国庆节，我在广场上照的，似乎有些装"酷"的样子。

告别校园：在希望与迷茫中出走

　　1989年那一个元旦之夜，在我的记忆中是生命中最冷的一个节日。不过，现在已经有些记不清了，是那一夜真的特别冷，还是因为自己马上要大学毕业，但前途依然未卜所形成的内心感觉。

　　大学的前三个元旦，全班同学聚在一起，欢欢笑笑，无忧无虑，可以连续玩上两三个通宵。但这种狂欢在1989年元旦到来的时候已经属于校园里其他年级的师弟师妹们了。

当时我已经大四，正处在决定自己毕业分配的毕业实习中，全班七十多人，有五十来人离开了北京，回各自的家乡去塑造未来，而我们剩下的二十多人都在北京各个新闻单位实习，留在北京是我们共同的梦想。

毕业分配的形势非常不好，大学毕业生"皇帝女儿不愁嫁"的日子一去不复返了，在我们毕业实习开始之前，我们都已经明白，你去实习的单位也许就是你将来要留下的单位，因此如何给人家留下好印象显得极其重要。每天如何打水扫地被我们精心地设计着，"当孙子"是我们共同的心理准备。

即使做了这样的心理准备，实习之苦依然出乎我们的意料。

想留在北京，对于北京广播学院的毕业生来说，中央电视台、中央人民广播电台、中国国际广播电台当然是首选，接着是北京的其他新闻单位，而对于我这个内蒙古少数民族地区来的毕业生来说，只有留在中央三大台或留校任教才能解决户口问题。而我面临的局面是中央电视台不要人，中央人民广播电台竞争激烈，权衡再三，我选择了把握性大一点的中国国际广播电台。

要想给实习单位留下好印象可并不是件容易的事，首先保证每天不迟到就是头等大事。实习单位不太可能提供住处，我们只能住在学校，而广播学院位于北京东郊，离中国国际广播电台所在的复兴门外大街将近 30 公里，如果每天想靠挤公共汽车上班，来回倒车，不迟到是不可能的事。于是每天晚上赶回学校，吃完晚饭，大学中习惯了晚睡晚起的我们早早睡下，第二天早晨靠我们平日很少使用的闹钟把自己叫醒。5 点钟，我们几个人在北方最寒冷的清晨时分，坐上学校进城接老师的班车，大约 6 点钟到达目的地。

由于路途遥远，加上严重缺觉，一上车，我们都昏昏睡去，往往一路无话。

由于班车开到复兴门才第一次停车，所以我们都睡出了条件反射：车一停下，我们就在睡梦中瞬间醒来，半梦半醒着下车。这样的日子到 1989 年快到来的时候已经过了两个多月！其中有一天，我被条件反射式的下车习惯惩罚了一次。这一天，可能是车上有人要提前下车，车还没到复兴门就在途中停了一下，睡梦中的我以为按往常惯例到了目的地，也就迅速下了车。车开走了，我也有些醒了，突然发现，同学都没有下来，而此处离目的地还很远，我被孤独地扔在站台上，一瞬间，我突然感到一种深深的悲凉，并第一次开始怀疑起这种奔波的意义来。

当时我在中国国际广播电台华侨部实习，节目面对的是海外华人。我每天早上 6 点多钟到达之后，先在桌子上趴着睡一会儿，7 点多钟，吃早饭、打水、扫地，然后一日到头，晚上再搭学校的班车回去。

现在很难回忆起实习中的心情，只是记得那一段日子里，耳边听得最多的歌就是苏芮的《跟着感觉走》和齐秦的《自己的沙场》《狼》。

迷迷茫茫的两个多月过去，1989 年的元旦来了，这个时候，虽然能否分在国际广播电台还没有正面的说法，我还是想约一些同学回学校过元旦，可绝大多数留在北京实习的同学都似乎没有这个心情。最后只有我们三四个人回了学校。

1988 年最后一天下午，校园里一片节日的情景，奔走的人们脸上写着的大都是兴奋和快乐，只是在我看来这一切已经不属于我们。洗了一个澡，买了菜和一堆酒，回到杂乱无章的宿舍中，就开始迎接新年。

屋子里主要的光源都坏了，由于绝大多数同学都在外地实习，平日里拥挤的宿舍显得空空荡荡，几个人，一盏昏黄的台灯，并不意气风发的对话，接连不断的啤酒，元旦之夜过去了。这就是我大学生活中最后一个元旦，往日欢聚时的欢声笑语都已隐隐地远去，将要走出校园也许就意味着走进孤独？那个清晨，大家都去睡了，我走出宿舍楼，狂欢了一夜的校园安静极了。我不得不想，走出这个校园，明天会在哪儿落脚？

什么事走到低谷，再接下来可能就是转机，清冷的元旦过后不久，实习中带我的老师悄悄告诉我："由于你实习中表现不错，我们打算要你。"有了这句话垫底，心情一下不同了，很久听不见的鸟声，身边人们的言语声又开始清晰

这是我 1985 年将去北京上大学那一天照的，地点是我家门前的广场，身上穿的是刚刚为上大学做好的新西装，神情间是一种不知天高地厚的少年豪情，不信，请注意叉腰的手。

起来。这个时候实习条件也有所改善。由于和办公室里的同事熟了，一个大哥让我住在他们职工宿舍，噩梦一般的早5点赶班车的日子也就随之结束。对于他来说，也许这并不是什么可以值得记住的事情，可对于我来说，意义非同寻常，我有一种被接受并因此而温暖极了的感觉。这也难怪多年以后，我们好久没见，我给他打了一个电话，但电话那端另外一位老师告诉我："他已经去世了。"我半天说不出话来。他还没从单身宿舍搬出，生命就已经终止，我的感谢再也无从出口，这世界的变化有些太过出人意料。

不用奔波，前途也有了着落，当时的心情自然好极了，只是这种好心情没有享受多久。春节快到了，我们的毕业实习也停止了，这几个月的实习很像赌徒为前途下的注，而这一赌局，看起来我赢了，于是，自己几乎是吹着口哨踏上了回家的火车。

但谁又能知道，这只是一个幻觉，波折就在后面等着我，一场更大的风暴就在后面等着我们。

春节过后，因毕业实习而分别了很久的同学都返回了校园。由于有了毕业实习中单兵作战的酸甜苦辣，重新相聚，自然格外亲切。大家可能都意识到，大学生涯剩下的时间不多，这是散之前最后的聚，寒暄问候之后，一种夹杂着淡淡伤感的温情在同学中弥漫。

实习过后大家的前景各不相同，有人落脚点已定，剩下的时光将在享受中度过，而大多数人依然前途未卜，有人叹息，有人忧心忡忡，有人听天由命，但都在做最后的努力。

课程重新开始，可大家都有点儿心猿意马，我的心情还算不错，心中已在设计，将来在国际台的工作会是怎样一种人生故事呢？

好日子过了不到一个月，忽然有一天实习老师把我找去，告诉我，由于今年国际台要毕业生的计划发生更改，不再接受中文编辑，因此我分到国际台的安排也相应更改。我重新成了自由人，这份自由意味着，国际台之梦对我来说破碎了，我必须重新为未来奔波。

一瞬间，我从虚幻的梦中醒了过来，心情自然沉入谷底。没人知道我该怎么办？

又开始奔波。

每隔几天，系里总会有一些新的就业信息，我和很多单位见过面，回呼和浩特，去青岛，这些我都考虑过，但是一直没有定下来。直到有一天，广东传来信息，广东一家电台打算在我们系要人，但想去的人必须再到那儿实习一小段时

这个人围成的圈是为了我们的告别。大学四年，除去宿舍和教室，体育场是我们待的时间最长的地方，一只滚动的足球把我们的青春和友情都凝聚其中。要散了，我们这支球队就在空旷的球场上来了最后一次团圆。你猜，哪一个是我？

间，看人家对你的兴趣如何。

北京留不下了，广东自然是一个不错的选择，对于1989年的大学毕业生来说，改革前沿的广东恐怕是极具诱惑力的。我因此也想登上这辆末班车。经系里同意，我早早去火车站买了去广东的火车票，打算再为前途赌一次。

几乎已经在心里相信，我将走向南方，虽然我的家在这个国家的最北方，但未来没有着落的时候，路途遥远又怎能仔细盘算呢？只恐怕以后和母亲相聚的日子将会很少，因此在作出向南方的决定之后，心里颇有点儿大义凛然的意味。第二天就要上火车了，我不得不感慨，本来就少得多的大学最后时光，我又将有一段独自在外。可谁能想到恰恰在这个时候，我拥有了一个新的机会。

中央人民广播电台通知系里，是否还有毕业生可以来面试一下，他们希望能拥有更多的选择机会，系里通知了我，去试试吧！

我自然不抱任何希望，首先我身边有同学在那儿实习，二来我本就是因为中央人民广播电台竞争激烈才选择去国际台，这一次又怎能因祸得福呢？

在去广东的头一天下午，我去了中央人民广播电台，面试我的是人事处的老师们，他们的态度很好，问了我很多问题，我已记不清我是怎样回答的，只是由于心中所抱希望不大，因此态度十分自然平和，实话实说。一个下午过去了，告别了中央人民广播电台，回到学校，我被告知，由于要等待中央人民广播电台的面试结果，我必须退掉去广东的火车票，推迟几天南下的行程。为此我心里一直在打鼓："会不会鸡飞蛋打两头落空？"

几天过后，消息传来，我被中央人民广播电台认可，一个下午的谈话竟真的决定了我的未来。听到这个消息，我马上跑到邮局，给家里打了个电报，将喜讯告诉远方的母亲。

这是一个颇有戏剧性的结局，本来奔的是国际台这个目标，日夜兼程竟是竹篮打水一场空，而中央人民广播电台本不敢想，却在一个下午无心插柳柳成荫。我必须感谢中央人民广播电台人事处那天下午和我谈话的所有老师，他们的感觉和最终决定在危机时刻解救了我，并给了我一个新的舞台。

很多年后，每当我回忆毕业前那一幕，心头都会涌上一种难言的情感。我不得不感叹造物主的翻手为云和覆手为雨，只是当时的我还无法预知，这一幸运的结果又为我在几个月后种下了磨难的果子。但机遇的获得，于我毕竟是幸事。

好的心情持续的天数不多，安安静静的课程进行了没几天，一场大的风波在北京渐渐兴起。对于我们这些即将毕业的大学生来说，一夜之间，话题变了。个人前途和国家的前途比较起来，哪个轻哪个重自然算得清。再没有安静的校园，再没有因小我而产生的叹息，我们怎么也没有想到，大学生涯的最后一个学期，自己的前途和国家的前途竟然纠缠得如此紧密。看样子我们注定要度过一个终生难忘的最后学期。

毕业前夕，我们的生活和京城的其他大学生不会有什么不同，谈论的问题关注的未来都和国家有关，而毕业分配虽然也在很多人的努力下陆续解决，但它在每个人的心中所占的分量已经没有过去那么重了。

一切都不可能安静，更何况这个时候选择安静又有什么意义？

但最后我们还是必须安静下来，我们的同学大多数坐上火车离开了北京，我们全班七十二名同学最后在校园里只剩下男男女女八个人，我们戏称这是最后八个人，我是其中之一。

校园安静极了，我们当然只能在校园内活动。记忆中我们不是一起聚在这个宿舍就是聚在另一个宿舍，大家开诚布公地讲好了自己还有多少钱、多少饭票，都以为会打一个持久战。死一般的沉默没有使我们绝望，只记得说话都是小声地，都隐隐地盼着什么。

日子开始奔6月底走，陆续开始有同学回来，但回来的都是毕业生，因此注定不会使安静的校园变得热闹起来。最初的恐慌过后，也可以进城了，说话的声音也开始大了起来。一个多月没有思考过的毕业问题又开始出现在我们的脑海中。而这个时候我们四年相守的大学生涯只剩下十多天的时间。

在一种特殊的气氛下，这该是怎样的一种难舍难分！

开始学着强打起精神，要散了，总该热闹一下，然而为告别而举行的狂欢似乎难以启齿，于是我们打起班主任婚姻的主意。

当时我们的班主任长不了我们几岁，和女朋友也相识很久，大家就闹着非给他们办一个婚礼不可。

大家都觉得这是一个不错的主意，于是开始抓紧时间紧锣密鼓地操作，在班里又是选伴郎，又是选伴娘，我们一起张罗着，并在校园旁边的一个小餐馆里订下了婚宴。

班主任的婚礼被我们催促着就这样提前举行了。但无论是班主任和他的未婚妻还是忙碌的我们其实都知道，应该是红色的婚礼在一种特殊的气氛下只是一个希望能制造欢乐的理由。婚礼和宴席的发展证明了这一点。

开始还是欢声笑语的，同学们的祝福声声入耳，然而酒过三巡，最初的哭声不知从哪个角落传来，接着便传染开去，形成了哭声大合唱，这是一种怎样的心情下怎样的场面呢！

而这又是怎样的一个婚礼？多年以后，我们的师母得上了一种不太好治的病，不知怎么最初听到这个消息，我竟忽然想起那个悲壮的婚礼，并开始拥有一种强烈的内疚。如果不是那样的一种心情，如果不是那样一种离别在即的气氛，也许婚礼该是喜气洋洋的，那么师母得到的祝福会更多，病，或许就无从扎根了。

写下这段文字，愿能是个祝福，过去的毕竟已经过去，我们这些已经远去的同学愿用遥远的笑容和真诚的祝福补上婚礼的那一课，愿师母能从病痛中走出。

我相信众人的祝福是药。

这个婚礼宴席我不知道是怎样结束的。因为醒来时，已经是第二天早晨，我在宿舍的床上。那些没有喝多的同学互相搀扶着回到教室，在《新长征路上的摇滚》这样强劲的节奏中，跳了一夜柔情的告别舞蹈，我不知道那该是怎样的一种舞会。

剩下不多几天中，该照相的照相，该喝酒的抓紧喝，但更重要的是每个人在彼此的毕业留言册上留下自己的话语。

十年后，我打开好久不敢翻开的毕业纪念册，十年前的心情和心态重回眼前，平和的告别日子里也许留下的更多是彼此的祝福，但我们这一届太特殊了，竟多是一种依依不舍的情感和对前途的迷茫。

在我的本子上有这样的文字：

"老白，哭是另一种坚强。"

"五十年后，我们想起那个相聚的午后，然后感叹当初为什么不很快乐地活着？"

"在广播学院哭过几次，每次总有你在场，以后哭的机会不多了。"

"原来以为这世界就是我们的了用许多颜色来画了个痛快可爷爷领着叔叔来了说真庸俗真下流真可笑你这样画没道理你眼里看到的不是太阳不是星星不是人不是右侧通行的高速公路……"

"酒后黄昏，我摇摇晃晃走到生命消失的地方，雨打风吹后的绿草丛上，白花依在，我才明白有些事想忘也忘不掉，于是带着忘不掉的过去赶海。"

…………

打开这样的纪念册，就像打开一段尘封的历史，珍贵的东西总是不敢去随意地触碰。生命中最快乐的四年就这样在伤感中翻过去了，那些青春的迷惘和狂妄，那些足球场上胜负后的笑声和眼泪，那些无拘无束的梦想，那些没有任何杂念的友谊，都如同毕业纪念册一样，在仔细翻阅过后就合上了。

天下没有不散的筵席，最后分手的时候终于到了。校园里没有往年那样低年级同学为高年级同学送行的场面，因为低年级的同学都在各自的家中关注着时局的变化，而我们却不得不彻底从校园中离开，只好自己为自己送行。

打行李、捆书箱，一切亲力亲为，忙完自己的还要去帮女生的忙。一切收拾停当，把所有的行李堆放到校园里等待托运。那是一种逃离的景况，一切都杂乱无章，行李旁的毕业生们，脸上看不到对未来的兴奋和乐观的

在岁月面前，我只好投降。毕业十年后，我和同学一起再回校园，于是，我在当初睡了四年的床上留影，背后的照片被新人类换成了周慧敏，桌上有我不熟悉的电脑，其他，还有什么变了呢？

冲动，迷茫和疲惫是共有的表情。

行李托走回到空荡荡的宿舍，大家平静地沉默着，似乎是在为最后的离别酝酿着感情。

到了执手泪眼相送的时候，我走得晚，因此竟有两天的时间是在火车站度过的。一拨一拨地送着，去湖南的，去甘肃的，去山西的，去福建的，每送走几位同学就是送走一段记忆，哭声也是从最初的共振走向最后的哽咽，那几天的站台，倾盆而下的是泪雨。

我也要踏上火车，虽然不久以后还要回来，但这一次的火车开动毕竟与以往不同。和车窗外的同学在火车启动的提速中越来越远，真诚和快乐的日子也如此离我们越来越远。在长春，送下了好朋友又登车，早上到了哈尔滨，由于我的目的地是海拉尔，因此得等到晚上倒另一辆车，为了度过这空白的一天，我上午到了松花江边。夏天的哈尔滨舒服极了，和煦的阳光打在脸上，竟打出了我的睡意，好久好久没有睡过整觉了，这个时候，我才感觉到疲倦至极。于是用提包作枕头，把自己放倒在江边的长椅上，很快就睡去了。

那一觉似乎没有梦。

我的四年大学生活，就在松花江边的一条长椅上，在睡梦中结束了。

我很少有这种凝神静气的照片，这是在乡下锻炼期间，我们出去玩时留下的，今天再来看，挺反映那时的心境。何必睁眼看眼前的世界？还是在自己的心中找吧！

乡居一年：无所事事的历练

终于到了家中。

那是草原上最好的季节。呼伦贝尔草原是世界三大草原之一。东北的夏季很短，从 6 月底到 8 月底匆匆就过去了，那里的人们要经历近六个月的冬季，因此这匆匆而过的夏季是诱人的。平常的日子里，这样的夏季总是人们心中欢快而高歌的日子。然而对于我们这些刚刚走出校园又即将走向社会的人来说，那一个夏季却似乎没有感受到晴朗天空底下那浓郁的草香。

现在回头看，那一个暑假很像是在旅途中，离开了一个站台，而距离下一个站台还有一小段路途。前不着村后不着店的感觉让人心里空空荡荡的。更何况这一个夏季中，北京被人们反反复复地谈论着，本来我已经熟悉的城市重新又变得陌生起来。

像匆匆的夏季一样，这最后一个暑假很快就过去了。由于中央人民广播电台8月10日就要报到，因此，8月8日下午，我就要登车远行。

这一天到来的时候，最初还没有感觉到一种太强烈的离别情绪，送行的朋友早早就来到我家，大家在屋里谈着，开着各种玩笑。而妈妈在厨房中准备送行的饭菜。

水没了，我去厨房拿暖水瓶，推开厨房的门，突然看见妈妈一边在切菜，一边无声地掉着眼泪，肩膀一耸一耸的。

那一幕突然出现在我的眼前，离别的情绪猛地一下来了。一瞬间我说不出什么安慰的话语来，赶紧拿了水瓶离开。妈妈看见我，很快用笑容掩饰伤感，仿佛什么都没有发生过一样。伤感被凝固了。

妈妈老了。怎么好像是一转眼的事儿，从儿子哭哭啼啼，却一转眼长大了就要离开家乡，虽然远去北京，还算是一种安慰。但以后的日子对于母亲来说，恐怕就更要孤寂一些。也许天下的母亲总是这样，孩子留在身边，日子是欢快的，可又怎能把孩子束在自己的身旁。把一手培养大的孩子放到更大的世界中去，欣慰与悲凉千缠百转地交织着，笑容与眼泪也就自然地交替着。

送行的饭大家欢欢笑笑地吃过了，心情却藏了起来。说了各种祝福的话，然后不得不奔赴火车站。

上了火车，送行的朋友与亲属不停地招手，而我在招手的同时却一直盼着母亲的身影出现。因为母亲是坐另一辆车，也许是因为堵车还是其他什么原因，直到火车开动，母亲还没有赶到，我的心情随着火车的缓缓开动一步一步沉入谷底，眼泪忽然间掉了下来。

再见了妈妈，再见了故乡、亲人和朋友。

以前出门上学的时候，自己就像一只风筝，不管在远方的天空中怎样翻飞，总有一根线牢牢地抓在母亲的手中，而自己也就像只候鸟一样，每年的冬夏两季总会飞到母亲的身边。而这一次风筝的线断了，自己以后怕也感受不到季节的感召了。我终于成了游子，故乡也终于成了异乡。二十一年后，我再次扯断了和母亲和故乡相连的脐带，飞走了。而北京会成为我的家成为我的梦想之地吗？

一路无话，只有车轮单调的声响。

…………

8月10日早晨，火车到达北京，仿佛第一次到达北京一样，心里竟有种没底的感觉。一到上班时间我就赶到了位于复兴门大街的广播电影电视部大楼报到。四年一个轮回，四年前我刚刚到达北京后的第一站也是这座大楼，为哥哥的一位朋友捎个东西，而四年后，我自己将成为这座大楼中的一员。天空中不知是怎样的一只手在摆布着这一切。

但奇怪的事发生了。

上班报到，进了大楼后，我到哪一个部门，都有人在听了我的介绍之后惊讶地看我一眼，"你就是白岩松？""我是啊！""那你赶紧上广电部干部司去一趟。"

大家都好像知道了什么，可谁也不愿意告诉我。我蒙在鼓里。

进了干部司的办公室，接待我的工作人员听了我的自我介绍之后又惊奇地问了我同样的话："你就是白岩松？""是啊！""经过认真考虑和一些特殊的情况，你的档案被我们退回到北京广播学院，我们不打算接收你了，请你回学校吧。"

如五雷轰顶，我不知道短短一个多月的时间究竟发生了什么，我只知道，我前面的路仿佛被堵死了，我几乎立即成为这座庞大城市中的又一个游民。

下了楼，我赶紧去招我的老师那儿了解情况，原来几封匿名信，为我罗列了一些问题，而这些问题恰恰是当时极其敏感的，于是我就被发送回广院了。

我知道了真相，也知道了这几封信出自同一个人之手而且就来自我过去的身边。

一瞬间，我想去他那里，不过很快就制止住这个念头。那样一种相遇的后果没人可以收拾。

不知当时怎么想的，走出广电部的大门，我跑到了我一直喜欢的圆明园，整整划了一下午船。手里的船桨是怎样划动的，我好像靠的是下意识，脑子里却是浮想联翩，一会儿想到寒冷处，一会儿陷入绝望境地，但不管怎样，最后在头脑中明白一点，前路的大门还没最后关死，即使只有一线光亮，我也要全力去争取。

给予我的时间还有五天，因为报名的最后截止时间是15日，如果这五天中我不能改变既定事实，那我就将再一次面临毕业分配。后果是怎样，当时还不敢想。

回到学校，住在朋友的宿舍中，开始整理各种证明材料，寻找各样的证人，以帮助自己拥有一部分主动，然后每天把有关的材料送到广电部。来回路途五十多公里，我都是骑单车往返，一天只吃上一顿饭，当时支撑我的就是：别人想要打倒你，但自己却要努力站住。

好人太多了，当我写到这里，脑海中是众多头像，从我的老师曹璐、闻闸，到我在校园内的朋友，都把援手伸了出来。面对突如其来的变故他们和我一样气愤，但都没有只仅仅给我一种气愤和同情的态度，而是把我最需要的帮助给了我。

事情终于戏剧性地有了转机，在学校老师和领导（并不认识我）的呼吁和沟通中，8月15日下午，报名截止的最后一个下午，本已绝望的我忽然被告知：你明天可以跟中央人民广播电台新来的大学生一起去北京郊区学习一个月，工作证是否给你看你学习的情况。

天又晴了，我身边的朋友、老师和我一样高兴和激动。

这个时候我已疲惫极了，但挣扎总算有了结果。看来无论怎样的危局，人们只要不首先在内心投降，局面总会有转机。

我不想去谴责写信的人，其实我们中间没有任何个人交往中的恩怨，甚至彼此间的距离还很远，但特殊时期里强大的生存压力下，这样的举动也算是一种挣扎，而我不过成了他挣扎中的一个目标而已。事情过去很久了，我依然衷心地希望，那只是他一次青春的失误，因为生命的路太长了，而只有青春时的错误才有机会弥补。

…………

8月16日，我终于和众多分到广电部所属各电视台、电台等单位的应届大学毕业生站在了一起，虽然工作证还没有给我，有一种"以观后效"的感觉，但在那个时候，这种局面的获得已经藏着太多善良人的帮助，因此在心中，天气是晴好的。

按惯例，我们这些新分来的大学生要在工作前先学习一段时间，地点是北京郊区著名的窦店乡。在那里，广电部有一个培训基地。只是由于时局特殊，我们的培训时间长了些，为一个月。

到达目的地，学习就开始了，上午一般是看有关刚刚结束的那场风波的各种资料片，由单位的领导带着我们，下午点评、反思、发言，气氛自然是凝重的。

不过学习之余的生活是丰富的，晚上一般有好的电影可看，调剂了大家的心情。

　　毕竟是年轻人聚在一起，整个培训中心欢声笑语，加上伙食搞得不错，一个月的时间也就很快地过去了。这期间，当时的广电部部长艾知生、各个台的台长都陆续来给我们讲课，随着日程的推进，培训的后期，对敬业精神、岗位意识和怎样成为一个合格的新闻人，这样的内容开始占的分量越来越重，气氛也就自然地扭转。

　　一顿让人印象深刻的告别宴之后，特殊情况下的特殊培训也就结束了。如果不是这期间还都加强了体育锻炼，也许每个人都会发胖。

　　培训是结束了，却还远远没有到上岗的日子。

　　我们这一群毕业生又得到了一种特殊的待遇，将在农村锻炼一年，和人民群众打成一片，之后才能上岗。

　　回到北京，我们经历了短短的休整，就又再度集结，集体踏上了走向农村之路。

　　我们锻炼的地点是在北京西南的房山区，方式是化整为零，上百人被分到房山区的各个乡，有的乡分到的人多一点儿，有的少一点儿。一份详细的分配名单，决定了我们各自未来一年的生活归属。

　　我和另外六名毕业生被分到了房山区的周口店乡。这是北京著名的考古胜地，北京猿人就是在这里发现的，也因此，当我听到被分到了周口店的时候，心里产生了幽默的念头：这才叫真正的"从头再来"，直接从"直立行走"开始。

　　我们当然都没有经历过这样的日子。一行七人带着各自的行李被周口店乡的一辆面包车拉到了乡里，一种新的生活开始了。

　　…………

　　周口店乡的乡政府是座四层大楼，我们的住处就被安排在这座办公大楼里。当然两人一屋的房间白天还是办公室，而到了晚间，工作人员都下班了，我们才自由，这一间办公室成了我们各自的家。

　　乡里的领导们是客气的，感受得出来，刚开始的时候大家还比较有距离，这也难怪，时局毕竟有些特殊，直到半年之后，还有一些乡里的同志会恍然大悟地说：你们原来不是因为有问题才到我们这儿来的呀！

　　我们七个人三男四女，加上财政部也有一位毕业生在这里锻炼，因此整座楼到了晚上就是我们八个人。年轻人聚在一起毕竟有我们打发时光的方法。八个人中，还有我大学时的三位同班同学，因此日子并不难过。其实乡里没给我们分配工作，白天的时候，我们也就是看看书，和乡里的同志们谈谈天，加上乡里对

在乡下一年的时间里，这张照片常常被我拿出来翻看，这是大学时我们全班一起在迎新年时照的，一种挡不住的快乐和青春在照片中飞扬。然而时过境迁，照片中的人已是天各一方，在周口店的小屋子里，我时常想重回照片之中。

我们客气，因此每个白天都是晃晃悠悠就过去了。

到了晚上，我们自然拉开牌局，天助我们，一起同来的人大毕业生女同胞小姜牌技不错，于是我们三位男士加上她每天晚上便展开激烈牌局，打法是现在也十分流行的双升级，也就是两副牌打的 80 分。在我们打牌的时候，其他人有的打毛衣，有的聊天，气氛自然而温馨。说起来挺有意思，当时的我们是看不到电视的，因此每天打牌的时候，背景节目都是中央人民广播电台的《今晚八点半》，雅坤和贾际的声音陪伴我们的每一个夜晚。

每场牌局的竞争是激烈的，但总的心情是平淡的，白天的无所事事更强化了这种平淡的心情。只是偶尔也会有一件激烈的事情破坏一下这种平淡。

有一天半夜，我早已熟睡，但忽然被一种摇晃的感觉惊醒，醒来之后，我惊讶地发现我的床正碰撞着旁边的墙。"坏了，地震了！"走廊里也传来同学们的惊呼。可让我到现在都感到奇怪的是，究竟是那天晚上太困了，还是平淡的日子给了自己一种无所谓的状态，晃着晃着，我竟又睡着了。第二天早上醒来，我才想起这件事，跑出去问同伴，他们都乐了，"你够不怕死的，我们昨天都跑到楼下去了，你也不下来，后来看不见了，才没上去救你。"这一次经历极度偶然，但总算为平淡的日子增添了一点儿色彩。

在大学的时候，体育锻炼就成了习惯，因此刚到周口店乡的时候，我们几个还经常下来打打篮球，跑跑步之类，可后来发现不行，营养有点儿跟不上。每天傍晚活动量太大，一会儿就饿了，但在乡里，半夜你上哪里补充食粮呢？因此后来，大型体育活动就在我们生活中除掉了。

然而小型体育活动还是要搞的，办公楼的上面有一个乒乓球台，被我们发现之后，就成了我们除了牌局之外的又一个战场。很多日子的下午，我们都会在乒乓球台的旁边度过时光。可惜的是我们几位的乒乓球水平都不算太高，因此拥有这样一段难得的集训时间，水平也没有多大起色，否则如果有高手指点，这样地全身心投入，至少将来回到台里也可以称霸一时啊！

在这样的日子中，吃又成了第一话题。由于离我们办公楼不远就是周口店猿人遗址，因此我们常开玩笑：老祖宗当时，吃肯定是第一话题，而咱们今天也如此，锻炼看样子很有成效，直接与古人看齐。

当时的周口店乡政府有一个小小的食堂，中午的时候，吃饭的人还算多，到了晚上就是我们八个人了，几乎天天的炒疙瘩和炒饼，一般到了晚上10点之后就又开始饿，那种饥肠辘辘的感觉在大学四年中经过了严格训练，因此克服起来不是太大的难题，但仍有一个细节我至今难忘。当时只要有进城的机会，我都会一下车，先奔副食店，买上一根香肠或是其他食品，很快地边走边吃，然后体会到一种难得的满足感。

还有一种方法可以拥有这种满足感，那就是骑上自行车，大约一个小时，到其他乡里的同学处，"有朋自远方来，不亦乐乎？"他们哪里有不招待的道理，就这样也幸福过几回。

同学之间的来来往往是多的，不仅有一起在北京房山锻炼的同学，还有大学同学到北京出差，也会自然地来到周口店乡，大家聚上一聚。看着他们已经在工作之中，没有经历锻炼中的无所事事，心里很是羡慕，毕竟投入紧张的工作可以忘掉很多东西，而独自无事的闲居，脑子总是停不下来，思考得多了，自然也是种痛苦。因此当时盼望工作的念头是日益强烈，而在每一次和大学同学的相聚时刻，这种盼望都会更强烈些。

聚会中，领同学去参观我们周口店乡的知名景点北京猿人遗址是从来不会落下的一项功课，从锻炼开始直到第二年7月底锻炼结束，我总共去了猿人遗址二十一次，也因此我敢大言不惭地说：那儿的一草一木都熟极了，至少当一个导

这是我们几个锻炼之人和乡领导与我们领队的合影，背后自然是周口店乡政府的大楼，照片中还缺两个同伴，这显得有些无组织无纪律。当然，细心的人也会发现，我也好不到哪儿去，脚上穿的竟是拖鞋。

游是十分称职的。

就这样，寂静与平淡的日子一步一步走向了尾声，收获是有的，厚厚的《红楼梦》终于细细地读了一遍，还有好多书都留在了记忆中，和音乐的感情也在这一年中深化，太多的心情在旋律的起伏中被释放，今生离开音乐的生活是不太可能了。

而更大的收获是友情，我们八个人在空空的楼房中相互用友情温暖着，和那些一个人或两个人在一个乡锻炼的同学相比，我们是幸运的，因为当这种情谊结下的时候，即使无聊的夜晚也似乎在回忆中温馨得多。走出周口店乡，大家又融入城市的万家灯火中，也许交流的机会不多了，大家又都各自有着不同的心事，但彼此温暖的那一年在每一个人的记忆中再也无法清除。

当然和周口店乡政府的工作人员友谊也深了，忘不了在他们家中吃的包子，忘不了他们宽容地看着我们无所事事的笑脸。唯一遗憾的是，本想在锻炼中多和群众打成一片，但一直在办公楼里的乡居生活，使我们的朋友多是乡里的各级领导，而和普通百姓的真正友情要在以后的工作中来弥补了。

1990年7月，乡居一年的日子结束了，我们终于要回城。临走的时候，周口店乡政府给我们八个人一人买了一辆自行车，回城之后的最初日子，我们都是骑着从周口店带回的自行车走进各自新鲜的工作与生活的。我们终于融入北京城的车海人流中。平静的日子结束了。

　　很多年以后，我一个人偷偷地回过周口店乡。那是一个周末的午后，大街上行人很少，周口店乡政府的办公大楼静静的，园子里的绿化比以前好多了。乡居一年的欢声笑语又开始依稀地跑出来，心里开始有些难言的感触。

　　不管是怎样的日子，不管是不是你主动选择的日子，只要在你生命中留下痕迹，回忆时便总是夹杂着一种温情。因为那一年的日子毕竟是在我们的青春中，是我们八个人一起走过的，是我们一大群人一起走过的。

直到现在我也不知道，这是谁给我拍的照片，体育场上，我得到的奖品是饭碗。而每次看到这张照片，却总是想到生病的时候，不知担心的是工作这个饭碗，还是生命这个更大的饭碗！

病中人生：不请自来的领悟

在人的一生中，内心深处常常会有几次惨烈的战争。或因为情感的重创或因为亲人的离去，还有理想的破灭甚至是因为一场疾病。

在外人看来，"战争"中的你和平时没什么不同，一样的上班下班，只可能沉默多了些，偶尔拥有的笑容会有些异样，但人群中大家都各有心事，这些蛛丝马迹很少有人读懂，因此注定了这场"战争"只有你一个人来品味。

无论怎样的内心战争，总是敌不过时间这个对手，当硝烟慢慢退去，一个人默默打扫战场的时候，那种惨烈的情景常常让自己触目惊心。

我也经历过这样的战争，而且不只一场，其中最惨烈的是因疾病而起的交锋，这种疾病的表现偏偏不是卧床不起，而是卧床难眠。因此白日中的自己还在人群中，但每到夜晚，就不得不在无眠的床上，让内心的交战越来越激烈。这场战争已经结束多年，本来不打算回首，希望一切都像没有发生过一样最好，可谁想到，一次节目中的偶然吐露天机，这场"战争"的炮火硝烟又陆续回到我的眼前。

1999 年初，一位十七岁的张穆然小姑娘牵动了京城众多人的心。小小年纪由于疾病，生命即将走向尽头。记者在采访她的时候得知，她想参与主持一期《实话实说》，和喜欢的主持人见见面谈谈天。这样的愿望我们当然愿意满足她，于是有了《实话实说——感受坚强》这期节目。

在这期节目中，有一个中学生问我：你有没有经历过痛苦的事情？你是怎么对付的？

对于这个问题，我如实回答。我对这位中学生说：我曾有过严重的失眠，由于几个月持续睡不着觉到后来我对生命都失去了信心，几次都想离开，因此我没有张穆然坚强，只是后来时间这个无言的医生慢慢治好了我的病，因此我盼着时间这个医生也能拉穆然一把。

我之所以坦诚相告，是想告诉病床上的穆然，即使今天能够欢声笑语的人们，在他的过去和欢声笑语的背后，也都经历过这样或那样的折磨，因此希望一切都会好起来。

我的这番话没有帮助穆然什么，几天之后，她还是离去了。当太多的人们关注这期节目的时候，同时也记住了我和小崔的失眠。于是，一段时间内，与此有关的信件接连不断地向我们涌来。信的内容整齐地分为两种：一种告诉我们怎样治失眠，一种是问我们怎样才能治好失眠。

写信的人分布在天南海北，性别、年龄、职业也都各不相同。求治者的信中把失眠者经历的内心战争描写得惨烈异常。有一位大学生从中学起就严重失眠，但家里人并不认为这病有多大，在一种望女成凤的感情中，全家人终于让她上了大学。到了学校，失眠并不见好转，居住环境却比在家中还要恶劣得多，可以想象：一个宿舍七个人，其他六个人活力四射，沾上枕头就是一觉到天明，而这位失眠者却是辗转反侧，内心的苦痛该有多么剧烈。由于长期失眠，身体恶性循环，吃不下饭、忧郁，干事无精打采，学习成绩也不尽如人意，很自然地这位年轻大学生产生了厌世轻生的想法。

…………

　　还有很多很多，读着这样的信就仿佛重读我自己曾经走过的那段道路。同病人总是相怜，这些信也在告诉我，在每一个看似美好的夜晚，有太多的人畏惧着长夜，畏惧着自己的无眠。那种恨自己的怒，怜自己的怨，都只能停留在内心。长夜无眠除了和孤灯相伴，还能和谁去倾诉？

　　人们常说："牙痛不是病，疼起来要人命。"失眠也是一样。平日里，把失眠当病的人并不太多，可如果失眠成了习惯，那种折磨犹如软刀子杀人，内心的挣扎和绝望感受比经历一场轰轰烈烈的大病还严重。在人群中，这种病多发，尤其在用脑的群落更为普遍，难怪在我采访过的很多政府官员和知识分子中，讨论哪种安眠药效果更好并不是一个少见的话题。

　　接到这些关于失眠的信，我一直没有详细地一一回信，希望我在此写下的文字能算作一种答复和祝福。我们共同经历过便能知道这是一种怎样的苦楚，愿它能在人们的身边消失，这样的话，夜才是浪漫的，生命之树才是绿色的。

　　对于我来说，几年之前，这场面对自己的战争来得似乎没有预告。

　　人群中总有一种说法，本命年该如何如何，我一直对此说法将信将疑。但1992年是我的本命年，而内心的战争偏偏在这一年爆发，难怪我的一些朋友会将这一切挂上钩，抱怨我过年时不系上一条红裤带是个很大的错误。

　　其实在此之前我一直属于睡眠非常好的那种人。从小开始的体育锻炼一直坚持到大学毕业之后，身体不敢说健壮，但健康是没有问题的。因此很长一段时间都没太把身体健康放在心上，身体找我麻烦恐怕得是中年以后的事吧。

　　但极度不规律的单身生活却在为身体制造隐患。进入1992年，打击先从肠胃开始。有一天傍晚出去看话剧，时间紧就在路边小吃摊解决了晚饭，谁知从第二天早上起，不争气的肚子就开始激烈地疼痛。闹了一整天，肠胃自然虚弱下来，但毕竟年轻，没把它当回事，第二天正赶上单位发牛肉，单身宿舍没有冰箱，只能将牛肉一煮了之，肚子还没好，就是接连两天的牛肉餐，这之后，肠胃就亮了红灯，基本上不太工作了。在这之后的几个月里，我似乎没怎么饿过，肠胃总是饱饱的。现在当然知道，这是牛肉和虚弱肠胃严重冲突的结果。其实当时也知道了自己的错处，一服一服的中药熬着吃，可伤得太重，解脱起来也就自然缓慢。

　　可以想象，一个大小伙子，连续几个月没有认真吃饭，身体该是怎样一种状况，而正是这一点开始为后来的失眠埋下了伏笔。

　　从这一年的4月起，我为一家出版社赶一个书稿，书名是"动荡节拍——中国流行音乐现状"，出版社催得很紧，我也丝毫不敢松懈，十来万字二十多天就写了出来，自然是将休息时间都搭了进去，严重的用脑过度又为失眠埋下了更重的伏笔。

灾难在不知不觉中降临。我睡的最后一个好觉现在记得清清楚楚：是当时欧洲杯足球赛丹麦对德国那一夜。由于这场球凌晨的时候现场直播，作为球迷我自然不想错过，于是和衣而眠，谁知一不注意却睡过了，醒来时比赛已经结束，我自然十分沮丧。到了单位，听同事们介绍了精彩的片段，又写了一篇关于本次欧洲杯的评论文章，在报纸上发了，然后下班回到宿舍。直到睡觉前，日子都和平常没有什么不同：看看书，听听音乐，和同屋聊聊天。

但关上灯躺下之后，就和往日完全不一样了，翻来覆去怎么也睡不着，直到下半夜才打了一个盹。对这一怪异的现象我丝毫没有在意，还以为是头一夜无心插柳睡得太香造成的呢！

第二天第三天的夜晚依然是这样，再到后来，是迷迷糊糊了一小会儿，可凌晨时分就醒来，然后怎么也睡不着，这比刚开始时睡不着还可怕。

想不当回事也不行了，当时我们宿舍两个人，每天都听他大半夜的甜美鼾声，然后迷迷糊糊一小会儿，身体也一天不如一天。白天头晕，眼睛见不得光，饭量更小了，情绪开始极度地不稳定，书和电视都没法看了，整日坐立不安。

事态进一步恶化，北京开始进入酷暑，宿舍里只靠头上大大的吊扇，每夜轰鸣转动，好带来少许凉风。加上身体状况和心理状况一天不如一天，终于到了整夜整夜睡不着的阶段。

我现在都不知道那一夜又一夜我是怎样过来的，而且一过就是几个月的时间，但我知道从一开始努力想睡着到后来生自己的气再到后来拥有一种绝望的平静，自己的心理状态在几个月的时间里发生了巨大的变化。

在我的内蒙古老家，平日里人们常用"傻吃傻睡"来形容一个人不求上进，但直到我每一个夜晚都是躺在床上睁眼等天明才知道，我宁愿不求上进也渴望"傻吃傻睡"的状态，更何况吃不下睡不着想求上进也没了可能，当时就是这样一种状态。

那时恋人就在身边，她也着急，但我整日和她无话。因为在和生命红灯面对的时刻，爱情、事业、金钱、友谊等很多平日里珍贵异常的东西，都失去了意义。在单位，只有少数人看出我的异常，而我不愿面对别人的同情，干完一天的工作后就坐在那儿胡思乱想，几个月的时间一本书没看过，身边没什么事能让自己激动。想回远方的家，但又怎么能忍心让母亲看到自己这个样子，年少的倔犟拒绝了内心的这个提议。于是每天便生活在对夜晚的恐惧中。

当然会四处求医问药，我一般选择的都是药性极慢的中药，而且自己当时

这是生病之前，我参加广播电台运动会 100 米决赛时起跑的姿势。健康时，这样的照片无足轻重，可一旦健康消失，运动的快乐就要变成回忆的伤感，我能不能重新回到生命的跑道上呢？

坚决拒绝了安眠药，唯恐吃了安眠药会产生依赖，那就成了一生离不开的药品，因此痛苦着也不选择用药的安眠，直到今天我一切正常了也不知当初的选择是对还是错。也有很多医生科学地告诉我：吃安眠药没事。可我依然固执地坚持，也因此拖延了病期。当时在自己的内心，的确是把失眠当做一场战争来打的，我不想在药品的介入下打输这场战争。回想起来，该是一种年少的无知吧！

然而这种年少的无知却把自己在失眠的泥潭中越拖越深，再到后来，一直深信自己能打赢这场战争的信念终于崩溃了。一点儿起色没有的夜晚让我不再相信自己不再相信别人不再相信医学甚至连生命都不再相信了。在生命的面前我一直不是一个数量的爱好者但却绝对是一个质量的追求者，在疾病的袭击下，这种生命的质量越发令人堪忧，而且迟迟看不到有好转的迹象，于是生命在我面前，开始变得不再那么有吸引力。在这样的状况下，离开也似乎是个不错的选择。

于是每天的脑子里翻来覆去的就是用什么方式离开，我不想把当时的种种设想叙述得太具体，因为这在今天看来实在有点儿残酷，而在当时却是顺理成章的事儿。

不过，绝望到了尽头往往就是希望。

暑热在北京慢慢退去，宿舍里开始好过一些。吃了很多的药，也不知哪一服慢慢起了作用，更重要的是，每晚躺下再也不像以往那样要求自己必须睡着，反而觉得睡不着才是天经地义的事儿，因此心中也没了负担。几个月过去了，不知哪一天终于有了第一个小时的睡眠，然后是两小时，虽然还是习惯性地凌晨醒来，但心中的喜悦是巨大的。我真正体验到，绝望之时来临的一点点希望，才是让人最感幸福的。

随着夜晚开始有眠，身体状况也一步步好转起来，1米79的身高，失眠最严重的时候，体重只有110斤，每天起床，都会发现枕巾上一把一把掉落的头发。而现在这一切正在开始发生变化，一种生命的喜悦从身体的好转中慢慢地回来，绝望的念头开始收敛。

不能说我打赢了这场战争。因为我是在绝望的状态下看到自己好转的，而且好转的过程很慢，直到一年以后仍未能回到完全的健康之中。夜里，睡眠是从一个小时到两个小时到四个五个小时慢慢增多，这样缓慢改变的过程让我觉得古人的伟大，因为他们早就总结出"病来如山倒，病去如抽丝"。失眠还是会经常袭击我一下。不过我再也不会恐惧，睡不着的夜晚我会重新点上灯，拿出一本书，让真正的睡意来找我。心理一步一步在失眠面前放松，失眠竟也一步一步地后退。看来对于我们许多同病相怜之人来说，有一点是共同的：失眠更多的不是生理疾患，而是心理疾患。因此想要走出泥潭，心理上主动或被动的放松是重要的。

这样的经历在回忆的过程中是简单的，可能还会有人觉得，就这么点事，至于当场战争来看待吗？是不是有点儿小题大做？可深陷其中的感受却绝不像回忆时这么简单，交火的时刻，刻骨铭心。

失眠似乎在我面前退后很远了，但我知道由它而来的一道巨大阴影仍在我的内心之中，只是藏得很深，仿佛不见了一样。

也许中国人经历了太多的苦难，因此常常有人会发出感谢苦难的声音，认为苦难虽然折磨了自己，然而其中的收获还是巨大的。失眠在正常人的眼里也许不算什么苦难，但身临其境的人知道它的可怕。我从中走出，不想回头说什么感谢苦难，不管这一场生命的波折给了我怎样难得的感悟，我却宁愿永远感悟不到这些而去换取没有失眠的日子。

然而发生过的毕竟已经无法改变，这场离生命很近的战争最后还是不管我愿不愿意把很多的感悟给予了我。

对于现代人来说，没有什么比静心更难的事儿，失眠该属于现代病，尤其在城市那钢筋水泥的森林中多发，诱惑、梦想、欲望……每天在人们的眼前变来换去，想让心静下来是困难的。心静不下来，夜晚来临的时候，躺下又怎能安眠呢？一幕又一幕白日的电影放着，明天的情节在构思之中，睡眠的时间就被一点儿一点儿挤占着。一切还算正常时，人们不觉得怎样，内心的战争来了，就突然发现……要是能静下来，那才会离幸福近些。因此失眠过后，我首先学会的是，把平日里的大事化小，小事化了，有些欲望、诱惑在自己头脑中删除，给自己的心灵更多静下来的空间，如果听任内心如自由市场般喧嚣和嘈杂，想安眠是梦想。

心一旦静下来，接着就该明白：没有什么比身体的健康和生命的质量更重要。人们平日健康的时候为名忙为利忙，太多的人们拿着青春赌明天，于是有顺口溜说：年轻的时候拿身体换钱，年老的时候拿钱换身体。当健康成为生命中头等目标的时候，名与利，这些往日看来最最重要的东西会忽然在你心中贬值。也正因此，多年以后，我采访冰心老人，病床上的世纪同龄人告慰后来人："生命是最重要的，有了生命才有一切。"一句看似简单的话却一语道破天机，让我当时感慨万千。

自己有过一段功名退其次健康放第一的日子，至少学会：面对怎样的诱惑都不能以博身体为代价。身体健康的时候，清风明月、粗茶淡饭一样会给你带来快乐，而一旦健康不在，怎样的高位、多大的产业都和快乐无关。这种感触怕是每一个现代人都应该在心里储备一下的。

当然，自己经历过一场和疾病的战争，也知道了这样一个道理。人生中有很多事情，转折往往就在最后那一下坚持之中。有时候想起来会后怕：如果我提前在生命的战场上退下，结局还用设想吗？无论怎样的磨难，只要自己不彻底绝望就总有希望。在这方面我只能算是个反面典型，因此我还想感谢一下最好的医生，那就是时间。平日里我们无论遇到怎样的伤痛，都会在一瞬间，以为世界的末日到了，在这样的心情下，没有什么灵丹妙药能立即医治你的创伤和疾病。但当周围的人们和你自己都手足无措帮不上什么忙的时候，时间可以用从容的流逝慢慢地帮你抚平创伤，直到很久之后你会突然发现，在时间的帮助下，你已经走出了那个曾经把你困在其中的泥潭。因此大多数时候，面对各种各样的创伤，我不相信自己，但相信时间。

经历过一次生命的挣扎，看重的当然不只是健康和生命的质量。从噩梦里走出，你会把平日拥有的亲情和友情看得更重。生活中有些看似很大的东西变小了，而有些属于生活常态的东西却变得珍贵起来。在我那段痛苦的日子里，我现在的爱人当时刚刚和我相识相恋，她一直待在我的身边，那时的我绝望、消沉，连自己都不相信会有什么未来，但她相信。虽然因为我的沉默她在那一年多的时间里也话语不多，然而执著地停在我身边就是一种扶持。我当然知道，之所以自己能从绝望中走出，她近乎固执的相信起了多么大的作用，更重要的是我当时并不相信爱情，可和她共同走过那一段日子，我不得不信，这个世界上有一种力量和情感在平日里隐藏于角落，却在危机时刻显现身手。于是这种落魄时的感情让我不得不相信爱情。

　　我本就不算是一个乐观主义者，经历过这一次的"战争"就更不是，但悲观并不意味着我每日都是消沉和绝望。过于乐观就会把世界和人生看得很美，而结果往往十有八九不尽如人意，于是受的打击就大，挫折感就多；可先把人生看得悲一些，就知道这条漫长的路上，总是会有或大或小的苦难在等着你，遭遇了也会以平常心去面对，躲过了更会窃喜。以这样的心态走长路，苦，才不会给我们那么多的打击，我们才会有更多赢的机会，生命之路其实才真正走得乐观。

　　因此，先把人生看透了，活着才有希望。

04

这张照片记录了我在做报人时的生活状态，一身运动服，一辆赛车，单身汉的生涯，自由很多，空闲很多，梦想也很多。

报纸生涯：生命中的加油站

近来，经常有人问我：怎样的口才是最好，口才应该经过怎样的训练呢？

在各种和口才有关的词语里，我一直认为出口成章是最高的评价，其他如"口若悬河""喋喋不休"等都让我听出一种贬义来，只有"出口成章"似乎一直是种高要求，我之所以认可这四个字，恐怕是因为最后的那个"章"字，文章的"章"。

其实，古人用"出口成章"这个词来形容某人口才之好，并不是偶然的。

我一直不认为口才只是和嘴有关的技巧，而是一种综合的能力，因此口才的训练并不是天天练绕口令和猛背字词发音就能够大功告成的，口才的功夫应该既在诗内更在诗外，一个文章的"章"字透出个中的奥妙来。也许每一个以嘴为生的人，都应该在训练舌头的同时，更加注重心灵、大脑和手的训练，多用心灵感悟，多用大脑思考，多用手写文章，时间久了，如有一定语言发声的基础，那才可以把口才当成一个目标。

六年多的时光过去了，这期间我一直以嘴为生。对于我这个非播音科班出身的人来说，字正腔圆本就不是我的强项，因此，在日常工作中，只有用另外的东西来弥补这一弱点：一是语言的内容，二是语言中思考的含量，除此之外，我想自己一无所有。

而之所以在语言表达方面还有一点点长处，回头看，是当初几年的报纸编辑生涯给自己打下了一个极好的基础。尤其值得庆幸的是，能有几年报纸生涯并非当初自己所愿，一系列的偶然，制造了这个结果。可恰恰是这一结果最后给予自己的训练，帮助自己在走上新路以后有了一些底气，并最终给了自己改变的机会。所以感谢是要在回头的时候首先脱口而出的，而说完感谢之后，恐怕也得感慨命运的神奇和"塞翁失马，焉知祸福"这句话的深意。

出乎意料的岗位

从周口店回来，经过极短的调整，工作就要开始了。

对于前途的设计，此时虽不是很乐观，但似乎也不悲观。对于我这个学新闻的人来说，到中央电台能分到新闻部自然是门当户对，更何况下乡锻炼之前，到新闻部帮忙了一段时间，大家彼此感觉不错，因此早就约好下乡回来再见。

于是，我以一个新闻部工作人员的心理感觉回到台里，退一步说，去不成新闻中心，去其他专题部门都算不错，至少并不是专业不对口，因此怎样变化也不太会令自己失望。

万万想不到的事发生了，人事部门的同志找我谈话，在我猜完台里的十五个部门以后，他们才出乎意料地告诉我：你的位置，是《中国广播报》。

我一时有些蒙了，其实《中国广播报》我并不熟悉，在印象中，似乎那是一张以刊登节目表为主的报纸，自己学了四年新闻，难道刚一上路，就要和播出时间等数字打交道吗？怎么也想不通，莫非，自己获得这种结局正好和一年前那莫名其妙的匿名信有关？

回到宿舍自然是闷闷不乐，其他的同事由于结束了乡下无所事事的生活加上又分到了意料之中的部门，因此大都是精神抖擞，只有我，低头不语，似乎又一次遭受打击，同伴也在兴高采烈之余为我鸣不平，他们也都劝我：留得青山在，不怕没柴烧，先干着，再说。

工作之路，就将注定从《中国广播报》开始，前途是什么？郁闷中的自己并没有太多设计，那一阵的北京天气，虽是盛夏的阳光灿烂，可在我心中，却一直阴云密布。

嗨，先上路吧！

每年一度，在北京中山公园，都会举行一次报刊宣传日活动，不管大报小报，都会来这儿，当着游人为自己吆喝。对于我们来说，这是一件大事，由于每年有夏青、葛兰等知名人士来帮助我们壮声势，因此《中国广播报》五个大字总能在公园里被人关注很久，于是心情会好很久。

初闻报香

用上这个小标题似乎多少有些不妥，因为报香并不是这个时候才闻到的。

上大学四年的时间里，报纸是自己的精神食粮，更重要的，八十年代中后期，报纸的竞争虽没有现在这样激烈，但一些极有价值的文章时常出现在我们的眼前，一个又一个带有强烈理想主义色彩和忧国忧民的记者名字被我们熟知。从某种角度说，他们成了我那时精神引导之一，在他们的文章和忧国忧民之中，我读到了舆论监督最初的味道和媒介要成为社会良知的最初感召。这其中，《中国青年报》居功至伟，很多记者的名字我张口就能说出来，甚至多年以后我和他们中的许多人见面时，还有着诚惶诚恐的尊敬感。这种尊敬主要来自他们手下的一些文章，比如大兴安岭火灾后的《三色警告》《西部大移民》等等。这些文章中的批判现实色彩和深藏其中的新闻人良知，深深地打动了我，也许正是这些文章，奠定了我今日做新闻人的严肃，虽然年龄和他们相差一些，但心灵该是相通的。

还有《人民日报》上的一些好的思考性文章和经济类文章，后来的《中华工商时报》新颖的版式风格都对自己这个新闻准专业人士产生过很大的冲击，这些报纸上的优秀文章也都被我在几年间细心地留下来，贴成几大本，成了珍贵的资料。

制作这些资料只是为了借鉴，没有想到的是，一个出乎意料的安排，竟使我也成了广播电台的报纸人，当初的报纸情结竟奇迹般地在自己生命中上演。

缘分是有的，可要成为专业人士，重新补课还是必须的，当初在广播学院，虽是新闻专业，却偏重于广播电视，报纸还是陌生领域。这次走进陌生领域，不管情愿还是不情愿，先修炼自己才是最重要的，于是走进报社后的第一天，在看完了近来一段时间的《中国广播报》，对报纸的情况有了初步了解之后，就上街买了一本人民大学出版社的《报纸编辑》，回来后临阵磨枪，了解了相关ABC之后，开始了报纸生涯。

有时，干报纸比干电视幸福多了，你看，当时我采访孙国庆，拿个小本和一支笔也就行了。但干了电视则拍不到这样的采访全貌，非得各路工种齐全才行。

进了报社才知道，一切并不像我想象的那样糟糕。八个版面中，只有两个是节目表，余下的版面是大有作为的。报社内其他人员，总的结构是年轻人少一些，因此作为年轻人，也该更多做些工作。反过来说，也能比其他部门的同龄人拥有更多机会。

报社内人手并不富余，于是实习了一段时间以后，自己就成了负责一个版面的责任编辑，这也就意味着，我像一个年富力强的农民，终于拥有了一块自留地，种什么，怎么种，自己都将拥有很大的权力。这种局面，对于刚刚毕业的大学生来说，并不是一个唾手可得的机会，要是分到类似新闻部这样的重要部门，这种机会要在几年以后才会出现，于是不情愿的位置开始给自己出乎意料的机会，只是在那个时候，自己还是不懂感谢的。

自己能有这种权力，还和我们的"一、二把手"有关。一把手很年轻，非常有开拓精神，敢于让年轻人挑大梁，同时也能处好和老同志的关系。这让我干起活来，有种"士为知己者死"的愉快。而二把手年岁虽大却宽容为怀，年轻人只要出色肯干都会被他鼓励。加上报社里年轻人数量不多，其他老同志都比较惯着我们，连我在办公室里每天放流行音乐都慢慢被他们接受。于是，我又奇迹般拥有了一个对干活最有利的小环境。很多过来人知道，一个刚出校门的年轻人，能在大环境一般的情况下拥有一个宽松的小环境，该是一件多么幸福的事情。

这样，我就只剩下快乐干活。值得庆幸的是，我并不是那种心情不好就不好好干活的人，虽然这个位置最初来时并不情愿，可既来之，则安之，则好好干之是我的原则，而正是这一点，让我在把一件又一件小事做得还算不错之后，拥有了改变的机会。如果因为自己的心情不好，活就不好好干，或因为事小而不为，那也许直到今日，我还会在最初的岗位上抱怨自己怀才不遇。从这一点来说，命运的改变与机遇的获得，是从一件又一件小事开始的。

在白纸上作画

负责一个版面，其实最先拥有的就是一张白纸，而最后经过自己的努力，让这张白纸被几篇文章和图片填满，自己的任务也就算完成。不过说起来简单，做起来并不易。用什么样的文章把它填满，这个版面会不会拥有自己的风格，人们爱不爱看，版式漂不漂亮，这一系列问题，对于责任编辑来说，都是必须考虑的。

首先，我这一版是社会性和故事性相结合的版面。因此，由哪些作者来完成这些文章是至关重要的。作为编辑，我就必须先了解电台的各个栏目，看哪些栏目适合供稿，哪些人适合供稿。

一段时间以后，我慢慢在电台里有了自己的一个作者群，他们的文章符合我的口味，同时，我对这些文章的修改、标题的制作、版式的设计，也大都让他们满意。于是，双方的合作就默契起来，慢慢地，我这一版的风格也就鲜明起来。

努力开始有了回报，一段时间的低头走路之后，周围的人们看出这一版的变化。于是，从社内领导到周围朋友，偶尔也就会有表扬声飘过来，这给了自己很大信心。更重要的是，面对表扬声，人比较有成就感，一些不快与不如意也就淡化下去，并开始有了进一步干好的动力。

作为一个版面的责任编辑，在我们这个不大的报社里，不仅要负责组稿和版面内容与风格，还要自己承担画版、校对、付印等一系列事情，在大的报社，这些活分给不同工种的人做，而报社小，我也就有了体验全方位报人的机会。

由于我们的报纸是周报，生活开始以七天为一个周期，每到星期二的上午，看着刚刚印刷出来还带着墨香的报纸，一种成就感油然而生。十天之前这些内容还只是一个又一个创意，几天之前，这张报纸还是错字很多有许多修改之处的半成品，而星期二，它就变成了实实在在的成品，这种触摸得到的成就感，是干电视和干广播都比拟不了的。

可能因为自己并不是学报纸的，因此禁忌就少，于是做起来，创意的胆子也大也更无所顾忌些。奇怪的是，这种大胆反而赢得很多人的掌声。自己毕竟年轻，对新东西的理解感悟得快，实施起来也快。于是，时间一长，我们这张报纸的脸孔由于我们几位年轻人的介入和其他同事的共同努力开始向人们接受的方向转变，而干活的人意识到别人对自己成果给予肯定后，干起活来自然心气更高。因此，那一段时间，大家的精气神都好，我也一样。

我自己已不满足于总是为人做嫁衣，进了报社，自己的笔就没停下过。因为有了自己的阵地，领导也宽容，于是从评论到散文，从专访到年终回顾，一篇接一篇，成了我文字创作的高峰期。

这其中，我以新风格写成的年终回顾文章《回眸九一》，被《新闻出版报》头版全文转载；连续八篇在中国流行音乐界较早进行深入分析的文章《中国流行音乐现状》，被外地出版社看中，最后扩充成书。而一些散文和评论在同伴之中也引起了一定的反响。回头看，正是这些可保留下来的文章，让其他的人认识了我，认可了我，也把一些重要的机会给了我，于是改变产生。假设自己当初去新闻部值夜班，永远没有白纸黑字留得下来，我是否也会拥有机会呢？

四年报纸生涯，在回忆中飞快地度过，记忆中的画面总是先苦思冥想，版面的内容和创意有了之后就开始和作者磨合，再然后是画版校对付印，最后是手捧崭新报纸的得意。当然在这样的画面中，还夹杂着自己伏案写作（需要声明的是，在报纸四年中，除了极少数文章是领导的指令外，大多是自己冲动之下的奋笔疾书，写作在那时，是种不得不为之的快乐过程）的镜头，欢乐而忙碌。于是回忆也变得温馨起来，时常有种不愿意转过头来的留恋。

我该真诚感谢

在一种不情愿的状态中开始，但短短时间过后，不情愿的位置就给了自己一种情愿的生涯，尤其在内心铭记的是：这四年多的报纸生涯竟为今后的人生之路打下一个极好的基础，不说感谢已是一件不可能的事。

首先，四年报纸生涯给了自己四年编辑的生活，对于新闻人来说，编辑位置又是最重要也是必须经过的。

年轻时认为干新闻，记者是最风光的，编辑的寂寞与为人做嫁衣，不是最好的选择，并且还固执地以为：那该是白发苍苍当不了记者的人才该坐的位置。

然而当过编辑，就知道这是大错特错。在新闻的流程中，编辑该是最重要的一环，他能培养一位又一位记者，他能化腐朽为神奇，他能通过巧妙的组合达到最好的传播效果。更重要的是，他总能从就事论事的思维中跳出来，站在一个更广阔的角度去思考和认识问题。因此，我庆幸四年的报纸编辑生涯。虽然自己做得并不好，还不能称得上是一个很好的编辑，可它让我知道了新闻人该朝着什么方向努力，所以我想，每一个年轻的新闻人，是该经历一段编辑生涯的。从某种角度说，当今中国电视的不够水准，是因为在大编辑思路方面认识不足和人才的缺乏，所以一个又一个节目才散兵游勇般被人轻视。

四年报纸生涯结束后，对我本人还有一个重大的收获，那就是开始会写些文章并比过去更能看出什么是好文章。

这种改变不知是从哪一天开始的，想必不会有一条清晰的界限吧！就在报纸生涯过后，自己动笔与看人动笔，都好像去了一层雾气般神清气爽。我想这一方面来自自己不停地动笔，二来由于和不同作者的磨合，时间长了，熟能生巧，慢慢也就入了道，这是对一生都有益的收获。

在报社生涯中，第三个大收获就是友谊。

大学四年生涯在眼泪与迷茫中结束，那种无拘无束的友谊结束之后，曾经悲观地以为：从此人在江湖，尔虞我诈多了，真正的友谊怕是要在回忆中才出现。然而在报社这几年，可能由于工作不在主流关注之中，因此日子过得相对清净，人心也就略少浮躁，同时闲暇也多，友谊就又有了发展的时间和空间。

有忘年交，比如和报社的同仁们，中午和下午下班后，激烈的牌局竞争或清净的闲谈都是一种值得留恋的时光，还有工作中的扶持以及他们对年轻人的宽容，都该算作忘年交的重要内容。

当然更重要的是同龄人的相互温暖与扶持。报纸生涯时，我和周围的好友，都过着单身生活，那么多的八小时以外，那么多的周末，好在有同龄人在，于是，酒、麻将、录像、闲侃、足球、音乐就成了我们工作之余生活的全部。在那样的四年里，的确"孤独的人是可耻的"，于是单身生活成了另一种快乐！

收获当然还有很多，比如，由于工作量不算太大，正赶上北京经济广播电台招客座主持人，我就前去应聘，还真的考上了，于是，又有了一年多广播节目主持人的生涯，1026千赫也成了我非常熟悉的数字，或许，追寻自己主持之路，是该从1026千赫算起吧！

四年报纸生涯，在其中，自己写了很多文章，为别人编辑了很多好文章，

铁打的营盘流水的兵，这是当初我们报社内四个年轻男人的合影。现如今，我们这四个人都已不在报社，但不管现在在做什么，《中国广播报》所给我们的培养都铭记在心，但愿每人都能出色些，好为自己青春停留过的地方增点光添点彩。

得了一场大病，收获陪伴自己到现在的爱情，经历了自己和社会的最初磨合，和一群陌生人结下了深厚的友情……这一切，不都该让我好好对报纸生涯说声谢谢吗？

天下没有不散的筵席，没有想到，这四年报纸生涯只是我生命之路中的一段，很多梦想和遗憾，很多欢乐和心情灰暗的日子，都留在那一段路上，成为一种记忆，成为生命之路的一块路标。

日子在报社一周一周地过去了，1993年，年初，办公室的电话响了，找我的，当我放下手中的工作去接这个电话的时候，我并不知道，从此，另一种生活开始了……

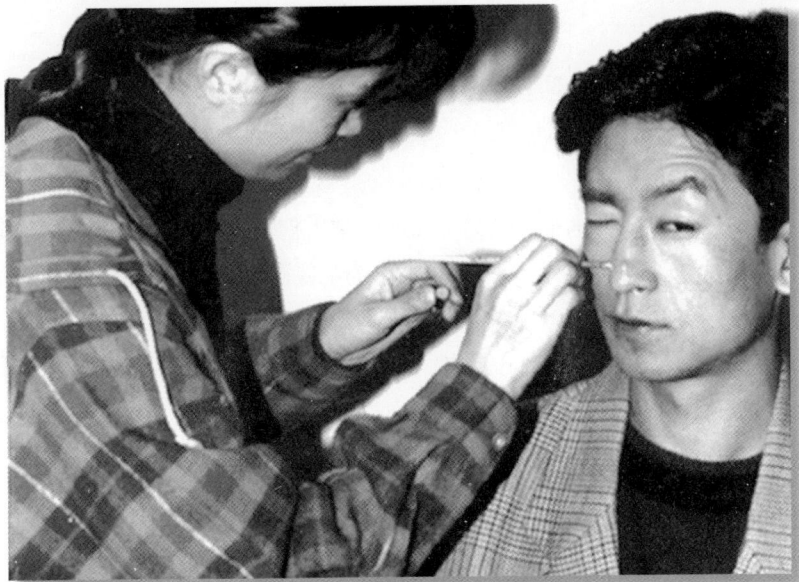

对于我这个过去洗脸都有点儿马虎的人来说，刚一上电视，最痛苦的莫过于要化妆，加之自己底子不好，因此我常常对化妆师说：对不起，毁您手艺啦！

走进电视：略显偶然的相遇

05

曾经听电视台的一位中年记者给我讲过这样一个真实的故事。

八十年代初她大学毕业，分配的方向是中央人民广播电台和中央电视台。在当时，由于中央人民广播电台是大哥哥，宣传效果好，社会影响大，因此能分到电台是非常值得追求的目标。而中央电视台当时还很小，社会上电视机的数量少得可怜，所以干电视有些冷门，因此，被分到电视台工作，心里总有点儿别扭。但不幸的是，由于这位记者毕业时不慎得罪了权威人士，最后被分进电视台工作，当时她自然好久不乐意。不过谁也没有想到的是，不到十年的时间，干电视成了年轻人追求的热门职业，多年后回忆当初分配时的不尽如人意，她颇有些沧海桑田之感。

我毕业的时候，干电视已经是学新闻的学子们追求的热门目标，但在我心里却似乎很少做过电视梦。一来当时毕业时的主要目标是留在北京，如果选择电视台作为主攻方向，那风险太大，似乎是一场很难赢的赌局；二来在广播学院进了新闻系，学的是编采专业，出去之后，干广播甚至做报纸都是天经地义的事，而去做电视，那是电视系学生们的选择，对我来说，很遥远，当电视节目主持人就更不在念头之中了，我毕竟照过镜子，从长相到声音都提醒自己：别开玩笑了，还是为广播奉献终生吧！

1993年2月，春节刚过，我在《中国广播报》办公室接到一个电话，是当时在电台《午间半小时》工作的崔永元打来的，"小白，我的同学在电视台要办一个新的节目，挺缺人的，你过去帮帮忙怎么样？"

这不是一个什么重大的抉择，因此我一口答应下来。

在当时的北京新闻界，干好本职工作之余到别的媒体帮帮忙正开始成为时尚，再加上那时总感觉有多余的精力可分配，尝试点新东西总是好的。没人会知道接了电话爽快的答应会让我今后的生活发生大的变化，一个简单的决定让我走上一条与以前不太相同的路。

接下来和《东方之子》的制片人时间联系上了。当时的栏目还不叫"东方之子"，只知道是一个人物栏目，我的任务是去这个栏目当策划，也就是帮助主持人设计一些问题，一起和其他工作人员进行人物分析。我不认为这很难，因为在几年的报纸生涯中，我也采访过好多人，再加上自己觉得这是一个副业，不可能把宝押在这个栏目上，因此心里几乎没有什么负担。

时间很慎重，一个上午，他来找我，我给他拿了几篇我过去采访人物的文章，时间仔细看过之后，拍板，你来吧！

2月底，我去时间他们的大本营，当时他们一些人在北京亚运村的一座办公楼里租了一大套房子，为节目的开播做准备。大大的客厅被改造成演播室，两张凳子固定了采访人和被采访人的位置，其他人住在另外屋里，很有点儿小成本家庭作坊的意思。这就是《东方之子》刚刚成立时的情景。

刚一进屋，时间把我介绍给大家，我的年龄在那儿摆着，和"策划"这个职称似乎有点儿距离，我看得出屋内人士脸上那种不太信任的神情。正好我的一位大学同学在场，更是惊讶而直爽地喊道：转了好几圈，我以为找的是个老头呢，

这是我和第一位"东方之子"——山东济南钢铁厂的厂长马俊才一起打台球，西装是借的，空荡荡的，人瘦得像狼，头发居然有点儿中分的劲头，因此有人说我更适合演个叛徒。就这副模样，由于是初生牛犊，所以还是不知深浅地上路了！

原来把你找来了！

我并没有感到尴尬，因为毕竟年轻还有些不知深浅，加上制片人时间和我谈话的时候，淡化了我的工作职责，也没有把太大的工作压力给我。

工作就这样开始了，当时的主持人都已到位，包括《工人日报》的胡健大姐、社科院的陆建华以及另外一位女学者，在他们的面前，我更是感觉到，我将把自己的服务工作干好。

但我不会隐藏自己的观点，记得我第一次看的采访，对象是以写毛泽东著称的作家权延赤，采访结束，时间让我谈感受，表扬过后，我也提出一些自己的建议，当然可能会引起不快，但大家在那里都是工作第一，争论一下也就过去了。就这样我也慢慢地上了路，白天在报社正常工作，晚上和周末与未来的东方之子们打交道，日子倒也过得充实。

当时节目的名字还没定下来，议论最多的是《新太阳六十分》，我们这个人物栏目的名称就叫"太阳之子"。直到有一天时间接个电话，告诉我们名字定了，叫"东方时空"，咱们这个栏目叫"东方之子"。名正了言就顺，大家的工作开始为 5 月 1 日的正式开播做准备。当时还缺主持人，我自然不会想到自己，我认真地在脑海中盘算了半天，给时间推荐了一位我在电台的同事，两人也见了面，后来不知怎么就不了了之了。

于是记不清是哪一天，时间找到我："后天你出差去山东，采访一个企业家，你做一下准备吧！"

我一时有点儿蒙，什么，我去采访？没有搞错吧？

没有。时间的态度很坚决，也没有作什么解释就走了。听了这个安排，当时组里的摄像赵布虹倒是来了个预言：刚开始人们可能会不习惯你，不过你会慢慢热的，能行！

我肯定不是千里马，但就在这一位又一位伯乐的督促下，半推半就地上了电视路。

然而心里还是有点儿打鼓，不是因采访和工作难度，而是怕一出电视图像，我在电台的同事看到，他们就会发现我在外面"干私活"，虽然是业余时间，但似乎还有些不妥。这时候，别人劝我：没事，咱这节目早上播出，人们早上不一定看电视。这样的安慰加上自己觉得采访完这一位之后可能就不会再上图像了，于是横了横心，去！

在去山东的火车上，我和同事聊天，信誓旦旦地对自己来了个设计：我要做一个不穿西装的采访人，至少领带是不能系的。但计划没有变化快，到达山东济南，采访开始前，时间看到我一身休闲的装束，便临时给我借了一件西装，领带也打了上去，当时瘦骨嶙峋的我终于穿上一件宽大的西装，晃晃荡荡地开始了我的第一次电视采访。想休闲一点儿的梦想没有了一个好的开头，以后几番挣扎几番被领导训斥，人在江湖身不由己一步一步走上西装革履之路，虽然别扭，但一句"要对观众尊重"就慢慢打消了我的自由设想。

由于《东方时空》节目将在 5 月 1 日正式开播，因此我这次到山东采访的对象是济南钢铁厂的厂长马俊才，一个"五一劳动奖章"获得者。最初和电视的磨合于我不是问题，既然不懂电视我也就没了镜头感、摄像机在哪儿的顾虑，摄像师跟我说：你只管像平时一样采访，别的事由我管。就这样，我的第一个电视采访完成了。

很久以后再重新看第一次采访，大家都笑了。

1993 年 5 月 1 日，《东方时空》正式开播，在一段其他几位主持人的开场白之后，就是我采访的东方之子，而我自己并没有看到，由于心里没底，家里也没通知，至今母亲还在埋怨我当初没打个招呼。上电视的路就这样偷偷地起步。

在栏目开播前，要为自己的栏目设计一句广告词，当时没有多少精雕细刻的时间，编导在机房外我在录制间里，现上轿现扎耳朵眼，第一句"浓缩人生精华"在我脑海中跳出得很快，大家也一致认可，而第二句就多少有些周折，一句一句地抛出一句一句地否决，直到"尽显英雄本色"，大家才松了一口气。于是从第一天节目播出起，"浓缩人生精华，尽显英雄本色"这句《东方时空》栏目的第一个栏目广告就开始每天和大家在早上见面。直到后来，随着《东方时空》节目"平视"概念的增强，加上栏目广告词一句才最好，终于有一天，"尽显英雄本色"这句话和观众告别，《东方之子》栏目和"浓缩人生精华"紧密为伴，这句话也成了栏目的一个标志。

直到今天，这句话依然会提醒我们，也许在过去的岁月里，我们短短的八分钟人物采访节目对人生的浓缩还不够，但至少是我们一个不停追求的目标。"画龙画虎难画骨"，无论怎样的采访，是文字的还是电视的，对人物的经典刻画都是难的，也正因其难，探求人物的性格走进不同的人生都是具有吸引力的。我至今仍感幸运的是，当初接触电视走进的是人物栏目。如果说做其他栏目我更多的是一种付出，那么做人物节目我每次都是在获得。"东方之子"群体于我是一个大课堂，从第一天走进开始，前辈学者、时代精英便一一走进我的生活，注定了我在今后的电视生涯中，对人性和人生的关注成为每日的功课。

有了第一次采访，接下来就欲罢不能了。当时时间和我们采访记者谈得最多的是如何在采访中达到"平等智商的对话"，作为一个采访者必须不再是一个简单的提问者，而是要在和被采访者的问答之中，把每一位"东方之子"最该被浓缩的东西展现出来，也正因此，我们这些外表上感觉"歪瓜裂枣"者才有走上电视的机会。不过在当时，虽然"初生牛犊不怕虎"，但我的压力还是有的，在几位主持人当中，无论学历还是资历，我都是最低的。"平等智商的对话"说起来容易做起来很难，也因此在最初的一些节目当中我并没有什么值得骄傲的作品，不像胡健大姐采访张贤亮的片子，直到今天都被我们视为经典。难怪在多年之后，当大家看到我在"东方之子"中的第一个采访时，都乐了，这种乐我相信不仅仅是因为当时的外表和现在反差太大，还有很多的内容。

最初的日子里，从来没有想过《东方时空》会有日后的红火，大家颇有点儿只顾低头赶路的意思。节目开播不久，我们推销起自己的节目来都有点儿底气不足，因为太多的人都不知道也没有看过这个节目。我们到海南省采访，很多人的联系都颇费周折，不像后来《东方之子》这个栏目广为人知，相对联系起来容易些。而在当时，每当有人接受了我们的采访，我们心里都有一份喜悦。

其实不光我们做节目的遇到很多困难，在经营方面也同样如此。现在《东方时空》的广告费很高，一般很早订完。可在最初，广告费很便宜却依然没有人愿意掏这个钱，谁也不想让钞票在早间节目中打水漂。回头再看那最初走过的艰难之路，更懂了"万事开头难"这句话的含义。

那时的我自然也没有太长的设计。1993年5月底，我接到制片人时间的电话，问我想不想调进中央电视台，我没太考虑就拒绝了。"做电视"是副业这种概念在我当时的头脑中还是根深蒂固的，再加上当时在广播报，我正筹办着一张新报纸《流行音乐世界》，报社内部也把这件事当成了重点，甚至创刊号各个版的内容和样式都设计出来了，中央人民广播电台也专门为此开了会，台长也讲了话表示支持，在会上"高举起流行音乐这面大旗"很给人一种振奋。能把自己的爱好变成自己未来的工作，对我来说自然是件快乐的事，欣喜之中，觉得自己电视到底能做多久，心中没底，于是就拒绝了时间的好意。

但走进电视看来还是我的宿命，过后没多久，已经呼之欲出的《流行音乐世界》在当时一种对流行音乐依然不屑的氛围中，被某位领导判了死刑。寄托了我的热情和理想的梦碎了，我立即有了万念俱灰的感觉，好吧，走。这个念头一出来，最后走进电视也就成了自然而然的事。

也曾有人问过我，假如那张报纸办下来，你和电视说再见不会后悔吗？我想不会的，一来人生没有假如，二来每条路都会有不同的风景。走上办报之路自然会依照另一种规则欣赏着路边的景致，也会有挣扎，也会有快乐，也许今天的自己会在那样的一条路上寻找到另一种成就感。

可最终，我还是成了彻头彻尾的电视人。

但真正让我在心中归属电视，还是依赖于一次同行们对我的认同，而之所以拥有这种认同，是因为一趟西北之行。《东方时空》播出一百期时要制作特别节目，我承担的任务是去青海与西藏的接合处，采访一位电影放映员赵克清。

接到这个任务时，我正在宁夏银川采访另外的几位"东方之子"。也许是好事多磨，采访放映员的任务从一开始就不顺。就在我接到任务的第二天，在银川机场一架客机失事，死伤者众，媒体报道后举国震惊。远在内蒙古的母亲自然知道了这件事，但由于不知我在银川的具体行程，内心的担忧可想而知。而我因为在银川的拍摄工作很紧，加上当时也没有手机，忽略了给母亲报平安，结果母亲不知怎么千方百计寻找到我们节目组的电话，向北京我的同事询问，那份焦虑自然深重。因此当后来我的同事把这件事告诉我之后，心中马上有了愧意，"儿行千里母担忧"啊！

结束了银川的拍摄，开始继续西行，踏上了去青藏高原寻找赵克清的路程。先到兰州，但从兰州去西宁的火车票特别难买，好不容易上了火车却没有座位，多方交涉，我们一行三人被安排到火车的行李车厢中，一路上我们是躺在各种邮包袋子上行进到西宁的，那种滋味至今难忘，而车窗外新鲜的风景到今日却变得有点儿模糊不清了。

到了西宁，与先期到达的策划人崔永元接上了头，了解到有关赵克清的情况。原来，赵克清是从河南来青海工作多年的老放映员。青藏高原上人迹稀少，一个游牧点和另一个游牧点可能相距上百里，赵克清就赶着马队，上面装着帐篷和放映电影的设备，到达一个游牧点后，给当地的牧民放上一夜电影，第二天收拾行装，再奔下一个放映点走，其间的艰辛与磨难我们难以想象。一个特殊条件下一个特殊的故事，大家都能在这样的故事中体会到另一种生活另一种人生，感动是自然的，也因此我们的特别节目采纳了小崔的建议，于是有了这趟青海之行。

接过头后，知道了去高原上寻找赵克清的办法，又在西宁租了一辆桑塔纳，就准备出发了。当时小崔的身体不是太好，在西宁海拔两千多米的地方高原反应已经比较严重，考虑再三，小崔不宜向更高的海拔挺进，第二天早晨我们就和他分手了。

出发时又一件不顺的事发生了。送行的时候，我走进车里，手却搭在了车门外，被旁边的人一关车门，手被夹了个正着，十指连心，钻心的疼痛在以后几天的采访中就没断过，也没睡过一个好觉，这份疼痛等于是此行中的又一个下马威。

桑塔纳在寂静而又风景秀丽的青藏公路上奔驰，和我一起去拍摄的摄像是曾经获过亚广联大奖的纪录片《沙与海》的主摄像江兵，功夫自然了得。一路上由于隔七八十公里就能看到一起车祸，我和江兵不敢怠慢，不停地给司机点烟并和他说话，免得他开着开着睡过去了。因为在青藏公路上，车前总是一样的无人景致，身边总是沙沙的车轮声，困意上来，后果不堪设想。

一天的行程之后，我们到达了海拔三千七百多米的青海和西藏接合部，拿着事先了解的地址，我们找到了要拍摄的主人公赵克清，正好第二天他又要出发，去一个游牧点。一夜休整之后，我们又上路了。

老赵是个淳朴的人，在我听来都是一个又一个感人的情节，在他那儿却平静地叙述着。多少个春节没在家过；怎样爬过冰坡；怎样在山谷中用冰块就着硬馒头充饥；怎样经历一次又一次生命中的惊险篇章……听着听着，我们都感觉这个片子有戏。

到了游牧点，老赵的马和骆驼又被人骑走了，没了马和骆驼我们不好拍摄，老赵就和其他的牧民去找他的马和骆驼。我们就在蒙古包里和住在这里的蒙古牧民聊天，有一段对话我至今难忘。一位牧民问我："是从北京来的吗？"我答"是"。他接着便问："毛主席他老人家还好吗？"我答："毛主席早已去世。"那位牧民惊愕了一下又问我："那现在北京谁是毛主席呀？"我答："是江泽民。"牧民沉默了，隔了一会儿说："不认识。"

这样的一番对话在当时让我明白了他们的生活是怎样的闭塞，也因此感受到，赵克清隔上半年一年来给他们放映电影该是他们生活中多么重大的事儿。中国太大了，当我们从高楼林立的北京出发，当我们对世界上哪个国家的政府更迭都了如指掌的时候，在远方，有的人却对这个国家的大事也无从知晓。这就是中国，这才是真实的中国。

老赵找回骆驼，太阳已快落山，我们的摄像江兵急了，他马上和老赵开始拍画面，否则太阳一落山，明天老赵去昆仑山中，我们的节目就很难在播出前弄出来了。四十来岁的江兵开始在三千七百米海拔的高原上奔跑起来，还算天道酬勤，一组后来让江兵夺得最佳摄像奖的画面终于在太阳落山前赶了出来。在太阳还剩下大半个脸的时候，我也拍完了我在节目中的叙述。

很快，天就黑了，远处游牧点中的牧民知道了这儿要放电影的消息，骑着马从几十公里外赶到这儿来，我们和老赵一起搭好了帐篷，帐篷里很快挤满了好奇的人们。电影开始了，老赵进入了工作状态，我们也一直在拍着。放映的当然不是什么新电影，但在屏幕上无论放什么，对看不到电视听不到广播的牧民来说

《东方时空》第一次评奖，受台里重视程度出乎我意料，连台长杨伟光都亲临现场。在这次评奖中，我得了主持人奖，加之《东方之子》组也得了不少奖，心情自然高兴得有些忘乎所以。手拿奖品，想必当时是有点儿想继续乘风破浪的意思，但乐极生悲，身上穿的T恤，获奖之后刚一出门，就由于和人打架，被撕破了。

都是新的。到后来，很多牧民都在昨天的酒意中沉沉地睡去，可老赵的放映机一直在转，他整整放了一夜。

草原上的深夜静极了，因此电影的对话可发送得很远，银幕前是孩子们聚精会神的眼睛和大人们此起彼伏的鼾声。对于老赵来说，这是他无数个相似夜晚中的一个；而对我们来说，这却是无数个相似夜晚中最不同的一个。至今我耳边仿佛都能听见放映机那沙沙的转动声，不知我行笔至此，远方的老赵一切都好吗？

太阳重新照在草原上，牧民们的生活又恢复往昔，女人们劳作，在无事的白天，男人们喝酒，孩子天马行空地游戏着。

老赵又要上路了，去更远的一个游牧点。要翻过大山，我们多少都替老赵有些担心，但老赵却一片坦然，我和老赵一边折着帐篷一边聊着，摄像江兵在一旁记录下这样一种与众不同的采访。在当时我并没有故意如此设计也没有感觉到这种采访是如此特别，没想到回来以后，这种纯自然和生活化的采访得到了上上下下的好评。

和老赵要分手了，他将继续远去，而我们则要快速赶回北京，把这远方的故事讲给更多的人听。临走时，赵克清把一条祝福的哈达给了我，在节目中，结尾处是这个画面，但解说词我是这样说的："这个哈达其实是应该送给老赵的。"

回到北京，制片人时间亲自编了这个片子，我也很快写完了解说词，在一种内心情感的触动下，合作顺利结束。在《东方时空》开播百天的时候，特别节目播出了。很多天后，在新的工作中忙碌的我已经忘记了这件事，忽然却接到我们组编导乔艳玲的电话："小白，你因为赵克清那个片子获得了《东方时空》

这就是拍摄获奖节目时留下的照片，放映员赵克清刚刚把哈达挂在我的脖子上，一会儿我们就要分别，他去昆仑山里继续往日的奔波，而我回北京，为自己刚开始的电视之路续后面的章节。这么一想，哈达更该戴在老赵的脖子上。

第一次内部评奖中的最佳主持奖！"在电话中我半天没有反应过来，不是因为获奖的激动，而是在电话里反问这条消息的内容："什么？我是主持人？"这的确是我当时的提问，因为我从来只认为自己是个记者，主持人这个称谓离我这种人太远了，但当这个奖项来临，我才知道，自己走上了一条另外的路，前途是凶还是吉都得继续往下走了。

我忘不了青藏之行，忘不了赵克清，忘不了草原上的那一夜，因为这次拍摄及后来所获得的肯定，帮助我下了最终走上电视路的决心。

几年之后，回头看当初的情景，最该跳出的词语应该是"感谢"和"无心"两个。感谢是自然的，小崔、时间、我的诸位同事，怎么就能在当初，在那个本来没有我们这些人位置的舞台上，把我们推了上去，还取得了不错的结果呢？这是一种眼光，是一种更前卫的意识，还是一种赌博？跳出我个人的利益，我们必须感谢最初《东方时空》的与众不同，从主任孙玉胜到制片人时间，从当时还在外围的崔永元到我们身边的摄像，他们放弃了传统的选择标准，用新的方式和新的概念来把另外一群人聚集在身边，于是，电视的一个新的时代开始了，画面上一种新的语言诞生了。当创业在今天已经成为历史，我庆幸自己当初赶上了这辆头班车，更让人兴奋的是，在这头班车上大家一起在做一件和改变有关的事儿。

而说到"无心"这两个字，倒似乎更像是一种感悟。当初走进电视是无心的，也许干什么事情都需要一点儿无心。正因为无心，抱的希望不大，失望也就不大；正因为无心，没有刻意地钻营与设计，我只能本本分分地做自己，少了表演，多了自然，少了模仿，多了本色。最后倒因为这种无心，使自己在没有什么压力的情况下一步一步走上了电视路。

但愿以后好多事，自己也能平静地"无心"去做，最后能否成功其实并不重要，上路时的轻装才最珍贵。

　　流浪的人是需要相互温暖的，在最初几个元旦的夜，我们都会把暂住的小屋布置一下，弄点儿喜庆的气氛，然后来自各地的同事相聚共度不眠夜。在那时，孤独的人是可耻的，因为在我们的墙上有这样四个字：你快乐吗？

流浪北京：我身边人们的生活

一点点青春 / 一点点走开 /

一点点流浪起来 /

一朵朵鲜花 /

一朵朵盛开 / 一朵朵飘散得很快……

这是 1995 年春节之前，我为《东方之子》组创作的歌曲《其实每个生命都需要表白》的开头部分，很多听过这首歌的人问我，歌曲为什么叫这个名字，一开始的歌词是什么意思。

对于我们来说，每天的工作应该用一种善良的心去关怀人，用我们的镜头和屏幕给更多的生命以表白的机会，但其实，镜头后面的我们也是需要关怀与表白的一群人，因此有了这个歌名。

歌词的开始部分，对于我身边的人们来说，是再熟悉不过的一种生活状态。头三句：一点点青春／一点点走开／一点点流浪起来，写的是男同胞，而后三句自然写的是女同胞。

其实很多人都已知道，《东方时空》《焦点访谈》这群人绝大多数都不是中央电视台的正式职工，尤其在九三、九四、九五那三年，我们这个栏目像一座充满朝气的兵营，似乎每天都有着人员的进进出出。印象很深的是，每次出一次长差，回到办公室，总有些新来的人不认识，而过去熟悉的人不见了踪影，一打听，另谋生路了。就是这样一种残酷但生机勃勃的流动，制造了《东方时空》和《焦点访谈》起步后的辉煌。

那个时候的《东方时空》很有点儿电视界延安的味道，一批又一批全国各地的热血青年通过各种各样的渠道来参加一场电视界的革命，这种状态的形成，并不是因为《东方时空》节目本身已经做得多么优秀，而是因为他们在长期封闭的令人有些窒息的电视机制里发现了一扇透气的大门，让很多早就渴望自由的青年电视人有了追梦的地方。

于是流浪北京就成了必然。

为了让部里近80%流浪北京的职工能以栏目为家，每年春节之前都会来一次大型的联欢，在联欢上，领导是我们攻击的靶子，他们连怨言都不许有。照片上的我装扮成一个"五四"青年，而身后都是乔装打扮后的同事。

为什么选择流浪北京，很多人并没有说，幸运的是，在《生活空间》自己的栏目介绍中，很多工作人员用文字披露了自己来新闻评论部的原因，这成了难得的一份心灵记录。

陈虻：1993 年 6 月的一天，孙玉胜靠着窗台对我说，到《东方时空》来吧。我回去看了二十几天的《东方时空》，想了二十多天。有两点理由，我决定来了，一是《东方时空》是一个天天播的节目，天天播，就一定天天有事干，我不愿闲着；二是《生活空间》当时是一个服务性的栏目，教给人一些生活技能，我想我在这儿干不成什么好事，至少不会干对不起老百姓的坏事。（作者注：陈虻后来创造了"讲述老百姓自己的故事"这句经典广告语，并由害怕闲着变成渴望闲一两天，但没有机会。）

孙华拉：有人说《东方时空》是"中央电视台的深圳"，就为了这句话，为了成为中央电视台的深圳人，我来了。（作者注：如果特区慢慢内地化了，你是改变这种状况还是选择离开？）

林宏：在河北当了十几年的记者，1993 年早晨，被电视屏幕上《生活空间》节目所惊醒，骤然感到：微斯人，吾谁与归？于是乎，怀揣着首届中国新闻奖的证书，昼夜兼程投奔于《生活空间》帐下。（作者注：更多的人是什么奖状都没带就来了，因为当时的评论部只关注现在和未来。）

倪俊：为了更大的生活空间。（作者注：人多了，《东方时空》也被做大了。）

李冰琦：因为希望。（作者注：一个乍一听像空话但仔细一听却令人回味的理由，评论部绝大多数人心里都有，只是有人说了，有人没说。）

刘挺：找罪受。（作者注：同意，但清闲对于年轻人来说，本就是最大的惩罚。）

李晓明：不过是想活得透气点儿，遇上这儿需要人手，还能提供温饱。（作者注：来评论部的人并非不食人间烟火，恰恰相反，如果没有温饱，理想是空的。不过请注意：是温饱，不是富裕。）

…………

其实还有很多，这里不过是个节选，更重要的是，样本选取的是《生活空间》工作人员的，表达的却是当时来新闻评论部人们的共同心声。在那一段时间里，理想与希望并不是个空洞的话语，几乎所有来《东方时空》的人眼中，我都能看到一种纯真的东西，这种相遇，让彼此都会拥有一种他乡遇故知的激动。

梦想是吸引力，而到了北京，生活就成了流浪人群首先要面对的问题。

有人陆续而来，住处自然就是最先要解决的问题。在最初工资都很低的情况下，一群天南海北来的人过一种集体生活是再自然不过的事情，就拿《东方之子》组来说，我们屡次搬家，最后稳定在北京六里桥一栋居民楼的半地下室里。那套房子有七八个房间，住着我们近二十人。由于吃饭长期处于打游击状态，因此大家请了一个保姆，专门负责做饭。这个尽职的保姆，每天给我们清楚地算账，谁领来一个朋友吃饭，钱自然是不能少交的。

在这套房子里，我们生活了一年。这套房子中，高于地面能透进光线的窗户只有十多个厘米高，潮气是有的，但由于人多便蒸发了。男男女女每天人来人往，生活永远是热闹的。每天都会议论艺术与片子的拍摄，甚至会争论得面红耳赤。那时的手机是奢侈品，因此离家甚久的人会在夜晚到办公室给父母打一个问候的电话，然后踩着夜色回到地下室这个热闹的家。在这套房子之中，只有我一个结婚的人，因此电视、冰箱都是公用的，每天早上我用迪斯科舞曲叫大家起床，在那个地下室里过的除夕，我们两口子做了一桌子饭菜，等待除夕下半夜加班的同伴回来，这样一种感受，让我们多少找到了相依为命的感觉。

对于流浪北京的人们来说，物质上的回报暂时还看不到目标，甚至当时从各自的家乡离开，打碎那种含金量还可以的铁饭碗，本就是为精神上的一种慰藉，一种可以自由呼吸的生命状态而来，因此"群居"似的集体生活，没有人会觉得很苦。

在那流动的搬家过程中，在那一大套地下室之中的生活里，每个人似乎都亢奋着、跳动着、燃烧着，中间夹杂着和人有关的各种故事。喝多了以后的迷狂、谈恋爱时的你死我活、闲下来时牌局的你输我赢……更重要的是那段日子是《东方时空》《焦点访谈》等栏目向上攀升的阶段，从某种角度说，正是流浪北京的人们用一种流浪中的激情点燃了这把改革之火。还是老话，天下没有不散的筵席，当我们在地下室里住得津津有味的时候，夏天的一场大水把我们的家园冲了个七零八落，集体生活被迫结束。

那场水来得非常突然，外面一直下暴雨，不知是因为豆腐渣工程还是因为房管部门维修不力，我们的窗户突然成了进水的闸门。由于是半地下室，屋里的地面本来就低于外面的地面，因此只用了很短的时间，我们的家园便成了汪洋世界。屋里的人们虽在齐膝的水中紧急抢救，但家园的凋零已是不可避免。

当时我们的一位摄像拍下了这有些悲壮的场面，而另一位组里的同事用这些画面做成了一个小片子，配上惠特尼·休斯顿深情款款的歌声，播放的时候，大家表面是笑，但心中是否流泪，怕只有各自知道了。

流浪注定了不稳定，照片上的四个人是《东方之子》过去的同事。现在右边的温迪雅去英国留学；中间的男士，《东方之子》《实话实说》的创办人时间，已流浪到评论部副主任的位置上；左二的编导程晓鸿则流浪到了美国。显然，流浪的空间扩大了。

这一切对于我们来说都不算是苦难，甚至回忆起来还多少有点儿留恋的味道。这之中，还有其他的一些因素时常困扰着流浪的人们。比如说，心中永远的漂泊感、变换了生活环境以后的感情生活，不是中央电视台的正式职工，因此没有任何福利，没有对于分房子的渴望，没有借资料的资格，还有某些正式职工的白眼，出去采访时不公正的待遇等等，这一切都曾经在局部的时间里刺痛过流浪的心，只不过很快就过去了。

大水冲走了我们《东方之子》组的集体生活，相信其他组也都有着各自精彩而让人感慨的故事，最初那种夹杂着热情的流动也慢慢稳定下来，大家开始在京城之中租下房子各居一方，见面时大多是在办公室或是出差之中。梦想不用在众人之中分享，各自组内的人员也稳定下来，不再是出一次差回来，就能轻易看见陌生的面孔。

我为同事们高兴，从二十多岁走过三十，人们不能总是停留在一种流浪的状态之中，上面有老，有的人下面也开始有小，生活的重负在理想的面前也是必须承担的，稳定便成了自然而然的事。

但我在祝福的同时，依然怀念那种流浪时的激情。生活环境不再像最初那般恶劣，可内心深处那种流浪的激情之火却不应该熄灭，否则我们的节目就注定要在越来越精致的技巧之中消灭了激情消灭了一种粗糙而原始的冲击力，那是可怕的。

在评论部内部曾有一个栏目向工作人员问过一个问题："你为什么还没走？"

回答是多种多样的：

"还没累死呢！"

"还没过瘾，走什么走！"

"我喜欢这个职业和我的同事们。"

"自己骗自己个儿。"

"在这里，似乎总也达不到理想的目标，于是我留下了。"

"累傻了。"

"因为理想还不曾破灭。"

"希望大于失望。"

"因为还不是走的时候。"

……这最后一句回答最让我提心吊胆，和评论部的感情经过六年多日子的磨合，有爱恋，有惯性使然，有各种各样的理由，难以说出个"走"字，但还是盼着在这个由流动人员组成的大集体中，道路的前方一定要永远有着理想之花的影子，这样路上不管有怎样的坎坷和艰难，行走的人才会不停地向前。如果哪一天，这条路的前方已没了理想的百合花，那就到了大家该说再见的时候，希望永远没有这一天，永远都不是走的时候。

只是，不知大家现在的小日子过得怎样，也许都会经常怀念那有酒有烟有彻夜长谈有面红耳赤的日子吧？青春不会再来，流浪的脚步慢慢停歇，但精神的流浪却永不该停止，否则，我们这一代人很快就会成为后面追赶者走向成功的祭品。

我很庆幸，能与敬一丹、水均益、方宏进和崔永元成为搭档，我想我们有很多共同点。比如：都不是一开始就干上电视；都不是北京人；都结婚了，还都没离；都有一个孩子，都酷爱着孩子；一般都喜欢下班回家……

大姐敬一丹　我们习惯称敬一丹为敬大姐，这不仅是因为她在我们五个人中年岁最大，还因为她的确是大姐的样子。

我从没有见过敬大姐穿过不得体的衣服，平日里很少听敬大姐谈论时尚等话题，但她在生活之中和出镜的时候，穿着搭配却总是觉得没有比这样穿更合身的了。

敬大姐的心很软，即使是批评性的报道她也是商量的口吻，而在采访针锋相对要提一些尖锐问题时，敬大姐总是狠不下心来，这使得敬大姐在我们这个经常流露出"尖酸刻薄"的团队中多少显得有点儿与众不同。

而对于观众来说，敬大姐就比我们几个人值得信赖得多，因此收到的各种信件是最多的，也因此看到敬大姐求人办事，但从不是为她自己，而是为别人。求敬大姐办事有一点让人印象深刻，你把事儿跟她说了，几天之中，她都没有跟你谈起这件事，你以为敬大姐忘了，几天以后，她把办好了事的结果告诉你，然后和你聊起其他话题，让你说谢谢的机会都没有。

平和宽容的敬大姐也有发火的时候。记得有一次我们五个人出去签名售书，读者很拥挤，秩序也很乱，维持秩序的一位小姐冲一位观众很不客气地发了火。这个时候敬大姐发话了：你客气一点儿好不好？目标当然是冲着那位维持秩序的小姐。我知道敬大姐绝不会拍桌子瞪眼睛，但语气突然严厉起来就是她发火的象征，我甚至感到：这比那种真正的发火还要有震慑力。

敬大姐还是一个容易被普通人和普通人中间的感情所打动的人。她关注民工关注孩子关注这个社会的弱势群体。我虽然几年之中没有见过敬大姐掉眼泪，却经常感受到她在讲述某件事情心头一软的时候。

我时常能感觉到外在很柔和的敬大姐骨子里却很坚强。当初从黑龙江向外考研究生的时候，几次挫折又几次坚持，终于见到成功的那一天。从广播学院任教到电视台当主持人，从经济部到评论部，敬大姐的每一步都走得准确并坚定，这不能不让我佩服她的判断。想当初敬大姐在经济部已经闯开了一片天地，也开办了中央电视台第一个以主持人名字命名的栏目《一丹话题》，但敬大姐依然敢把这一切都抛掉，来评论部重闯一片天地，这是一种有勇气的赌博，并且敬大姐赢了，也因此，敬大姐在我心中的形象从来就不是柔弱的，"大姐"这两个字叫起来更带上了一种佩服的含义。

很少见到敬大姐挣扎与痛苦的样子，也很少听敬大姐沉重地讲过去的事，做节目也好做社会上的很多事也好，敬大姐好像总是很轻松很自然的样子。敬大姐的内心冲突在哪里，对于我是个谜，或许将来只有敬大姐自己才能破解。

不过有时也看得出来，敬大姐在我们这些年龄小她好多的小弟身上，感受到自己作为大姐的一种压力感。但是没有关系，春天过了从来不是秋，何必为年龄发愁。主持人这个行当应当是越老越吃香，与其我们或下一代主持人熬到年岁大一点时才真正做到成熟，不如敬大姐就先给我们做一个榜样，更何况，总和年轻人待在一起的敬大姐，想老是困难的。

老师方宏进 称方宏进为老师有这样几层含义，一来他的确是老师，深圳大学的老师。很多年里，你看着他在电视台的屏幕上晃来晃去，但个人关系却一直还在深圳大学，直到最近，这种关系才有了改变。我也曾经遇到过他在深圳大学时教过的学生，对他的教课水平还多有夸奖，只不过这些夸奖者都是他的女学生，不知男生的评价会是如何。

叫他老师的第二个原因，是因为在我们五个人之中，做新闻评论类节目，方宏进是出道最早的。想当初《东方时空》还了无踪影的时候，老方就在北京电视台弄了个广泛引起轰动的和希望工程有关的《圆梦》，之后又在中央电视台《观察与思考》节目中任主持人。如按日本、韩国的规矩，我们不管比老方大还是小，都得称呼他为前辈才对。也因此，有一年春节我们内部的联欢会上，有一个小品里有这样的台词，是几十年后方宏进的孩子说给崔永元孩子听的："哼，当初我爸出名的时候，你爸还嗑瓜子练嘴皮子呢！"我想，不仅小崔的孩子，我和水均益的孩子面对这句话时也都只有听着的份儿。

叫方宏进为老师的第三个因素只和我个人有关。1997 年 7 月份，亚洲金融危机爆发，对我这个金融奥妙知之不多的人来说，金融危机爆发的原因有些深奥。不过方宏进是此中高手，正好有一次聚会，我向老方请教，老方一二三四，把亚洲金融危机讲得生动有趣，其实不仅是我，身边很多人都听得入了迷，也正因为那次谈话，我对经济产生了深厚的兴趣，从此开始关注精彩纷呈的经济领域，从这个角度来说，老方是个启蒙老师。当然叫老方为老师，还因为他有很多值得我学的东西。

做三峡大江截流直播的时候，我们俩在船上住一个屋，刚到房间，他收拾东西，最先拿出的是一瓶二锅头，放到窗台上，这才开始收拾其他东西。每顿饭多少都得喝一点儿，但从来也没见他喝多过，恰当的节制与从容体现出老方生活的一种态度。与此同时，老方还带到三峡一盘鲁宾斯坦弹奏的《肖邦夜曲》，在用手提电脑打稿子的时候，肖邦的夜曲伴着他，很显然，老方是一个很讲究生活细节与生活质量的人。

不过和他住一个屋也有让我愤怒的地方，一来他入睡速度太快，二来他打呼噜。

他入睡速度之快，我还没发现一个对手，常常是我俩躺下，你一句我一句聊天，但如果我有哪一句回答得晚了些，再传来就是他的呼噜声了。这让我这个曾经饱受失眠之苦的人大为羡慕，同时更羡慕他快速入睡的平和心境，这对于从事主持人这个行当的人来说，尤其珍贵。而对于老方的打呼噜，我恐怕也和他的太太一样，刚开始适应不了，到后来，没了他的呼噜，倒要重新适应几天了。可能也正是因为这个原因，老方极少出差离开北京，守着娇妻幼女，每天过的日子滋滋润润。由于出镜只穿一套西装，省下的钱就把自己和老婆孩子的脸色补贴得白里透红。

可我恨他的脸色和一睡就着。

性情中人水均益　其实水均益比我大，但大家似乎从来不考虑年岁，一致称其为小水。大家对他的名字最精妙的解释来自 1998 年的抗洪抢险，由于那一段时间小水很少出镜，因此我部有好事者发表消息：接上面指示，抗洪期间，小水不能出来主持节目，因为他一出来，就意味着"水均溢"，那不是坏了大事吗？

大家在屏幕上看到的是和国际问题有关的小水，但在我们的生活中间，熟悉的却是一个很中国的小水。

小水的家乡是甘肃兰州，那是一个以牛肉拉面名扬四海的城市，小水就好这一口。平日工作很忙，中午一般盒饭伺候，然而他是绝不吃米饭的，经常拿一包方便面泡上，就着盒饭里的菜一吃，中午饭就解决了。因此我们一致认为，如果有一天将水均益抓了起来让他招供，那就先用美人计，如果他将计就计还是不招，那就用上撒手锏：在给他连续送上几天米饭之后告诉他，如果招供，就给你换成面，想必小水大义凛然的革命品质将瞬间瓦解。

小水的姑娘比他还漂亮，有一天下午来办公室玩，我就问她：中午你爸领你吃的是麦当劳还是肯德基？他女儿回答：是牛肉拉面。当时我就发现小姑娘的回答有些无奈，于是便在小水不在时偷偷问她：是你爱吃牛肉拉面还是你爸爸爱吃？小姑娘如实回答：是我爸爸爱吃。

除去爱吃面，小水还爱玩，比如打双升级，他的投入程度就极高，但牌好时容易得意忘形，牌不好时容易意志消沉。记得有一次牌局给我俩留下深刻印象。我和小水是合作伙伴，而另外两个制片人一伙，我俩上来就一帆风顺，如同杀猪宰羊般一路打到 K，眼看胜利在望，这时我俩开始得意忘形，哪想到那两个制片人开始后发制人，竟在我和小水得意之时翻了盘，最终将我俩拿下，事后我和小水总结经验，"还是当官的厉害。"不过从那以后，我有个感触：我和小水相见恨晚，如果认识得早，那我俩可以浪费掉很多啤酒并合伙能干很多坏事，但现在干着电视，大家都忙，这样的机会就不多，算作是一个遗憾。

好在小水的节目很少让人遗憾，由于小水绝顶聪明加上是个性情中人，他就和同伴慢慢把原本不好看的国际题材给盘活了，他总是能想出办法"给咖啡加点糖"，让国际题材的节目慢慢有了性情，这是他的贡献。

不过我也多少替小水有些不平，我们其余几位，一被观众看见，想到的是中国地图，而看到小水，大家脑海中出现的是一幅世界地图。小水可能被利用的价值还有很多，今日的小水还远远没能达到满负荷运转的程度，节目量小，禁忌不少，小水是有些苦闷，我们也陪着他共有。其实小水是该有个为他度身定做的栏目，一来我们看着过瘾，二来不让小水闲着，何乐而不为呢？

只是别忙到偶尔喝顿啤酒打次牌的时间都没有才是最好。

严肃的崔永元　一定有人看到这个小标题就会有些异样的反应："白岩松这小子哗众取宠，怎么把严肃和崔永元画上了等号？"

朱镕基总理来台里视察，临走时我邀请他和我们几位主持人一起合影，总理欣然答应，然后我对他说：您是我们这儿好多女编导的偶像。总理笑了。

但我还是想以此提醒诸位，千万别被表象所迷惑。

我们《生活空间》一位编导在我们内部刊物《空谈》上创造了一句名言——"看见白岩松，就以为出了什么大事，再看崔永元，就知道又没事了。"这句话很快传遍四方，我和小崔也被定了位，仿佛一个人被认为是黑的就没有了白色。

但我想说，笑声背后的崔永元和屏幕上的白岩松有共通之处，而严肃背后的白岩松可能也有屏幕上小崔的幽默风趣，没有不复杂的人。

记得有一次出差，晚饭后的空闲，我和小崔在屋里等人从别的屋拿牌来玩，电视上正放着老片子《城南旧事》，小崔细心地看了一会儿然后用观众并不熟悉的严肃表情发表了感慨："现在不知道谁还能静下心来搞这么好的东西。"我们都没有接话，不过这时小崔的严肃是我熟悉的。

小崔和我都是广院新闻系的，他高我四届，走过的路有一些相似，分到中央电台，都在《中国广播报》当过编辑，不过我到《中国广播报》以后，他已经在《午间半小时》干了很久。虽然闲暇时也是嘻嘻哈哈段子不断，但还是听到小崔很多严肃的故事。比如两次出去采访，都是艰苦地带，最后小崔都是被担架抬了回来，从采访地到医院，这样的路小崔并不陌生。小崔还是个煽情的高手，他曾经给我们细致地讲过他去青藏高原采访那些驻守军人的故事，我印象很深的有两个：一个是，一辆军车在冰坡上下滑，没想到迎面来了另一辆军车，这个司机想都没想，一打方向盘开进了万丈深渊；还有一个故事是，小崔去看高山上的哨兵，可道路已不通，于是哨兵用望远镜看小崔他们，小崔他们用望远镜看哨兵，一个在这边哭，一个在那边哭。

而我之所以记住这两个故事，我想正是因为小崔带感情的讲述。

小崔爱哭是很多人都知道的，做张穆然那期《感受坚强》，他劝了半天大家要笑别哭，可一开场他说了没几句话自己就先忍不住了，我现在都能回忆起，为克制自己不哭，小崔用力抓话筒的那只手。像这样让小崔掉泪并不是一件很费劲的事情，人前欢声笑语的小崔是一个最容易被感动的人。

可能在很长时间里，小崔都会继续以幽默的风格面对观众，然而细心的观众一定会从他的"斜眼歪嘴的坏笑"后面看出他的严肃来，因为幽默只是小崔的手段，而严肃才是他笑容后面的目的。

请认清崔永元的嘴脸。

经常有人说：头上有支剑悬着。对于我们周围很多人来说，"焦点访谈"这四个字就是悬在头上的一支剑，因为在这四个字里面，寄托着很多人的希望和信心，因此在演播室做节目，无论《东方时空》还是《焦点访谈》，自己都有种战战兢兢、如履薄冰的压力，我能不辱使命吗？

舆论监督：星星之火开始燎原

　　已经很多年过去，但当初看到电视屏幕上接二连三地出现批评报道的时候，我内心那种解渴加担心的情绪至今难忘。

　　这种接二连三的批评报道就出台于我们《东方时空》中的《焦点时刻》栏目。

　　到今天为止，"焦点时刻"这个名字已分别被"焦点访谈"和"时空报道"替代，但我想很多人应该不会忘记，当初这个栏目出台时给人们带来的震动。

　　山东潍坊的一家医院，有两个病人同一大要做手术，他们两人，一个需要做心脏手术，另一个需要做扁桃体手术。

在手术的面前，病魔的折磨将要走到尽头，而带着阳光的日子又将出现在他们的生活中，想必病人该是掐着手指算计着手术这一天的吧！

但谁也没想到，这个原本应该空气中弥漫着快乐气息的手术却被一个医生的错误给毁灭了。在做手术的时候，该做心脏手术的病人被割掉了扁桃体，而扁桃体有问题的病人却被修理了心脏。

就这样，一个凭想象力都想象不出来的局面被大意的医生酿造成功。

这是早期《焦点时刻》一期节目的内容。

人在健康的时候，不会需要别人的血液来救助自己，只有万般无奈、生命遇险时才会向医生求助，用输血来挽救生命。

可如果在你输进身体的血液里竟带有害人的肝炎病毒时，生命的险情当然立即加剧。

而这样的事情竟真的在江苏郯州发生了。在那里的一家医院中，向病人提供的血浆里含带着丙肝病毒，大量输血者本想出狼穴哪想到却是进了虎窝，只好又在丙肝的阴影下开始继续求医，他们的生命中还会有多少欢笑？

这是早期《焦点时刻》另一期节目的内容。

可以想象这样内容的节目出台以后社会上巨大的反响。

恶的事情被揭露，当事人因此得到相关的处理，观众拍手称快，领导也坚决支持。

这样的同心协力是中国在1993年新闻界上演的一出好戏。

而在这之前的十几年里，被老百姓称为"曝光"的批评报道其实屡屡想浮出水面，但由于各方面的原因，真正露出水面的很是稀少，而且多是用文字展现的正义，虽然扮演着重要力量，并在知识界内制造着极大的快乐，但毕竟不如电视这样，直接到了所有普通人的面前，更何况露出水面也会遭遇这样或那样的阻力甚至刁难。这就使得批评报道躲在大多数公众的视线之外，扮演着偶尔露峥嵘的角色。

到了1993年，《焦点时刻》带着大量批评性报道走上屏幕的时候，遇到的绿灯远远多过红灯，这不能不让人惊奇。也许就是历史选择了《焦点时刻》，在1993年这个合适的时候，完成了之前多少新闻人想做而不敢做的事情。

《焦点时刻》在《东方时空》中一下子火了，早上7：20打开电视机的中国人多了起来，现在回忆之中，那屏幕上舆论监督的星星之火最初燃烧得竟如此灿烂。

有了星星之火就开始慢慢地燎原。一年后，更大规模但性质接近的《焦点访谈》出现在《新闻联播》之后，收视率也随之变成第二，并第一次在严格意义上实现了电视让"二老"满意的目标。一方面吸引住像江泽民、李鹏、朱镕基这样的高层观众，另一方面每天有亿万中国老百姓准时坐到电视机前收看这个节目。

一件又一件让人痛心疾首的恶事被我们知道，一起又一起对这样事情的处理结果被我们知道，激动的人们在这样的节目中慢慢建立起一种对社会的信心，因为正义终于开始成为一种力量。

再以后，除去中央电视台两个"焦点"扮演正义化身的同时，全国各地的电视台也纷纷推出与此相类似的节目，毕竟榜样的力量是无穷的。虽然在地方搞批评报道要比在中央电视台困难得多，阻力也大得多，但短短几年间，全国各地电视台的这个"焦点"那个"时空"，很快蔚然成风，并大多数占据了电视台的黄金时段。

中国电视界的舆论监督力量开始变得兵强马壮起来，敢于批评开始成为中国电视人的一种习惯和追求。

当然，广播与报纸加之相当多的杂志也都在舆论监督日益成为一种力量的步伐中扮演着各自重要的角色。这一切都仿佛是不约而同于一夜间制造出的变化，但我们必须学会感谢，无论身在电视还是报纸还是广播杂志，都该为这么多的同仁手挽手地形成这支坚定的队伍而发自内心地笑对彼此：谢谢！我们用共同的信念和朴素的支持拯救了自己也拯救了正义，再不是势单力薄的偶尔露峥嵘，

出门为《焦点访谈》出的书签名促销，过程中自然少不了要接上一些告状的材料，面对这种信任，安慰别人的同时自己常有渺小感，恨不能拥有三头六臂解决太多的不平事。

而是同心协力地把旧的一页翻过去。

到了今天，已经不应该再有多少人用悲观的心情去预测舆论监督在中国发展的前景了，几乎可以乐观地说，就像中国的经济列车很难开上回头路一样，舆论监督的星星之火既然已经开始燎原，那我们这个社会便很难再忍受众口一词的阳光灿烂。更何况，舆论监督的后果是让好人欢喜坏人忧，让好的政策得到保护坏的规定销声匿迹。从哪一方面说，都对中国的前进有利，已经找不到害怕舆论监督的理由。

如果说在过去，我们对舆论监督提心吊胆是因为自身的信心还很缺乏的话，那今天，随着改革二十年的翻天覆地，自信心已不再是原来那般脆弱，人们终于自信地知道：只有敢于揭自己短的人才会日益强大。

这些年，和《东方时空》一起成长，和《焦点访谈》同呼吸共命运，因此走到哪里，都会有朋友和我进行有关"舆论监督"话题的对话。加上自己几年来，断断续续在《面对面》栏目中做着和舆论监督有关的事，因此，在夜深人静时，也常常向自己提问，有的难住了自己，有的答得还算流利，不妨挑一些在这里抛出。

关于舆论监督的自问自答

（一）问：在你们的节目中，人们可以看到很多社会生活中丑恶的事，有人称之为社会阴暗面，阴暗面看得多了，老百姓会不会对这个社会丧失信心呢？

答：不会。因为一个社会，只有阴暗面都不许百姓知道才会让人丧失信心。社会像我们每一个人一样，都有好的一面，也有不好的一面。很长一段时间，我们的身边发生着各种各样不美好的事情，但在各种媒体上我们看到的都是阳光灿烂的一面，这不公平，十几亿人被愚弄着总不是一件快乐的事。

更何况丑事就发生在民众身边，纸当然包不住火，可是由于没有媒体的公开报道，因此这样的事大多采取小道消息的传播方式，可这就带来了弊端，因为一传十传百的过程中，添油加醋是不可避免的。于是丑恶的事在这样的传播中往往被夸大，因此在百姓心中的阴影就更大，破坏力也更大。而一旦公开报道，一就是一，二就是二，避免了对社会中丑恶之事的渲染。

人们在媒体中看不到各种社会中存在的丑恶之事报道时，一种怀疑与不安定的情绪就会在愤怒的人群中酝酿升腾，直至能量累积到一定程度，就容易出现火山爆发式的释放，破坏力自然极大；而如果在平时的生活中，在各种媒体中，公众都可以看到这个社会对丑恶之事的曝光和处理，那种怀疑与愤怒的能量便经常得到释放，于是便很难累积到火山爆发的程度，社会的安定当然就更容易实现。

更重要的是，由于舆论监督的力量日益增长，大量社会上丑恶之事被处理，民众在拍手称快之时，看到了这个社会的良知和正义公理是可以得到维护的，这个时候，即使眼前仍存在很多问题，生活也比较困难，但还是会建立起对这个社会的信心。而反之则不然，后果自然令人担忧。

（二）问：我们发现，有很多问题一经舆论监督，事情就很快解决了，因此很多人习惯遇到问题就找你们，请问，你们是解决一个又一个具体问题的吗？

答：既是又不是。说是，那是因为正如你在提问中说的，好多具体的事一经媒体介入便顺利解决，甚至很多问题是拖了很久的，但几乎可以说，哪一个问题，只要事实符合，的确是该解决的，那不管阻力多大，一旦媒体加大对这件事的监督力度，不管怎样，总是会得到还能令人满意的处理。从这个角度说，舆论监督的确是处理具体问题的一个好武器，这就难怪很多百姓会手拿状纸靠近各个在舆论监督方面有好口碑的新闻单位，希望冤屈一经曝光立即得以昭雪。

但这个时候我又要说，舆论监督的目的并不是解决一个又一个具体问题，也不能解决一个又一个具体问题。

在这里我可以算一笔账，《焦点访谈》按常规一年应该播出三百六十五期，而由于"两会"等特殊情况，一年大约播出三百四十多期。在这三百四十多期之中，批评性报道满打满算也就二百期，而在我们新闻评论部，每天接到各种反映问题的来信和电话就远远超过这个数字。您看，我们一年播出的节目数量都赶不上一天之内人们反映的问题，从这个角度您能说《焦点访谈》是解决具体问题的吗？

也因此，在制作批评性节目时，选题便力争具有普遍性和典型性，希望对这个问题的报道能带动与此相似事情的处理。归根到底，媒介行使的只是舆论监督的权力，而不是事无巨细地解决具体问题，因为媒体既没有这个能力也没有这样做的权力。它不过是每天在社会的夜空为安全而经常敲起的警钟。

（三）问：很多百姓把你们当成"青天"，有什么冤屈就找你们，不知你们是怎么面对他们的？

答：最初是"铁肩担道义"的喜悦，人家这么信任咱们，咱们得帮助人家解决问题啊！于是这个想帮，那个也想帮，一段时间过后，忙了个精疲力竭，问题也没解决几个，喜悦感开始丧失。

　　第二阶段是痛苦的自卑阶段，终于清醒地意识到，自己倾尽全力也解决不了几个问题，这个时候面对来信面对上访群众盼望的目光，我很想告诉他们：我也无能为力。但又怎能说得出口，于是"所有痛苦都自己扛"，向你倾诉的群众以为事情这下可解决了，可把重担接过来的我们都清醒地知道，能被具体解决的事情只是少数。

　　第三阶段是超越了喜悦与自卑的低头前行。这个时候终于开始明白，新闻记者并不是救火队员，今天东边明天西边，恰恰相反，新闻人正是要通过对一个又一个典型事例的报道去推动社会良性运转机制的建立，只有一个社会拥有了良好的运行机制，一个又一个具体的问题才会解决有门，那一张又一张愁苦的脸才会尽展笑容。

　　也因此，舆论监督的真正目的，是在初起时把建立社会良性运转机制当做自己真正的目标，而当机制建立之后，要监督的则是这个机制的运转。

　　而在今天，当想到机制正在建设之中，而一些具体问题我们又大多无法帮助解决的时候，面对信任新闻人的百姓，我就有种负疚感。但负疚和愤怒一样不能解决问题，于是只有咬紧牙关盯着很美丽的将来争取快点向前走。

　　（四）问：看一些报道，我得知，在中央电视台门口有两条长龙，一是来告状的，二是不好的事被拍摄之后来求情争取别播出的，你怎么看待后面这支队伍，他们会消失吗？

　　答：我认为这后一支队伍的出现很正常，连犯了罪的都可以请律师来为自己争取权益，那当官的把事演砸了，事情曝光以后挣扎一下也是人之常情，我相信这种事情过去有现在有将来也还会有。

　　但要申明一点，这后一支队伍可是隐形的，在电视台的门口，你绝对看不到这支衣冠楚楚的队伍，他们大多在星级宾馆住着，拨打着各种有权力人士的电话，当然也有直接撞进电视台的，不过这样的求情效果大多不好。

　　说求情的一个都没奏效那是不可能的，但奏效的不多也是事实，因此当人们问我：这么一支求情队伍什么时候能消失？我的回答一般是：只有当求情大多落了空的时候，这支队伍才会慢慢萎缩，然而完全消失那是不可能的。

　　另外一个问题需要声明，进京来求情的大多是公款消费，各地的监察单位也应该把这一点放到监察内容之中。求情大多是为保官，这该算作是一个什么性质的腐败，我想将来不久，哪个地方处理它这么三四起，进京的队伍也能消停点儿！

　　电视台这边严格把关，让求情的不好使；某些领导自重一些，不把求情电

在我们的机房里，拍到一张这样懊丧的照片，看得出是片子没通过，但短暂的灰心之后，很快就明白一个道理：太阳在明天会照常升起，而今天并不是世界末日。

话打到电视台；当地监察部门处理一些公款保官的行为；电视台在适当时机也曝光几起进京求情的事儿……相信齐抓共管齐头并进，电视台门口求情的队伍会短一点儿少一点儿。

（五）问：你们的很多节目一播出，当地的领导便拍案而起，一番批示和督促，问题便得到解决，你怎么看待这种领导出面问题才得以解决的方式？

答：首先是感谢，其次是希望将来问题的解决不必再麻烦领导出面。

1998年3月份，由于要制作《焦点访谈》开播四周年特别节目《再聚焦》，因此追踪了好多以前播出节目的结果，还真像您说的，很多节目播出以后，省委书记、省长立即作出批示，很快的时间里，问题解决了。为了让这样的事情不再发生，有的省区还决定：把《焦点访谈》这一期节目在该省电视台连续播出几天。另外，还有的省领导在看过《焦点访谈》对该省某一事件的曝光之后，第二天就赶往事发现场，问题也自然得到解决。

当然要首先感谢这些领导，一来解决了具体问题，二来他们的批示和赶往现场本身就是对舆论监督的尊重和支持，第三要感谢他们眼里装不下沙子般看见问题就要解决的工作态度。可是如果慢慢地各种媒介都把解决问题的希望寄托在各级领导的重视上那就大错特错。

从更长远的角度来看，舆论监督的一个目标正是人治理念的淡化，政府的官员也不该如救火队员一般盯着媒介，而是能腾出更多的时间去做好自己应该做的事情，而一个又一个事情的解决都该由法律由规章制度来完成。任何一件事情之所以被曝光，不外乎是违反了法律或相应法规，那么事情既已败露，法律和规章制度就应该显现尊严，违法者必然得到相应处罚，而不必非得等到领导发话之后才开行使自己的权利。否则，依法治国不就成了一句空话吗？

当然，这还是个长远目标，也许目前的很多事情，还应该按照中国特色的方式来办，只是希望过渡期越短越好。

（六）问：由于舆论监督的力量日益增长，是不是更应验了那个说法：记者是无冕之王？

答：绝对不是。在中国认为记者是无冕之王的说法和认为顾客是上帝的说法一样可笑。

所有的商店都高喊着"顾客是上帝"，但在我们这个不信上帝的国家里，上帝和普通人几乎是一个概念，因此上帝购物依然要战战兢兢是再正常不过的。

同样道理，记者是无冕之王这个说法多少有点儿安慰剂的意思，但是：安慰剂一般没什么副作用，可这句话却有。如果你要不信它还罢了，一旦诚惶诚恐地信了，然后在工作中以为自己是无冕之王那你的麻烦就大了，相信没多久，撞得头破血流之后，你就会气愤地回头找那位教你这句话的老师！

因此奉劝所有刚刚走上新闻道路的同仁，还是把自己当个记者为好，而对于那些因为听说记者是无冕之王才打算走进记者队伍的朋友来说，最好先考虑一下，如果不是什么什么王，你还打算不打算当记者？

也许很久以后，新闻的力量在社会中越来越大，能真正成为社会的一根良心支柱，相信那时正直而优秀的记者，自身的发言权会不可小视。但这还都只是目标而非今日的现实，其实即使明天真的如期而至，记者心中也未必要有无冕之王的可笑想法。因为容易让自身膨胀，而什么东西一旦不正常地膨胀，就离破碎不太远了。

不过我相信另外一种对记者的形容。那是上大学时一位老师偶然给我们转述的，他说：记者就是社会这艘大船上的领航员，一旦你们失职，这船的命运就令人担忧。

我很喜欢这个比喻，如果说记者是无冕之王这个说法，让人感受到的是媒介的力量，那么这个形容则更多让记者感受到自身的职责和使命感。

泰坦尼克号是21世纪初世界上最大的客船，它最后撞上冰山沉入大海，真正的原因一直是个谜，其中一点是：到今天，人们依然搞不懂，为什么泰坦尼克这艘大船上的领航员竟然忘了带上望远镜。结果当他们用肉眼看见冰山的时候，一切都晚了，而如果他们能够带上望远镜，那场海上悲剧是不是就可以避免呢？

如果把社会比作大船的话，新闻人正是这艘船上的领航员，他不仅肉眼敏锐，还必须配带望远镜，然后把航线上的蛛丝马迹都能及时地通知船长、大副和乘客，以帮助这艘大船行驶在正确的航向上。我们有权利有责任把我们看到的和担忧的向船上的船员和乘客汇报，但并不能一激动就想去亲自操作。说白了，我们不过是乘客和船长的耳目，可如果我们失职，这艘大船就有可能重演泰坦尼克的悲剧！

这么一想，便常常不得不提醒自己，我们都带好望远镜了吗？

（七）问：如果千辛万苦做了一个心爱的节目，却因为种种原因，被认为暂时不合时宜，然后被领导枪毙掉，滋味如何？怎样面对？

答：滋味非常不好。但不管怎么不好，这种情况都属于我们的工作内容之一，几乎隔一段时间就能遇到一次，因而，面对这种隔三岔五的打击，必须想好办法去面对，否则新闻人的日子就没法过了。

先说一种"官方"颁布的处理方法，这一系列方法刊登于我们新闻评论部的工作手册第十二页上，白纸黑字，非常正式。

1. 洗一个热水澡，然后决定活下去。

2. 想一想只有活着，理想才有实现的一天。

3. 忘记把素材卖给市场的想法。

4. 先假设自己是错的，然后试着证明之。

5. 总结经验，确定下次的应对策略。

6. 给你的制片人打电话，问有什么选题可以马上做。

以上方法，虽然很"官方"，但应用起来的效果还算不错。除去这些，每人也都有着各自的绝招，来帮助自己渡过难关。对我来说，心爱节目被毙，还有以下两招常用。

1. 找一个没人的地方，猛骂一通粗话，但一定要事先提醒自己，只能对事不能对人，因为从某种角度说，领导可能比我们还痛苦，比我们还无可奈何，所以要互相理解。

2. 不仅仅女编导，实际上男编导也同样可以进商场购物，这属于破财免灾法。不过千万要小心，气愤痛苦委屈之下，买回一堆没用的东西。这种火候要很好掌握。

其实无论官方的还是个人的，方法都有些"阿Q"色彩，但我们又能怎么样呢？

因此当我们听说哪一个同事要去审片时，都会齐声祝福：祝你好运！

（八）问：面对"舆论监督，群众喉舌"这八个字，你们想说些什么？

答：什么也不想说，只想开始慢慢地做。

很长一段时间，人们习惯认为，舆论是党的喉舌，因此如果要提"群众喉舌"这四个字，那就是和前一种说法对立。

但1998年10月，我们知道：党的喉舌与群众喉舌应该是高度统一的，这句话是在朱总理题词之后人们听到的。

统一了好，因为对立着让人觉得心不平气不和。

这也证明，"群众喉舌"这个说法开始被接受，这就是前进。

各级领导对我们的支持，是舆论监督节目能不断迈向新台阶的重要因素，李岚清副总理就在演播室对我们说："你们知道你们做的工作有多重要吗？我可以告诉你们：非常重要！"

1998 年 10 月 7 日下午，朱镕基总理要来电视台和我们座谈，那之前，对于朱总理能不能给我们题字，我们没抱太大希望，因为知道，朱总理到哪儿都不题字。

我们几个主持人和编导记者在演播室门口恭候，朱总理一过来，见到我们就露出笑容："天天和你们在电视上见。"

在演播室里，我对总理说："这是我们的家。"总理反应快，"也是老百姓的家。"然后我们一起笑着点头。

总理在演播台上坐下，我们把题字本拿出来，提出题字的"非分要求"，朱总理出人意料地爽快答应了。

于是有了"舆论监督，群众喉舌，政府镜鉴，改革尖兵"这十六个大字。

座谈时，总理开着玩笑对我们说：不是即兴之作，想了一宿，早上起来血压都高了。

座谈中总理的很多精彩话语也许我们以后可以说得更多，但这几句不妨先听为快：

"我不仅喜欢《焦点访谈》，更喜欢焦点访谈现象。"

"正面报道多少合适，百分之九十九？百分之九十八？我看百分之五十一控股就可以了！"

"要让群众看到信心啊！"

…………

送走总理，我们感觉肩上的担子更重，于是知道应当少说多做，因为前面的路还长。

（九）问：这条路究竟有多长？

答：要咬牙才能走到我们都希望走上的光明大道。因为舆论监督发挥更大的作用，已不仅仅是新闻改革的内容，从某种角度说，已是中国政治体制改革的一部分。因此，中国的改革有多难，舆论监督之路就有多少坎坷需要征服。

要有耐心，要有韧性，要有绝大多数新闻人心照不宣的默契，要能在一时的原地踱步中不失去信心，要加强自身的素质，学会真正用事实说话，要……

就这样，向前走，不管是大步还是小步，只要一直向前。

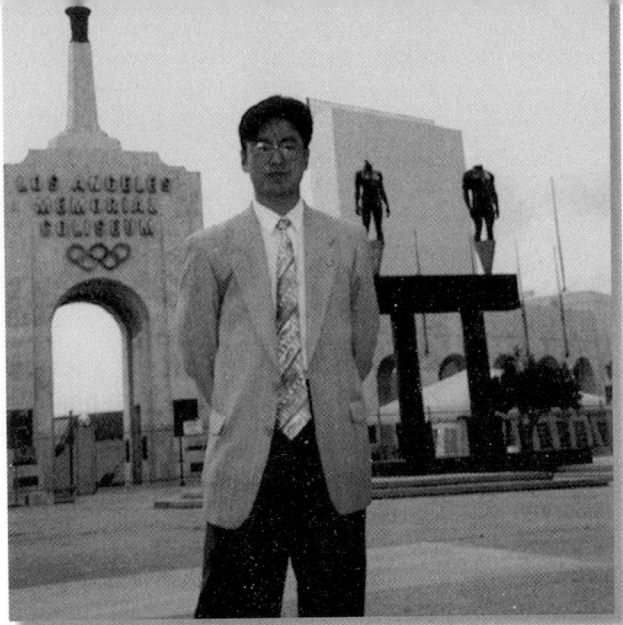

十多年之后，我来到美国洛杉矶，身后就是 1984 年奥运会的主赛场。拍这张照片的时候，体育场周围几乎没有人，但我似乎依稀能听到 1984 年"零的突破"之后，中国人共同心跳的那种声音。因此我也相信，恐怕中国游客最愿意和这座已经很旧了的体育场合影！

申办奥运：我们只收获了失败吗？

1998 年，在制作改革二十年的节目时发现，在众多的资料中，有两个重大事件巧合地相逢在同一天，这让我们很多人感到惊奇。

1982 年 12 月 4 日，在印度的新德里，中国体育代表团以六十一块金牌战胜日本，成为第九届亚运会金牌总数第一的国家，这是中国第一次在亚洲的赛场上扬眉吐气。消息传来，举国欢腾，长久渴望胜利的中国人，在体育健儿夺得的一个又一个冠军中，体验到了作为中国人的自豪，这种激动时至今日似乎都能回忆得起来。

而就在同一天,在北京的人民大会堂,第五届全国人民代表大会第五次会议上通过了一项决议,恢复《义勇军进行曲》作为中华人民共和国的国歌。这时候的中国虽然已经不再面对敌人的炮火,但是多年的大门紧闭,我们和别人已经拉开了很大的距离。不追赶就是死亡。于是《义勇军进行曲》中"中华民族到了最危险的时刻,起来起来,我们万众一心,冒着敌人的炮火,前进前进前进进!"的歌词让每一个中国人体验到一种沉甸甸的感觉和奋起直追的愿望。

这两件事情发生在同一天,当然是个巧合。但在历史的巧合中,却有一种情感是共同的,那就是:长久以来,我们落后了,可我们要追,要有一个又一个的赢。体育是我们最初的武器。

国门关了那么久,大门一开,太多的方面我们都有距离要追赶,每个人心中都有或轻或重的自卑。这个时候的中国,需要一种胜利的鼓励,证明我们自己能行,于是体育就远远超出了它本身的意义成为全民族关注的焦点。

八十年代初,中国的体育健儿也真是争气,女排拿下世界冠军,男排0:2落后的情况下反败为胜击败韩国队,中国足球队3:0击败科威特,4:2击败沙特,栾菊杰扬眉剑出鞘,拿下世界冠军,邹振先在沙坑旁挑战世界高手……一个又一个赛场上的胜利把一种民族需要的自信慢慢地注入我们每一个人的血液中,这时候的体育迷大都不是看门道的内行,但都满怀着一种赤子之心急切地盼望着国旗在世界赛场上升起,国歌在他国的体育场内奏响。

于是,体育便在刚刚走上改革之路的中国扮演了精神引导和塑造信心的重

张百发的语言非常具有吸引力,谈到当年申办奥运未果,张百发开玩笑地说:"有人说我百发百中,这申奥不也什么没中吗?"现在的百发已经退了,不知当年在现场听奥运主办权落入悉尼之手的那种刺激,还时常让自己心疼吗?

要角色，这种对胜利的渴望在奥运赛场上更是达到了巅峰。

1984 年奥运会在美国洛杉矶举行，天赐良机，苏联等国家抵制不能参赛。急切盼望金牌的中国人顾不上金牌的质量，而是把目光盯在了金牌的数量上。第一块金牌来得似乎有点儿象征意味，许海峰用手中的枪把面对奥运赛场憋闷了许久的中国人震荡得心花怒放，很自然地，许海峰成了民族英雄。有了第一块，金牌便接踵而来，一共十五块金牌，让中国体育健儿圆满地班师回朝，迎接国人的鲜花与掌声。

那种激动的情绪持续不退，太多中国人在欢呼的同时眼含泪花，体育赛场上的大捷帮助中国人不再自卑地面对这急剧前行的世界。这个时候，我们还有太多的方面无法和别人一争高下，但体育可以，于是体育健儿便成了中国整体冲击世界的先行者。奥运情结也因此在中国人的心中深深地扎下根。这就难怪，1988 年汉城奥运会，当中国体育代表团只拿回五块金牌的时候，媒介会用"兵败汉城"这样的字眼来显示不满，国人也用沉默来表示自尊受到了伤害。

在整个八十年代，这种奥运情结在国人的心中难以解开。一起一落的两届奥运会又让中国体育界感受到自己承担体育之外的诸种职责。在这段时间里，不会有人去发问：我们应当让体育去承载这么多的热望和职责吗？

进入九十年代，"奥运"这个字眼在中国人的心中又有了新的含义：我们不光要在赛场上扬我国威，还盼着自己能当一回主办国，分享一下奥运的荣光。申办奥运不只是想夺得举办权，还成了国家进步的助推器和世界是否接受我们的试金石。

正是在九十年代，从第一次申奥的失败到第二次申奥的平静，奥运情结慢慢被中国人解开，体育终于开始回归赛场，中国人的自信随着国力的增强已从更多的方面获得，中国人开始以更轻松的方式面对体育，这是我们在九十年代的收获。

但依然没人能忘得掉 1993 年那个举国不眠的申奥之夜。

直到今天，在很多的书籍和电视节目当中，通过一些经典照片和电视上的画面仍然能感受到那申奥一夜在中国人心中留下的重重痕迹。

1993 年 9 月 23 日，《东方时空》刚开播不到五个月，申奥这件大事就摆在了我们的面前。虽然远在蒙特卡罗的投票表决现场直播，但国人的反应却应当以最快的速度来展现。《东方时空》作为 CCTV 全天第一个新闻杂志栏目，承担这个责任是必须的。可怕的是，从凌晨两点宣布申奥结果到早上 7：20 节目播出，我们只有五个小时的时间，这对一个新栏目来说是个挑战。

当我在瑞士洛桑，站在奥委会总部前留影的时候，就非常感慨于身后建筑物的袖珍模样。正是这座很小的楼，却散发着一种魔力，拨动着全世界人们的心弦，这真是有点儿四两拨千斤的意思。

我们采用了大兵团作战的方式，出动了十八套摄像机分散到北京火车站、北京大学、长城、首都机场、天安门、国家体委、军营等二十几个地点开始拍摄，而灯火通明的电视台内也拉开了阵势，节目领导全部出动，等着前方记者拿回素材进行编辑，一切都跟打仗一样。

我的任务是在台内和另外三位主持人一起，凌晨4点走进演播室，把或悲或喜的串联和评论讲给观众。

领导把写串联词的任务交给我，我自然不敢临时抱佛脚，也当然不会只准备申奥胜利这一个方案。我绞尽脑汁，写了风格完全不同的两个方案。一个成功时用，另一个失败时用。这两个方案内容不同，有一种情感却是共同的，那就是："胜不骄，败不馁。"

凌晨两点，我们留守台内的人聚集在办公室里，焦急地等待远方的最后决定。普遍的英语不好加上心中的高度紧张，使我们在萨马兰奇感谢北京的时候出现了和国人一样的错误。瞬间，啤酒、饮料满天飞。我马上要进演播室的西装也被洒满了啤酒，欢快的同事还鼓励我，一会儿穿着带啤酒的西装去演播室，那多有喜庆气氛啊！

好梦不久就醒来，最终的结局是悉尼获胜。我相信在这一瞬间，整个中国都安静得怕人。所有的人都用沉默表示了自己的震惊，喜与悲的转换太过戏剧性，谁都不愿意接受这个事实。在心情快沉落到冰点之时，我们的一位领导发话：各回各位，主持人赶紧进演播室，大家开始工作。

我们来不及品味心中的酸甜苦辣，就开始进入紧张的工作状态。由于我的西装已经被"胜利"的啤酒喷得惨不忍睹，那一个节目，我是穿着衬衣进的演播室，录下了为申奥失利写下的串联词。

当我们从演播室出来的时候，各个机房都在进行紧张的编辑工作。我们这四十分钟的节目分为表决瞬间、名人谈话、国际热线、申奥反应、烛光仪式（几个青年人在长城举办的特殊仪式）等内容，这些几乎都是在申奥这一夜拍到的。各路记者在拍完之后马上返回电视台，等候的人们再用最快的速度把这些原始素材编成节目。

时间的急迫再加上申奥未果的压抑，整个机房的气氛是凝重的，除了简单的工作指令，大多数人都选择了沉默。

离开播还差八分钟的时候，我们这个申奥特别节目终于制作完成。一位同事跑步将完成带送到播出间，人群沉默着涌回办公室。

7点20分特别节目准时播出，主持人开场白之后便是动人心扉的表决瞬间。

也许是忙碌造成的短暂遗忘重新被镜头唤起，也许是申奥失利之后继续工作而将心中的委屈累积得太多，人群中的哭声先是个别而分散，不一会儿便齐声

李宁在笑，我也在笑，但当年李宁惨败于汉城奥运会的时候，他没笑，我自然也不会笑。那一次失败几乎让人们忘了李宁在1984年奥运会上的辉煌，这就是因为我们太习惯于体育赛场上"胜者王侯败者寇"。什么时候，面对体育，中国人能超越胜负呢？

合奏。我自己是在骂了一句粗话之后便从办公室冲到了外面，伤感的屏幕已是不忍再睹了。

在节目开始前的几个小时里自己是个新闻人，无论申奥的结果怎样在心中制造着冲击，工作的忙碌都将其强行压制下去，但7：20之后，看着自己节目的时候，我们是中国人，几小时工作中压抑的遗憾和失落、伤心和不平都被释放出来，哭也许是最好的载体。

可能每个人心中都会想：如果要是北京获胜，那我们将在怎样的激动中制作完这个节目，记录的又将是人们怎样的一种狂喜，太阳升起时，中国又将是一个怎样的中国？

我相信那一夜，所有中国人的内心都感受到了一种深深的刺痛，甚至是重新感受到一种屈辱。我们还不习惯于这种大庭广众下的分出胜负。再加上申奥之前的乐观急剧膨胀，因此不幸的结果导致举国沉默。然而也正是这次深深的刺痛，教会了中国人很多很多。输过便会在今后的竞争中拥有更大的平常心，输过便真的知道，面对竞争，我们不能天真地只抱赢的念头，也要在心里做好输的准备。

节目播完了，大家哭过了，于是都意识到，这一夜对于中国是难忘的，然后大家都走出电视台的大楼，去照一张悲痛和忙碌后的合影。

那一个早晨，北京晴空万里，哭过的眼睛面对亮丽的阳光有些不适，人们聚拢在一起，照了一张没有集体说"茄子"的合影。

走出电视台，我独自打车回家，长安街上车流穿梭，日子如往常一般开始，只是我知道，已经有一种刺痛被所有的人收藏在内心。让中国强大！这句话也许在这一天，在很多中国人的心中都暗暗地思量过。

之后不久，我采访了去蒙特卡罗参加申办的北京市副市长张百发。在电视直播中我们看到，在最后申办权花落悉尼的时候，北京代表团的成员眼含热泪仍然为获胜者鼓掌，因此我问张百发：那一刻，为别人鼓掌时你的心情是怎样的？张百发回答：第一心情自然不好。第二别人争取到了主办权，应该向人家表示祝贺。我们中国是大国，这也是一种大国风度。第三，总有一天奥运会会在中国举行。接着张百发向我们透露：开始也想不通，感觉我们费这么大的心血，而且接触了七十多个国际奥委会的委员，绝大部分都向我们许过愿。可能我们中国人太实在，认为许愿都算数，所以结果出来了和自己想的不太一样就会感到遗憾。不过从这件事上倒是体验到世界上的事真复杂。

张百发告诉我，后来有奥委会委员向北京市写信，信的内容很好：第一，向北京市道歉，他们没投我们的票。第二，没估计到中国能得到这么多票。第三，希望我们申办 2004 年奥运会，保证投票。其中国际足联主席阿维兰热写的那封信让很多人读过之后掉眼泪。还有一位加拿大委员在信中讲：这不是北京的遗憾，而是奥林匹克运动的遗憾；这不是中国的遗憾，而是世界的遗憾。

不管这些信中表示了怎样的安慰和遗憾，主办权毕竟落到了悉尼的手中。在最初的失落和遗憾过去之后，围绕申奥的前前后后让我们开始反思一些事情。

首先我们把申奥的成功和国家的发展联系得太紧密。几乎所有的人都相信，一旦申奥成功，中国的改革将大步前进。从今天来看，这是个美丽的错误，申奥即使成功也不过是个好的润滑油，而中国的改革和进步应当有着自己内在的动力和节奏。

其次，申奥的全民族热情掩盖了我们的很多不足。和悉尼等城市相比，无论硬件还是软件都有太多要追赶的东西。"给中国一个机会，还世界一个奇迹"这句申办口号其实从另一个角度透露出一个信息：也许现在还有很多不足，但只要你让我办，我们全民总动员，就一定能成功。于是也有了北京一旦拥有主办权，城市建设将提前四十年这样的说法。但申奥未成，人们也发现中国和北京建设的脚步并没有停止。也许随着我们自身的强大，这种申办成功将是水到渠成的事。打铁还需自身硬，这是亘古不变的道理。

第三，申奥归根到底只是申办一次奥运会的主办权，但我们偏偏给它加上了太多体育以外的事情，看得出来，在世界的面前我们急于证明自己。其实，申奥成功不意味着我们一夜之间就进步了多少，而申奥的失利也不说明我们的进步会停止。

当然那次申办奥运，我们在当时也不知道后面有那么多黑幕。回头翻看资料，当时张百发接受采访时还对我们说过这样一段话："我们希望国际奥委会 1994 年 1 月份开会时请我们去，征求我们对国际奥委会有什么意见，他们也正逐步走向民主化，我们希望能公开投票，如果公开投票我们有绝对的把握。"

这段话在当时我们并没有听出太多的弦外之音，但几年之后，在申办奥运的贿选丑闻公开之后，我们才感觉到其中的含义。

就在中国人已慢慢淡忘了那次申奥的 1999 年初，当年申奥的丑闻突然爆出，悉尼组委会用金钱收买了两个奥委会委员，结果悉尼胜出，而北京差的就是两张票啊。

这个丑闻传出以后，我很自然地想到 1993 年那一夜我们全民族围绕申奥的热情、悲伤和眼泪，当然还有极度的失望。几年后这丑闻的传出，却不得不让我们感到，自己的热情和眼泪竟像被强奸过一样。

中国人是宽容的，相对于其他索赔的城市来说，更接近胜利而损失最大的中国，针对丑闻的言辞却不够激烈。也许我们有自己的考虑，也许我们有自己的难言之隐，也许我们还要申办奥运会因此不想得罪太多的人，于是放弃了愤怒的机会。

但谁对当初一个民族的热情负责？谁对我们当初的泪水负责？在心中我真的想说："中国人，你为什么不愤怒？"

不过，一切都过去了，包括热情及眼泪。1993年的申办奥运就像一个分水岭，之前中国的奥运情结一路攀升，在申奥那一夜达到巅峰，而那一夜过去，中国人面对奥运日益冷静下来。虽然和其他一些国家比较起来，我们面对奥运的热度还是高的，但和我们自己前些年的狂热比起来，已经冷静得多。应该说，这是一个民族走向成熟的标志。

1996年亚特兰大奥运会，事隔十二年之后，奥运赛事依然在美国举行，这时它只是我们生活中的一种调剂和乐趣，再不是全体国民眼中的唯一。金牌依然得的很多，但获金牌的选手不会再享受民族英雄的待遇。他们只是体育赛场上的英雄，国旗升起和国歌奏响时，我们依然会激动，但我们知道，如果有更多写着Made in China的产品在世界上获得冠军，那中国才会更强大。

我们做电视的人也不再只盯着金牌。在1996年奥运结束之后，我们《东方时空》推出奥运人物专访，十多位中，只有四个金牌选手，还是都有感人故事的。比如最小的冠军伏明霞，常胜将军邓亚萍，屡次受挫最终成功的熊倪，还有甘当绿叶扶红花的乔红。其他的几位都是亚军、季军甚至是第四名，还有根本没参加奥运的人物。他们中有挑战年龄极限的游泳老将林莉，悲壮的女足和女垒教练，离领奖台很近的蒋丞稷，为奥运冠军做陪练的柔道选手张颖，一枪打走金牌的老将王义夫等等。我们给这组节目定位于"在成功与失败之间"。在这次采访中，我们希望能够让视点回到体育，回到体育赛场上的人。并不是金牌才能给我们震撼和信心，恰恰是在向胜利冲击的过程中，一些感人的故事出现了，体育的魅力显现了。

观众的反应和我们一致，短短十二年的时光，中国的观众已经以一种前所未有的成熟态度来面对奥运赛场。我们的节目播出之后，观众的反应一直很好，结果在这种热情的鼓励下，我们这组奥运人物的精彩语言和故事又被结成一集《焦点访谈》在黄金时间播出，我给这期节目起名为"精神的圣火"。

从对金牌的关注到把目光投放到赛场，去寻找感动自己的故事和人，奥运慢慢地在我们心中回到了正常的位置。

1999年初，一条消息让很多人忽略了：北京市市长刘淇和中国奥委会主席伍绍祖到瑞士洛桑，向奥委会递交了申办2008年奥运会的申请书。很快，我们又将有一个申奥之夜，但1993年那一幕不会再来，不管是成还是败，中国人都能以绝对的平常心去面对。

但我还是惊讶于这条消息被很多人忽略，和上一次申办时的轰轰烈烈相比，我们仅仅走过了十年的时间；可是想一想又觉得必然，现在的中国人更关注的是：下岗职工能不能少一点儿，经济能不能往上升，国企改革能不能快一点儿，出口状况能不能好转一点儿……

而北京的市民更关注的则是：大气污染指标降的速度怎么样？路这么堵，有关部门得想想办法，别让二环三环成了流动停车场，房价那么高，想个什么办法才能让它降下来，出行能不能看见更多的绿？……在这种务实的心态里，申办奥运只是申办奥运，再不会像往日那样负载太多。我猜想，这一次北京市的申奥代表团该比上一次的轻松一些压力少一些吧！

这也是中国改革的一个成果，没有什么比拥有一种成熟的心态来得更重要，从这个角度说，我们应该对当初的那个申奥之夜说声谢谢。

从最初胸前写着"中国"字样的运动员站在世界冠军的领奖台上，到黑头发黄皮肤的学子在世界各地的大学里成绩名列前茅，再到更多写着"中国制造"的产品走向世界，中国人的自信已经慢慢增强。改革二十年，从统计数字上看，我们的国民生产总值翻了两番还多；从建设成果上看，一个又一个的城市长高了，让人认不出来了；而从我们民族的心理来看，还是今天这样一种前所未有的自信给人的感触最深。

2008年的奥运申办，也许我们还会有很多的人为此度过一个不眠之夜，也许还会有泪水有欢呼有叹息有失望，但是一切都只因为：我们有一个几年前破碎过的梦想要圆。

1994年参加日内瓦的复关谈判采访，我的心情自然随之起伏，盼着入关的日子早一些来到。在日内瓦的著名花钟前面，我也乐观地举起手表，但谁会想到，这个乐观结果竟又等了五年多的时间，连我特意带到日内瓦的胸前配件——那一个大大的"吉"字都没帮上什么忙。

复关谈判：中国与世界的磨合

我知道，这一章的标题我写错了，因为从1995年1月1日起，关贸总协定已经更名为世界贸易组织，因此相应的"复关"也应当改成"入世"才更准确。

但我也知道，这一章的标题应当说起对了，"复"字在这里当"多"来理解，而"关"则指"难关"或"关卡"。在漫漫十四年的谈判中，我们是经历了多少关卡，攻克了多少难关，才接近最后的好结果。从这个角度说，不管相应组这张照片拍于日内瓦的关贸大楼前，牌子上的 GATT 即为关贸总协定的缩写，现在这四个字母已被 WTO 取代。世界贸易组织依然在这栋楼里办公，我一直盼着，能第三次再进这栋大楼，去进行中国加入 WTO 的报道。

织的名称是否更改，用"复关"两个字来形容十四年的谈判进程都再准确不过。一个把黑头发谈成白头发的过程，其中的故事该是多么丰富多彩？

1994 年年初，我开始和复关谈判结缘，并前后两次跟随中国复关谈判代表团到瑞士日内瓦，采访谈判进程。这以后，自己的目光再没从"复关"两个字上挪开过。于是，不妨让我用一系列的片段来介入"复关"这个大故事，权当抛砖引玉，相信一定会有人用更感性的笔，写出十四年中国复关谈判的历史，因为这段历史波澜起伏，拥有所有吸引人的诸种要素，错过是可惜的。

签　了

从 1999 年 11 月 10 日开始，我就变得坐立不安起来，因为我已知道，美国关于中国加入世贸组织的谈判代表团已经抵达北京。这一轮谈判至关重要，它直接决定着，新千年之前，中国"复关"进程是否会变得顺畅起来。

当然，关注这个谈判还因为：1999 年 5 月 8 日，中国驻南斯拉夫大使馆被炸，中美关系迅速降到冰点，能否重开关键的世贸谈判，中美两国领导人能否打出各自一张漂亮的政治牌，结束双方冰冷的僵局，人们拭目以待。

在那几天谈判的日子里，我变得心神不宁，由于谈判结束时，我要做一期《焦点访谈》，因此我几乎每隔一个小时就给前方的记者和制片人打一个电话，询问最新动态，参与谈判的一些经贸部工作人员都会给我们在几个小时内作出不同的判断，可见事态的发展如何曲曲折折。

15日中午，我们得知消息，下午有可能得出结果，于是，我们都在台里焦急地等待。终于到了下午，前方记者打来兴奋的电话："签了！"

一瞬间，我有种想流泪的冲动，虽然我知道，和美国人签了，并不意味着中国已经加入世贸，但和美国人签了，则意味着一直关闭的世贸大门正式向中国敞开，接下来，只是看用多少时间走进大门而已。

激动只是一瞬间的，因为马上要开始工作，当晚的《焦点访谈》当然不能错过这一内容，可给我们的时间已经不多，从下午5点我开始在演播室采访专家到节目最后播出，只有两个多小时的时间，但最后节目还是成功播出了。

在这期节目的开场白中，我感慨地说道："十三年的中国复关这一棋局正式进入官子阶段。"

老 故 事

棋局总是错综复杂的，开局的几步却非常重要。

如果把复关谈判比作中国与世界的磨合，那么到现在为止将近十四年的谈判只能算作中盘和官子阶段，序盘则该从更早算起。

在闭关锁国的年代里，是根本谈不上和世界真正磨合的，在七十年代中期，联合国开发计划署和联合国的基金会一次又一次找中国驻联合国的相关代表，当时龙永图正在那儿工作。找中国人的用意很善良：希望中国能够接受联合国的援助。可不幸的是，当时的中国有一个重要的原则：绝不接受外国的援助。于是，龙永图们只好一次又一次谢绝人家。

1976年唐山发生大地震，城市变成平地，几十万人遇难、致残，这样空前的历史性灾难发生了，按国际惯例，全世界各国的政府和人民都伸出了援助之手，然而灾难中的中国，依然固执地对援助说了一连声的"不"，这件事在当时的世界上是被认为"不可理喻的"，可不按国际惯例出牌的中国，在极左思潮中是不管别人"理喻不理喻"的。

几年之后，中国开始了艰难的改革，很快，1979年，中国政府作出了一个重大的决议，准备开始接受联合国的援助。于是，外经贸部一位副部长率领一个代表团来纽约，龙永图陪他见了联合国开发计划署的署长，当时中国的那位副部长魏一民对这位署长说：我们中国准备考虑接受联合国的援助。

一瞬间，这位署长有些发蒙，因为他已经习惯了中国对他说"不"，于是当翻译之后，他转过身来问龙永图："是这样的吗？"

和我聊天的是长春一汽的老总竺延风，这是一位三十多岁的"少帅"。采访中，我针对复关在即，向他提出一个问题："你这一任或许正是中国汽车业经历生死存亡的关键时分！"少帅神情凝重但又很自信地回答：市场不相信眼泪。

龙永图肯定地说："没错。"

多年以后，当龙永图率团和世界各国谈判关于中国加入世贸的问题时，1979年这个老故事不知是否还经常想起，他是否会在想起时感到一丝幸运：中国终于从接受别人的援助开始一步步向国际惯例慢慢靠近了。

大人物的大决策

1999 年 11 月 15 日，中国和美国终于结束了关于中国加入世贸的谈判，这一结果让很多人兴奋。事后兴奋的人们也慢慢得知，这场谈判几乎提前结束，但由于关键时刻，中美两国高层领导人打出了关键的政治牌，经济谈判中的难题终于被轻易化解，结局自然让人兴奋。

谈判中，中美双方的代表其实都授权有限，无论是美方的巴尔舍夫斯基、斯帕林，还是中方的石广生或龙永图，他们手中的底牌其实就那么几张，在谈判陷入僵局的时候，双方直接谈判的人士其实都无法更改底牌。很显然，谈判是一种妥协的艺术，双方如果不能互相满足，那只有先告别然后各自走人。

关键时刻，双方领导人以一种超乎寻常的大局观迅速作出决策，相信美方的代表和中方的石广生和龙永图们，都在谈判濒临破灭的边缘，得到了更新过的底牌，于是，谈判又柳暗花明。

谈判中，江主席对美国谈判代表团的接见和朱镕基总理的驾到，缓解了谈判的紧张气氛。与此同时，巴尔舍夫斯基一次又一次回美国驻华使馆和"老板"通话，甚至出现她在外经贸部女厕中和正在浴室里的克林顿通电话的局面。相信这一切都为谈判成功打下了最好的伏笔。

在回到美国之后，美国总统经济顾问斯帕林意味深长地说了这样一句话："无论克林顿还是江泽民，将来一定会为自己在这一生中作出这样重大的决定而感到骄傲的。"

虽然我是中国人，但我同意斯帕林的说法，因为这个决定中蕴藏着一种大局观和坚定的方向。我喜欢这种大局观和方向，对中国来说，它似乎显得更加珍贵和可爱。

谈　判

原本我对复关谈判是一无所知，怎样谈判我更无从知晓。

不过1994年1月份我接到的一个电话改变了这一切。

电话是由我们评论部主任孙玉胜打来的，当时的我还住在地下室里，电话中主任告诉我："做一个准备，3月份到瑞士日内瓦采访中国复关谈判。"

放下电话我有些头脑空白，一来复关情况不熟悉，二来这可是评论部成立后第一次出国采访，落到我头上，有些受宠若惊。

很快进入工作状态，3月初成行的时候我对复关已经有所了解。

谈判在瑞士日内瓦进行，在这样一个世界首富的国家里，谈中国复关的问题有助于人们更好地理解为什么要复关和复关之后的目标是什么。中国代表团住在中国人自己的一栋一点儿都不高级的小楼里，饭菜都是中式的，平时代表团的团长和龙永图他们都是在这儿排队买饭，自己洗碗，毫无特权。

代表团里有三十多人，晚上大家一般坐到一起开个大的碰头会，彼此碰一碰情况，第二天，分头和别人谈，有人谈农业，有人谈纺织品，有人谈服务贸易，各自分工，各自拿着厚厚的有关资料和文件，每天匆匆忙忙，行进在风景如画的日内瓦街头。

关贸总协定的大楼很西方很古典也很让人有压抑感，很多重要谈判和相关会议都在这里举行，因此我们无数次在这栋楼里窜上窜下。现在回头看，不管谈判怎样压抑、进程怎样缓慢，其实谈判本身就是中国和世界磨合的过程。十四年的谈判，十四年的磨合，很多人只盯着谈判的结果，是入了还是没进去？但忽略了一点，在这十四年的谈判中，中国学会了很多，前进了很多。因为谈判代表团

不知为什么，在日内瓦采访复关谈判时，我会拍下这样一张照片，或许是大大的STOP深深地刺激了我。汽车到路口应该停下来，但复关进程和中国改革必须永远向前，甚至关键时刻不惜闯一些红灯。

虽然只是三十多人，可在他们的背后，却是中国的各个产业，每一次谈判的进程，都是中国相关产业进一步与世界融合的进程。

是谈判自然不能总是心平气和，拍桌子的故事时有发生，另外还有冷嘲热讽和笑里藏刀加上精妙的口才，反正十八般武器，几乎都得用上。

有一次，龙永图和一个缔约方代表谈判，这位曾留学美国的代表在一些细枝末节上纠缠不清，甚至在一个定冠词的使用上翻来覆去地挑剔，龙永图忍住心里的气，说："这个词能否以后再说？"这位老先生竟然说："我的英文不好，今天一定要把它弄清楚。"龙永图笑了："你英文不好，先去美国留学两年，学好了再和我来谈！"这句带刺的话瞬间让对方消停下来。

还有一次，龙永图和一个主要缔约方谈，谈着谈着对方开始装傻，说对中国的很多情况不了解，龙永图拍案而起，"你身为首席谈判代表，居然搞不懂这些，我只好原谅你的无知。"

当然吵归吵，拍桌子归拍桌子，谈判还要继续。在我采访期间，我就亲眼看见，刚才谈判时两人为各自国家利益拍桌子吵架，吃饭时，两人又友好地共进午餐，这样的转换让人更加感叹谈判的不易！

尤其不易的是，所有人都知道，只要和美国人谈妥，这件事就算结束，但偏偏在老美这儿，关卡最多，其他的国家自然是在看着美国的脸色。于是采访中，听多了别国支持中国复关的语言，我们的耳朵都有些麻木，因为动听的好话并不实用，而美国人如果转过弯子来，这事就算成了。知道了被人拿了一把，不仅更容易了解谈判的不易，连我们的心情都痛苦起来。

波　折

中国十四年的复关谈判一波三折是大家都知道的，除去谈判本身，我们很多人对谈判的态度多次出现波折似乎显得更加惊险。一路上，各种风言风语一直都有，但1998年、1999年似乎更多更猛烈。

1999年初，龙永图在一次重要会议上谈到："中国加入世贸组织，既无大利又无大弊！"

我刚一看到这句话，就感觉到龙永图身上所承受的压力。

这句话是很策略的语言，似乎在解释着什么，似乎是在安慰着什么，又似乎在反对着什么。

也许是中国复关的热情多次受挫，因此有些人开始有了逆反心理，心生怨气：不入又怎么了？

其实我也曾有过同样的心理，1994年年底，我再次跟中国复关谈判代表团去瑞士日内瓦采访。这次谈判气氛十分紧张，因为1995年1月1日，关贸改成世贸，中国就不再是复关而是入世。因此中国代表团一到日内瓦，就下了最后通牒："年底不能解决中国的复关问题，中国将不再主动举行双边磋商和中国工作组会议，如果关贸总协定中国工作组主席邀请我们参加中国工作组会议，我们也只能承担作为一个发展中国家在乌拉圭回合协议中规定的相应义务……中国改革开放的事业将会继续进行，但是，这种改革开放的进程将按照中国自己的时间表进行……"

在这样的最后通牒下，在1994年12月份的日内瓦，中国代表团进行了一次多少显得有些悲壮的谈判，但结果却是无功而返。

最后通牒失效了。

一时间，我有些沮丧，另一种情绪升腾起来：不入就不入，看你能把我们怎么着？

但很快，这种孩子气就淡化下来，中国怎么能不融入世界呢？

可对于有些人来说，心中的诸种怨气则并不是很快能平息下来的，加之亚洲金融危机，全球一体化越发显示出对发展中国家的某些不利因素，国内一些所谓"民族主义者"，站在保护民族产业的立场上，对加入世贸组织开始提出质疑。

一时间，"入关"还是"入套"这类文章层出不穷。可怕的是，似乎这种声音不仅出现在学术界，在学术界的背后，更有人持这种态度，甚至给人感觉正是背后有人持这种看法，才有了学术界反"入关"的声音。

这段时间里，我很担忧，因为用"民族主义"这面大旗，有时可以毁掉一项意义重大的事，而参与入世谈判者也容易被戴上"卖国"的帽子。

因此，我看到"入世既无大利也无大弊"这句话时，会马上感到发言者心中的一种压力。

庆幸的是，在最高领导的决心之下，一切波折都如过眼烟云，吹过一阵就散了。

可想一想，也还是有些后怕的。如果反对者占了上风怎么办？是不是怕入套我们就不入世了呢？

一个习惯于胆怯却又冒充强大的民族从来不会富强。

龙 永 图

外经贸部首席谈判代表龙永图，今年五十六岁，但却拥有一种超越了年龄的激情，只是这种激情深深藏在平静之下，一张嘴，你就会很迅速感觉到这种激情。

1999 年 11 月 15 日那天下午，当中美两国关于中国加入世贸的谈判结束，我们在前方的记者很快打回电话，告诉我："虽然谈成了，但龙永图一直没笑，是不是有什么问题啊！"

我在电话中告诉记者：不会的，这个时候一定是龙永图非常高兴的时候，因为多年参与复关谈判的他，终于看到光明的前景，只是他的激动不一定是用笑容来展现的，相信他的内心会感慨万千！

第二天早上 8 点多，他如约来到我们演播室接受我的采访，聊天时，证明了我头一天对他的判断是正确的。在当天的《焦点访谈》中，大家见识到了他平静中的激情。

从贵州走出来的龙永图在 1973 年开始就读于伦敦经济学院学习西方经济，当时他的很多同学都大为不解："红色中国"派人学西方经济干什么。后来得知，这是周总理的部署。

这之后，他又多年在联合国工作，这样的经历使他在精通英语的同时更加精通西方规则，也因此他成了改革开放后，中国和世界磨合过程中不可或缺的谈判人才。

在日内瓦谈判时，龙永图每天很早起来在日内瓦湖边散步，将一天的工作在脑子中过一遍，然后开始紧张的一天谈判。

龙永图的口才极好，非常受记者的欢迎，但凭我感觉，他在国外用英文讲话，似乎得到的欢迎更多。因为每次在关贸大楼或其他机构里开会，轮到龙永图讲话时，平常人数不多的会议室里便会人多起来，走廊里也有老外用英语互相招呼着往里走："走，听听，中国龙。"

谈判桌前的风采展现无遗，而回到住地，龙永图则会立即脱下西装。我发现，他并不像人们想象的那样，有很多好西服，恰恰相反，不是很贵的西装被他细心地呵护着。这种局面当时让我很感震惊。我希望这两年这种情况应当有所好转。

对于龙永图来说，每年在国外的时间可能并不比在国内少，但在国外，龙永图最不喜欢做的事就是逛商店，特别是高级商店，用他自己的话来说："我不愿意受这个刺激，我不愿意在人家的商店里转来转去半天什么东西都不买，受人家的白眼。"

因此很自然地和他聊起一个话题：爱国。

龙永图在一次谈判结束后，曾经深有感触地对我说："我接受的是西方教育，我在英国待了十年，对我们的这种爱国心，有些人始终是有点儿怀疑，但是我可以告诉你，越是在国外待得长的人，如果这个人是有真正爱国心的话，他会对这个国家爱得更深。在国外，受一点儿外国人的欺负，受一点儿外国人的委屈，我就感到受不了。"

我完全相信龙永图的这番话，并在当时感觉到，在谈判桌前待的时间长的人，这种爱国心会更强。也因此，当国内一些人对参与谈判的中方代表冠以"卖国""妥协"这类字眼时，我想，龙永图内心受到的伤害可能是最大的。

我能感觉到龙永图是一个理想主义者，如果前途美好，为此付出再大努力忍受再大误解，他都会执著向前的。

只是有一点，我对他深怀歉意。在 11 月 16 日对他采访的那一个早晨，原本 9 点钟，江主席安排他去中央电视台对面的京西宾馆，给那里的各省省委书记和省长讲有关昨天刚刚结束的中美谈判的情况，但结果，由于我对他的采访到 9 点才结束，结果他被迫迟到了十分钟，而到了现场，他发现，江主席也在等他。

唯一可以弥补这种遗憾的解释是：他提前也给全国的普通百姓做了一次有关中国复关的详尽解释，因此，迟到是可以理解的。

我们为什么要复关？

还是先用龙永图的精彩说法：

"过去，我们是小商小贩，在市场上来回窜，不交税，一看见工商来就跑，但现在，我们想租一个摊位，把生意做大，税照交，按工商管理的规则做事，否则，我们永远只能是小商小贩。"

对于中国，经过二十多年的改革，和世界磨合的最初艰涩已经过去，如果想要拥有民族真正复兴，就必须融入世界中去，去经历那残酷的竞争，去在竞争中让自己身子骨慢慢结实起来。除此之外，我们还能有其他的选择吗？

与此同时，"复关"也是很好的一种外力。一个很奇特的现象是，我们国内的很多事，想要做好，必须靠外力来冲一下，"WTO"就是一种最好的外力。

我们谈了二十多年的改革开放，但其实，我们国内的开放还很不够，地方保护主义、不按规则行事、没有竞争的低水平垄断、狭隘的民族主义紧密地纠缠在一起，一直在对中国的改革进程起着反作用。

加入WTO，这种中国特色将被快速冲击。WTO表面上看是一个国际组织，但更是一整套经济运作规则，一旦加入WTO，我们就必须里里外外按照这套规则办事，很多局面就将发生根本性改变。

正所谓，有时新生必然带来旧有的死亡。

从经济的角度出发去谈论加入WTO的必要性，各种说法已经很多，不必在此再费笔墨，我们更该从更高的层面去面对WTO，面对中国加入WTO所深藏的意味。

二十多年前中国那扇紧闭的大门，让我们所有的人在回想中都会不寒而栗。改革伊始，在中国大地上，此起彼伏最多的文字，是人们心中的怀疑，"政策会不会变"，"变还是不变"成了我们的一块心病。

加入WTO，意味着中国这个可能多变的国家变得脚步更坚定些，改革开放的进程将更加不可逆转，中国将真正成为世界中的一员，会按牌理出牌，会越来越有信誉，会越来越接受通行的规则和理念。

这一切，不正是我们盼望的吗？

这一次，中国领导人下了大决心，使中国入世谈判立即柳暗花明，其实这也是在告诉世界一个明确的信号：中国，将继续沿着改革开放的道路向前走。

这个信号，不只是让中国人，也让全世界都吃到了一颗快乐的定心丸。

双 刃 剑

当 WTO 的大门终于向中国打开的时候，我的喜悦并不像想象中的那么强烈，一瞬间的激动过后，我开始拥有一种深深的担忧。

加入 WTO 是选择了一把双刃剑。如果自强不息，利当然大于弊，可如果固步自封不思进取，那就真的是"入了套"。

关于加入 WTO，人们议论最多的是这件商品或那件商品降价，看到的首先是自己会得到哪些好处。普通的老百姓可以这样想，但做企业的、搞经济的则必须有一种如临深渊的危机感。我们的对手已经迅速更换，他们武装到牙齿，可怕的是还笑容可掬，稍不注意，我们就会在还没有还手时就必须举手投降！

这是一个可怕的场景。

加入 WTO，意味着渴望平静热衷中庸倡导与世无争的中国人，必须学会时时刻刻在危机感中生存，给我们的时间其实并不太多，该到咬紧牙关的时候了。

十四年的复关进程艰苦异常，但 WTO 大门打开之后，前面的路更加艰难，走好了前面是领奖台，走不好就是悬崖。该到了高唱国歌的时候：

"中华民族到了最危险的时候……"

可在这种危险中却蕴藏着一种巨大的生机，中国应该不会错过。

让我们祈祷吧！

10

我身下的坐骑就是最后无法派上用场的敞篷红旗车，也因此，这张照片成了我心中永远的痛。

香港回归：起步的兴奋与回首的遗憾

自从香港回归 CCTV 七十二小时现场直播结束之后，一直到今天，都不断地有人问我：你认为你们的直播怎么样？

我知道提问者的潜台词是：还有很多不如意的地方。

我同意他们的看法。

所以我在回答这样的提问时都会说：面对这次直播，你如果表扬我们，我会羞愧难当，甚至无地自容，但是，如果你激烈地批评我们，我也会有深深的委屈感。

香港回归直播报道，我们如同没有参加过亚运会，就直接参加了奥运会的比赛，成绩并不尽如人意，但积累了参加世界大赛的经验，并且这样的经验告诉我们：下一次就不再是参与第一，而是要站在领奖台上。

对于我们很多做现场直播的人来说，这一次报道仿佛参加了一场百米竞赛，但在过去的比赛生涯中，绝大多数都没有跑百米的体验和训练。直播报道该怎样做，怎样计算直播时间，怎样设计报道内容，怎样在现场和前后方沟通，怎样处理应急事情，这一切几乎都是空白。虽然直播前很久，我们就到了前方，但直播最大的魅力和压力恰恰就在于：无论你怎样精心准备，一切要以直播时你真正的所见所闻和那一刻具体问题的处理为最后结果。这样一个大型事件，你作为新闻人，无法完全预知事情进展的细节和内容。所以形象地说，在跑这次百米之前，我们的训练是和百米有关的。比如长跑练耐力，铅球练力量，跳高练弹跳，跳远练对助跑的算计等等。但真正的百米我们并没跑过，因此直播的发令枪一响，我们才真正地离开起跑线，努力跑向终点。在这个全新的体验中，便暴露出我们种种的不足。

这次报道已经过去很久了，这之后我又参加了一系列大型现场直播报道。回头再看香港直播报道，太多的遗憾便显现得更加清楚。什么事情都无法再有一次，但还有种固执的念头，如果昔日重来，我们会报道得更精彩。

然而总是停留在遗憾之中，那就真正低估了香港回归报道对之后一系列大型直播和新闻改革的意义。香港回归报道不同于之后的大江截流和珠海航展直播或黄河小浪底截流这样的直播报道，它充满了太强的政治性和外交神圣感。幸运的是，在这七十二小时直播过程中，除去报道中有一些不如意的地方，我们没有出现任何政治性或大的技术性的差错，这为后来一系列大型直播报道的出台做了最好的信心准备。其次，香港回归报道的直播动用了中央电视台大量从业人员，我们难得有机会在"奥运赛场"上通过实践清醒地在一系列不足中看到自己还需要补充什么，这又为之后的一系列直播报道锻炼了队伍。

当香港回归报道全部结束之后，我们很多做报道的同事并不像人们想象的那样有种压力减弱之后的兴奋，反而大多心事重重。没有谁能比我们自己更知道那些遗憾被我们深深地在心里埋下了。相信在登上飞往北京的飞机时，很多人心中都会有一个念头：下一次，我们将不辱使命。

回到北京，大家惊讶地面对着太多来自各级领导的表扬声，但我想这都属于一种对未来的鼓励和善良的宽容。在这样的赞扬背景下，刚到北京我们就开了内部总结会，激烈的批评声在我们内部占了上风，甚至强到让很多人觉得是不是自毁长城了。然而这种来自自身的强大批评是重要的，否则在别人因宽容而产生的赞扬之下，我们慢慢听信了这些赞扬，认为自己的报道还真的不错，那才真正可怕。

反思其实还有很多，但过去的毕竟都已过去，一种起步的兴奋和无法挽回的遗憾经常会在那一段日子过后，重重地袭击一下内心。我知道，很长的时间里我们都将面临这种兴奋与遗憾，但无论带着怎样的情绪，那段日子都无法淡忘。记忆中，画面已定格。

初入香港

香港回归的日子是 1997 年 7 月 1 日，但我们进入工作状态就早得多了。每一个做新闻的人其实都在早早盼着 1997 年的到来，"我的 1997"满大街地唱着，而每个人面对 1997 都有着各自的心事，干新闻的自然会想，那一年大事发生的时候，我在哪儿？

我当然也这么想。最初的选择只有一个：我和水均益在香港演播室任主持人，和北京演播室的敬一丹、方宏进他们遥相呼应。可计划没有变化快，1997 年元旦刚过不久，策划组的何绍伟一天晚上给我打了个电话：小白，部队入港需要一个现场报道的主持人，我们都觉得你行，怎么样，试一试？

这个选择来得有点儿突然，我一时难以定夺，但电话中，何绍伟的诱惑便接着而来：我们这次部队入港，采取全程直播，上面有直升机，下面有转播车跟着部队的车行进，你做报道，多有挑战性啊！更何况部队 7 月 1 日早晨就进港了，还不影响你参与其他报道。

何绍伟抓住了我喜欢新鲜的心理，成功地完成了诱惑，我在电话中就答应了他，这个电话决定了我后来在报道中的位置。

没人能做诸葛亮，当初的我们在兴奋与挑战中谁也无法预知，这一个庞大的计划在投入大量人力和精力之后，却由于驻港部队入港当天大雨倾盆而烟消云散。所以从接到电话后，我的很多准备便和部队入港紧紧联系在一起。

1997 年春节刚过，我接到指令，和军事部的冀惠彦、体育部的哈国英一起作为先遣团到香港察看部队入港路线。部队入港的报道相当多的工作是由军事部负责，但有些位置来自其他部门，技术不用说了。我作为负责直播报道的记者，来自评论部，而哈国英，她是意大利足球甲级联赛的直播导演，台里直播马拉

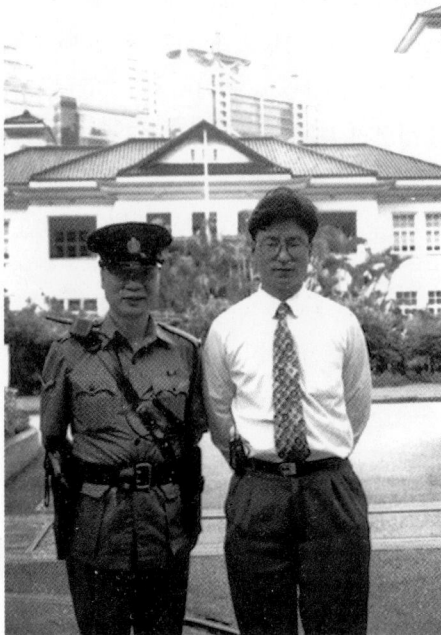

拍这张照片的时候，离香港回归还有几天的时间，但末代港督府门口的工作人员依然尽职尽责，每当有人提出要和他合影的请求，他都用笑容配合。只是不知道，末代港督走了，这位老兄有没有下岗？如果下岗了，现在有没有再就业？

松比赛时，只有她出任过转播的切换导演，而台里并没有专门的移动转播车的切换导演，部队的行进和马拉松的转播有相似之处，因此哈国英责无旁贷。由此可以看出，任何事情做第一次时有多么不易。

我们三人在香港只待了两天时间，这两天基本上是在车上度过的。部队从深圳入港，有多条线路，我们不可能知道7月1日早上部队将由哪条线路入港，因此我们只有在两天跑完全部线路。还要细心地观察，哪个转弯太急，地面上的信号传不出去；哪块山太高，影响信号……因为不查清这些障碍，真正直播的时候，信号中断可不是小事。

对于我来说，这两天的车上生涯是第一次近距离走进香港，但绝没有观光客的潇洒自在，倒是满脑子装满了各种路边的地名和零星跳出来的报道内容。

两天一闪就过去了，香港对我总算不再是地图上的城市，心里开始有一层压力袭来，几个月后，我会做出一个什么样的报道呢？

磨　枪

想把一次直播做好，仅靠一次走马观花的车上二日游当然远远不够。

CCTV对整个参与香港回归报道的从业人员进行了严格意义上的培训。

距离香港回归还有几个月的时间，我们参与报道的人都被集中起来，在京城的一个培训中心接受了两天的课程指导。

来讲课的都是对香港各方面都很熟的专家，从当地法律到民风民俗再到经济、传媒。两天的时间里，这些内容一起灌到我们的脑海中，和其他普通的学习不同，大家的认真程度惊人。显然，谁都知道，无准备之战打不出好结果。

这之后，我又得到了一次更好的培训机会。

为了让观众更多地了解有关香港问题的方方面面，CCTV 要制作三个大的专题，一是香港问题的由来，二是中英关于香港问题的谈判，三是香港回归前的过渡期。我很幸运地成为这三个专题的采访记者。

在一个多月的时间里，随着采访的进行，我开始面对从 1840 年到 1997 年这一百多年的香港沧桑。从周南到历史学家，从参与谈判的中方人士到香港的范徐丽泰，采访大范围地进行；从广州的三元里到江苏镇江、南京的历史遗迹，从香港的街头巷尾到北京的紫禁城，一幅历史的画卷缓缓地在我眼前铺开。心情中有叹息有欣喜有屈辱有无奈，当采访结束的时候，我的心中已对香港的有关历史彻底接近。虽然最后在三个节目中，展现的还是采访到的一小部分，但更多的回忆、细节都成为一种储备印在我的脑海中。

当然这还只是宏观上的一种准备，具体到我要负责的"部队入港"，6 月 5 日就开始着手准备。我和大部队从北京出发，到达深圳之后，同行的同事绝大多数进入香港，而我和一小部分负责部队入港报道的同事留在了深圳。

这之后的二十多天里，我几乎天天都要去深圳的驻港部队大本营，和他们沟通采访。从司令刘镇武、政委熊自仁到许多普通官兵，天天的接触，使我对他们的生活、心情慢慢有所了解，心里也越来越踏实了。

心　跳

紧张的心情一直没有停息过，由于这是我第一次参加大型直播，过去没有任何经验可借鉴，因此时不时会有一种恐惧感出现。这种报道毕竟敏感度极高，如果一句话说错，都有可能酿出一种不安的后果。因此在深圳的二十多天里，我很怕拥有独处的时间，平时忙着加上人多，这种恐惧会少一些，而一旦独处，自己吓唬自己，紧张又会因此加深。

不知什么原因，我周围的人和远在北京的朋友加上我自己，时常都会出现一种关键的口误。尽管纯属一种下意识的口误，但如果在直播中，真的出现了这种口误，后果和影响就不那么轻松了。到后来，这种口误成了大家一种心照不宣的禁忌。谁也不去渲染，可还是会在演练和平日的沟通中出现，然后是偷偷出一身冷汗。虽然在最后的直播中，我和其他同事都没有这样的口误，但这种口误我相信在参加报道的很多同事心里都曾留下阴影。想起来会笑，可笑中还是会有些后怕吧！

构成这种紧张因素的事情还有很多。有一次演练，我们一位记者在车上拍演练画面，但在过海关时，忘了下车，结果随车队进了香港，他没有相关的证件，一个小的失误又酿成了大的事件。他被香港海关扣留，在香港海关待了近十个小时后，被接回，我们见到他时，脸色都很难看。他的脸色不好是因为事发突然加上近十个小时的"半囚禁"，而我们脸色不好是因为我们更加感觉到，这次报道中无小事，敏感度太高危险系数就大，一个小小的失误都可能造成不良后果。

如果一味紧张下去，可能还没报道呢，自己就已经把心脏病吓出来了。于是精心地准备和同伴之间的扶持就成了一种安慰剂。

其实刚到深圳不久，我曾在一段时间里有一种深深的孤独感：因为我们评论部的绝大多数同事都在香港。我手里拿的是多次往返护照，因工作我好几次赶去香港，但都只待了一天就跑回深圳。并不是香港对我没有吸引力，而是在香港，同事们都很忙，都有着属于他们自己的压力，只有到了晚上才有沟通的机会，我也不想多打扰他们，事办完了赶紧往回跑。回到深圳一种失落感就会加深。伙伴们都在香港，而我在深圳孤军奋战，心中的感觉自然不好。在深圳我是和其他部门尤其是军事部的同事合作，大家并不熟悉，因此最初的时候，那种远离大部队的孤单感当然会有。这也是加重紧张心理的部分之一。

往后大家熟了，日子就好过得多，加上负责海军报道的张恒、负责空军报道的刘爱民都是我们部内人士，大家时常见面，趁闲的时候，聚在一起喝喝酒，把彼此的紧张心情分担一下，相互扶持的感觉就好得多了。

尤其要提的是和我紧密合作的编导兼摄像——军事部的谭湘江。这位拍过《望长城》《大三峡》的"大腕级电视人"，在我们合作的二十多天时间里，乐天的性格加上对情况的熟悉，成了我最好的心理医生，他可能感觉不到，但我的感激是要说的。

从忙碌中忘掉紧张，到好友常聚和同事的扶持，在深圳的那二十多天的时间里，我一方面为直播做着内容准备，而另一方面，也是更重要的一面，是通过各种方式调适自己面对直播的心理。时间已过去很久，但那一段时间里，自己心理上的紧张一步步走向舒缓。这其间，心路历程的艰难让我至今难忘，而且我相信，这种心理历程，在很多同事心中都有。由此也同样可以看到，第一次的不易。

熟悉情况、演练、调整心情，中间的报道计划也因各种原因一变再变，时间一步步推进到最后一刻，在回归还差最后一天的时候，我和谭湘江去进行最后的演练。那是晚上灯亮时分，在落马洲大桥上，谭湘江告诉我：这座桥上有一条管理线，虽然桥两边都有各自的海关，但无人区的这条管理线才是内地与香港真正的界线。我说那为什么不在这儿报道呢，而在当时，这个点并不在报道计划内。我和谭湘江马上决定，咱们就在管理线这儿给香港总部演练一下，争取这个报道点。

由于当时我们是实战演练，因此带着各种设备，香港总部能看见我们的信号，于是我就在摄像机前给香港总部的孙玉胜主任力陈在管理线报道的种种好处，并用图像把这儿的情况演示给他看。

效果很好，孙玉胜主任在信号中看到这个位置的独特性，马上同意了我们的计划。于是就有了高收视率的"驻港部队越过管理线"的现场报道和与此相关的经典镜头。

后来在报道中，水均益呼叫我："白岩松你在哪儿？"以至于回京后，谁见着我都问这事。我想问题可能正出在这最后的转变上。当时我们正在管理线上，而信号却停留在前面的内地管理线上（也就是原定的报道地点），而与大系统的沟通由于事无巨细的繁杂可能将这一情况忽略了，因此呼叫不到是必然的。短暂

这是在香港回归之前，我采访驻港部队政委熊自仁的工作照。现如今，他已是驻港部队司令，但我仍觉得当时驻港部队司令和政委的名字很有趣：司令叫刘镇武——威武之师的司令；政委叫熊自仁——仁义之师的政委。

的混乱和空白换回的却是一个高价值的报道地点，利弊得失容易算得清。

不过回到北京后，有一次买菜，卖菜的农民跟我说："我还以为你在香港丢了呢！"听过之后我想，也许下一次，混乱就会消失。

上　阵

虽然这之前做了很多心理调适，然而在这次直播报道中，真正让我从紧张的心情中舒缓下来的是 6 月 30 日上午我参加的第一场直播：驻港部队离营誓师大会。这一次天公真的作美。在大会开始前一个多小时，天空突降大雨，所有人都担心，一会儿大雨继续倾盆，气氛以及报道会不会受影响？但谁也没想到，离大会开始还有二十分钟的时候，天空奇迹般的放晴。我相信，现场所有人内心深处都松了一口气，谢天的心意是强烈的。

于是也有了我的直播开场白："一场大雨洗刷的是中国百年的屈辱，而风雨过后，是中国晴朗的天空。"

直播正式开始，我的八分钟现场报道顺利极了。当信号切走，我憋闷了很久的内心也如天空一般放晴，那种如释重负的感觉至今都回忆得起。虽然这之后，我还有五段直播报道，但万事开头难，第一关一过，仿佛任务减轻了一半还多。

乐极必然生悲，直播结束后，香港总部打来电话，一通赞扬声更让我欣喜异常。我想应当放松一下，然后准备晚上的直播。于是我一个人登上军营外的出租车，跑到城里一个音像书店去选购，以此来犒劳自己。当我拿着战利品回到宾馆，才悲哀地发现，我的手机丢了。在这个时候，一部手机已经不仅仅是手机本身的价值，当时直播中和前方的联络由于手段还不健全，因此全靠手机，而手机一丢，麻烦事多了。我知道手机肯定是落在出租车上，于是拿着发票去找出租公司，结果是司机怎么呼也不回。我不知详情，但手机拿不回来是肯定的。紧急时分，军事部的领导把一部手机支援给我。

于是一下午的心情很不好，或许正是这种心情帮了我，没有让上午欣喜的心情蔓延，丢了东西却成了清醒剂，正所谓"塞翁失马，安知祸福"。当然这样想也多少有点儿阿 Q 的意思。谁想到这种丢三落四却成了我以后直播的一个习惯：三峡直播前又丢了一块表。因此有人对我开玩笑：为了以后的直播成功，你干脆每次主动丢点儿什么吧！

毕竟还有五场直播报道，到了晚饭时间，这一切就像没有发生过一样。晚上的报道无疑是重头戏，一是先头部队过管理线的直播报道，二是迅速赶到香港海关关口，报道部队正式进入香港。

我们早早就来到了管理线。这条管理线位于连接内地和香港之间的一座桥上，人们用铁皮做了一道标志线，它的底下便是深圳河，河水一如往昔平静地流着，怎知上面一场大戏已经到了启幕时分。

由于离直播还有一段时间，我去了桥边内地管理站的休息室，在里面看到一张巨幅照片，是伟人邓小平"南方视察"时落脚于此放眼香港的珍贵图片，一瞬间感慨万千，伟人一句"1997年要到香港去看一看"竟成为遗愿，这种遗愿也已变成国人心中一种挥不去的伤感。于是我想，一会儿直播中，我应该把我的感触说给国人，让大家知道，就在离管理线二百米不到的地方，有一双伟人的眼睛和我们一起为部队送行，为屈辱的历史送行。

历史时刻终于到了，我只知道开始的时间，语言便脱口而出，十多分钟一闪就过去了，我当时并不知道有水均益找我以及有的画面没切到。我只知道，要尽心完成我的职责，当驻港部队的车轮驶过管理线，我和所有关注这一时刻的中国人同样激动，我在结束语中说：驻港部队的一小步是中华民族的一大步。这起源于当初美国宇航员阿姆斯特朗登月时的一句话：我的一小步是人类的一大步。虽有模仿之嫌，但我一直觉得，在经过百年风雨，部队入港一瞬间，中华民族如释重负，这句话是合适的。

完成了管理线的报道，我们立即登上等我们的汽车，赶到香港一边的海关出口，去报道部队正式进入香港的场面。在这个过程中有一个小插曲可以反映我们在报道中的投入。谭湘江在拍我们过管理线的直播之后，顺手将摄像机交到我方管理站的人员手中，因为下一个报道地点不用他来拍而有另外的摄像在等候。但一直到香港报道结束又返回深圳，他才在别人的提醒下发现手中的摄像机不见了，却怎么也想不起来摄像机丢在哪儿，于是他万分焦急甚至报了案。直到海关人员找到他归还摄像机，他才想起当初过境时托付给海关人员的事。这让我们再次感受到直播中的紧张与投入。

车到大桥另一端的香港海关出口，CCTV的报道准备都已做完，我下了车便接过话筒，开始了这一头部队正式进入香港的报道，本来时间只有十分钟，但由于部队入港时间要符合事先谈好的时间，我的报道被延长到二十多分钟，事先的准备显然是不够的，只能根据现场的情况作应急报道。时间好像很长，直到摄像告诉我："好，不用说了。"我才从直播状态中释放出来。也因此这一段报道不管别人怎么说，我总是有很多不满意的地方，如果后方提前告诉我要延长多少时间，如果以前能有更多直播的经验，我一定会在时间突然延长的情况下把报道做得更充实，更没有水分。

驻港先头部队的车队向着香港城中的万家灯火驶去，我们也收拾好所有的东西又驶回深圳。因为明天一早，我们还要和大部队一起进入香港。回到深圳的宾馆，自然是一夜无眠。先是和所有的观众一起，坐在电视前感受政权交接仪式的心灵触动，接着为凌晨的下一场直播做内容上的准备。这时紧张与压力已经随着几场直播的结束而消失，终于开始拥有了报道的平常心。记得在当时我就和同伴嘲笑自己：如果这种平常心能在第一个直播报道时就开始拥有，最后的效果一定比现在强得多。这是对自己"恨铁不成钢"的嘲讽，但也使我在以后的岁月中明白了一个道理：现场直播考验的决不仅是一个人的业务能力，而是心理素质。

7月1日，风雨中入港

7月1日清晨，深圳市民早已在驻港部队必经的深南大道两侧排成了厚厚的欢送人墙，我的第一段直播报道就是反映深圳市民欢送的盛况。当我报道结束后，立刻跳上车赶往几公里外的海关关口，报道部队正式出关的场面。短短几公里的路比想象的还难走，热情的市民把道路挤得不再畅通，但直播时间要到，在还剩不到两公里的时候，两旁的人群更加拥挤，汽车已陷入欢乐的人河，我只好下了车，一路狂奔赶到海关关口的报道地点，一到那儿，直播就立即开始，气喘吁吁自然难免。

稍有遗憾的是天气的变化，刚才还一切正常，突然之间却大雨倾盆，我只好打上雨伞完成了这段报道。之后便上了车，随着驻港部队的车流正式进入香港。

大雨一路下着，车上的战士们依然挺直腰杆，这时候他们已经不再仅仅是军人的形象。过去的百年，中国的上空经常会有大雨倾盆，如果这个民族没有绝大多数腰杆挺直的民众，又怎么会有柳暗花明的今天。

车流在香港的路上匀速地驶过，除了进入香港不久，路边有众多市民集中欢迎而显得热闹外，大多时间，马路两边是静的，刚过了历史一夜的市民大多还在梦乡。这之前的许多年，猜测、怀疑、抵触、合作、盼望等诸多心情都已成为过去，从7月1日这一个凌晨开始，多年漂泊在外的香港巨轮回航了。这一夜，他们睡得怎样？

一路大雨一路车轮与雨水碰撞的声音，终于到了目的地。等候在终点的记者翟树杰也和我会合，最后一段直播在我们俩的合作中结束了。我至今没有看到我们两个"雨人"报道时的形象是怎样的。但我记住了自己说的话："刚才驻港部队的车流像一条线，把祖国和香港紧紧地连在了一起，一路上虽然有风有雨，但中国人一定会战胜风雨到达目的地。"

对我来说，所有的报道都结束了，我已经没有心情来兴奋或为自己的报道打分，好几夜没睡了，报道的担子一卸下，困意就袭来。到达住地之后，和同伴

站在国旗护卫队旗手的身边，我近1米80的个子也成了小个子。中间那位英气逼人的小伙子叫朱涛，1997年香港政权交接仪式和1999年澳门政权交接仪式上鲜艳的五星红旗都是由他亲手升起。我问他：怎么能一秒不差？朱涛答：0.01秒都不能差。

谈了没几句，我就奇迹般地以一个极不舒服的姿势睡去。一觉无梦，连姿势都没有变，傍晚时才醒来，恍惚中，已忘了身在香港，这种感觉多少有些奇妙。

写到这里，我不能不把深深的遗憾记述下来，这份遗憾不仅属于我个人，也属于CCTV整个直播报道。

其实我们一直准备在驻港部队入港时，用全程直播的方式来报道，我们乘坐一辆红旗敞篷车，车上有各种仪器，我在车上把路途看到的情况，驻港部队进入的情况讲述出来，信号传到天上的直升机中，再反送到总部，然后大家在屏幕上直接看到。但是由于天降大雨，直升机无法升空，电视信号少了一个中转，全部报道计划付之东流。遗憾就留在那儿，让每一个人想起来心中都有点儿疼。

我们为此做了大量的准备，红旗敞篷车很早就从北京开来，就是国家领导

人视察军队时用的那种，而司机是从香港请来的，因为他熟悉香港的情况。我们在之前的演练时，每一次进入香港，都有香港传媒的采访车追随我们，因为红旗敞篷车对他们来说太新鲜了。每次过关，香港方面的工作人员都要和红旗车留影。一时间，这辆红旗车在香港成了绝对的明星车。

可关键时刻的大雨，却让这辆车落了难，敞篷车变成汪洋中的一条船，我们在车上浑身湿透不必说了，关键是隔一会儿就要舀一次水，一路就是这样过来的。真是人算不如天算。这次部队入港的主体报道终于由于雨水而没能和观众见面，留下终身遗憾。

但是我知道，即使这个报道完成了，我们也不能拍着胸脯说给整个报道加上多少分。一转眼这次报道已过去了好几年，香港那一幕又一幕时常在我们很多人脑海中翻滚。

回头看当年，报道中很多遗憾已经无法更改，只能任人笑骂。过程中一些不是我们能左右的禁忌也没有必要说给大家听，因为电视报道效果就是要在屏幕上见，不管你屏幕背后有多少难言之隐。但如果你在屏幕上露出诸多的破绽，解释得再多也不过是推卸责任。对报道的遗憾归根到底在我们自己的缺乏经验，怨天怨地怨环境不如抱怨自己，而抱怨自己也不如咬紧牙关，在心中对自己说："是的，下一次我会对得起你，观众朋友！"

香港回归报道是我们大型直播报道的里程碑，很长的岁月中，我都将带着略有遗憾的感激，深情地回望那一段日子，没有那些跌打滚爬的时光，就没有更好的未来。

11

1999 年 12 月 20 日 0 时，鲜艳的五星红旗在澳门上空缓缓升起，在遥远的北京演播室里，我也举起 OK 的手势，和背后大屏幕上这一历史时刻交会在一起。那一刻，我知道我们必须感谢时代，因为我们拥有了见证民族辉煌瞬间的机会。

澳门回归：世纪末的抚慰

　　1999 年 12 月 21 日上午，离 9 点还有几分钟的时间，敬一丹、方宏进和我又一起坐在了演播室里，这意味着，中央电视台四十八小时澳门回归特别报道已到了尾声，该是说再见的时候了。

　　"一个四十八小时的特别报道可以结束，但一种情感、一种记忆却会在心中停留永远不会结束。"

　　这是我收尾时说的话，也是我当时真实的情感。

在此之后的片尾处，参与此次报道的两千多人名的字幕在屏幕上快速地滚动着，这之前，敬大姐在讲到这个两千人的大名单时，我看到她的眼圈红了，而当这个名单真实地在屏幕上滚动的时候，眼圈红了的就不止敬大姐一个。这个时候，演播室已经聚满了人，忙碌了多天的人们面对着快速滚动着甚至来不及找着自己名字的字幕单，内心的激动在寂静中快速酝酿着。

当字幕单走完，屏幕上显现出"中央电视台"字样时，演播室里外掌声一片，台长赵化勇和其他几位副台长及各部门主任也被欢快而放松了的人们拥进演播室，合影、呼喊，演播室里热闹极了。

这是一种紧张后的放松，是一种完全不同于香港直播后的欢快，在这种快乐中，有一种对直播效果的自信深藏其中。

毫无疑问，从直播的角度来说，从香港回归到澳门回归，后者完成了一次质变。

而这一切，只用了两年多的时间。

走近澳门

共和国五十周年大庆直播结束之后，轻松了没几天，澳门回归直播报道的任务就压在了许多人的心头。

可能是开相关的记者招待会时，说主持人人选还未定，因此有记者后来问我："有没有紧张过，怕错过澳门回归这一大型直播？"

说句实话，我从没想过和澳门回归无缘，不是在前方（澳门），就是在后方（演播室）。也因此，早在年初，自己就已把澳门回归这一任务牢牢地排在了一年的目标之中。

虽然心理上很早就开始准备，但真正从实质上介入澳门回归事宜，是从12月初开始，这一点已大大不同于香港回归，那一次可是提前几个月介入的。

最初的准备还只在程序上、文字上，这期间，通宵的会也接连开过。会一增多，意味着相关准备进入倒计时状态。

就在紧锣密鼓的准备中，突然接到紧急指令：我们几个主持人迅速去澳门临阵磨枪，一来增加感性认识，二来直播中不至于文不对题，三来直播中可以临时救场，替前方记者挡驾。

很快成行，由于要留人值《东方时空》的班，我和敬大姐分头行动，而老方由于对澳门很熟悉，这次就不必"临时抱佛脚"。

从珠海进入澳门，是在夜晚 8 点左右，还来不及调整情绪，自己乘坐的车已经行进在澳门的街道上。从深圳到香港还有一段不繁华的新界可以让心情过渡，可小小的澳门却并没有提供这种机会。

只有十分钟的时间，我们就从海关到达住地，中央电视台绝大多数前方工作人员都住在这里，这家宾馆叫金域酒店。

我的背后是色彩艳丽的澳门总督府。拍这张照片时，上面飘扬的还是葡萄牙国旗，而旁边另一个空空的旗杆则意味着：奥督韦奇立此时并不在澳督府里。但不管他在哪儿，要对澳门说再见，心情不会像澳督府外观那般艳丽吧！

这家酒店在澳门很有名气，并不是因为豪华，一来是因为内地游客一般都被安排住在这里，因为房价相对便宜，二来这里的色情场所分外活跃。

我一到达，就能感觉到这种色情的味道，因为一进电梯，迎面就是一幅极具诱惑力的色情广告，并有一行字，"请按 2"，因为一按"2"，电梯一开，外面就是灯红酒绿色情男女。

我们自然不会按 2，直接就上了 15 层，大部队都在这几层。澳门电梯中的这一幕，让我有了两个判断，一来我的同事生存环境比较"险恶"，有点儿打进敌人内部出淤泥而不染的味道，二来"一国两制"直接便感受得到。

放下行李我就在同事的陪同下，去了市政厅广场和澳门著名的景点大三巴。回归在即的澳门，夜色之中灯光灿烂，来来往往的人们的脸上，写着的是平静和悠闲。澳门和香港很是不同，人到香港不由自主地脚步就会快起来，而人在澳门，脚步却会慢下来，这显然是一座很生活的城市。

回到酒店已近午夜，由于我们评论部的一群同事都住在另外一个地方，我自然应该去探视一下，于是打车赶到那儿。

这批同事住在普通的公寓里，虽没有了色情的诱惑，但居住条件实在不能说好，屋里乱得很难让人迅速下脚，同事们却住出了感情，有点儿"金窝银窝不如自己老窝"的快乐！

一大群同事都在，直播将到来，午夜无眠就成了惯例。只隔了一会儿，传来时间主任的指令，凌晨1点开直播会。

我这个"游客"自然不好意思临阵脱逃，没一会儿，住在各处的记者、导演、摄像都聚集过来，时间主任一到，直播会开始。

一切都不停地在变，昨天说好的事今儿个就换了计划，今天定下来的谁又知道明天是不是最终结果？可直播方案就必须随时调整，于是每天午夜的例会成了必然。

会开到了凌晨3点，我也趁这个机会和前方直播的记者进行了沟通，并分析了直播时的心理状态，从我的角度提出了一些应对方法，不管是否有用，面对同事们的压力，我是该尽力分担的。

回到酒店睡觉已是凌晨4点。听说在澳门每平方公里土地上，都能平均拥有十二个中央电视台记者，不知此时，他们都睡了吗？

第二天一早就起了床，在同事凌泉龙的陪同下，又用一上午的时间把澳门文化中心花园馆、综艺馆、珠光大厦、澳督府、立法会大楼等重要事件的发生地都跑了一遍，这时，直播的框架已经实打实地在我的脑海中搭建起来。

下午我一个人行进在澳门的大街小巷中，这个时候，我已经真的喜欢上澳门。当初在香港，我待了很久却并不喜欢那座城市，而和澳门初次见面就一见钟情，可能一来因为它的小，二来因为它的悠闲，三来因为是走马观花。

晚上8点，我独自打了辆车，带着一天之中一脑子对澳门的各种印象前往海关，只有十多分钟时间，我的人已在珠海的土地上，这一切就像梦一样。

不可否认的是，正是因为这二十多小时的澳门之旅，我开始对未来的直播充满信心。

四十八小时

一遍又一遍的演练，一个又一个的准备会，一次又一次的磨合，终于到了快开始的时候。

直播开始的前一天晚上，会没了，演练和磨合都没了，虽说让大家休息，但似乎所有的人都有些心神不宁，无缘由地笑、无缘由地满屋子踱步，故意不谈直播的尴尬……

虽然准备充分，可明天就是大考，没人能够心静如水。

原本该早点儿睡觉，可睡也睡不着。这一个晚上，我们所有参加直播的人都被"囚禁"在梅地亚宾馆中，于是我们四个年轻人拉开了牌局，一场"双升级"恶战后，又赶上英超联赛直播曼联对西汉姆，痛痛快快地 5：2 自然让我们凌晨 1 点才上床。一夜无话。

1999 年 12 月 19 日上午 9 点整，四十八小时直播节目准时开始，在开始的片子中，朗诵《七子之歌》的小女孩正是方宏进的女儿。平日里，那稚嫩的童声会让我们笑，而特殊的时刻里，小女孩的声音却让我们不再平静。

敬大姐、老方和我的开场白，头两三分钟还有点儿"紧"，但很快我们仨就"松"了下来，这一"松"奠定了四十八小时的一个主持基调，那就是放松的状态和平和的心态。

接下来是我的主持时段，一切很顺，竟比想象的还要顺利，一直到江主席到达澳门半岛，上午的直播时段结束，我和老方换岗，回到宾馆休息。

原本想睡一个下午，可兴奋之中，这个愿望是无论如何也没法实现，于是，守着电视当起观众来。

对我最严峻的考验，是从 19 日晚上 8 点一直到 20 日凌晨 4 点半，一来时间长，二来大事多，三来高度敏感，四来万众关注。

现在回头看，一切都很顺利，自己也非常放松，其中只有一处惊险了一下。当时江主席参加完政权交接仪式从花园馆离开，赶往综艺馆，去出席特区政府成立大会。路上这一段不直播，画面切回到演播室，我和嘉宾刘教授开聊，正聊着聊着，耳机里传来指令："主席车到了。"于是我赶紧结合着画面告诉大家，"现在江主席的车到了。"可当我说完，却发现，这不应该是江主席的车，因为礼仪规格不够，这个时候没人能够帮助我，正好画面是一个立交桥的下坡，我便问嘉宾："这座桥是不是离综艺馆很近？"刘教授的回答是肯定的，接着他在那儿说着，我一直盯着屏幕，不一会儿，看见立交桥上有两辆摩托露了出来，我立即作出判断："从礼仪规格上看，这次到来的是江主席的车队。"

事实证明，我的判断是对的，我纠正了自己和同事的错误。

满打满算，这就算是最惊险的一幕，但其实也谈不上惊险，至于临时补救前方的空场和用访谈填补一段时间，原本就在准备的计划内，因此，随机应变也

这是直播结束后演播室内的"大团圆"，虽然台长们和很多领导都在，可我们三个主持人还是被按在主持台上。我明白，我们是这次节目的记忆符号；但我更明白，没有众人没白天没黑夜地苦干，又怎能有屏幕上我们的笑脸相送呢？

就不会手足无措。

时针很快从零点向一点两点推进，一系列重大历史事件相继发生，一些历史性的画面也此起彼伏地出现在我们的眼里，这期间，我感觉自己已不是主持人，而变成了观众。

因为要直播对特区政府第一届立法会的报道，我们的节目持续到了凌晨4点半。过了3点，同事们向我打趣："你的精神头已经不如刘教授。"于是我只好香烟、咖啡、鸡精一起来，恨不得打针兴奋剂。

在立法会的报道结束之后，我和刘教授又侃了十分钟。这十多分钟可能没有多少人听到，然而在中央电视台的历史上，凌晨4点半仍进行了一番十多分钟的直播访谈，这一记录可能是空前的。

终于结束了这段长达八个半小时的直播，直播中，由于兴奋，感觉还好，可一走下主持台，却开始觉得浑身哪儿都疼，这个时候我才明白，之所以安排我主持这一时段，一定是因为领导觉得我年轻，能顶住。

隔了二十六个小时，21日上午7点，我又回到主持台，通过大屏幕采访了升旗手朱涛，在演播室采访了刚从澳门回来的外交部礼宾司司长张业遂，他给观众讲了许多内幕，四十八小时的直播也就接近了尾声。

正如敬大姐在结束语中所说："19 日当我们刚刚开始主持的时候，觉得四十八小时很长很长，可今天当我们要说再见的时候，才发现，这四十八小时很短很短。"

老方接着说出了我们的状态，这两天，满脑子都是澳门的街道澳门的房屋和澳门的方方面面，甚至一张嘴，溜出来的都是"你可知 Macau 不是我真姓"。

我想，我们应当感谢时代，正是因为生逢盛世，我们才在两年多的时间里相继见证香港和澳门的回归，这曾是几代人的梦想，却在我们的眼中变成了现实。这两次直播中无数的画面将成为我们一生中美好的回忆。

一洗前 "耻"

香港回归的直播留有许多遗憾，这是一个不争的事实。虽然这以后，大江截流、共和国五十周年大庆的直播都获得成功，但人们似乎更愿意直接进行比较，澳门回归的直播报道会不会在香港回归直播的基础上来一次质变呢？

澳门回归直播之前，虽然从技术到人员素质再到整个大系统的搭建，都远远超过了香港回归，可在我们自己心中仍然不是特别有底，一来香港回归报道中的遗憾在心中留下的阴影太大，二来直播最大的压力，就在于只有真正播出的时候才能在屏幕上展现水准。

四十八小时过去了，一切还算顺利，从喜悦中冷静下来，我个人仍然认为可以给这次直播打一个比较高的分。

直播结束几天之后，很多人向我祝贺，他们不是针对我个人的表现，而是把赞扬给予了这次四十八小时的整体报道。我凭感觉，人们的一些赞扬并不是违心的。当然也有一些人提出可以商榷的地方，但大多是在一些细节上。这意味着，这次直播在整体上完成了一次质变。

当然我知道，这次直播真正该打多少分，权利不应当掌握在电视人手中，而是应该交给观众，只有观众打出的分数，才是真实的，我们都期待着观众最后的亮分。

无论分数多少，是高是低，这次直播中的一些革命性举措都值得一提，从某种角度说，这些举措将为今后的大型直播提供一个更广阔的空间。

1. 作为大型政治性新闻事件的直播，这次主持人在演播室内并没有使用提示器，这就意味着，主持人拥有了更大的话语自由空间。很让我们感动的一点是，在直播开始之前，从台长到主任，都给予了我们这种话语的自由，他们一再强调："只要不出大圈，不必拘泥于准备的文字。"这一指令，让我们如释重负。在此之前，虽然像大江截流和珠海航展等直播也都没有提示器，但事件的政治性和敏感性毕竟和澳门回归不同。因此，这次我们可以在演播室里张嘴就来，是一大进步。而一旦给予我们这种话语的空间，我们就必须不辱使命，为将来铺设更大的舞台，实践证明，我们基本做到了这一点。

2. 在政治性新闻事件的直播中，第一次请进了演播室嘉宾，而且还是澳门人。这次直播中，虽然观众感觉有嘉宾的形式并不新鲜，但是，澳门政权交接仪式、国家领导人到达澳门等直播中，都有嘉宾的访谈，这种革命性举措可就非常新鲜了。实践同样证明，只要有足够的信心和精心的准备，有些禁忌是可以被突破的。

以前在CNN上看着人家在黄金时间直播人物访谈，很是羡慕，这一次亲身实践，感觉好极了。当然应当感谢来自澳门的刘教授、穆小姐和中央军委法制局的宋丹，三位嘉宾妙语连珠，为直播增色不少，同时由于他们的存在，直播的惊险时刻出现后，我们之间可以用从容的问答化解掉危险，使直播能够平稳地前行。

3. 技术的全面保障是这次直播成功的重要因素。大家从屏幕上都已看到，我们主持人可以在演播室和前方记者直接对话，这一点使很多前方记者的紧张感减少了一些。而且有意思的是，我们之间对话越多，那个段落的报道越少出错，因此这一形式将在未来的直播中大量使用，而能做到这一点，是技术部门的大量

我身后的场馆是举行特区成立暨特区政府宣誓就职仪式的场馆——澳门综艺馆，建筑的西洋风格和大灯笼放射出来的浓浓中国味，让我在直播中脱口而出：这种感觉真好。

工作带来的。另外，这次直播画面的质量也大大提高，镜头变得更考究，大屏幕、直升机、直播船、红旗敞篷车全部上阵，让直播丰富多彩。

4.平和与放松成为这四十八小时直播最大的特点。无论主持人还是前方记者，大家都算从容，大家都轻松地做着并不轻松的事，这种状态调整得很好。否则，越紧张越出错，越怕出错越出错。而这一次，我在直播中，甚至会出现"看样记者冻得够呛"这样的语言，可见放松的程度。

5.直播的分工日益明晰，在这次直播中，谁该做什么事，大家都心中有数。

比如我们主持人和策划编辑的合作就达到了一个很高的境地，这一点体现出：在大型直播中，合力的使用迈上了一个新的台阶。

直播结束，有很多人问我："惊险的时候多不多？"我拼命地回忆，发现惊险的时刻真的不是很多，这也从一个角度证明了这次直播的顺畅。

说了半天好话，并不是"王婆卖瓜自卖自夸"，实在是因为这些进步将为后来的直播提供更大的信心保障，直播的大门在一次又一次直播中慢慢打开，门是越开越大，关上是不可能的，只希望下一次能开得更大，更透气更开放。

这次直播当然也会留下一些遗憾，我们并不会采用表扬与自我表扬相结合的方式来面对这次直播，一方面是一次质变，另一方面仍留有很多可推敲的细节，我们的直播水准还有很大的提高空间，这次直播只能说是一个重要的阶梯。

在澳门回归报道的诸种口径中，"一洗国耻"这类的字眼是不能脱口而出的，但是和我们香港回归直播相比，这一次却在我们很多人的内心，真有了一种一洗前"耻"的放松感。不知这种说法算不算口径不统一。

世纪末的抚慰

对一个电视人来说，我经历了一次四十八小时的直播；同时作为一个中国人，我明白，和所有人一样，我们一起骄傲地见证了澳门回家这样一个让人感慨万千的进程。

更奇妙的是，澳门回家之后，离一个新的千年只有十天的时间。回头看过去这一个百年，看看那条布满坎坷的来时路，我们不能不感到：澳门回家，是对经历了艰苦百年的中国人最好的一种抚慰，它用欢笑、骄傲和自豪大度地平衡着过去百年中的眼泪、苦难和自卑，老天爷有时是公平的。

可我也很怕，我们会在激动中，让自豪膨胀为自傲，我们还没有这个资格。

香港与澳门接连回家，只是世纪末对中国的一种抚慰，而不是成为真正强国的证书。将来的路还很长，还需要我们咬紧牙关，才能在下一个世纪终结时，骄傲地对后人说：这一个百年，中国不需要抚慰。

记得澳门回归四十八小时特别节目收尾时，我曾想说一段话，不过由于时间关系没有说成，这里写出来，当作本文的收尾：

"激动还将在我们心中延续，但我们更该冷静下来，在这一个世纪剩下的十天中，去想：我们将用怎样的努力去富强中国，我一直觉得，这剩下的十天是上天故意留给中国人用作思考的。"

也许现在可以问问很多人：那十天，我们思考了吗？

在珠海航展的直播中，由于身后飞机表演声太大，我只好戴上耳机，被人称为"很像飞行员嘛！"从那天的装束和表情上看，航展的直播是很让人放松的一次。

直播刺激：在恐惧中快乐

现场直播，在我心中曾经一直是当一个理想在耐心等待。

1996年1月份，我在一篇论文上呼唤新闻直播时代的来临，并偏执地认为，如果没有现场直播的大量涌现，就谈不上什么新闻改革，谈不上什么真正的新闻节目主持人。

不过，在写这段文字的时候，我对现场直播新闻类事件何时大量涌现，并不敢抱太乐观的态度，因为文艺和体育类的直播都不会让很多人太过担心，假设出了一些问题，也很难和政治靠上边，可如果是新闻类事件，采取现场直播的报道方式，那透明度就太大。因此，采用这样的报道方式是要冒很大风险的，所以，我悲观地以为，大量新闻性直播节目该是几年之后的事情。

但新闻领域内的竞争毕竟日益白热化，谁都知道，飞机不飞是安全的，可为了这种凝固的安全，飞机就真的不飞了吗？显然不能！

1997 年一系列大的事件，为现场直播新闻类事件搭了一个最好的舞台，中央电视台别无选择。虽然对香港回归七十二小时的报道是仁者见仁、智者见智，但毕竟一切都安全地直播了，这让许多人宽下了心，现场直播报道自此以后终于蔚然成风。在之后的几年中，间隔时间越来越短地出现在观众面前，成了我们多少已经有些习以为常的报道方式。

这样的结果出乎我的意料，也再次证明我当初对现场直播报道何时出现的判断有些太过悲观。

势头令人高兴，可目标还很遥远。在新闻领域内，先走一步的是大型新闻事件的现场直播报道，而下一步应当是中型，甚至是小型的新闻事件都采用现场直播报道的方式，让观众真正与事件的发生保持同步，让新闻报道的透明度更高一些。与此同时，一些新闻评论或访谈类栏目也能采用现场直播的方式进行播出，那是更大的进步。我不知这样的目标，实现起来需要我们付出多少年的时光，但我相信，这一天一定会来，再次希望我此时的判断是保守的。理想实现的速度远远快过我的预期，那最好，因为，每当看到国外电视台尤其是他们的新闻报道上不停地出现 LIVE 字样都让我深受刺激并热切地向往，我喜欢那种在 LIVE 状态下的新闻生涯。

梦做得远了些，还得把思绪收回。虽然自己对现场直播报道出现的时机判断有些保守，但当新闻性事件的现场直播报道接连在中央电视台出现之后，我却非常幸运地与之开始了紧密的相连，从最初的香港回归到最近一次的飞越新世纪，大部分的现场直播报道，我都幸运地参与其中，这种幸运甚至改变了我的目标。如果说过去仅仅是希望在屏幕上争取做一个智商还不算太低并有独立思考能力的主持人，那么，参与了多次现场直播报道之后，我希望，将来，自己的一切能力都是在直播状态下展现出来。我想，这不仅是我的目标，从某种角度说，也该是中国电视的目标。

几年之中，一次又一次的现场直播报道，在我的眼前，像电影片段一样快速地飞过，每一次直播都可以台前幕后地写上长长的文章，但我知道，这一切都必须浓缩。于是有了以下的片段，虽不完整，却是我个人成长的碎片，是现场直播在中国成长的碎片。

1997 年 11 月 8 日，长江三峡大江截流现场直播

参加这次直播，我能明显地感觉到，大家的竞技状态都很好。

回过头来想原因也很简单，一来香港回归的直播报道虽然得到了领导的肯定和观众的宽容，然而在我们自己的心里，多少有一种渴望再战的冲动，不想挽回一些什么，却想做得让自己满意些。另外经过香港回归，大家的心理素质和直播业务都得到很大提高，因此，面对三峡大江截流的直播，大家的心里似乎有底得多。

直播的形式也很独特，我们到达宜昌，全部住进一艘五星级的大船——东方皇后号。和这艘船紧挨着的就是这次大江截流指挥部的船，信息的沟通由于这种很近的距离变得简单起来，再不像香港回归直播时很多事情靠的是猜测。

大家都住在船上，对于大型事件的现场直播报道来说，这是一个有利的因素，就是哪个位置的人都随叫随到，各工种的人都可以快速解决自己分内的事儿，工作效率高，内耗减少。

十几天的时间里，我们一遍又一遍地进行着演练，二十几个机位，天上有直升飞机，客轮甲板上搭起了露天演播室，身后一百多米处就是大江截流的龙口，还有有关部门的积极配合……一切因素都显示出，这一次直播报道，是在一种极好的兆头中向前走。

对于我来说，好兆头依然是丢东西。

从北京出发时，戴上了一块新表，在经过了短短的空中飞行之后，到达宜昌不久就发现，表不见了，这是我第一次戴比较正规的机械表，却以丢失告终，我只好和众人自嘲：香港直播时丢了手机，直播没出什么错，这次直播又丢了手表，肯定一帆风顺。

结果证明我的预言是正确的，整个直播过程中一帆风顺，我和方宏进出任总主持人，在那江风不时吹过的露天演播室中，在没有提示器的情况下，大段大段的主持语脱口而出，甚至导播会在耳机里冲我喊："少说点儿！"

十几个小时的直播很快过去，那些内容相信都已留在很多观众的脑海里，事隔很久，我倒是应当把另外两件观众不知道的事情记录下来。

在直播进行的前一天晚上，李鹏、丁关根、罗干等同志来到露天演播室，出乎意料地嘱咐我们："明天直播时，一定要雅俗共赏，不能只让专家懂，老百

姓听不懂,反而是要观众一定要听得懂。"

当时我和老方以及嘉宾主持陶景良都在,后来我们和嘉宾主持陶景良开玩笑说:"我们想专业都专业不起来,你这专业人士可得雅俗共赏一些。"

果然第二天陶景良发挥得极好,真的做到了雅俗共赏。其实不光这一次直播,做任何电视节目,自我欣赏、曲高和寡都是没有市场的。

在直播即将开始的早上,吃饭的时候,方宏进看到杨伟光台长,就上去问他:"我们马上就要开始直播了,您对我们还有什么嘱咐吗?"杨台长很轻松地说:"放开了说。"

至今我都在回忆"放开了说"这四个字背后的一种大度,我相信这四个字对我们当天直播的良好状态起到很大推进作用,因此要感谢杨台长,感谢一种自信的放手,这是现场直播报道能向前推进的重要保证。

所以我真的希望,在每次直播开始前,都能有领导拍着我的肩膀来上一句:"放开了说。"我们都会不辱使命的。

第三件要说的事,是当天晚上直播结束以后发生的。

直播刚完,只经过短短两个小时的调整,我们做直播的那艘船就驶离了宜昌,开往武汉,第二天让我们从武汉回京。

所有的人都聚集在船上的歌舞厅里狂欢,平时矜持的人们也都拥有了极度

在露天演播室后面不到一百米,就是三峡大江截流的龙口处。直播中抽出时间,和我们的杨伟光台长照张相,平常见惯了杨台长穿西装,那天他穿上工作服,在我眼中,更像是一位对后辈寄望很多的长者。

放松的神情，高分贝的喊叫持续到第二天凌晨。

大家都在酒精的帮助下释放激情，但我知道，这种超常的狂欢，是因为在此之前的二十来天时间里，"现场直播"这四个字一直沉甸甸地压在每一个人的心里，表面上轻松是每个人对其余人的安慰。

而直播顺利结束，人们如释重负，于是狂欢，"大家重新还阳了！"

1998 年 3 月 19 日，现场直播朱镕基总理和其他副总理的记者招待会

这场现场直播的新闻记者招待会，相信已经以一种经典的方式留在了我们每个人的记忆里，但说句马后炮的话，我们直播前就已经对这种经典性有所预感。

这场直播是我们九届人大一次会议和九届政协一次会议十场直播中的第十场。

这届两会前所未有地进行了十场直播，依然要感谢香港回归和三峡大江截流的顺利直播，没有 1997 年的小荷才露尖尖角，就不会有后来的直播探索。

这次两会直播报道的最大特点还不是十场这样一个超常的数量，而在于报道的方式也是全新的。

在此之前的重要会议直播，出于各种考虑，我们大多数采用信号直接切进会场的方式，前面没有主持人的介绍，后面也没有适当的点评，好处是安全，不足之处在于缺乏相关背景的介绍，不符合电视的特点；另外由于各种原因，当会议推迟进行或是突然有一些意外情况出现时，都只能尴尬地等待或是粗暴地把信号切走，然后让观众在猜测中议论纷纷。

九届人大和政协的十场直播则完全不是这样，每次直播的开始有主持人的相关介绍，利用图板和专题片的穿插，对今天会议的主要内容进行分析和引导，然后在直播有关议程之后，加适当的点评和要点分析。会议的直播由于这种报道方式的变化显得专业化了一些。

我出任了这十场直播的主持人，在跨越多天的会议中，高密度地一场接一场进行直播，状态一直是兴奋的，我喜欢这种全新的尝试和两会中一些全新的变化。

我们都知道最后一场朱镕基总理记者招待会是个重头戏，朱镕基是个能出"彩"的人，直播将使这种"彩"毫无保留地展现在世人面前。

在记者招待会之前，两会闭幕，我们在演播室里详细介绍了朱镕基总理的背景资料，并简单分析了他走上总理位置之后将面临的挑战。非常幸运，我的结束语刚讲完，朱总理走进会场，招待会开始了。

由于在此之前，我们内部看到了朱总理在香港世界银行年会上的演讲风采，因此知道，朱镕基的语言能力、幽默特点、自信本质是很难掩饰的，因此高潮的到来一定很早。果然，朱总理自信地面临问题与挑战，于是也有了"前面是地雷阵还是万丈深渊，我都将义无反顾，勇往直前"这样的经典语言流芳将来。

在整个记者招待会过程中，我们一边听着精彩的问答，一边紧张地进行要点摘录的工作，因为招待会结束后，我还要把这一切总结给观众。因此，那一段时间，我们的心情是既兴奋又紧张，兴奋于朱镕基精彩的回答，紧张于将要进行的要点分析。

在这个过程中也受过刺激，那便是朱镕基对凤凰卫视的格外青睐，但受刺激的同时，我为卫视的朋友高兴，同时也相信，对卫视的表扬从某种角度来说，是对我们工作的一种鞭策，作为一名普通工作人员，我欢迎这种鞭策。

精彩的记者招待会结束，我坐回演播台开始结尾的评点，很自然的，我发自内心地由这几句话开始了点评："一场精彩的记者招待会结束，股市该涨了吧！"当时这句话脱口而出是出于一种兴奋中的直觉。事后我幸运地得知：这句多少带有调侃味道的话应验了，香港股市当天上涨了三百多个点。但我想，这不是我的幸运，而是朱镕基总理精彩表现后的必然。

这之后，我又用了"自信""幽默"等字眼评价了新任总理，并对当天记者招待会的要点进行了总结。没想到，当天美联社针对我的这番话发了通稿：

忙中偷闲，在朱镕基总理记者招待会的直播中，和屏幕里自信的朱镕基合个影。

"在这场面向全国实况转播的记者招待会后，中国中央电视台主持人白岩松在节目中赞扬了新任总理的幽默感，这在国家电视台关于国家高层领导人的报道中是极为罕见的。"美联社接着引用了我的大段评论，以此作为中国政治开放度增加的一个标志。

我很庆幸这次直播能在进一步树立中国改革开放良好形象方面付出自己的努力，而更让我高兴的是，一届成功的两会以及成功的总理记者招待会让亟需信心的中国人得到了一些信心。不过我并不敢太过乐观，因为中国改革到了最艰难的时刻，乾坤并非轻易能扭转，信心是基础，但更需要耐心，对于我们和朱总理来说恐怕都是如此。

1998年6月27日–28日，现场直播江泽民、克林顿在人民大会堂的记者招待会及克林顿在北大的演讲

接到让我主持这两场直播的通知，我感到非常意外。这种意外来自两个方面：一是克林顿来访，我以为自己没有介入的机会，但水均益要去上海等待在那里采访克林顿，因此我也"国际"了一回；而更意外的是，我们都知道，江泽民与克林顿的记者招待会注定是不同价值观的一场对话。最初我很难相信这样的对话会现场直播，向全国和全世界直播，作这种决定是需要勇气的。

通知我的时候，我正在路上，领导的口气是认真的，于是我马上赶回台里，这时，离正式直播只有三天的时间。后来，很多海外媒体在报道这件事情的时候说，离克林顿在北大演讲还有半个小时的时间，上面才下令允许直播，这完全是杜撰的细节。

其实，从操作角度说，这次直播难度并不大，难的只是怎样选择恰当的语言来进行事后的评论。

6月27日上午，直播准时开始。在不长的背景分析和开场白之后，江泽民和克林顿的记者招待会开始，针尖对麦芒，不同价值观的碰撞在双方领导人和善的外表下激烈地进行着，我一边看一边感慨：如此精彩的对话，此时正以现场直播的方式展现在全体国人的面前，没有遮挡没有更改，一切都原汁原味，人们可以亲眼看到亲耳听到中美两国领导人公开谈论过去被列为敏感的"人权"、"宗教"等问题，这是多么巨大的进步！

事后，国内外各界人士也纷纷对此发表评论。

"中国政府已有信心，不会因为这种毫无遮拦的直播而造成社会性问题，也不会因此而造成共产党员思想混乱的问题。"

"这是一种进步，过去，中国不愿意，心里也不敢这么做，现在胆子大了，

中国觉得目前已有本钱，可以公开和世界对话了。"

"直播真是令人惊喜，先是吃惊，后是开心，也说明中国新闻方面已相对宽松。"

…………

记者招待会在双方领导人针锋相对中快速地进行着，虽然时间已比原定的向后顺延，但还是觉得好像很短就结束了，这个时候，朱总理正在钓鱼台等候宴请克林顿。显然，延长了的记者招待会让他久等，但当时我想：朱总理知道了这精彩的记者招待会，一定在等待中会理解和开心的。

记者招待会就要结束，我快速地在演播室里写好结束语，导播台指令是：由于时间因素要短，我在一番简短评论之后，用这样一句话收尾："不管怎样，面对面总是好过背对背。"

第二天上午，克林顿去北大演讲，精彩程度比我最初预期的要弱，可能是这样几个因素造成的：一、当我开场白过后，信号按原定时间切到北大，却发现，克林顿迟到了，于是画面只能无奈地等待，将近半个小时的时间被无用的画面浪费掉；二、演讲及回答问题过程中，美方提供的同声传译水平让人不敢恭维，于是，造成观众收视疲劳；三、气氛不够活跃和开放，本以为会更加惊险和犀利，但常规化了一些。

这胃口显然是因为前一天透明度极高的记者招待会挑起来的，公平地说，克林顿在北大的演讲能现场直播已是非常让人惊讶的事。因为这和头一天的交锋有所不同，在北大，是克林顿的一言堂，毫无疑问，这是美国价值观充分展示的时间，而中国人依然可以透过屏幕去分析、聆听……我佩服决策者作出直播决定的勇气，结果证明了，我们的免疫能力早已不是过去可以同日而语的，一两段另类言语不可能就让民众轻易交心。这就是进步，这也应该为后来相类似事件的直播提供信心保障。

但在直播的结束语里，还是没有客气，正如国外媒体所说的那样：

"克林顿在北京大学的演讲，美方主导，向中国和全世界做现场直播，但是美方的中文翻译却结结巴巴，断断续续，造成听众困惑。

"中央电视台主持人不客气地加以嘲讽，名主持人白岩松说：由于美方技术原因，有一些提问听不清楚，请观众原谅，中文翻译是由美方提供的，也许语言习惯不一样，有些听不太懂。

"他一脸严肃地说：看来，美国还需要更多了解中国，有时，还需要从语言开始。"

看来，犀利的语言是容易引起重视的，这段语言被多家海外媒体加以转载和评论，也让我小小地出了一些风头，但真正大出风头的还是中国。

克林顿在上海回答水均益提问时就谈到，在中国访问，两次活动被直播是他最惊讶的事。

事后，美国驻华大使也给中央电视台领导来函，其中说道：在人民大会堂和北京大学进行的现场直播将会作为中美关系史上的重要事件被人们铭记。大使尚慕杰先生说：正是这种勤勤恳恳、勇于开拓的工作作风使成功的外交活动成为可能。

从我自己本人来说，这次直播并不困难，前后说话的言语也并不多，但我发现，在写直播文章时，它却占据了最多的篇幅，这实在是因为，现场直播所拥有的透明度和开放性的魅力，在这两场直播中体现得淋漓尽致，而在中国，它又是开先河之作，相信在今后，这样的直播会司空见惯。

1998 年 11 月 8 日，现场直播珠海
国际航空航天博览会开幕式

这似乎是一次相对轻松的直播，因为它的趣味性大于政治性，观赏性大于思想性，只是没有想到的是，在观众大饱眼福之后，一些另外的因素让我轻松不起来。

这个开幕式之所以好看，是因为简短的领导讲话之后，就是大家期待已久的飞机特技飞行表演，来自中国、俄罗斯、英国、加拿大等国家的飞行表演队将各自展示拿手绝活，在天空中把飞机当笔来画精彩图画。

对于我来说，这次直播从风格上是一次挑战，必须像足球评论员一样，看着电视屏幕上精彩的特技飞行来现场解说。稍有遗憾的是，我们的演播室搭在现场的高台上，表演就在我们身后的天空真实地进行，而我则在演播室不能回头，只能盯着屏幕来饱眼福，然而这就是工作。

准备是充分的，不仅各种资料详尽，而且请到了重量级嘉宾：原空军副司令员、中国空军最早的飞行员之一，林虎将军。

在准备过程中，忧虑出现了，人们目光的焦点当然是我们的八一特技飞行表演队和俄罗斯特技表演队。但私下里，我们得知，八一特技飞行表演队中的长机驾驶员，一位非常优秀的特技飞行能手，却在这次航展之前的一次训练中不幸坠机。看得出，他的同伴们神情中多少带着悲伤，了解到这个情况，我们开始替

他们捏了一把汗，这次飞行会一帆风顺吗？

还好，毕竟是久经沙场的军人，直播当天，他们的飞行非常完美，赢得现场和电视机前很多人的掌声。

但风头也被俄罗斯的特技表演队抢去不少，并不是他们的飞行无懈可击，而是他们驾驶的苏 27 和苏 30 实在太吸引人的目光。

我们八一队驾驶的是自己研制的歼八，但和苏 27 和苏 30 比起来，差距是明显的。无论是起飞距离，还是作战能力，苏 27 和苏 30 都占尽先机，这种差距开始让我们的心情复杂起来。

在我们自己的天空上直播一次精彩的特技飞行表演，苏 27 和苏 30 却抢走很多的惊呼和掌声，这让我们在现场，很容易产生一种强烈的民族主义情绪。虽然大家在直播前和直播后，闲谈中谈的最多的是苏 27 和苏 30，但每个人的心里其实都有些期盼：什么时候，我们能用自己的飞机在与别人的同场竞技中抢尽风头呢？我真的希望到那时，再直播一次特技飞行表演，那次直播一定会有更多的激情。

直播过去很久，在那次直播过程中得到的我们自己的"飞豹"飞机模型一直放在我的家中。在这次直播之前，我并不是一个航空知识的发烧友；直播过后，由于苏 27 和苏 30 骄傲的轰鸣声一直在我的耳边响起，对此，我变得有点儿发烧。在这风云变幻的世界里，落后就要挨打，虽是老话却依然可当真理。

一上午让人眼花缭乱的现场直播在人们快乐的惊呼中很快过去，但一种期待却在很多人心中埋下种子。或许这也是现场直播的另一种收获和魅力。

1999 年 3 月 26 日 -4 月 3 日，现场直播
重庆綦江"虹桥"垮塌案庭审过程

1999 年 1 月 4 日，元旦刚过，从重庆市綦江县古南镇传来一个噩耗：当晚 18 点 50 分，綦江县城内横跨綦河的交通要道——虹桥整体垮塌，结果死亡四十人，其中十八名为武警战士，另有十四人受伤。

消息传出，举国震惊。这座桥从建成到垮塌，时间不到三年。显然，这起垮塌事件属于工程重大安全事故。1 月 8 日，重庆市纪委常委决定，对在綦江虹桥事件中负有重要领导责任和直接责任的原綦江县委书记张开科、副书记林世元等十七人立案调查。这之后，仅十八天时间便完成了由立案到向检察院提请逮捕的全部程序，于是也就有了从 3 月 26 日开始的近二十小时的大型庭审直播。

在重庆虹桥垮塌案的庭审直播中，两位嘉宾，一位是法学专家，一位是重庆来的建筑专家。这种配备，使得近二十个小时的直播既不枯燥又能随时答疑解惑，复杂的庭审让人轻松地看个明白。

　　一年，是个怎样的时段？放在历史长河中，可能连"弹指一挥间"的比喻都不恰当，但对于有些事的变迁来说，却给人沧海桑田之感。

　　1998 年夏天，北京市第一中级人民法院开始公开庭审，这在当时是改革新举措，给人以巨大的新鲜感，我立即以"今夏很透明"为题在节目中鼓掌欢呼。然而不到一年的时间，1999 年 3 月，最高人民法院就已规定，去年还是新鲜事的公开庭审已经变成必须。这种变化让人惊叹。

　　也因此，1999 年 3 月 26 日上午，我以主持人的身份坐在"重庆綦江虹桥垮塌案庭审直播"的演播室里，公开庭审与现场直播已不是最让我兴奋的事情。我更加关注，公开庭审和相应的直播还能为这个变化的社会带来什么？

　　直播热线电话接连不断，以至于开始只设立一部电话而到最后一天改成了两部，观众在电话中的表现也体现出一种成熟，他们更关注怎样制止腐败，怎样在机制上确保更多的建筑没有质量问题，怎样让今天的工作不为明天留下隐患。在其中，我拿一位观众的电话内容当了 3 月 26 日上午的直播结束语：桥，没有监理会垮塌，而领导没有监理会怎样？

　　宣判结束后，观众在电话中表现得平静而成熟，他们没有发出太多的疑问：是不是舆论的广泛介入导致宣判或轻或重？

　　公开庭审和现场直播最大的好处也许正在于：司法系统与公众都能增强更多的心理承受能力。慢慢地，新闻记者采访庭审的越来越多，直播庭审也会多，司法系统习惯之后，加上自身的完善，当然越来越公正地以法律为准绳，公正地行使法律手段来判决，舆论关注的大小不会让他们在定夺时左右为难。而当司法越来越独立和公正的同时，公众对法庭的审判也自然会越来越尊重，而不会产生判轻了还是判重了的人声鼎沸。

这正是我们希望和正在看到的变化。

一直有件事我记忆犹新，当初一青年对里根行刺，后来法庭宣判，该青年有精神病史因而无罪。宣判之后，记者的话筒伸到当时的总统里根嘴边，里根平静地回答：也许他们说得有道理！

针对我们的庭审直播，也有些人表示担心，传媒的介入会不会让司法不够公正，但我特别想反问的是：在传媒和公众没有介入之前，我们的司法是公正的吗？如果现阶段传媒和公众的介入有助于司法在将来达到真正的公正，那是该掌声鼓励的。

这一点似乎可以从庭审直播的另一个收获中得到验证。綦江县委书记张开科并不在被审判的名单里，但在庭审直播的过程中，无论律师还是犯罪嫌疑人都使张开科的问题暴露在全国观众的面前，显然，张开科是无法在家独享清闲了，于是庭审直播之后，他也被立案侦查，终于得到了他应该得到的处理。

您看，增加透明度，如此有助于司法接近公正。

1999 年 10 月 1 日，现场直播国庆五十周年庆祝大会

从没有哪一天的天气被我如此强烈地关注着。在 9 月 30 日下午，北京的雨不停地下，天空迟迟没有放晴的迹象，而我们所有人都知道，第二天上午，十几亿人的眼光都将投放到北京天安门广场。

在 9 月 30 日傍晚的餐桌上，第二天天气预报被我们兴奋地互相传递，这是北京多名气象专家聚在一起最后拿出的预报，10 月 1 日，共和国五十周年庆典这一天，北京天晴。

可窗外的雨依然在下，我们只能在天气预报面前谨慎地乐观，相信很多人心中会默默祝愿：让天空放晴吧！

自从接到让我主持国庆庆典节目的指令后，我的心情一直有些兴奋又有些紧张，可能这一次直播太过重大，那么多人的目光云集于此，结果只能有一个，那就是成功。

但北京的雨不停地下，转移了我的注意力，那天晚上，我们第二天要做直播的都没有回家，一起住在长安街上的一家饭店里。为放松心情，打了一会儿牌，牌局落幕，大家准备睡了，我发现很多人不约而同到窗口向外张望了一下，可是，

雨还在下。

一夜睡得不踏实，窗外滴滴答答的雨声敲在我的心里，清晨迷迷糊糊地起床，马上走向窗口：奇迹，北京的雨停了。

我的心情随之放晴，我知道，今天的直播定会成功。天气的放晴就如一针强心剂，让我的状态好极了。

果真如此，直播顺利开始，在我的开场白中，我立即加上了一句话：北京雨过天晴，是一个适合庆典的好天气。

几个小时匆匆而过，那一幕又一幕精彩的画面现在已经成为经典定格在我们的脑海中，在天安门广场的直播画面切回演播室后，我的结束语随之而出。在当时，我是有些激动的，这五十年的路程，中国走得很难，眼泪欢笑此起彼伏，没人不会感慨万千，也因此，我在结束语的最后一句话中用了四个字：祝福中国！

我这儿的直播结束，上了楼上的导播间，那里由于精彩回放还在播着，因此无论台领导还是工作人员，神情依然紧张，因为这场直播对于中央电视台来说，毕竟是一场大考，不到播出结束，谁也不敢掉以轻心。

随着最后工作人员字幕单的飞过，直播顺利结束了，一瞬间，现场的所有人员似乎还没有缓过神来，屋子里出奇地安静，这一瞬间过后，压抑了很久的掌声终于爆发出来，大家一个多月的辛苦终于有了回报。

那一个中午的北京，景致与空气格外迷人，在台里简单吃过几口饭，我就匆匆回家了。我知道，一段日子以来，我的内心一直紧张，而家中的母亲和妻子一定比我还要紧张，这下走出考场，我该回家和他们去分享紧张后的轻松与快乐了。

那一个下午，我和家人在京城四处闲逛，和周围人一样，两面小红旗在手中拿着，看着人群中一张张喜庆的笑脸，我的快乐也在空中飞。从没有哪一天像今天这样，对中国的明天信心十足，就为今天这人群中的笑脸，中国也该创造美好的未来，因为中国的老百姓实在太不容易了！

不停地有电话打进我的手机，好几位极有本事的外地记者开始了对我直播后的国庆采访，对最初的两位记者，有一句话我说的是一样的：五十年已经过去，最重要的还是明天，我们都该想一想，十年后，我们将在怎样的中国和怎样的心情中去庆祝共和国六十岁的生日呢？这之后，我便把手机关了，在国庆的那一个下午和焰火点缀的晚上，我只想放松地在人群中游荡。

1999 年 12 月 31 日 - 2000 年 1 月 1 日，
现场直播二十四小时特别节目《相逢 2000 年》

澳门回归的直播刚刚结束，我们就投入到这次人类迎接新千年的直播准备中，即使这样，面对二十四小时的直播，我们满打满算也就有八天的准备时间。

紧张得有些惊险，一直到直播开始前，我们的心才算有了底。如此短的准备时间，最后一切还算顺利，说明中央电视台面对大型直播节目越来越多了些平常心。

从我本人来说，内心深处并不希望这次直播的观众特别多。听起来似乎有些奇怪，但道理很简单：这一夜千载难逢。有可能的人们都该走出家门，去人群里、去迪厅、去酒吧、去山顶、去海边……无论哪里，去玩去狂欢。而如果我们的观众多了，则意味着，太多的人又是守着电视过的千年交错那一时刻，这有些太过平淡了。

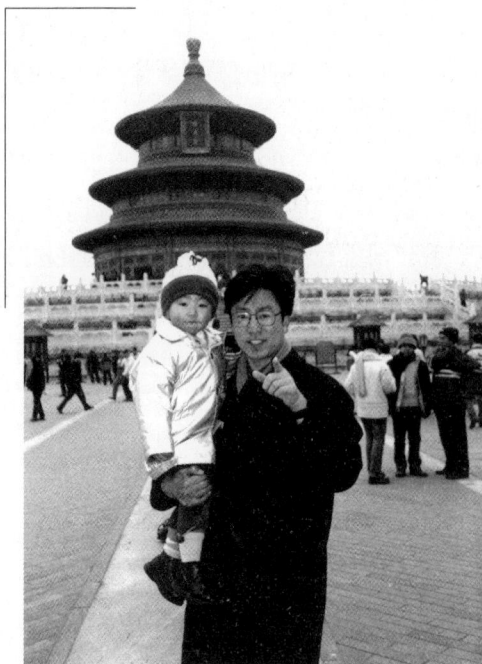

不巧的是，我却必须守着电视过那一神圣时刻，圣火点起，钟声敲响，我只是和身边的水均益握了一下手，便又聚精会神地看着监视器，因为那一时刻我们的任务是：如果直播信号出现问题，我们要立即在演播室开侃。

您看，如此紧张的状态，我又怎么来得及感叹千年已过呢？

我直播的段落结束时，已是 2000 年 1 月 1 日的凌晨 1 点多，在台里又待了一会儿，两点半的时候走出电视台大门。

新千年的第一个凌晨，北京的街道上车水马龙，狂欢的人们制造了这难得一见的凌晨

新千年的第一天，去和"天"与"地"联络一下感情。外表有些轻松，内心却很虔诚。只是怀中的儿子未必知道：干吗不在家里待着？

喧闹。这种情景，让我深深地闻到了一股浓浓的生活味道，由于国庆五十周年加之澳门回归和迎接新千年，我竟有四个多月的时间是处于直播的巨大阴影下，而2000年的第一天，我终于可以放松。虽然很短，但已很满足。

在我们台门口，刚才还热闹非凡的中华世纪坛已经安静下来，而在不远处，两辆车撞在了一起，双方正在争执。毫无疑问，新千年的第一天，和往日一样，有人欢歌，有人不如意，所谓辉煌庆典不过只是一瞬，过去了，生活又恢复原貌，继续像水一样向前流动。

回到家中，立即将自己放倒，再睁眼已是1月1日的上午10点，北京没有阳光，但心中的阳光多了起来，之后我带着家人去了天坛公园和地坛公园，并吃了一顿功德林的素斋，这千年第一天也就溜走了大部分。

晚上回到家，拿起《北京晚报》，看到上面有《2000年第一纪录》，看着看着，却突然发现，自己也榜上有名，我成了中央电视台在2000年第一天出现的第一位主持人。

仔细一想也真是，世纪坛直播一结束，画面切回演播室，我向观众问了2000年第一声好，可有趣的是，我对这一纪录毫无知觉，这纯属无心插柳误打误撞，一不注意，拿了个第一。

但这个第一并没什么意义，纯属巧合而已。新千年的大幕已经拉开，在未来的几十年中，中国电视的现场直播将是一种怎样的发展道路？又将会怎样让人满意呢？更重要的是：中国又将怎样？

让我们一起拭目以待！

1995 年，我在制作《东方之子·长江人》系列节目的时候，曾坐着这辆车从四川的宜宾一直开到上海，历时三个月。于是，当三年之后长江遭遇洪水，我记忆中沸腾的长江沿岸生活，都被担心和关注取代。洪水中的长江人还像三年前我采访他们时那样健谈和乐观吗？

遭遇洪水：多买药少买点棺材

1998 年夏季，对于干新闻的来说本来应该是个淡季。在设想中，1997 年大事不断，从小平去世到香港回归再到三峡大江截流，新闻人过了忙忙碌碌的一年，而 1998 年则应该是个缓冲，因为 1999 年是国庆五十周年，再加上澳门回归和年末的新千年到来，又会是一个不亚于 1997 年的忙碌之年。1998 年，除了年初的两会报道和年底的改革二十年报道最为吸引人外，年中则稍显平静，大家都打算利用这段时间调整一下喘口气。但谁也没想到，计划没有变化快，人算不如天算，一场从南到北的大洪水不仅使原本想轻松一下的新闻人过了一个更忙碌的夏季，还把全国民众的目光都卷入其中。

那一场大水使得那一个夏季在很长一段时间里都会在国人的心中留下鲜明的记忆。在灾难面前，中国人再次呈现出可以共患难的一种凝聚力。更重要的是，还有一些反思在洪水退后开始在我们很多人脑海中升腾起来：一个民族如果仅仅能共度患难，而不善于在灾难过后汲取教训，那还称不上是一个伟大的民族。

水已经退去很久，但由此引发的反思和惊心动魄的场面却无法在我们的记忆中退去。

起 始

写下这个小标题，并不是想记录大水在中国南北的初起，因为对于很多和洪水打交道的人来说，这场大水的袭来，早在1998年的年初就有了预兆，只是由于新闻关注得不多，最后大水的到来才显得有点儿突然。

对于我们这些干新闻的人来说，对大水的到来也并没有比观众感知的早多少。只是到了7月底，我们才意识到事情有些异样。这次洪水的初期，由于种种原因，新闻没有得到全面报道的授权，因此关于洪水的零星消息，使得民众和很多记者一样，认为南北的洪水和往年一样，是偌大中国每年都少不了的小灾小难。

进入8月初，陆续有前方回来的记者把那里的灾情告诉我们，加上有些报道已经日显沉重，灾情的面貌开始显现，我们有些忧虑，但是大规模报道由于授权有限，还没有到全面铺开的时候。

8月8日是个周末，我们《东方时空》的一些人在郊外开会，探讨《东方时空》节目改版方案。会议很成功，一个接近清晰的改版方案出现在我们面前，大家怀着对未来的憧憬回到城里，准备在8月10日那个星期一向领导汇报。

而从8月9日开始，正赶上我值《东方时空》的主持班。一进城，我就买了好几份报纸，结果在《北京青年报》上看到一条消息：北京搞了一个社会调查，结果显示，北京有很多人愿意到抗洪前线当志愿者。由于这时候，我们已经对洪水的真实情况有所了解，也多了些不同以往的沉重感，因此我觉得这条消息透露出来一种精神非常可贵，因此我就在8月10日的《东方时空—面对面》栏目中谈到了这个消息和前方的水情，并在节目中呼吁：人们想帮助前线的心情迫切，有关接受捐赠的部门能不能公开电话、地址，让人们的爱心有释放的地方。连我自己都没有想到，就在这期节目播出的当天，关于洪水报道的计划全面铺开，一个忙碌的夏季开始了。

8月10日中午，我们被呼到台里，领导向我们传达报道精神：从今天开始，全国新闻界要全面介入到抗洪抢险的报道中去。在这种情况下，我们火速制定了各个节目的报道计划，当天便有很多记者开赴前线。可是由于路途耽搁加之情况不熟，和洪水有关的节目大量做出来还需要时间，因此我们首先要在《东方时空》节目中做应急反应。我提议，由于《东方时空》是CCTV每天第一档节目，因此我们应该每天半夜采访我们已派到前方的记者，填补夜间到凌晨这段报道空白，领导同意了我的提议。

于是从这一天开始，我们变成每天晚上9点上班，先归纳其他新闻的报道，然后确定我们采访前线的哪一个点和让他报道什么。大约每天午夜过后，拨通前方记者的电话，让他进行详细报道。就这样每天清晨的《东方时空》节目中，我们都用最快的速度把前方几个小时前的抗洪情况呈现在关注水情的观众面前。

这样的报道方式让前方的记者吃了很多苦，他们白天要拍摄，晚上要报道，休息的时间自然减少，加上每次报道都在大堤上，气候条件恶劣，受的苦我们在后方是难以想象的，但是却从没有人抱怨。只是有一位记者曾在报道之后在电话里笑着对我说："刚才由于现场报道无法分神，蚊子都快把我给吃了。"他像说笑话一样把这件事轻描淡写地忽略过去，让我感叹不已，我在后方而他们在前方，自己忽然有一种当逃兵的感觉。

坐着这架直升机，我和摄像朱邦录拍了一集《空中看松嫩》的《焦点访谈》，从开始拍摄到最后播出只用了十个小时的时间，万分紧张。但更让人紧张的是空中看到的水情和随处可见的灾民。

紧张的一周一闪就过去了，这一个星期的各种媒介上，水情、水势、抗洪的场面占据了绝对的分量。此次洪水之猛，终于在国人心中留下深深印记。由于媒介的全面介入，中国南北大抗洪成为1998年夏季的中国景观。

由于CCTV新闻中心主任孙玉胜都已经奔赴前线，我们《东方时空》节目改版计划自然在洪水中泡汤，不过已经没有人顾得上这些了。

8月16日 抗洪中最关键的一天

8月16日是星期天，但在洪水面前，很多人在这一天却比平常的日子还要忙碌。

至少在水利部的防汛指挥部里，气氛就异常地紧张。

这一天下午，我们去水利部采访当时的水利部部长钮茂生。

几年前，我曾采访过当时的林业部部长徐有芳，他对我说："在中国，林业部部长和水利部部长是风险最大的位置。水火往往无情，每当灾难降临的时候，这两个部长的日子难过极了，就是在平时都能感觉到一支利剑高悬在头上。"

因此在采访的路上，我就在想：大水在中国南北蔓延，钮茂生部长该过着怎样没白天没黑夜的日子？可以想象：几天没在电视新闻上看见钮茂生，老百姓都会有着诸多的议论，作为当事人，钮部长更是压力巨大吧？

洪水到来以后，钮茂生部长早已不在自己的办公室里办公，我见到他时，他正在一个巨大的会议室里和部下分析水情。由于会议室里挂着一个大投影地图，因此屋里的窗帘都紧闭着，空气因此有些凝固。

采访中我们得知，钮部长在这一天正处在等待时分。当时中国最高层的领导正在讨论是否于8月16日深夜或8月17日凌晨实施分洪方案，这是决定中国1998抗洪前途最关键的几个小时。

水位已经到了危险的临界点，这个临界点已经远远超过了我们的警戒水位和原定的分洪水位。但定夺是否分洪可是非同小可。它早已不是技术问题不是水利问题，而是一个巨大的政治问题，几乎可以说是摆在本届政府面前的一个艰难课题。不分洪，继续严防死守，如果天公不作美加上人力的极限被突破，那会不会导致可怕的后果，最后落下一个不尊重科学的评价？可如果分洪，分洪区里的人员如何尽快疏散完毕？损失该有多大？后果又会怎样？分洪能够解决所有的问题吗？

钮茂生和他的部下当然知道定夺的艰难，他们也知道这是中国面对洪水最艰难的几个小时。这个时候的他们已经如同军人，就等着高层的一声军令，是分洪还是不分洪，都会马上布置相应的下一步方案。

钮茂生的心里自然是不好受的，也因此在我采访刚开始的时候，提到解放军的严防死守，部长的眼泪就下来了。在他的眼泪中我能感受到一种强大的情感冲突："那都是十八九岁的孩子啊！"

其实，在洪水到来的这段日子里，钮茂生的身体并不给劲，严重的腰椎间盘突出不是时候地犯了，他是用一个厚厚的护腰在坚持工作，连江总书记都关注着他的腰，替他找医生，因为在这个时候，对钮茂生来说，腰折了，也得站在第一线。

采访结束，我们离开，钮茂生和他的部下们继续分析和等待。我们有一个摄像留下跟踪拍摄，后来他告诉我们，这一间办公室里的人们都是一夜无眠。

刚刚离开水利部，我就接到节目组的呼叫，由于今晚有可能分洪，让我回台里火速制作明早的《东方时空》节目。

当我回到台里，已是傍晚时分，台里的气氛并不比水利部轻松多少，大家嘴里谈的都是水。而巧合的是，就在当晚，CCTV要直播大型赈灾晚会《我们万众一心》。可能要分洪的消息传来，参加演出的人们心情与往日都有所不同，台领导和导演组也商定好，如果晚会播出的时候传来分洪的消息，大家就一起高唱临时排练的《团结就是力量》。

我们是在办公室里一边讨论第二天早上的节目一边收看直播晚会，一笔又一笔的捐赠在屏幕上报出来，国人在大水面前空前地慷慨和团结。

而在抗洪前线，这一天也有着生死存亡的味道，分洪区的人几天前就已经强行撤出分洪区，但里面是否空无一人，人们的心中没底，为分洪做准备的炸药都已经在堤上埋好。如果分洪命令一下，几里长堤就将片刻被炸开，洪水将在分洪区内泛滥，没人敢想那将是怎样的场面。而在这一天，记者的日子更加难过，他们都在第一线，我的同事张恒就在离炸药不远的地方，准备报道分洪的情况，其他的记者也都在很危险的地段，等待决定长江大堤命运的那一刻。

就在我准备第二天早上《东方时空》如何报道分洪的时候，突然接到台里通知：火速准备，一会儿如果分洪，中央电视台准备进行五个小时的现场直播，你来出任主持人。

接到这个突然的命令，离可能直播的时间还有三个小时，不过近一段时间来，我每天采访的都是和大水有关的内容，加上刚刚采访完钮茂生部长，因此心里比较有底，特殊情况下，反倒没有任何直播前的紧张。

我们准备直播时请一位专家进演播室，大家一致意见，还是请长江三峡大江截流参加直播的专家陶景良。电话打过去，老陶一口答应，我火速把他接到台里，老陶在家里已备好大量资料带了过来。没想到，三峡截流后我们分别，这次又因分洪而聚合。

方案很快拿出，直播准备紧锣密鼓地进行着，用这么短的时间进行这么大规模的直播，中央电视台历史上找不到先例，国际电视史上怕也不多。

只等待是否分洪的最后决定了。

等待中还有一个小插曲，分洪区的代表正好出席了台里的赈灾晚会，晚会结束后，敬一丹发现了他们，就把他们请进了我们的节目，他们的手中捧着装满泥土的罐子，激动地说："这里是我们最后的泥土。"一句话说得我们百感交集，悲壮的气氛被进一步强化。

还是在不安中等待，走廊里遇见副台长，他问我："怎么样？""没问题。"我们擦肩而过，看得出来，作出直播决定之后，领导心中的压力。

机房里，电脑上"前方记者 孙玉胜"的字幕已经打出，通过电话我们得知，前方的记者都已到位，到达危险的位置，只等直播的开始。CNN 等国外媒体得知我们要直播的消息，也纷纷打进电话，要求提供信号。大水，不再只是中国的灾难。

赈灾晚会结束了，仍没有分洪与否的消息。是啊，这个决定太难下了。我们还是等待，为了准备直播，中央电视台这一夜的节目没有中断，破天荒地连续播出着。到了凌晨 3 点多，我们接到消息，暂不分洪，回家待命，有可能早晨的时候分洪，呼机手机都别关，接到指令立即来台。

我把老陶送回家后，自己也回了家，呼机和手机都放到枕边，等待，使得自己根本无法入睡，直到早上太阳升起，呼机和手机都很平静，这才昏昏地睡去。

而在这一夜，在长江的大堤上，抵抗洪水已不是土堤而是人堤，在这密不透风的人墙面前，太阳从宽阔的江面上升起。也许是慑于中国人不怕死的气势，洪水从这一天开始，慢慢减弱了锋芒，胜利离中国人越来越近了。

直播终于没有进行，我无法想象，一旦分洪令下达，那将是中国人记忆里怎样的五个小时直播，而那五个小时，我们又将在怎样的牵挂和不忍中度过。

一场可以留在电视史册中的直播终于在现实中消失，然而远方灾民的家园却保住了。分洪代表手中拿着的罐子，那其中的泥土不再是故乡最后的泥土。我们幸福和快乐地失去这次直播，并欣慰。然而 8 月 16 日到 17 日那十几个小时，在我们的抗洪记忆中再也无法抹去。

三十而立　立在松花江的江堤上

8 月 20 日是我三十岁的生日，其实在平时，我很少过生日，印象中就是在 1985 年过了一次比较正式的生日，因为那一年的 8 月 19 日我接到了北京广播学院的录取通知书。与其说是第二天过了个生日，不如说是家人想庆贺一下我考上了大学。而在大学期间，虽然宿舍里平时谁过生日，我都会格外地张罗，但是我的生日正好是在暑假，难得同学相聚，一次次也就随意地过去。

可能是三十岁生日有些特别，因此哥哥嫂子和侄儿也都到北京来过暑假，加上早已在北京的妈妈，大家都希望能给我过一个全家团聚的生日。

但在大水面前，一切都得改变，似乎有预感，8 月 19 日我抽空陪哥哥嫂子侄儿玩了整整一天，晚上把他们送进电影院，自己留在家里。果然接到了时间主任的电话，告诉我，前线需要主持人，希望尽早打点行装，明天就出发到黑龙江。

当时评论部的主持人方宏进已经在长江大堤上，我当然也希望能赶到第一线，黑龙江又是我出生时的故乡，自然责无旁贷。

8 月 20 日晚上，我和同事赶赴机场，向哈尔滨进发。

机场里的情景很有趣，在办手续时，去哈尔滨的人很少，同事和我打趣：现在人们都从灾区往外跑，可能只有记者往里去。大家都笑了。

飞机上人很少，一个半小时后，飞机落在哈尔滨机场。在从机场去市区的路上，到处是水漫公路的情景，这是在后方体会不到的。

在松花江的大堤上采访严防死守的解放军军官。在这一次大水中，有一个细节我们是该记住的：用人堤和精神大堤战胜洪水的解放军们，大多是十八九岁的孩子。

在路上已和早到哈尔滨的同事取得了联系，到达驻地后，黑龙江省防汛办的专家已在场，我一边吃饭一边向他们了解情况。晚上 11 点多，和摄像赶到松花江大堤上，为第二天早上的《东方时空》制作节目。

到达熟悉的松花江畔，场面早已不同以往，松花江抗洪纪念碑周围灯火通明，到处是人，到处是麻包垒起的堤，江面高得有些怕人，而堤的这一边，就是拥有几百万人口的大城市，熟悉的景致面前是自己一种不熟悉的场面和心情。大水终于不再是想象中的画面，而变成了真实的场景。

差十五分零点，我开始报道，心情很复杂。这忙碌的一天竟是自己的三十岁生日，想起来挺有纪念意义。人说"三十而立"，自己事业上虽说没有什么可立之贺，但身体却确确实实地立在了松花江大堤上，这个三十岁真的有些特别。

不过这种感触只是一闪念，我对谁也没有说。报道过后，迅速把画面用卫星传回北京，几个小时以后，大家就在《东方时空》中看到了我立在松花江边的报道。

几天中一直是在缺少睡眠的状态下忙碌，心情随着水位的变化而起起伏伏，很多情节都是在后方感受不到的。哈尔滨人是热情的，在大堤上，一边是忙碌的抗洪军民，一边是自发运送给养的市民，大米粥喝完，绿豆粥又来了。难怪心存感激的抗洪军民会开玩笑说：早知道有绿豆粥我就不喝大米粥了。

哈尔滨市民的生活一如往昔，商业区繁荣依旧，大街上依然人来人往，只有偶尔驶过的军车和几处戒严的街道才告诉人们，哈尔滨市正面临着前所未有的危机。

有一幕颇令人感动。8 月 22 日清晨，由于我们要坐直升机航拍水情，因此很早就从驻地出发，车驶过一个广场，我看到那里有几百位市民正在悠闲地打着太极拳。想必这是他们每日的必修课，那种平和的生活气息不得不让人感慨平静生活的美好。然而一转头，在离他们打太极拳不到二百米的地方，就是堆满了麻包的松花江大堤，上面依然有人在忙碌着，还有人就睡在麻包旁。

一边是安静的市民生活，一边是写着危险的抗洪大堤，这两个反差极大的场景竟出现在同一幅画面中。我忽然在这幅画面中感受到一种人的尊严，不管危险怎样在眼前，但生活仍在继续。如果在灾难面前，失去生活的尊严，那么灾难将会把我们击败，而只要保有尊严，没有哪种灾难会持续太久的。

这一幕让我从几天来的担忧心境中平静下来，我开始知道：一切都不会有问题！

然而在飞机上看到的水情还是出乎我的想象。江已经不能再叫江了。由于水的泛滥，大江早已不在江道里流淌，江面宽阔得像一个又一个大湖，到处是水。由于东北的抗洪标准大多是对付十五年、二十年一遇的洪水，因此在百年一遇的洪水面前，原先的堤坝都失去了抵抗的能力，只能任江水泛滥，好在东北地广人稀，灾难才不像长江那样直接危害太多人的生命。

我们的直升机几次降落，都是因为看到很多的灾民，他们就住在公路边上，天灾让他们又过起了大锅饭的日子，面对他们，担忧又多起来。毫无疑问，他们是为了保卫几个重要城市加上洪水太大才失去家园的。但在东北，他们面临的困难可能比长江边的灾民更大：一是因为天气很快就会凉下来，在严寒到来之前，他们只有一个多月的时间来重建家园；二来，东北的粮食是一年一季，一场大水已经使他们一年的劳作付之东流，这种惨痛更甚。

水会退下去的，而对人的担忧又开始上涨。大水过后，我们有更多的工作要做，因为归根结底，抗洪不是为了退水，而是为了保人。

那次空中飞行结束，让我对东北的水情有了充分的了解，更让我对中国"九八"抗洪有了直观的感受。距离这次飞行已经过去很长一段时间，我经常会想：没有了水的威胁，现在那些灾民都已经得到很好的安置吗？他们的日子过得怎样？尤其是几个江边城市的人们更应该时常想起，为了保卫城市，多少农民兄弟失去了家园，难道在危机解除之后，我们不应该为此伸出援手吗？滴水之恩都该涌泉相报啊！

大水过后

秋天就要到来的时候，大水从南到北慢慢退去，大家开始有了一种胜利的感觉，不过在欢庆的同时，内心深处，我们开始有更多痛定思痛的东西。

对于这次南北大抗洪，钮茂生部长在 8 月 16 日接受我采访时说的一句话是个很好的评价："我们是硬件太软，软件很硬，结果是硬件不够软件补。"

这次抗洪的胜利，是人的意志发挥到极限后的胜利。除去沿江民众，十八九岁的军人用他们刚从少年走进青年的肩膀担起了这个国家的危难，在感谢他们的同时，我们不该自责吗？对水利的投入一直不够，虽然表面上每年的数字在增长，但和国力增长的速度比起来，水利的增长速度是慢的。我们怎能依靠人海战术来弥补我们金钱投入的不足呢？

在很多人心里，一直对洪水有侥幸心理，像赌徒一样，总认为洪水也许明年才来，今年就先这样吧！而洪水今年真的来了，就只有在慌乱中筑一道人堤。

更何况还有腐败。九江的堤防在没出事之前还被当作固若金汤的样板工程而被媒介宣扬，表扬的话音未落，九江大堤却率先决口，原来"固若金汤"的大堤是一个"王八蛋"工程。这豆腐渣一样的大堤里埋藏着怎样的腐败和渎职呢？而这还仅是九江一地，长江堤防中，还有多少这样的蚁穴呢？因此当我们都同意"九八"洪水是天灾的同时，是不是也能在心里悄悄地告诉自己，这其中也有相当多的人祸因素。

面对"九八"抗洪，还有一种经验值得总结，由于各种媒体得到授权全面介入抗洪报道中，全中国人的心才凝聚到一起，成为战胜洪水的决定因素。无论怎样的灾情，人们应当有知情权，这样救助才会及时，胜利才会来得早一些。在1999年，其实长江的洪水也不小，但由于媒体忙于反邪教的宣传，水情的报道多少有些被忽略，这似乎有些危险，因为水火从来无情，让人们更早地知道水情，也许会有更多一些人的生命被保全。但愿以后新闻媒体在灾情报道方面能有更多的自主权，以便好心的中国人能及早地伸出援手。

人和自然的关系也在这场洪水面前暴露无遗。上游的乱砍滥伐，中游的围湖造田，行洪区成了人们的家园，这一切都使得"九八"洪水加重了太多，而这一切的出现都不是一日之"祸"，是在人们只顾眼前利益的情形下一步一步累积起来的，最后给自己带来了灾难。

洪水结束之后，我一直向很多的被采访者提出一个相同的问题："我们难道还要相信人定胜天吗？"

大多数人的回答是否定的。

1998年11月5日，当时的中共中央组织部部长张全景来到水利部，在充分肯定了钮茂生部长的工作成绩之后宣布，为加强河北省的领导班子，钮茂生调任河北省任代省长，原国家电力公司副总经理汪恕诚调任水利部任部长。

汪恕诚是个老水利，毕业于清华大学水利工程系。这个履历让我们知道，他和胡锦涛是同学。毫无疑问，在中国的领导层中又多了一个水利出身的干部，尤其是在洪水过后，一个老水利出任水利部部长的位置，更让人感觉到，水利工作已经纳入更科学的轨道。

在汪恕诚部长上任不久，我采访了他。汪部长是在特殊情况下上任的，却表现得非常轻松和直率，这一点大大出乎我的意料。

我也问了他关于"人定胜天"的问题，汪部长的回答让我踏实一些。

他说："和大自然的斗争，应该这样来认识，努力地去掌握客观规律，掌握以后运用这种规律为人类服务，但一定要顺应历史的发展，顺应客观规律的发

当我和钮茂生拍下这张照片时，他已在河北省省长的位置上整整做了一年，眼前的大江大河变成了城市、乡村、牛棚和菜地，钮茂生乐在其中，做起事来还是风风火火，说起话来还是快人快语，只是在谈起自己多年水利生涯时，神情间才有一些留恋和割舍不下的情感。

展，违背了这种客观规律就要受到惩罚。"

"九八"一场洪水，虽然最后似乎是人取得了胜利，但它却明白无误地告诉我们，沿用了几十年的"人定胜天"口号可以在中国很自然地消亡了。在大自然面前，任何以人的主观意志去违背自然法则的行为都会受到惩罚。

之后，我又问了汪部长一个问题："在你和钮茂生部长交接的时候，有没有沟通一些什么？"汪部长说："有，我对钮部长说：'我听到这个消息，想起你在党校的一次讲话，当时我是学员。你在讲话中讲水利工作是如履薄冰，胆战心惊。我现在到了你这个位置，我也要过这样的日子啦！'"

在我们采访汪部长的时候，大江南北的水利工程建设正在如火如荼。而汪部长刚刚从那儿视察回来，我就问他："看到的情况比你想象的好还是……"

汪部长坦率地回答："从群众发动的人数，从出工的人数，从机械的台数，应该是轰轰烈烈的，但从另外一个角度讲，我还是发现一些问题……作为我的位置，可能多发现问题更好。"其实，"九八"洪水已经把很多问题暴露出来，想必几年部长生涯当中，汪恕诚不仅要面对年年的洪水警报，还应该把很多暴露出来的问题一一解决。

中国人常讲："好了伤疤忘了疼。"但"九八"洪水这道伤疤实在太大，疼痛应该让人难忘。然而不到一年的时间，又暴露出荆江大堤修补款项被截留三分之一的消息。我们总是无法乐观，因为总是有些人伤疤未好却可以迅速忘记疼痛。

在"九八"大抗洪之中，有一句经典呼吁："我们能不能多买些药少买点棺材！"这是一句形象的比喻。如果在灾难未到之前，我们把很多工作做好，犹如平时多买些药，让孱弱的身体慢慢地强壮起来，这总比灾难面前，我们多买棺材强得多。

是多买药还是多买棺材，这是一笔谁都算得清的账，也是1998年的南北大抗洪给我们留下的最深刻警示！

在河北一个贫穷的村子里，我拍了这样一张照片，回来一看，当时的表情出奇地严肃，估计是那个村子贫穷的真实状况让我一时有些回不过神来。

面对贫困：新世纪我们会司空见惯吗？

写下这个题目，并不是因为我们过去一直富裕，而今贫困出现在面前，我们不得不惊讶而新奇地面对。

恰恰相反，是因为我们过去普遍贫穷，由于都穷便没有了参照物，大家都穷得心安理得，面不面对贫困无足轻重，反正每日的生活就是和贫困作斗争。

但是今天不同了，改革二十年像一个巨大的搅拌机，轰隆隆地一转，等大家从搅拌机里走出来才发现：眼前的一切都变了，昨天相依为命的邻里，而今一个仿佛在天堂而另一个仿佛在地狱，过去贫穷时还可以相对唉声叹气，今天由于财富和生活质量的巨大差距竟连相对说上句话都困难……

一方面是城市中高楼大厦林立，高级轿车穿梭往来，《精品》《时尚》等报刊引领着高尚人士的生活格调，几万元一桌的晚宴天天有人光顾，超过万元一平米的别墅与公寓卖得很好……改革开放二十年，相当一部分中国人的生活的确富了起来。

但另一方面呢？

在城市的高楼大厦下面，被生活抛离出来的人们衣着寒酸地伸手向人们寻求施舍。午夜时分，地铁门口，大马路的地下过道里面，睡在报纸上的人们夜夜可以见到；一家三口，父母双双下岗，孩子要上学，经济上捉襟见肘的家庭越来越多。

贫富差距在改革二十多年的时间里飞速拉大，而正是在这种差距中，贫困成了全新的问题。从某种角度说，相比较之下的贫困是改革的后果，是改革的代价，更是继续改革道路上的不稳定因素。

因此让我们一起来面对贫困。

贫困就在我们身边，但面对时，竟又觉得有些陌生

1996年春天，为了创办《新闻调查》这个栏目，我们在北京开始了《宏志班》这个片子的拍摄，没想到这次采访使我深深地介入到城市贫困人群的生活之中。

北京的广渠门中学，为了让那些贫困家庭中的孩子有高中可上，特地设立了一个叫"宏志班"的班级，考上这个班的孩子，在高中三年的时间里，将减免一切费用，还有适当的补助。对于贫困家庭来说，这无疑是个福音。而这个班面对全市招生，专招那些家庭生活十分困难而学习又很优秀的孩子。

宏志班的老师向我们介绍：招生那天，报名地点人山人海，然而这一个班毕竟才五十几个名额，因此有相当多的家长是失望而归的。不过这种火爆的场面其实是在悄悄提醒我们：这个我们以为富裕而繁荣的城市中，贫困人口的大量存在一直被我们忽略了。

要想把《宏志班》这期节目做好，我们当然得走进这批孩子的家中，于是以下一幕幕场景开始出现。

在北京城的东南角，有一个还算漂亮的小区，当我们在一个宏志班学生的带领下走进这个小区时，我们还以为走错了地方：怎么住的楼比我们想象的高

级？

然而进了他家，就知道了这家人的生活真相。几乎没有一点儿装修的痕迹，水泥地就那么直率地面对着我们，家具很简单而且少得可怜，式样都是二三十年前的，由于没有钱交暖气费和煤气费，因此房子正中是一个烧煤的炉子，烟囱极不协调地从窗户中伸出去。

这家的主人是当年的知青，由于受伤致残加上回城晚了几年，现在只好以捡破烂收废品为生。他们住的这套房子还是由于祖上留下的老房拆迁后分到的。

接着我们又去了一家，这家的贫困直接体现在他们的居住条件上。

孩子的父母都是知青，回城后一无所有，只好在亲属住的房子边上接了一个不到六平米的小房子。

在这个小房子里是不能集体行动的，因为屋里摆完一张个双人床后，剩下的地方已经不多，而在这不多的地方里，又必须给孩子摆一个箱子，装东西的同时又能当桌子做作业，可以想象，人在里面行动该是多么不便。

由于居住条件的限制，家中四口人是很难见面的，父亲和另外一个孩子一个在外值夜班一个在外找住处，家里就母女俩相依为命，更何况这样的房子还是在违章建筑之列，因此寄人篱下的感觉更加强烈。

随着采访的进行，北京这座城市已经让我越来越陌生，喧闹和繁荣开始在我眼前消失，城市的另一面开始真实地显现出来。

一个孩子的家里，母亲跑了，孩子和老人是这家的主人，白天也得点上灯才有光亮，屋里那股潮湿的气味让人很难忘记。

还有一家，住在郊区一个垃圾场里，不大的屋子里简单而整洁，两个儿子接连要向大学冲刺，看得出来，父母在儿子优秀的学习成绩面前那种兴奋而又焦虑的心情。是的，两个儿子如果都上了大学，那负担恐怕要比现在还要重得多。不过看着他们一家生活在垃圾场中的团结和乐观，我知道，这家人的困难一定会过去。

然而不管怎样，城市中的贫穷还是不加掩饰地出现在我们的面前。也许贫穷本身并不可怕，而真正可怕的是：当我讲述着这些刚刚看到的贫困现状时，很多听者将信将疑："不会搞错吧？这可是北京！"

是的，这是北京，因此我看到的贫困现象恐怕在全国比较起来还算是相对好一点儿少一点儿。

在东北，有一次和吉林省领导一起去拍摄，不知怎么讲起冬天取暖问题，从省长到其他领导一致把同情的目光投向了在长春分管取暖工作的那位领导。

原来，在东北的城市中，有一些职工根本交不起每年一千多块的取暖费，但如果因此就不给暖气，谁心里也说不过去，但给吧，这年年的亏空越背越沉。于是每年到了冬天，主管领导和贫困的百姓一样苦恼，原因一样：都是为了取暖。

在东北还流传着这样一个笑话：一个下岗职工怀揣着珍贵的一百元钱去采购年货，行至半路遇到劫匪，一百元钱被抢了去，正欲哭无泪之时，劫匪发话："你是哪一个单位的？"回答："我是××厂的。"劫匪惊呼并作同情状："你们那儿也开不出工资，得了你拿走五十吧，其实咱们一样都为一袋子面。"这位被劫的下岗职工连声谢谢，起身离去，没走多远，就听着刚才那个劫匪在后面喊："别走这条路，前面还一拨呢！"

我猜想这可能不全是虚构，回一趟东北，都能听到相类似的故事，然后是讲述者和听者忧心忡忡的表情。毫无疑问，在现实中可能很多人的生活比故事中的还不如。

这还只是在城市中，农村里的贫穷那就更让人触目惊心了。

离南方一个极其发达的城市不到一百公里的地方，我们摄像机就拍到了好多贫穷的家庭，其中有一户全家共用一床破被子，更别说拥有其他物品了。

民政部部长多吉才让带着感情和我们讲，他看过的一些家庭，全部家当加在一起都不到五十块钱。江泽民主席去贵州视察贫困山区后，回来吃不下中午饭。

好了，这一切和贫困有关的所见所闻，足以让我们在一种富裕的幻觉里清醒过来。的确，城市的楼高了，人们的钱包鼓起来了，但还有相当多的中国人，正在温饱问题上挣扎着。难怪曾经采访多个贫困县的作家黄传会对我讲过这样一段话："当我从那些贫困县回来，再听到人们唱《黄土高坡》就觉得别扭。怎么能唱得那么潇洒呢？我想唱歌的人一定没有去过黄土高坡，否则那儿生活的沉重不会让他唱得这么潇洒。"

面对贫困，我们该抱怨谁呢？

在探讨造成贫困的原因时，相信有些人在内心深处信奉达尔文的进化论：物竞天择，适者生存。富是因为自己的努力，而穷是因为自己的不努力。

如果是在一个公平的竞争环境中，也许这个法则是有效的。

但是在走过来的路上，竞争环境公平吗？

1998年5月1日，是《东方时空》开播五周年的纪念日，我们栏目准备在刚刚遭受地震灾难的张北地区盖一所希望小学，为此拍摄的纪录片需要一首歌，作词的任务交给了我。

我是在春节的一片喜庆气氛中写这首歌词的，地点是在中国富裕的省份江苏。

歌词的第一段出来得很快，"在一个石头比土多的山冈，我和羊群走进天亮，……我却听到心中的声响，山的那一边究竟有没有阳光？"

后来，做这期节目的编导张朝夕去了张北回来后告诉我：没错，那儿就是石头比土多。

这就是相当一部分贫困人口的生活环境，很难想象，在这样的环境中，拼死拼活又能改变多少？

在城市中的人们已经习惯：生下来就在一个相对优越的生存环境中，而对那些脸朝黄土背朝天、一生的活动半径只有几十公里的农民来说，改变谈何容易。

这就难怪从事农民问题研究的学者陈锡文每次从贫困山区回来，内心总有一种负疚感出现：我们为那些生活不易的人们都做了一些什么？

这是在农村，而即使是在城市中，相当多贫困人口的命运也不全是自己的过错。

在我采访宏志班这期节目时发现，好多日子过得不如意的人们，大多是共和国的同龄人。如果民族前进的脚步风调雨顺的话，原本凭他们的能力和干劲，是可以过上更好一些的日子，然而……

这批人长到十一二岁，正是该长身体的光景，却赶上三年困难时期，营养的极度缺乏，使他们在人生的最初就走上了与别人不同的道路。

到了十六七岁，该上大学，到了可以改变自己命运的时候，然而一场席卷全国的运动从天而降，生命的脚步突然走上岔路，这之后，几千万人上山下乡，去广阔天地大有作为，正常的梦想戛然而止。

二十来岁，正是情窦初开的时分，然而不分男女着装一片灰绿蓝，男女性别意识淡化，竟有许多年轻人在广阔天地的苦苦劳作中错过了爱情与性的启蒙。

到了二十七八岁，怎么也该谈婚论嫁了，然而浩劫结束，新的选择又意外地出现在眼前，是继续耕田做工，还是拿起书本走进大学？队伍分化了，一部分幸运儿在三十而立的时候走进大学重新当上学生，而更多的人则不得不错过这突然而来的机会。

结婚、生子、回城或是继续扎根农村，时代的戏剧性大变迁把相当多的人悲惨地丢下车，贫困注定在前方等待着他们。

人过三十想多生个孩子又赶上计划生育，人到四十，上有老下有小，重担都压在自己身上，竞争时代不可避免地开始了，经过了那么多折腾的人拿什么和雄心勃勃的年轻人竞争呢？再然后，是下岗，是孩子到了上高中上大学的时候，一切都要自费，学费那么贵，钱从哪儿出？

一大批人让自己的命运被浩劫与风波随意地旋转着，今日的贫困难道要从他们自己身上寻找全部的原因吗？

这是一到两代人的命运，对于他们的贫苦，历史是要承担责任的。

而在改革二十年中，又有相当一部分人被快速旋转的车轮抛进贫困的生活中，从下乡到接班招工到停薪留职下海经商，再到后来的下岗再就业，生存规则快速地变化着，相当多的人还来不及准备就被放在了路边。而改革本身必须付出代价，国有企业的日子越来越难过，受害的自然是为厂子付出半生心血的职工；改革向纵深发展，对员工素质的要求越来越高，那些错过人生最佳学习时机的人们，只能眼睁睁地看着"长江后浪推前浪"。

因此从某种角度说，今日城市中相当多的贫困人口，正是改革的代价，正是他们用自己的贫困，为改革向前承担着阵痛。这个时候我们还能轻松地相信"物竞天择，适者生存"吗？理解了之后，仅有同情是不够的，面对今日城市中相当多的贫困人口，我们必须痛苦地检讨：在中国的改革进程中，社会保障这个巨大的安全网编织得晚了！如果这个安全网能早日开始编织，那么今日贫困人口的生活处境可能会好得多，社会的稳定也不会像今天这样让人担忧。

但是，"亡羊补牢，犹未为晚"，在改革到了今日这样一种局面，下岗职工还会增加，相当一部分人也许暂时还得过着不如意的日子。而我们如何更好地用社会保障和经济发展的适当高速来为更多的贫困人口创造改善生活的机会，是中国改革必须首先面对的事情，否则，事倍功半。

如何面对贫困，是我们要学的第一课

从城市到乡村，"贫困"这两个字真实地存在着，改变贫困需要很长很长一段时间，甚至可以说，我们能改变的只是绝对的贫困，而相对贫困，也就是贫富差距似乎还有越拉越大的趋势，因此在这样一种局面下，我们该以一种怎样的心态来面对贫困就显得非常重要。

1996年12月31日晚上，因为制作《走进1997》这档节目，我在上海采访，采访地点之一是离外滩很近的一个著名迪斯科舞厅。

一方面是北京城里有很多不被我们注意的城市贫困人口，另一方面是北京私家汽车的急剧增长，甚至达到"成灾"的地步。于是，1997年初我们做了一期《新闻调查》节目叫"公交优先"，希望公交优先以后，挣钱不多的人也能上下班便利。

因为是新年夜，迪厅的票价很高，一百八十元一张票，但打扮得极其入时的青年男女们似乎并没有畏惧这样的高价，夜幕刚刚降临，迪厅就已爆满，强劲的舞曲节奏震动着周围的土地。

受不了里头的吵闹，我来到迪厅的外面。

在迪厅的门口，有一个中年男子胸前挂着老上海常见的那种箱子正在叫卖香烟，偶尔有人出来光顾他的生意。我相信，即使这个晚上他的生意比往日好得多，但他挣的钱肯定也不够买一张迪厅的票。

门里门外，反差就是如此强烈，我很能想象这位卖烟人内心的冲突。

果真，和我聊了一会儿，他就开始回忆毛泽东时代，他固执地认为，那个时候，虽然大家都穷，但心情还不错。

我能理解他此时的心情，却恐惧他的回忆。

我们当然不能要求这位历尽坎坷的中年人能高觉悟地超越自己生活的困苦为改革分担阵痛，但面对他，我不能不想：虽然和别人比还有一定的差距，可只要能让他的日子一天好过一天，也许他的抱怨就会少一些。

其实回忆中国历史，"不患寡而患不均"的观念一直根深蒂固地驻扎在中国人的内心深处，都穷谁都没话说，而你富了我还穷着，那可不行。如果我一直还富不起来，那富人就是我的敌人，最好能有谁来帮着我"杀富济贫"，或者重新回到大锅饭的年月。这种心态到今日也顽固地有市场。

而这种心态对于中国改革进程来说，无疑是一个可怕的反向力量。

如何让改革使更多的人受益，如何让富起来的人能够更多地为贫困人口做一些什么，如何在改革的同时让更多的保障给予生活不如意的人们，如何让我们更多的人能以一种同情和忧患的心情来面对贫困，已是今日和明日沉重的课题。

一些与此相关的决策、规则需要政府来制定，而我们普通人，又能为这样一种局面做一些什么呢？

先讲几个相反的例子吧！

在北京的一所小学里，全班大多数同学家境都还不错，但有一个小姑娘来自贫困家庭，上学的时候，她遭遇了这样一件事。

由于她家境贫困，因此常招来同学的嘲笑，最后竟发展到同班同学为她编了一个顺口溜，常对着她唱："日照香炉生紫烟，遥看烤鸭店在眼前，口水流下三千尺，一摸口袋没有钱。"小姑娘在给我讲述这件事的时候，我分明看到她委屈的眼神中还夹杂着一种愤怒，很容易想象她会以一种怎样的心情面对那些富裕的同学，随着年岁的增长，仇恨会不会在她的心中扎根？

还有一个中学生，老师在课堂上统计自行车的拥有量，"谁有自行车？"全班同学几乎都举了手，"谁没有自行车？"只有这一个同学举手，没有想到面对这名举手的同学，全班竟然哄堂大笑。

这位因没有自行车而举手的孩子该是怎样的窘迫呢？

当我写下这两个在我脑海中停留了很久的故事时，我有一种很大的担忧：如果在同样一个国度里，我们都是用这样一种心态来面对贫困的话，那将是一种灾难。

人们的遗忘能力似乎一直很强，其实在二十多年前，我们都还一样，都生

在不太富裕的山村里，拍这张照片时我笑了，不知是不是因为这辆有些"现代"色彩的拖拉机？

这是我到现在为止，唯一一次进高尔夫球场留下的照片，但我以后怕是再也不想进了。一个会员证可能几十万甚至上百万，取得一个打球的资格，可能够贫穷的人活几辈子的，这让我进高尔夫球场有种心跳过速的感觉。

活在贫困中，但是一转眼，相当多的人富起来，却忘记了自己从哪儿来，马上对自己身边的穷人采取了一种连同情都没有的态度。

我去希望工程采访时得知，在几年的捐助中，伸出援手最多的不是我们想象中的富裕人士，而是生活也很一般的普通人，这使希望工程在很大程度上成了"穷帮穷"的事业。平凡人的同情是最多的，但如果有更多的富裕人士和更多的企业拿出更多的同情心，贫困的孩子就会有更多走进课堂的机会。

因此，在我们身边生活发生急剧变化之后，也许我们面对日益拉大的贫富差距，首先要学会的，就是我们该用一种什么样的心情来面对贫困。如果这种心态是正确的，那社会将多出一些稳定，贫困人口也将多出一种感动和改变自己生活的自信，因为他们会觉得：在人群中，他们并不孤独并没有受到歧视。

在即将结束我这段文字的时候，让我讲一个我亲身经历的故事吧！

在一个阳光灿烂的上午，我去北京三里河的一家眼镜店配眼镜。在那家眼镜店的门口，我看见一个大约七八岁的小女孩拿着一叠《北京晨报》在卖，从她的穿着上看得出来她的家境不会很好。一张报纸五毛钱，我顺手掏出一块钱说："买两张报纸。"然后悄悄地只拿了一张就进了眼镜店，可是过了一会儿，小女孩进了眼镜店找到我，小脸涨得通红，对我说："叔叔，这是找您的五毛钱，我妈说了，不能多要别人的钱。"

接过这沉甸甸的五毛钱，面对离去的小女孩，我的脸开始涨红，不是因为窘迫，而是因为心里一种真实的感动。我知道，她们的家庭还有一段艰难的日子要走，但是有那样一位值得尊重的母亲和开始学会坚强的孩子，她们的日子会好起来的，因为靠天靠地靠别人最终还是要靠自己。

如何面对贫困，不是一个将要结束的话题，而是刚刚开始。不论对于政府，还是对于日子过得还不错的人士，还有生活在贫困之中的同胞，在新世纪的地平线，我们将用一种什么样的心态和方法来面对贫困，都和中国的未来有关，都和我们每个人的生活有关。

但愿更多的人都能参与到这个话题中来。

15

在美丽的大自然中，人也时常露出动物性。比如这张照片上的我，是不是在冒充仙鹤呢？可是如果在人群中做此造型，该被人骂"有病"吧！

环保中国：拼出来的明天会怎样

在北京这座大城市里生活久了，一段时间，以为已经将故乡淡忘了。

我来自内蒙古的呼伦贝尔大草原，那是一处在地理上不及在人们心理上遥远的地方。

生活在那里的十几年，故乡的珍贵只是生活的场景，因此还未能真切地感受到。然而当我成了异乡的游子，回忆之中，那故乡的一切才慢慢清晰而生动起来。

天是高的，让人在地面上行走总会有一种通透而自由的感觉；天是蓝的，云是立体而纯白的，加上地平线上的那种嫩绿，时常提醒我自己是大自然中的一部分。不像在北京，在钢筋水泥的森林中行走，常常觉得自己像是一部只会呼吸的机器。

在故乡的时候，每日清晨似乎都是在鸟叫声中醒来，即使是在冬日，听不见鸟叫，也时常在睡梦中听到家人"又下雪了"的惊呼，然后看到窗外白茫茫的世界，沉醉一会儿才慢慢起床。

这样的清晨在北京是不多的，总是闹钟刺耳的鸣叫才把自己从昏睡中叫醒，然后在脑海中盘点好今天要干的一二三件事，最后沉重而无奈地起床。

故乡的景观是天然的，而都市中的所谓景致都是人造的；故乡的远处和近处都是绿的草和清的水，而都市中的视线总被奔忙的人群遮挡，缝隙中看见的颜色是灰。

在故乡考大学之前的那段日子里，学习的背景也美得惊人。由于我的母校被一个巨大的森林公园环抱，因此背书和上自习的时候，我们经常三五成群地在樟子松下坐在细细的白沙上你问我答。后来考上大学到北京，四年校园生活之后，成了北京工作人流中的一员，那一切和绿色和草香和鸟叫有关的生活都成了回忆，直到有一天我以为将它们忘记了。

搞不清这种遗忘是因为忙碌还是因为麻木。

这种遗忘似乎停留了好久，直到有一次采访，一个偶然的机会重新唤起了我内心沉睡的故乡。

那次是采访我的内蒙古同乡电影演员斯琴高娃，不知怎么搞的，这次采访后来成了一次内蒙古人的聚会，腾格尔来了，舞蹈家敖登格日勒来了，我的同行斯琴塔娜也来了。

有内蒙古人的地方自然有歌有舞，腾格尔坐在钢琴旁，敖登格日勒站到了房间的中央。

就在这个时候，我还没有觉得什么，一直欢笑着，然而音乐一响，一切都不同了。

钢琴上传出的是耳熟能详的《蒙古人》那首曲子，敖登的精彩舞蹈也随之开始，一瞬间，我仿佛被电击了一样，故乡的一切都回来了，那草香、那清水流动的微弱声响、那绿色、那高高在上的白云还有亲人与朋友的笑脸……

眼泪不由自主地流下，直到转成号啕大哭，没有人惊讶，有的只是理解的劝慰与声援的抽泣声。

我终于知道，故乡一直在我心中，现代人在城市中的奔忙会淡化和掩饰一

这张照片照于我的家乡大兴安岭里的原始森林。当初生活在那里的时候，没觉得怎么美，但十年北京生涯后，再进入原始森林，那种美就很惊人。我身边的这棵枯树不是人为毁坏，而是被雷击断，但大自然又让它慢慢地长出绿叶，复苏在望。

些什么，但在每个人的心中都保持着童年时我们共同拥有的那份绿色。

然而推开窗去，北京像很多城市一样，依然被灰色包围着，时常被三级四级的低劣空气围绕的人们，拥有的只是生存而不是生活，今天的人们如此强烈地怀旧，不仅是因为童年的珍贵还因为从前我们都离洁净的自然更近一些。

我们在城市中得到的越多，对这个城市越会产生一种反叛。也许今天我们在城市中忘情地拼搏，正是为了明天愉快地离开城市。

我们毕竟是自然的动物。

二十多年的改革，让我们拥有富裕生活的同时，"环境保护"这个词语也开始走进我们的生活。而我们之所以熟悉这个词，实在是因为环境已经到了不保护就无法生存的边缘。

我们前进的目标是什么？答案很简单，是富裕的生活。可什么是富裕的生活？难道是未来我们都要戴着口罩点钱，然后一起奔向少得可怜的青山绿水吗？

环保中国，不仅仅是一个可持续发展的问题，更是一个巨大的问号：我们拼出来的明天会怎样？难道我们非要用今日勤奋的劳作制造一个恐怖的未来吗？

母亲河的乳汁开始有毒

1996 年 5 月底，我随《新闻调查》摄制组去拍摄《淮河水》这期节目。之所以拍摄这期节目，是因为国家规定，这一年的 7 月 1 日凌晨之前，关闭淮河沿岸的所有小造纸厂。

出发之前我们已经知道，这些年来，淮河早已变了颜色，污染的程度到了相当严重的地步。水质分为五类，一、二、三类，人类可以直接饮用或是经过净化之后饮用，而四类水为农田灌溉水，五类水为工业用水。但可怕的是，在淮河的有些段落，经常性的水质是在五类以外，也就是说，连工业用水的资格都没有。这个调查结果，我目瞪口呆，对于生活在淮河两岸的百姓来说，这可是一条母亲河！然而母亲的乳汁有了毒，做子女的该是怎样一种心情？尤其想到，在全国，像淮河这种情况的河流还有不少，那里的百姓呢？

我们的第一站是安徽的蚌埠，这是淮河中下游的一座中等城市。一进城，便看到传说中的一景，好多人的自行车后面都有一根粗粗的木棒，上面挂着两个塑料水桶。原来由于淮河水质的糟糕，自来水也自然不被当地人信赖，因此靠着大河买水吃成了蚌埠人无奈的选择。

这就是淮河给我留下的第一印象。

沿着淮河进行的这次采访，触目惊心的事太多，我们看到由于上面排污，导致河里的鱼成千上万地快速死亡，看着渔民悲愤的表情，我不知道，这些以养鱼为生的人们，他们的明天会怎样？

在一个村子里，由于小造纸厂和小皮革厂众多，因此污染严重，使得地下水遭到侵害，肝病开始盛行，肝炎此起彼伏。还有一个村子在几年的征兵活动中，竟没有一个合格的。污染已经如此近距离地威胁着人们的生命。

在淮河的一条支流沿岸，我们听到这样一个故事：一位教师在课堂上问孩子，河水是什么颜色的？孩子回答：黑色。这个答案令人心碎，然而面对孩子们生活中的那条河流，我知道，孩子们的回答是正确的。如果老师要接着问：河水是什么味道的，那答案就很难统一了，因为那样一种近乎到了极致的臭味，孩子们很难寻找到准确的形容词来描绘它。

其实还有很多很多这样的故事，但我想够了。

是什么让他们如此不计后果地自毁家园呢？

其实小造纸厂也好小皮革厂也好，并不能让他们的生活质量有质的提高。少数人可以温饱而已，但代价却是如此惨烈。说到底污染的原因还是因为贫穷。

淮河两岸的经济并不发达，当地人确实还没有想出其他致富的好招，加上穷怕了，于是利用身边的资源优势，干起了小造纸厂小皮革厂的行当。短期的利益让他们忘了长远的隐忧，贫穷是这种遗忘症的原因。

可怕的是，当上面三令五申要求关停并转淮河两岸小造纸厂的时候，这些小厂接到甘肃、黑龙江、宁夏等地的电话，问他们的设备可不可以低价卖给他们。显然在贫穷面前，已经被证明是行之有害的生产方式在其他地区还准备卷土重来。

其实就在本地，人们也还是打算卷土重来的。贫穷的阴影太大了，眼前的机器一转，就有看得到的金钱来到眼前，而机器停止转动，即使眼前的河水变清，被贫穷折磨久了的淮河人又怎么能快乐呢？

这已经是一个巨大的悖论。穷着似乎离青山绿水近一些，想富起来，自己的家园就要遭殃，这个难题该怎样破解？有人会轻易交出一份答案：上那些既无污染又有效益的产业，但这显然是书斋里的构想。如果你到了淮河边，看到那儿的基础，看到那儿的观念，人们就知道，支招是容易的，但就像风中的诺言一样，总是轻易被吹散。路是长的，没有立竿见影的办法。

在河南项城市，有一座巨大的味精厂，生产的莲花牌味精闻名全国。采访中我们得知，对于项城市来说，周口味精厂的存在非同小可，全市相当份额的税收要靠这个厂，再加上解决的就业人口，为城市发展提供帮助，产品知名度等一系列因素，周口味精厂是当地的英雄企业。

但味精厂偏偏是个重污染行业，当它是本市的英雄时，却是下游的罪人。采访中我们在挨着周口味精厂的邻县看到，这一段河水乌黑恶臭，政府办公大楼上的国徽早已因为河水污染物的蒸发而锈迹斑斑，整个城市的人们都生活在巨大的污染环境中。周口味精厂不是不想治理，也拿出了相当多的钱。在1996年采访时，厂长也曾拍着胸口在我们摄像机前承诺：一定要加紧治理，否则就……

没想到这豪迈的语言只是个骗局，那一次采访过后的第二年，我们节目再访淮河，1999年三访淮河，都发现味精厂有明显的暗道向外偷送不合格的污水，污染仍在大规模地继续。从某种角度来说，国家的有关法规在这里早已成为一纸空文。

奇怪的是，周口味精厂的靠山偏偏是当地政府的有关部门，味精厂的确是一块肥肉，如果割掉了，那是会让有些人伤心的。

一次停掉所有的小造纸厂，虽然他们后来还会屡屡死灰复燃，但即使他们全开着可能也抵不上一两个大型企业的污染程度。而杀小的容易下手，面对贡献大的污染企业，下手就不那么容易了。

这里有地方利益，有保护民族产业等各种理由，但归根到底还是因为贫穷，没人能下决心杀死那只唯一下蛋的鸡。

因此我忧虑：当污染源到了贫穷这个层次的时候，环保中国就不是个短期的行为。反反复复，在污染中前进，在前进中治污，想一夜间山清水秀那是痴心妄想。可如果放纵人们为改变贫穷而宁可牺牲环境的欲望，那整个中国，都将在很长一段时间里离环保更远，这并不是危言耸听。

按理说，经过治理，淮河应该清多了，但我的同事每次采访回来，都会告诉我，小的污染企业经常死灰复燃，大的污染企业生产照常，淮河沿岸的人们依然忧心忡忡。按规定，2000 年是淮河水变清的年份，但是现状，让我依然为淮河哭泣。

环保应当是我们每个人的一种生活方式

在城市中，环保正日益成为一种时尚，按理说这是一件好事，但时尚只是一种潮流，它未必就是一种踏踏实实的行动。

有一年初秋，我们《东方之子》全体成员痛感市内空气污浊，长期工作远离自然身心疲惫，因此集体相约去郊外登山。

所有人一致同意，真是一个很环保的主意。

到了郊外，看到平日难得一见的青山，大家兴致颇高，马上开始争相向山顶爬去。虽是初秋，但北京的天气依然炎热，毕竟久不锻炼，大部队到了半山腰便一个个气喘吁吁，矿泉水的消耗量急剧增大，喝过之后，塑料瓶便随手一丢。

多次补充水分之后，我们终于登到了山顶，放眼望去，那座浑浊的城市在很远的地方，而眼前，是绿树满山和比城里白得多的云，山风吹过，身处山顶的我们都体会到一种亲近了自然的快乐。

可是快乐了一会儿，大家就发现，我们人群中少了一个人，来自云南的摄像师奚志农。大家有些着急，这位平日里以环保为事业的朋友本是爬山的高手，怎么今天落后了？惊异之后，我们惭愧地发现了原因。

奚志农背着一个大大的口袋终于登上了山顶，而在他背的口袋中，装的是他一路拾起的被我们随手扔下的矿泉水瓶子。

小奚没有责备我们什么。虽然很多人马上和他开上了玩笑，但相信内心深处多少有些自责和不安。

我们这群人，大多也是号称环保的，喜青山爱绿水，对污染深恶痛绝，但这种对环保的追求却多少有些时尚的因素。

痛并快乐着

　　而对于奚志农来说，环保是事业是生活的一部分甚至是宗教，但却没有时尚的成分。

　　有奚志农在车上，空调是不让开的；在他自己的家中，七月酷暑，屋里依然是电风扇而不会让空调进门；出门吃饭，他会从包中拿出自己的那副筷子，而不用一次性木筷，因为他觉得，每人都这样做可以少砍很多树木。

　　他和环保工作者一起去青海的可可西里，为保护藏羚羊而努力；在家乡云南，他看到美丽的滇金丝猴受侵害，便上到中央领导下到新闻媒体四处呼吁，希望滇金丝猴的家园不被侵犯。写到这里，很多人知道，我们面对"环保"这个词语的时候，当然是做不到奚志农这样，他简直是入了迷，甚至有种把环保当宗教的迷狂。小奚的种种环保举动，在我们这些刚刚以环保为时尚的人当中还过于前卫，因此有相当多的人会觉得小奚的环保热情是不是有点儿"戏过了"。但我相信，以小奚为另类，不是他的问题而是我们自己的问题，当我们口口声声抱怨环境如此糟糕的同时，还不能够把自己的生活真正地纳入环保之中，环保对于我们大多数人来说，还只是嘴上的呼吁而不是生活的内容。

　　也因此，真正的山清水秀还离我们很远。

　　在美国有一位我们的女同胞，周末的业余生活中有一个特殊的功课，那就是开车上路，每当遇到她认为有可能尾气超标的汽车便记下车号，然后向有关部

人改变环境，环境也改变人，在瑞士日内瓦，生活在透明的空气中，我和同事也受了感染，到湖边去喂动物，成了为异乡环境服务的环保人。

门投诉。这种举动没人觉得不妥，对她自己，也自然成为一种习惯。

在瑞士，每个周末，当我们采访之余来到日内瓦湖边的时候，都能看到有人远路驾车而来，拿出早已准备好的面包，细心地喂完湖鸟之后悄悄离去，这样的场面让我这个旁观者感叹不已，于是明白：为什么在瑞士可以二十天不用擦皮鞋，为什么有人笑称：你随手照张相片，回去之后就可以当明信片使。

写下这些，不是想指责谁，因为我本人也一样。生活习惯中环保行动远远不如环保意识，也许环保于我也还只是一种时尚而不是行动，但我知道，只有当绝大多数人都自觉地开始一种环保生活的时候，民众的环保意识才会形成一种真正的力量。它会变成一种强大的压力，让政府和有污染行为的企业在这种力量面前去做对我们的环境保护有利的事情，而如果我们每个人都只是嘴上的环保，那就无法形成一种监督的力量，环境的改善要迟缓得多。

听过一个很有趣的故事，有一个富人在海边遇到一个衣衫褴褛的穷人正在晒太阳，富人便问：你这么穷怎么还这么懒？穷人反问：努力工作为什么？富人答：挣钱啊！穷人又问：挣钱干什么？富人答：过悠闲的生活。穷人问：那什么是悠闲的生活呢？富人答道：比如，每个周末可以到海边晒晒太阳。听了这话，穷人乐了：你看，我现在不正在海边晒太阳吗？

这个故事有很多问题，我对其中反讽勤劳致富以便显示很现代的思路不以为然，但面对环保这个话题，我却有了另一种担忧：如果所有的人都勤快起来，却都不注意环境的保护，那明天，当我们致富之后，还有没有哪个海滨可以度假？还有没有暖洋洋的太阳可晒？

答案不一定乐观。

人心的污染也许比环境的污染更可怕

在中国，人心的污染相信比环境的污染开始得更早程度更可怕。

我们都在流言中知道，五十年代路不拾遗、夜不闭户的传说，但谁能告诉我，这一切从哪一天开始变了样？

师道尊严是我们的传统，尊师重教一直是让中国人自豪的美德，但在浩劫来临的时候，为什么人性的善在一瞬间被恶征服？是谁首先拿起皮带，抽向自己的老师？是谁重演了历史中的酷刑来对付自己的长辈？

作为一个没有经历过那场浩劫的年轻人，我一直不知，狂热为什么能如此调动人性中恶的一面。如果说环境的污染并非一朝一夕之功，那人心的污染为什么

童话的世界永远诱人，因此迪士尼乐园不仅被儿童喜爱，也受成人欢迎。但我们生活的世界却并非童话乐园，纯真与童心正离现代人日渐远去。

却能在一夜之间完成，然后给自己和民族留下惨痛的记忆？

还好，那个时代历经十年，已经过去，但是结束的只是一场运动，而这场运动在人性中留下的大片污浊却不是一两个十年能够治理好的。

更何况又来了新的污染源，比如钱和各种诱惑与利益。

我们印象很深的是：十年浩劫结束，我们这个有礼仪之邦之称的中华民族是从学习"你好""对不起""再见"等简单文明用语开始走上清洁人心之路的。

倾斜的礼仪大厦开始重建，进程比毁坏这座大厦要慢得多，更何况又加上新的污染源。

在一辆公共汽车上，一个小偷正在偷别人的钱包，结果一个六七岁的小朋友发现了，然后惊呼：有人偷东西！小偷一惊抽回了手，由于车上没有人出面管，车一停，小偷下了车。公共汽车又开始行驶，小朋友的母亲开始埋怨儿子：你多管什么闲事？就你能！以后看见这种事不许说话，听见没有？儿子困惑地点点头，母亲才满意地收嘴。

北京市有一个三口之家，有一天，两个歹徒冲进家中，开始公然抢劫，这三口之家不肯束手就擒，和歹徒展开了搏斗，厮打声响遍楼道。但是当男主人向邻居大声求助的时候，邻居们却一直袖手旁观，直至主人公一家在一位冲进来的朋友帮助下制伏了歹徒。当我们的节目在播出主人公对这一细节的回忆时，我一直在想：中国人是信奉"远亲不如近邻"这句话的，但是，从今以后，这一家还可以信任他们的邻居吗？

在北京的街道上，隔一段路程就有一个盖住地下公共设施的井盖，但是在一段时间里，有井盖的地方成了陷人坑，有一些人趁着夜深人静的时候，把井盖偷走卖掉，挣点昧心钱，然后把灾难留给别人。

不用问也知道，靠卖井盖是拿不到多少钱的，但是为不多的钱牺牲别人的健康甚至生命也在所不惜，人怎么啦？

还有很多官员，在这个信奉"当官不为民做主，不如回家卖红薯"的国度里，高唱着"为人民服务"的口号走上了为官之路，而一旦开始上路，"公仆"来了，人民就得让路。贪污、腐化，挥霍民众钱财，心中只有自己却没有天下百姓，"先天下之乐而乐，后天下之忧而忧"竟一时间蔚然成了风，这股风污染的不是一两个人的心灵，而是一种形象和一种民众对未来的信心。

当然，还有很多污染的例子走到了国外。比如说几位领导出国为一个引进项目考察，本来应当公平竞争，但是当其中的一家企业拿出了实实在在的诱惑之后，领导便当场拍板。不多的一些美元最后却让国家损失成千上万，我猜想行贿的外国人一定会在暗中嘲笑：瞧这几个愚蠢的中国人！

采访《公交优先》节目的时候，我听公交公司的人讲，国内的无人售票车效益不好，原因是上车的人经常向里面投半截纸币或是游戏机币，结果又得派专

在国外拍片时迷了路，于是只好向当地人求助。照片上这位和我一起挥手的老兄，接到我们的问路信息后，不是用嘴，而是用腿，把我们一直送回宾馆，让我们深受感动。

人管理，无人售票车名存实亡。

没想到在美国的时候，我又听到了类似的关于中国人的故事。有一些美国停车场，有自动的停车计时仪器，向里面投一枚硬币，就可以把车停在它前面。本来一切便利，可是有一天，美国人惊异地发现好多计时器里面都有一种他们不认识的硬币，后来一调查才知道，这是中国的五分硬币。原来有一些聪明的中国人发现，咱们的五分硬币能和美元的硬币通用，而计时器分辨不出来。咱们的五分硬币与美国的那枚硬币比起来，占的便宜可不少，于是一传十，十传百，后来甚至有人回国后，再回美国时带上几盒子的五分硬币，然后还自以为是地夸口：中国人就是聪明。

在美国听着别人讲着这样的故事，心情自然可想而知，即使在动笔的时候，我也是沉重地写下上面的文字。想要别人尊重你，非得从自重开始，想在乎别人看我们的眼光，就先看看自己的内心，种种污染的痕迹已经让人触目惊心。除了以上我简单写到的，其实在我们每个人的生活中，都可以轻易地看到无数心灵污染的画面。这二十多年来，或者说这三四十年来，由于运动，由于金钱的介入，由于法律一时还不够完善，约束都成了给别人的东西，而对自己则是放任。可能大家都穷怕了，加上过去很长一段时间没有人把我们每个个体真的当人看，于是一时间，大家都不再为别人着想；一心只惦记自己又何惧为别人为社会带来危害，于是中国人的心灵大河，日益污浊，让人看过便心生伤感。

在我们终于明白环境保护对于我们未来重要性的同时，内心的环保也该格外注重。如果说，被污染破坏的是我们的生存环境，那人心的被污染，破坏的则是我们生存的理由。后者的污染危害远大于前者。因此，面对未来，我们不仅梦想青山绿水，更祈祷人心的清洁纯净；那样，我们才能真正地快乐和幸福，否则，前方没有天堂。

16

这张照片拍于当年日本关东军的司令部，据说很多侵华阴谋就是在这间屋子里密谋的。毫无疑问，面对日本，我们的理智和情感必须经常交锋。无论是理智还是情感，在目前，都不能占据上风，而寻找一种平衡，让我们的内心深感痛苦。

理智情感：每日面对的内心冲突

在过去的十几年当中，我相信我们很多人经常面临一种理智与情感的强烈冲突。

面对很多事情，我们经常会有一种左右为难的感觉，接触一件事情，也许短时间内会有一个是与非的判断，但随着对这件事情了解的深入，是与非的轮廓会慢慢模糊起来，再想下一个判断，内心的冲突就多了起来。

这种冲突也许和我的血型有关。常有人和我开玩笑说："你是 AB 型血，天生的左右为难，一边有 A 型的理智，一边有 B 型的情感，不在你心中制造战争才怪。"也许是有些事情的确让人左右为难，因此我也会在别人的玩笑中感受到：或许内心深处，真的有一种 A 或 B 的强烈碰撞。当然更有甚者，还会开更大的玩笑：你们 AB 型人得精神分裂的概率要比其他血型的人高。这个时候，我往往一笑了之："没那么严重吧？"

此时，我更愿意相信理智与情感的经常交战和我的职业有关。记者首先是人，面对一件事情，当然会有自己的判断，自己的情感，喜怒哀乐也会马上写在脸上，但紧接着，会让新闻人的角色占据上风，冷静客观是新闻人的重要素质。如果任凭情感泛滥，而不让理智赶紧把关，那感情之火往往会把客观这种素质烧掉，电视上的表达就会走向偏激走向具有破坏性的一面。

当然面对一些事情，我们很多人都会有一种理智与情感的冲突，更重要的是：我们这个社会正处于一个急剧变化的转型期，旧的规范及评价标准似去未去，而新的机制及是非界限又将来未来，在这样的边缘之中，清晰地说出是与非并不是一件容易的事情，于是，理智与情感的冲突也就在所难免。

也许情感意味着我们现在的态度，而理智意味着我们必须超越现在的态度，把眼光放远，从一时的得失和喜怒中跳出来，寻找一个更远的目标。

议论是枯燥的，也许讲几个过去生活中发生在我们身边的故事，我们能更清晰地触碰到理智与情感纠缠过的隐隐伤痛。

从肖想莉到杨晓霞，我们该如何面对需要捐助的孩子？

1993 年，《东方时空》刚刚开播半年之后，冬季，我们来到清冷的武汉。在我们的报道计划中，原本没有肖想莉这个名字，然而一名当地记者却给我们讲述了一个故事。

有一个女孩子，被父母遗弃后，被一对盲人夫妇收养，这对盲人夫妇生活在社会的最底层，生活极其艰难。从六岁起，这个被收养的孩子肖想莉就担起家务重担，做饭、洗衣服，幼小的肩膀不堪重负却执著地一干就是五六年。在学校，她还是一个好学生，是学校排球队的队员，胳膊上挂着三道杠，深得老师和同学的喜爱。

故事讲得就是这样简单，但我们几个人听过之后都有一种深深的感动，也许是干电视的缘故，在我们的脑海中，一幅幅画面出现了。我们想帮她一把，也想把她的事情讲给更多的人听，让很多同龄的孩子知道：在他们这个欢天喜地的年龄中，有一个叫肖想莉的女孩已经勇敢地担起了一种责任。

出发点很善良，完全是一种情感的自然流露，我们一致通过了对这个片子的拍摄。

真实的肖想莉生活环境比我们想象的还要恶劣。低矮的房屋中，如果不开灯，就会显得有些看不见对方。收养她的盲人默默地坐在家中，用极其微薄的抚助金来面对生活。小小的肖想莉每日调度着这个家的生活：清晨早早起来，讨价还价着买菜，然后回家做饭，处理完家事，上学。中午一放学便急急往家赶，做饭，给盲人夫妇夹菜盛饭然后洗碗收拾，下午继续去学校上课。晚上回家，一日最后一餐又要从头忙到尾，都忙完了，爬上自己的小阁楼，开始做功课。在这样生活节奏中的肖想莉，从外表上看，要比她的同龄人瘦上一圈，脸色也几乎看不到红润。

日复一日，年复一年，小小的肖想莉就这样度日。

我们在感动中用纪录片的方式拍完了这个片子，然后在《东方之子》节目中第一次把一个小女孩当成了主人公，在 1994 年初播出了。

节目播出之后，反响强烈，瘦弱的肖想莉让屏幕前太多的观众怜爱同情和尊敬，资助与慰问自然雪片一样飞向肖想莉。

事情开始有些不妥。

1994 年 5 月 1 日，我们《东方时空》节目开播一周年，由于要拍特别节目，我们在过去拍过的几名"东方之子"中选出几名重新寻访，肖想莉是其中之一。

再进肖想莉的学校，大门口的标语牌让我们有些吃惊，上面写着："学习雷锋，学习肖想莉。"看得出，我们的节目和随之而来的各种报道已经把肖想莉捧上了一个很高的位置。

经常有单位来学校请肖想莉去演讲，肖想莉也学会了把自己的故事讲给别人听并感动别人。变化在肖想莉身上悄悄发生。她的老师向我们介绍说：社会各界捐款众多，收养她的盲人夫妇也开始和学校产生矛盾，总觉得学校隐瞒了些什么，而肖想莉由于习惯了拆开夹着金钱的来信，因此，如果哪一封来信拆开之后里面没有钱，肖想莉就会露出不太高兴的神态；新的自行车和洗衣机也搬进了肖想莉低矮的家中，生活明显地改善了。

当肖想莉的老师把这一切讲给我们听的时候，我们开始不安起来，事情的发展并不像我们最初想象的那样简单。我们开始怀疑：当初我们情感的自然流露是爱这个孩子还是害了这个孩子。

事态的发展比我们想象的还要糟糕，又过了两年，我们听武汉来的朋友讲起，

这就是我们采访肖想莉时，在她小阁楼上拍下的工作照。为迎接我们，肖想莉在墙上贴上一张手写的小标语：欢迎各位来宾。在那个时候肖想莉的眼里，都是对未来的渴望。也许是我们的介入带走了她的纯真梦想？

肖想莉已经不见了，临走给家中留下话：学是不上了，自己要去南方闯天下，苦日子该结束了。

我们听到这个结果，都有一种当了凶手的感觉。是不是正因为我们的报道，肖想莉平静的苦日子才开始被打破，诱惑出现了，而最终，诱惑一步一步把肖想莉送上了另外一条路。

理智开始迟到地出现，莫非善良有时也是一种错误？

见到贫弱的孩子，立即想伸出援手去拉一把是人之常情，然而一旦火候没有掌握好，这只伸出的援手却使出了反方向的力，将被扶助者推进另外的苦难中。

理智和情感开始打仗，难分难解得让我自己都不知该站到哪一方。肖想莉的事件走向有些特殊，姑且可以算作特例，内心的审判只在我们几个人心中进行就可以了，更何况，据我所知，想流浪的肖想莉经过一段时间之后又回到了武汉的家中。生活一如往昔，不知她内心经历了怎样的挣扎和抉择，今日的平静会有多久，但我作为大哥哥，衷心地祝她以后的日子顺畅些。而由此引开去，我们都该想到这样一个话题：我们该如何扶危济困？

　　最近一些年来，我们经常可以在报纸杂志上看到一些孩子或某些成年人遭遇不幸的报道，而往往这样的报道发出之后，社会各界的同情心便蜂拥而至。中国人的善良有目共睹，社会各界伸出的援手往往救不幸者于危难之中，结果总是好的。

　　我深受感动也时常成为伸出援手中的一位，然而理智告诉我必须关注这样一个问题：那些没被新闻关注的不幸者呢？

　　小姑娘杨晓霞的不幸，很多人都是通过报纸知道的，她患了一种罕见的疑难病症，从外地来到北京求医，没有钱，找不到名医，生命之光就要离她远去。社会上的人们在看到记者的感人报道之后，出钱出力出方子，在众人的帮助之下，杨晓霞终于渡过难关，生命重新开始像鲜花般美丽。

　　但社会的捐助还是源源不断地涌来，杨晓霞全部康复之后，富余的金钱有几十万之多。

　　我知道，杨晓霞是幸福的，但在中国，和杨晓霞处在同样病痛境地的孩子还有很多，而由于未被媒介知晓，他们也许就在钱的压力下默默地死去。

　　同在蓝天下，命运如此不同，这公平吗？

　　情感告诉我们，遇到弱者都会伸出援手；理智告诉我们，通过媒体像幸运抽奖一样地扶危济困不是个办法。

　　杨晓霞最后把几十万元巨款捐给了宋庆龄基金会，很多善良的人松了一口气，否则多余的钱放在健康的杨晓霞家中，人们总会被自己爱心引出的结果弄得有些心中不安。

　　必须拥有一种机制，让扶危济困的甘露能均匀地流向更多的土地之中。也许媒体中的不幸者会一而再再而三地被改变命运，但更多不知名的不幸者也该得到救助。如果更多的基金会能具体而又令人放心地承担起这种任务，社会的爱心将会释放得有效和公平得多。

　　也许我们将来习惯于把捐款投向一个箱子之中，它可能是少年白血病救助基金，可能是无家可归儿童救助基金，可能是生活贫困的大学生救助基金等等。我们知道这些基金会得到很好的监督，他们会具体地把爱心投放到更多不知名的不幸者身上，于是我们放心地离开，我们会被告知，在某一个角落，那个不幸者重新走进了快乐的生活，我们也因此拥有了更多的快乐。而理智与情感的交战也会在这个领域偃旗息鼓。

　　这一天还会远吗？

张金柱活着的时候，人们希望这样的败类应该尽早从这个世界上消失，而张金柱死了，却又有人开始发问：张金柱该死吗？

张金柱是谁？恐怕很少有人不知道。这位曾经是公安局局长的人，在即将又要走上领导岗位的前夕出事了。

在喝过一顿很可能和自己未来有关的酒之后，他开车上了路。当然是长期做公安工作所滋长出的特权意识在延续，他逆行着开车，然后在酒精的作用下撞倒了一对骑单车的父子，儿子在车轮的碾压下死亡，而父亲却被他的汽车裹带着向前拖了一千五百米，才被愤怒的人群拦截住。

张金柱自然也就升不了官，只能走进班房。

最初他一定知道自己闯了祸，但绝没有想到祸的后果会如此严重。

人群中的愤怒很快传到敏感的新闻人耳中。最早披露此事的是当地的《大河报》，再然后是中央电视台的《焦点访谈》。这一下子，张金柱的名声走出郑州，走出河南，走向全国了，张金柱撞死人案件成为国人关注的焦点。

我至今能清晰地回忆起人们包括我自己知道这起案件之后的愤怒。

一个活人在自己的轮下，车身上有被拖者求救的血手印，而张金柱依然能开出一千五百米，人性已经在这段距离中丧失了，更何况他还是一名公安干警，并且曾经是局长，这更印证了老百姓对相当一部分公安干警的不信任。一个生命的丧失，灭绝人性的做法，让人愤怒的执法者腐败……这一切纠缠在一起，让张金柱在很多人心里被判了死刑。

但不管有多少人在自己的心中对张金柱宣判了死刑，最后对张金柱的审判还是依据法律由法院来公正进行。

各种媒体对张金柱一案的关注日益增强，在一段时间里，打开每一份报纸都会很容易找到与此案有关的报道。

最后的宣判出来了："张金柱被判处死刑！"这样的判决立即让受害者家属感到了正义的伸张，几乎所有关注此案的善良人也都松了一口气："张金柱该死！"

在这样的气氛下，有一些另外的细节被忽略了。在宣判结果出来以后，张金柱的两位律师发表了公开信，认为张金柱虽有罪，但罪不该死。他们之前曾经到北京向八位法律专家请教，得出的结论一样：张金柱罪不该死。

另外也有人注意到，判决书中有"罪大恶极，不杀不足以平民愤"这样的词句，这更让很多人担心在对张金柱的审判当中，司法是不是在一种新闻和民众包括另外一些无形之手的庞大压力之下作出死刑的判决呢？

对张金柱这个人的憎恨是强烈的，从情感上讲，张金柱最后命丧黄泉是自作自受，一点儿都不会让人可怜。但作为一个记者，我们又必须去倾听超出个人情感好恶的理智之声。

"我是被你们记者杀死的。"这是张金柱的一句名言。

初一听到，很容易产生一种喜悦感，会在这句话中感受到自己身上的力量，然而这种居功自傲的感觉稍纵即逝。记者不过是一群记录事件的人，一旦有所越位，拥有了生杀大权，那只能说明这个社会还或多或少地有些可悲。即使铁肩担道义，愿望是善良的，也依然希望结果的出现是依据社会固有的一套程序来取得的。一旦社会的固有程序受到民众或新闻媒体的随意左右，从表面上看，也许这一件事情顺应了民意，但最后真正得不到保护的还是民众与新闻媒体自己。

也因此，我至今不知，张金柱是否罪该死刑？我也曾为此问过一些法律专家，认为该判死刑的也有很多。我当然希望并相信，张金柱是罪有应得，但提出"张金柱该死吗"这样的问题，却可以更好地让我们反思一些事情，这个问题已不是具体问题了！我想象，面对张金柱事件从出现到最后一声枪响，其中的复杂滋味一定会让人左右为难，这个时候理智与情感再次冲突。

面对法律，其实我们将拥有越来越多的理智与情感的冲突，如果一任情感泛滥，图一时之快，迟早会受到惩罚。也因此，张金柱事件从另一个角度提醒我们，必须时时让理智占据上风，这样才能避免将来出现更多的张金柱。

以我的观察，张金柱事件也常常让新闻从业者从另外一个角度去思考问题，至少我相信，这件事虽然体现了舆论监督的力量，但大家还是清醒地在事后提醒了自己：记者不是法官，生活中的超越职权也和足球场上的越位一样，只会破坏一次原本可能有效的进攻。

再往后，新闻媒体仿佛一夜间成熟了许多，再涉及一些类似事件时，更多的记者并不是直接把自己的愤怒或其他的感情写在前沿，而是努力克制着自己，让事实去说话。

比如说，1999年，北京人民医院又发生了一起和张金柱事件正好相反的事，眼科医生高伟峰第二天要做眼角膜移植手术，但头一天晚上，他却发现，原来冰箱里备好的眼角膜已经不能用了，而第二天的手术如果没有眼角膜，病人将有失明危险，怎么办？一瞬间，高伟峰平静地作出了选择，到太平间，在一位死者身上私自取下了眼角膜。第二天的手术非常成功，两位患者重见光明。但是死者家属却在八宝山发现死者的眼角膜不见了，一纸诉状将高伟峰告到了法庭。

事情似乎很简单：高伟峰为病人着想，自己在其中也没有利益所得，目的是善良的，因此如果高伟峰被定了罪，那岂不是对善良的一种打击，以后谁还会做好事？

我采访了高伟峰，当我问道：如果今后你再次遇到类似的情况时还会这样做吗？高伟峰回答：是的，我还会。听得出来，高伟峰也和很多人一样，因自己的善良目的而面对法律时颇有些悲壮的自豪感。

为他声援的人很多，而死者家属那一边的声音却显得弱了些。

最后的结果是高伟峰被免于起诉，善良的人们松了一口气。

我一直不知道，面对这个结果的时候，死者家属该是怎样的一种心情，然而我的心情却多少有些失望。

从情感上讲，高伟峰的所作所为令人钦佩，但理智下来，我却认为，高伟峰的行为应当受到法律的必要惩处，因为目的只要善良就不顾及手段是否恶劣是我们过去几十年中的思维定式，多少悲苦的后果不都是因为最初的善良愿望吗？因此当面对结果的那一座座废墟，我们都习惯于由于最初动机的善良而原谅了肇事者。

高伟峰松了一口气，我和很多人却无法轻松。后来我遇到《新闻调查》做这个节目的编导张洁，谈起了这个案子，他的想法和我一样。但他告诉我，高伟峰被免于起诉并不是由于民意的压力或高伟峰本人善良的动机，而是因为我们没有相关的法律。

听到这个解释，我稍稍松了一口气，没有相关法律毕竟比在压力下不公正执法更能让我接受一点，可明天呢？是不是真的会像高伟峰接受我采访时所说的那样：即使再遇到这样的事，还会采取相似的办法？

那就太可怕了。

无论是死去的张金柱还是行医的高伟峰，新闻人就是在面对一个又一个具体的事件中体会着理智和情感的冲突。这种冲突还会持续多年。只是希望，我们都感受到一种方向，那就是这个社会正一步一步向理智与成熟迈进，因为无论是好的还是坏的情感，一旦被纵容，最后都会把我们毁灭。

中国当然可以说"不"，但关键在于中国怎样说"不"

1999 年 5 月 8 日，是每一个中国人都会记忆犹新的日子。那一天清晨，以美国为首的北约袭击了我国驻南斯拉夫大使馆，造成了三人死亡二十多人受伤的悲剧性后果。

这件事我知道得并不早，由于中午没有看午间新闻，下午有一场难得的足球比赛，来到球场，我才听同事告诉了我这个消息。最初我并不相信，"这太不可能了"，但同事真诚的诉说让我不得不相信，一瞬间，我们沉默下来，然后就是愤怒。

我相信知道这条消息以后，我们一帮人在绿茵场上说了无数的脏话，矛头当然是对着敌人去的，我们手无寸铁，而且面对的似乎是一群并不具体的敌人，有一种有劲使不上的感觉，最初的愤怒除了用脏话来发泄一下还找不到其他的出口。

不一会儿，我的呼机就响了，台里通知我马上回台，准备当晚重播的《东方时空》，把新的内容加进去。

这个通知救了我，知道了这件事，然而只能在家里坐着，那是一种痛苦。

晚上 7 点钟，赶到台里。台里是一片战前景象。这一天是星期六，但各个办公室的人却比往常还多，每个人的脸上都很严肃。

评论部的人聚到审看间，讨论我们的节目计划。新的形势下，明天的《实话实说》要拿下，我们要在当天晚上余下的时间里制作出一期 35 分钟的《东方时空》，全面反映这一事件。晚上 9 点多钟，节目方案出来了，报请领导批准之后，10 点多钟，各路记者开始行动。这期间不断有记者在家中打电话来询问："有没有什么事可以干？"然后就自发回到台里，愤怒已经让人无法独处。

中国当然要说"不"，但怎样说"不"却不能不考虑，只有有理有利有节的愤怒才是有价值的。

晚上 11 点多钟，我开始在演播室里陆续采访专家，他们在情感的愤怒之中理智地分析着前因后果。

送走专家们，已是凌晨两点多钟，我又采访了前方的记者和在罗马尼亚的邵云环之子曹磊。我知道，这一个夜晚，对于中国人来说，是不眠的。

凌晨 3 点多钟，我开始写结尾语，这个时候，我知道，愤怒是需要理智的，也因此，我在节目的结尾语中写下了这样的文字：

"也许我们该看一下今天的日历，5 月 9 日，母亲节，原本这该是充满人性

我身边是和我同名的记者吕岩松，拍照时他刚从南斯拉夫回来不久，回哈尔滨自己的家之前，他先去江苏看了牺牲的许杏虎家。照片上的我们都有笑容，但拍照前谈论的话题却几乎使我们掉下眼泪。别忘了，5月8日。

温情的一天。在遇难者中有一位母亲和未来很有可能成为母亲的年轻妻子，然而几枚凭空而至的导弹却改变了这一切，她们再也体会不到这种人间温情，而我们所有的中国人也将在这一天分担她们家人的痛苦和悲伤。

"然而面对1999年5月8日，我们仅有悲伤、痛苦与气愤是不够的，我们必须拥有清醒的头脑和冷静的认识。这个世界并不像善良的人们想象的那样善良，霸权与侵略一直就在我们身边。要想世界真正和平，中国必须强大，让我们一起加油，把心中强大的中国梦尽早变为现实！"

我至今都能感受到当初写下这段文字时心中的痛苦，情感无数次想挣脱理智的束缚，想最大限度地发泄愤怒，但最后还是在气愤与理智之间寻找到结合点，因为正如我在结尾所写的：仅有愤怒是不够的。

在事情发生的第二天，我听到一个段子，是骂克林顿的。

"我们每一个人在天堂中都有一块表，上帝看每一个人在人间的好坏表现，来决定你的表走得快还是慢。如果你在人间总做好事，上帝就会让你的表走得慢一点，这样你就可以在人间长寿；而如果你总在人间做坏事，上帝就会让你的表走得快一些，这样你就在人间短命。5月9日这一天，有人上了天堂，好奇地寻找克林顿那块表，结果被告知，由于天堂炎热，克林顿那块表被上帝拿去当电扇了。"

哈哈大笑中，反映了中国人的一致心理。发泄愤怒是容易的，美国驻中国大使馆的窗户被砸了，车被烧了，美国驻成都领事馆也遭到了一定程度的破坏，更有趣的是，在东北的长春，一个愤怒的中国小男孩将校园内一名美国外教的儿子结结实实打了一顿。

中国当然要说"不"，主权受到侵犯，三个生命的逝去，没有愤怒那才奇怪。

但显然，一味地愤怒下去并让愤怒超越界限也不是办法。

我相信如果听任愤怒前进，美国在中国的大使馆和领事馆在几个小时内就会消失，很多在华美国人的日子也不会好到哪儿去。

但中国人没有，几天之中，中国人寻找到了愤怒和理智的最好结合点。因为绝大多数中国人都知道：只有自身的强大才是最好的报复。

几年前，一本《中国可以说不》风靡一时。中国当然可以说"不"，可是说"不"显然不单单是一个发泄民族情绪的问题。

在中国驻南大使馆被炸之后，我听到不少人对我说："老毛头那时候多厉害，美国佬怎么啦，照打不误。"听到这话，我理解说这话人的心情，但是要知道毛主席的强硬有其冷战时代的时代背景，如果让我们真的回到老毛头的时代，人们就真的舒服吗？毛主席的强硬是建立在闭关锁国的基础上，而闭关锁国的结果就是自身日渐落后、内乱不断。如果我们能在强硬的那个年代，合理地解决说"不"和强大自身的关系，早一点打开国门，也许今日我们说"不"的底气就会强得多。

今天的中国不是没有说"不"，但有策略地说"不"正是为了明天说"不"更有影响力更加掷地有声。

我当然能够感受到这样做时的痛苦，甚至有一些决策者也和我谈过他们心中的这种痛苦。在今日世界之中，弱肉强食，不讲策略地说"不"最后只能使自己日益虚弱，那样的后果不堪设想。

邓小平在很多年前说过这样一段话：韬光养晦，沉着应战，决不当头……

每一个人都可以从这段话中读出不同的含义来。有人读出痛苦，有人读出策略，有人读出伟大，然而不管你怎么想，在目前的局势下，都得这样做，而且越是高层，对其中的深意理解得越深。

在这个时候，作为中国人的一员，我常常会有一种咬紧牙关有一些眼泪和委屈咽回肚子的感受。可今日不在理智与情感间寻找最好的结合点，明天我们就无法大声说"不"。在我们所遭遇的种种理智与情感的冲突之中，这是最大也是最痛苦的，而这又是必须让理智占上风的长久冲突。

因此很多年中，我们都将面临同样的问题：中国当然可以说"不"，但关键在于怎样说"不"。

17

谈一千道一万，发展才是硬道理，我很喜欢这句话。

改革记忆：并非个人的历史

假如没有改革

1998 年，是中国改革开放二十周年。

为纪念这一重要的进程，各个新闻单位都投入了大量人力和物力，努力做好"改革二十年"的成就宣传。

我们当然也不例外，但总该有些新意，于是在《东方时空》栏目里，我策划、撰稿并主持了后来获得中国电视奖的特别节目《流金岁月》。与此同时，我又担任了《焦点访谈》十四集特别节目《焦点的变迁》的主持人。

几个月的时间里，由于做与此相关的节目，我不停地在改革二十年的时间长河中行走，一幕又一幕或荒诞或让人振奋的历史细节重新在我的脑海中出现。

毫无疑问，改革二十年给中国给我们每一个人带来了太多的变化，有无数个理由，让我们为这个二十年鼓掌喝彩，即使在其中也上演了我们并不愿见到的情节，但把这二十年，称为中国历史上的又一个盛世是不为过的。

不过，在高兴之余，也会时常有一个念头：假如没有改革，我们的今天会怎样？

诱使我不停产生这个想法的一个原因是：在1998年众多纪念改革二十年的书籍杂志中，一本《视点》杂志推出的专号《目击改革年代》里有一篇文章，名字就叫"假如没有改革"。

这篇文章放在这本杂志的最后一篇位置上，其中很多假设让人首先不寒而栗，接着想到这仅仅是个假设又都暗自庆幸。

文章中，列出了一些"假如没有改革"就会在我们今天生活中依然出现的画面。

1.1998年"五一"节，北京市市民凭本供应节日猪肉，每人在原来每月五两的基础上增加三两。

2.热门的职业依旧是司机、副食店职工，大学毕业生最热门的选择是各级党委宣传部门及其他各级党政机关。

这张照片拍于江西共青城胡耀邦的陵墓，这块陵墓选地很好，胡耀邦的头像正好面对浩瀚的鄱阳湖。

3.1988 年大胆提出"多元所有制"的北京大学某著名教授，被开除党籍，发回原籍。

4."展开穿西装还是穿中山装"的讨论，外交官、电视台主持人仍一律着中山装，间或有些时髦青年以着西装为时尚，于是报纸展开了"我们拒绝没落的生活方式"的讨论。与此同时，由于"宣扬资产阶级生活方式"，中国大陆首次服装表演被查处。

5.1994 年，《北京晚报》登出全国第一则婚姻广告：男，三十岁，身高 1 米 75，副食店职工，父母家有住房。引起轰动。与此同时，离婚率上升，大龄青年、两地分居等问题得到各级党委的重视，并责成各地团委成立专门的婚姻部。

6.1998 年 1 月 1 日，发表两报（《人民日报》《光明日报》）一刊（《红旗》杂志）新年评论，题为"沿着真正的社会主义道路勇往直前"，在描述"举国上下一片欢腾"之后宣称：东亚经济危机预示着资本主义危机四伏，而在东亚经济危机中，中国依然"既无内债又无外债"，欢呼"这是社会主义战胜资本主义的明证"，并借此抨击了"那些以提高人民生活水平为名义的右倾经济主义的错误思潮"。

…………

这篇文章读到最后，有种想笑又笑不出来的感觉，其实我们每个人还都可以把这篇文章拉得很长。比如，我就和自己玩过这样的假设游戏：假如没有改革，我，一个叫白岩松的人，在这二十年中，会走一条什么样的道路呢？

1975 年，我们城市中上山下乡的知识青年在我们家门口的广场上出发，我和哥哥都去看了，回来后还在家中议论：哥哥过几年也得下乡，我将来因为是家中老二，因此不一定会去，但读完书该干什么呢？

当时的我还小，似乎被知青下乡的壮观场面所感染，因此家中不管怎样设计，我是小小年纪就打定主意，将来是要下乡的。

可能就下乡了，之后由理想主义到颓废主义，终于吃喝XX（后面两个字空缺，因为没有改革，这四个字可能就不全），最后与当地一女青年结为伉俪，开始了漫长的生孩子生涯，时至今日，虽年龄仅仅三十多岁，但脸相上看说是四五十岁也是有人信的。

不过也有可能，我作为家中第二个孩子，躲过上山下乡一劫，在小城之中，我的出路只有一条，中学毕业之后，让妈妈提前退休，然后顶替接班。由于妈妈是教师，而我又没有上大学的机会，因此当教师的可能性不大，估计是做后勤工作，运气好一些，也可能因自己的体育天分，最后当上了"体育老师"。

也许还有其他的道路，但不管怎么说，我能离开那座边疆小城的可能性微乎其微，现在的生活，我的家庭、妻子、儿子都在生活中退出去，一切都是另一幅画面。只不过和今天相比，我会在没什么诱惑的小城里，过着一种没什么幸福也没什么痛苦没什么追求也没什么失落的平常日子。

这样回忆着，就不能不感叹时事造人，1978 年的一个重大转折，改变的不仅仅是中国的面貌，更是这其中每一个中国人的命运。不管你喜欢不喜欢今日，原地踏步和一成不变的日子没有了，假设中的一切让人高兴地没能实现。

闲暇的时候，我们每一个人也不妨都做一下这个假设游戏，想想自己，假若没有改革的话，这二十年的道路会是怎样？人生是不是该用另外的稿纸书写呢？

一定是的。这么一想，今日的很多烦恼就淡了，心情就会好很多。你看，在假设中回忆，有时也是一味药，治现在心中的病。

转折那年，我十岁，我到了北京

1978 年我十岁，改革二十年后的 1998，我三十而立。

印象太深了，1978 年的那个冬天，我正在家中翻阅书籍，我妈妈急匆匆地下班，然后和姥姥在家中连饭也不做就开始商量起来。

原来，我父亲平反了，内蒙古要召开追悼大会，我母亲必须带着我哥和我去内蒙古西部的集宁市出席这个追悼会。

父亲和母亲，在"文化大革命"中，都被诬陷成"内蒙古人民党"，然后招也得招不招也得招，可父亲还是不招，于是被不停地打来打去，终于埋下后患，在 1976 年去世，直到死，还都背着"内人党"的嫌疑。从这个角度说，当时的我，也该属于"敌对分子"的家属。

平反昭雪，自然是我们家中的大事，于是我和哥哥都停下课程，从内蒙古东部的海拉尔（当时还属于黑龙江省）到西部的集宁。当时没有直达的火车，我们必须先坐车到北京然后再换车到集宁。

于是，十岁的我就在改革元年的 1978 年，来到了改革的策源地北京。

在我的第一印象中，北京出奇地大。

大是自然的，我生活的那个小城才二十多万人，这之前，我从来没有离开过那个城市。因此初到北京，这个世界突然以乘法的方式在我眼前扩张。在北京的那几天里，我始终蒙头蒙脑找不着方位。

和那个时候大多数人一样，到了北京，白天猛逛，晚上住那种在客人走后临时改成旅店的澡堂子，打游击一样感受着北京。

吃饭是一件很费力的事，无论在哪一个吃饭的地方，总要排上很长时间的队，然后才会有座位。即使有座位，也并不一定能平静地吃饭，一来身后有人等座，二来饭馆里要饭的人多得出奇。那时候要饭的人要的真是饭，隔一会儿，就能看见同是要饭人，却为争一点儿剩面条而吵起来，正是在北京，我亲眼看到要饭人在别人的剩饭中吐上几口口水，然后把那碗饭据为己有。

十岁的我不懂什么叫民主和自由，在西单，到处都贴着这样或那样的大字报，写的什么不知道，那场面却留在记忆中。还有就是在天安门广场，那时的纪念碑是让靠近的，不过上面都贴着两元、五元或十元的人民币，这让我第一眼看去很是心疼，并曾经尝试在人少的时候想把钱取下来，但粘得太紧，好几次都无法得手。心疼之余，问母亲：怎么人们都把钱贴到了纪念碑上。听母亲的介绍并看着纪念碑上的小字报才知道：这是群众希望既然国家给毛主席修纪念堂，那为什么不能给周恩来修纪念堂？如果国家没钱，那我们就自己给，于是把钱贴在了纪念碑上。很多年过去，周恩来纪念堂也成了一个被人遗忘的梦，只是不知道，那些当年从口袋里往外掏钱的人们，今天，梦是不是已经改变了？

不过，改革元年的北京，人还是有侠肝义胆的。在一家商场，我母亲在柜台前买东西，她的钱包用一根长绳子系在腰带上，一挤，掉了出来，我便帮着她拿钱包，可这个时候，一个北京人走了过来，一脚将我踹了出去，原来，他以为我是小偷，于是义愤填膺，我就成了受害者。很多年过去了，今天的北京再见到这种场面，即使是真的小偷，怕是多数人也不会踢出这愤怒的一脚，绕着走装近视眼看不见也都是有可能的。

当然，当时的北京还有其他一些好处，比如印象之中，母亲花了五毛钱买了一堆桃子，竟让我们三个人吃了好久才吃完，实实在在当了一顿饭。

就这样，改革元年的北京，在我的回忆中，以杂七杂八的细节复原着。那时的北京，是一座灰色的城市，不仅仅是因为建筑，还因为人们的心情、服装和实实在在的贫穷。

二十年过去了，在采访与制作改革二十年的系列节目中，我一趟又一趟穿行在北京的大街小巷中，同二十年前相比，除了故宫、除了颐和园、除了天坛等一系列古迹之外，这已经不是同一座城市了。二十年前，一个边疆小城中走出来的孩子，在这里知道了世界之大，目睹了改革起步时中国首都的模样，也正因此实实在在地知道了二十年中国改革的跨度。

1978 年，我的北京之行，只有短短不到一个星期的时间就结束了，北京并不是我们的终点站，而只是一个停靠的站台，我们的目的地是西部的集宁，那里还有一个很大的追悼会等着我们这些死者的家属前去，还有无数的眼泪和或真或假的慰问等着我们。

其实，在改革元年的中国，在无数个家庭之中，心情与生活都和我们大致相似，一个和物质有关的梦还没有进入到计划之中，和过去有太多的账要清算，有太多的眼泪和委屈要释放。因此，在我的记忆中，中国的改革是在国人回望过去的眼泪中开始起步的，这一画面多少显得有些悲壮。

改革究竟改革了什么？

以前常听一句老话：生在红旗下，长在红旗下。小的时候，我常常被人这样说，因此，以为我们都是这句话的实践者。

不过现在不这样认为，倒是可以套用这句话形容一下自己过去三十多年的人生之路，属于："生在红海洋之中（我是 1968 年出生的），长在改革的年份里。"

从十岁到三十岁，二十年成长的重要岁月正好和这个国家的改革同步，因此很多方面，我们已和前几代人大为不同，苦难的记忆中，自己还在童年，而余下的岁月，都是些改革的记忆。因此我们自然是改革的受益者和极力拥护者。

但拥护改革并不仅仅是因为自己的成长岁月和改革同步，更重要的是，我们其实除了改革别无选择！一如生存还是死亡。

那么，改革究竟改革了什么呢？

表面上看，是物质的极大丰富，是经济车轮的快速转动，但我从来不愿把这二十多年仅仅冠以经济改革了事，在它的背后，是一些更有趣的变化。

首先，改革意味着我们的决策者终于懂得了"什么是人"。

很长一段时间里，人是什么，决策者是知之不多的。我们可以讲一个远方的故事。古巴的格瓦拉是许多人心目中的英雄，他四处打游击，最后帮助古巴独立，并成为仅次于卡斯特罗的二号人物。

他清正、廉洁，各个方面都要求自己是个完人，但他不能容忍别人不这样。在他的心目中，所有的人都该只为理想活着，物质的诱惑与人性中的弱点包括"私"字的一闪念都是该被抛弃的。可他时常在人群中失望，于是改变不了别人只好独善其身，重回密林，继续打游击的生涯，终于被对手夺去了生命，死后的格瓦拉又更加成为人们心中的英雄和偶像。

改革不能只从经济数字上做文章，还要从我们每个人的心灵里找到改革留下的痕迹。当初画家罗中立画的《父亲》，竟然和伟人的像一样大，这让很多人吃惊。但《父亲》脸上的皱纹却在改革之初深刻地告诉我们：不改革，中国将只有沧桑。拍这张照片之后不久，罗中立由画家变成美院的院长，以后怕是更忙。

　　格瓦拉的确有成为英雄的很多条件，他的理想主义也让人赞叹，但他对人的理解是错的。一个决策者如果认为所有的国民都应该以理想为生活目的，世俗的诱惑都该被抛掉，所有的人都该"公而忘私"，"一心只想着别人，先人后己"……那他就大错特错，理想之火烧起来，最终会因为背离人性的特点而烧掉这个国家和民族的前途。

　　很长一段时间里，我们生活的环境里不认为应该追求个人的目标，不认为应该有私心，不认为应该追求物质诱惑。于是，时间一长，每个人都嘴上"公而忘私"，可实际上却正好相反。可怕的是，每个人都在一种压抑中没了自己前进的动力，反正为自己是错的，但为别人不为自己又是违背人性特点的，于是，这个国家的前进没有了民众的支持，国家列车停下来也不是怪事。

　　从1978年起，改革了，一切都不同了，改革的真正收获，是让我们从中读出：决策者开始懂得什么是人，并利用人性的特点来启动让这个国家前进的动力。

　　人不考虑自己，那是天方夜谭，主观为自己客观为他人已经是一种不错的境界，于是，我们一些读懂了人的政策出台了：把土地承包给你，让你干活先让自己受益，你的干劲不就来了吗？让一部分人先富起来，这不就有很多人有干活的动力了吗？个体户个体户，就是干好了都是你自己的，干坏了也别抱怨别人，于是，干个体不也蔚然成风了吗？再往后，又有了股份制，这不正是让每个职工成为股东，然后因为为自己就敬业为企业了吗？

懂了人，懂了人性，然后顺其自然，中国这艘航船便开始乘风破浪，每个公民开始为自己也终于为国家创造了财富并改变了面貌，这就是决策者读懂人性的最大好处。而只有读懂了人性并做出顺应人性决策的领导者，才会把一个国家或民族真正引领走向富强，反之，则是毁灭和灾难。

当然改革不仅只这些。

改革二十年后，一定发现：我们每个人收获最大的不是财富，而是一种选择的自由。

和过去的年代以及我们的前辈相比，无论在感情、职业、居住城市、服装的样式和颜色、信仰、言论的内容、传媒、偶像、精神食粮、物质的诱惑等一系列方面，我们都有了更多的选择。

比如职业，一生在一个岗位做一件事情的时代过去了，一生中你可能会有多种职业，没有人觉得你有什么不妥。

比如居住地，在过去的年代里，一生想在几个城市生活是不容易的，但现在却非常简单，故乡日益遥远，流浪起来的人越来越多，生命开始真的像一次旅程。

比如信仰，在过去的年代里，你只有一个信仰，但今天则并不一定，你可以把圣诞节当成自己必然的选择，也可以把双手合十作为自己的寄托，你当然也可以什么都不信，把游戏人生当成一种信仰。这种选择自由的获得，在过去是不敢想象的。

这样的例子不用再举下去，每个人心中都有自己的账。开放就必然带来每个人多元的选择，甚至可以说，每个人都拥有选择的自由，本身就是开放的含义，因为只有封闭与专制，才会把每个人的选择统统封杀。很多事情都只有一种选择，这样令人不寒而栗的日子，我们并不陌生。

因此从某种角度说，让国民都拥有更多选择的自由，才是这二十多年改革最大的收获，也因此，我们盼望着未来，这种选择的自由会让我们拥得更多。

对于每个人来说，拥有更多的选择自由不一定就是幸福，反而有时会让人更加痛苦，这也正是改革带来的第三个变化，这二十多年里，中国人在各种诱惑和各种多起来的选择面前，内心挣扎与冲突前所未有地激烈。

改革使得平静被打破，于是中国人内心，一种低水平的平和也随之消失，没人在诱惑面前能静下心来，于是大多数人的心都乱了，都多了些痛苦多了些茫然也自然多了些欢乐。

生活富裕了但其实更艰难了，什么都开始有了但心里又比原来更空荡荡的，日子改善得再快也追不上人们抱怨出台的速度。改革，让中国人的心理集体经历震荡，全中国人的内心一起经历磨合。

短时间内，中国人的心静不下来，下一次平静的到来还需要时间。生在改革年代，就注定了我们将是内心痛苦挣扎的一代和几代，也许只有真正富强到来的时候，我们的内心才会平静下来。只不过，那可能是我们的后人了，这就是我们的宿命。

改革绝不只是经济改革，而是在经济车轮的快速旋转下，全社会一次重大的转型，这可能是几百年来中国经历的最大震荡，而这一切还刚刚开始二十多年。

未　来

并不是危言耸听，对于中国改革进程来说，也许过去二十年并不是最重要的，但未来十年却可能是最最重要的。

大的美好与大的危险都有可能在未来十年出现，这让人展望未来时，既提心吊胆又满怀信心。

改革经过一系列外围尝试终于到了最关键的核心改革部分，而与此同时，改革前二十年积累下来的问题也越来越重越来越危机四伏。必须在未来十年有一些重大的决策出台，必须有些事情有些决策要超出经济的领域，必须有利益的重新调配，这一切都是未来十年中国改革必然面对的课题。更不幸的是，世界大局又重新变得不确定起来，中国的改革多少有些内忧外患的意思。

但本来就不应该设想这条道路会一帆风顺，路上有很多问题，克服掉继续向前走就是了，挑战总会出现在面前，也许中国改革的道路就是前进一步退半步再前进一步又退半步或停滞不前然后再进一步。虽然总会有波折有让人痛苦和不安的时候，可只要总体方向是向前的，我们就该相信未来。

更何况，我们除去相信未来和坚决身体力行推着中国走向我们希望的未来，还能有其他选择吗？

一如生存还是死亡！

18

国庆三十五周年大庆的时候，游行的大学生方阵经过天安门城楼时，突然亮出"小平您好"四个大字，成为改革过程中的经典画面。在国庆五十周年庆典直播中，当初"小平您好"横幅的制作者之一赵宝晨，成为我们的访谈嘉宾，于是我和他又做出高举"小平您好"横幅的手势，算作对伟人的纪念。

泪洒天堂：生命的终结是感叹号

做新闻工作，表面上看是和一个又一个事件打交道，而归根结底，其实是和一个又一个具体的人打交道。平常做《东方之子》就更是如此。

一旦不停地和人打交道，人的生老病死，我们就都回避不了。曾经眼见着是生龙活虎的一个人突然有一天躺在了病床上，虽然人得病总是常事，然而毕竟或多或少有过交往，因此这个时候就常常感慨造物主的残忍。

更加残忍的是要经常面临一些死亡，尤其是那些曾经在我们的镜头前抒发过自己的抱负讲述过自己人生故事的。如果有一天，忽然哪一位同事告诉你：他已经走了，我往往会突然愣一下神，然后让他曾经在我们面前说过的精彩话语在自己的眼前飞过，也算是一种纪念。

做《东方之子》节目几年，陆续地不少节目中的主人公悄悄离去。比如有一天，我打开报纸，突然看到一篇纪念前任卫生部部长陈敏章的文章，"他走了？"再仔细一看，已走了一些天，"才六十多岁啊！"可造物主从不因为他过去做了多少好事而迟些下天堂的请柬，看这篇文章时，我的心情自然和其他读者不同。因为几年前，他还在部长位置上时，我采访过他，清清瘦瘦，办公室里一张整洁的小床，一个知识分子部长的典型形象。直到采访结束和他告别时，他还在意犹未尽地和我们谈他的忧虑：中国的乙肝患者能不能少一点儿，烟民能不能少一点儿……这样一位一直为他人健康操心的人，自己竟然英年早逝，而且残酷的是由于他是位优秀的医生，因此身体刚刚有些异样的时候，他就准确地为自己的病情下了判断，然后知道自己的时间不多了。这个细节让我看这篇文章的同时，有一种再为他做一期"东方之子"的愿望，然而一切都晚了。

还有的告别给人的突然性更大。1996 年底我采访了民乐大师彭修文，接着

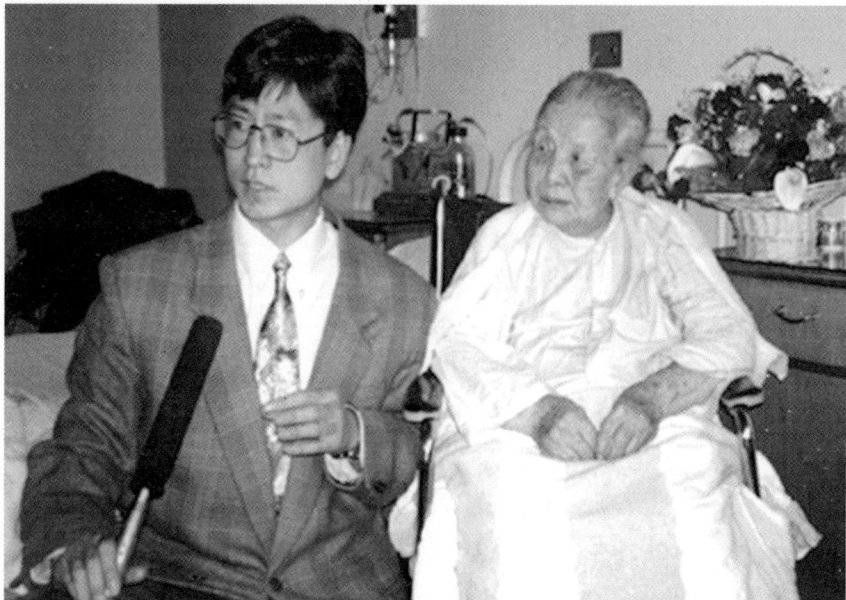

1995 年 2 月，冰心先生已住院多日，但当我采访她老人家的时候，她惦记的依然是教师和老年病友的境遇。而今，老人已驾鹤远行，但博爱之心却留存人间。

我就出差到上海，工作之余，我在上海的报纸上惊讶地发现彭修文去世的消息，"这怎么可能？"然而白纸黑字告诉我，这是事实。可对我来说，另外一个事实是，我刚刚结束对他的采访没几天，节目还没有播出。采访他时，彭大师精神很好，脑子里全是民乐的问题，还有一点儿多年来不被一些人理解的痛苦与寂寞。

然而这一切都随着大师的仙逝而走远，身后只有哀悼的哭声和他曾经留给东西南北的音乐声。

对我来说，刚刚相逢就得在心中准备告别词，彭大师的离去给我内心的冲击是大的。

每一次和优秀人物的相识都是一种缘分，而每一次和相识过的人说永别又都是一件再残酷不过的事。然而毕竟只要在人世间，这种告别就会残忍地出现，让你我无法躲开。于我来说，每次看到生命的终结，我都不认为这是个句号，而往往是个感叹号在我脑海中盘旋，以下几次告别自然是过去几年中印象深刻的，几个大大的感叹号也自然在心中挥之不去。

1997 年 2 月邓小平突然离世

1997 年是中国大事不断之年，然而原定的忙碌是从 7 月 1 日香港回归开始的，接着是十五大然后是大江截流，也因此大家都做好上半年轻松一点儿的准备。

谁也没想到，在这轻松一点儿的上半年，小平的逝世却让所有的中国人都轻松不起来。那个春节刚过，我和《新闻调查》摄制组飞往广东，去做一期关于广东足球滑坡现象调查的节目。

足球一直是我的爱好，这一次把爱好与工作连在一起，心中的欢喜与往日不同，加上摄制组里大多是球迷，一路上欢声笑语，都以为要经历一段愉快的广东之旅。

2 月 20 日上午 8 点多钟，我还在广东一家宾馆的床上熟睡，突然被编导刘春叫醒："岩松，小平去世了！"

也许是睡梦中被叫醒，一时间有点儿蒙，脑子中还接受不了这个事实，晃晃脑袋坐在电视机前，看到的虽然是香港的电视节目，但内容已是关于小平去世的，这时，我不得不相信这个事实。

一瞬间，有一种很大的毁灭感和恐慌袭击着我。小平去世是突然的，但这件事在我们很多人心中都设想过，出现，并不突然。然而国内国外，邓小平去世后的局势分析都给这个事件的出现蒙上了一层神秘和担忧的色彩。

我很快清醒过来，下楼去报摊上买报纸，买报纸的人很多，很多报纸也很争气，这么短时间竟已出了好几版关于邓小平去世的各种报道和背景资料。

翻这些报纸时，我心中想得最多的是：小平的去世会不会打乱中国前进的步伐？如有改变，接下来的中国将走向何方？

在这一个上午，二十一年前周总理去世和毛泽东去世的情节也顽强地往我脑海里跳，想推也推不出去。

…………

1975年底，我和家人到哈尔滨去接正在外地接受治疗的父亲回家，我印象非常深的是，在我们第二天就要回家的那一个晚上，医院里的喇叭传出了哀乐，音乐还没有结束，我看到我的父亲母亲已经泪流满面。可不一会儿，他们又破涕为笑，原来哀乐响过以后，传来的是康生去世的消息，这自然让他们笑容满面。因为哀乐响起来的时候，他们凭直觉以为是周总理去世了呢！

当时的中国人都已经绝望地把中国的命运系在了周恩来的病情好转上，周恩来能晚点走是他们最后的希望，也因此晚点听到为周恩来响起的哀乐，他们便觉得，希望还在，心中的热度就还存在一分。

当时我还是个孩子，自然无法体会这种情感，但我已经隐隐感觉到：周恩来别去世，这样大人就都会高兴一点儿！

可是几亿人的挽留也没能阻挡周恩来生命的离去。

1976年1月8日，哀乐还是为周恩来响起了，马上大人们便都泪流满面，当时的父亲已经病入膏肓。然而，1月8日那一天，他却听一次广播掉一次泪，我也掉了眼泪，不过并不是因为总理的去世，而是大人绝望的哭声中，有一种让我恐惧的东西，我知道，大人的哭声不仅仅是为一个优秀领导人的离去。那几天，就像约好了一样，来我家中的大人，动不动就在谈到周总理时掉一次眼泪，后来看家中有人来，我就干脆到外面去，我可不想看大人哭。

那一个龙年并没打算只让中国人哭一次，9月9日那天下午，我正在学校里玩耍，突然喇叭里传出了哀乐，我们都惊呆了，"又是谁？"

"伟大领袖毛主席不幸去世！"

末日可真的是到了，听到这个消息的最初，我们一大帮孩子有点儿不信，不一直是毛主席万岁吗？怎么才八十多岁他就离开我们呢？

家中的日子也不同以往，父亲躺在床上，他的时间已经不多，也许是身体的原因，毛主席的去世没能让他掉眼泪。奇怪的是那几天，说起一些事来，大人都很小声，我印象深刻的是，那几天不许娱乐，因此大人们喝酒时，都要把窗帘挂得严严实实，把门紧紧关好，然后才敢把酒往肚子里倒。

第二天上午，我还得继续上学，到了班上后，老师又把毛主席去世的消息告诉给我们，课自然没其他内容了，恐惧成了最重要的课程。

老师的语气是哀痛的。不一会儿，我们五十多人中就有人哭了起来，不用回头也知道是我们的女班长，这一下，我们的压力很大，有人哭了我们不哭那可是阶级感情的问题，于是很快大家都趴在桌子上哭了起来。

正在这时一位老师走了进来把我叫走："大家化悲痛为力量，白岩松跟我走。"

原来当时我是学校广播站的广播员，一大堆怀念毛主席的稿件等着我去念呢。于是我就坐在学校的广播室里，拿着沉重的腔调开始播送。

那几天由于我父亲时日不多，家中大人很多，感觉得到，他们忧心忡忡，谁也不知道中国将会怎样？议论起来，他们也左顾右盼，唯恐哪句话说错了给自己惹下大祸。

家中的气氛自然凝重极了。

9月15日，我的父亲去世了，对于我们一家人来说，家人的离去自然是哀伤的极致，然而毕竟毛主席刚刚去世，我们对于父亲的追悼也不敢大张旗鼓，哭声多少有点儿压抑。悲伤不能无限制地释放是我对那一个九月最深的记忆。而每一个人对未来的恐慌，沉甸甸地在那时人们的心中压了许久。

然而痛苦过后光明就一点点到来，国家如此，家庭如此，个人也如此。

那一页翻过去了！

…………

有了二十一年前那样一种伟人离去后民众恐慌与担忧的记忆，很自然的，小平去世，也直接下意识地有了些担忧。

但中国在这二十一年中已经脱胎换骨。

知道小平去世后的那一个上午，我们摄制组的几个人一直在议论中度过，相信每一个人心中也多少对以后几天工作是否能够如期进行没有太大的把握。

悲痛和担忧是必然的，工作仍要继续，中午和要接受采访的对象打了个电话，对方回答我们：下午的采访可以正常进行。

中午从宾馆出来，大街上依然车流穿梭，行色匆匆的路人与往日看起来没有什么两样，餐馆里大多数仍然是座无虚席。看起来，虽然空气中隐隐有一种伟人离去后异样的味道，然而生活仍在正常继续。

进行完广州的采访，第二天我们赶到深圳继续有关广东足球的调查采访。

一到深圳，和我们谈起邓小平的人更多了，印象非常深刻的是，一位出租车司机谈起邓小平，仿佛有些自言自语般感慨：这个城市是属于邓小平的。

我理解这位出租车司机的感情，看着车窗外高楼林立的深圳，想着二十年前这里还是一个小渔村，很容易让人感叹：深圳，这座城市其实就是邓小平的纪念碑，而这样的纪念碑在全国还有多个。

今天回忆起来，我很庆幸邓小平去世的第二天，我们到达深圳，因为在几天工作之中，我们能强烈感受到深圳人对小平的感情。

受深圳人的感染，我们几个人去深圳深南大道那幅著名的邓小平画像前献花。到达那里的时候，我们看到，献花的群众络绎不绝，旁边维持秩序的工作人员隔一会儿就要把堆积如山的鲜花和花圈用车拉走，以便为后来的人空出地方来。

我们献过花之后就在旁边默默地驻足，这时看到各种不同的神态和表情。有一位中年妇女献过花之后，往后退了一步，深深地鞠了一躬悄悄地离去，还有一位商人模样的中年男子嘴里念念有词，跪下磕了一个头，最后悲伤地离去……

身后的城市依然是车水马龙地喧嚣着，然而眼前这祭奠伟人的仪式却静默无声，沉默中深藏着一种感情，而可贵的是这种祭奠的仪式都是群众自发的，感情更是发自内心。

接着我们又去了深圳的植物园，那里有小平最初在这里种下的树。到达目的地后，我们发现，小平当年种的那棵树已经长得郁郁葱葱，树下围了一圈鲜花和小的花圈。显然，此时，象征生命的绿树也被人们当成另外一个寄托哀思的地方。

我们在深圳的几天采访顺利进行完毕，似乎所有的人都心照不宣地把那份哀痛深藏心底，然后一如既往地让正常生活工作秩序继续。

采访结束后，我们几个人最初的担忧慢慢消失了，一个伟人的离去当然在众多人心中造成伤痛，然而这伤痛并没有把正常的生活秩序打乱，人们用一种成熟的平静更深刻地纪念伟人，我想小平在天之灵一定会喜欢这种纪念吧！

深圳的工作结束了，我们几个人急着回北京，因为第二天是小平火化的日子，我们都希望自己成为长街上送行的一员。于是，这个晚上我们赶回北京。

第二天一早，我起床之后就悄悄走上长街等待灵车的通过，街边的人已经很多，大家都像约好一样默不作声地等待。隔了一会儿，小平的灵车缓缓地从人们眼前通过，人群中开始有哭声，然而这时长街上的哭声和二十一年前送别总理时已经大不相同。那时的长街相送，除去对总理的哀悼还有一种希望破灭的恐惧和对国家民族自己命运的担忧，而二十一年后，送别小平的哭声，最主要的是一种真心地感谢。

这个时候我知道，小平正是用自己改革近二十年的努力营造了这种不同于1976 年的送别之情。伟人离去后，人群中的感激、民众对未来的信心、恐惧与担忧的消失都和小平有关。他用自己的奋斗在离去之后告诉我们：你们送走的只是一个伟人而不是一个时代。

于是，所有这之前海外媒体对邓小平离世后的种种悲观分析，都在这种成熟而保持正常生活节奏的哀思中破灭了。

中国人为小平送行，心中不再担忧不再恐惧，这个时候我们知道：伟人的离去不会打乱中国行走的节奏，中国将正常前行。

这同样是改革二十年的重大成果。

1994 年春节，一个年轻的犯人为营救落水儿童献出生命，人群中涌起一种矛盾的感动

1994 年春节刚过，我们在报纸上看到一条消息，在离天津不远的一个监狱里，一位北京的犯人叫姜世杰，因为在一起杀人事件中成为帮凶而被判八年徒刑。由于在狱中表现良好，因此春节快到的时候，他被奖励在监狱旁边的姨妈家过年，为此远在北京的母亲也赶了过来，和儿子一起过这个难得的团圆之年。

大年初一早上，姜世杰和母亲出来散步，路过一条小河的时候，听到河中传来了救命声，姜世杰没怎么想就跳进了水中，两个孩子得救了，然而姜世杰却再也没有出来。

在这一事件发生的全过程中，他的母亲一直就在河边，直到儿子迟迟不出水面。老妈妈急得四处求救，一切却已经晚了，姜世杰年轻的生命在过年喜庆的气氛中离去了。

看到这条消息，我和组里联系要求拍摄这个节目，很快得到批准，我们马上驱车赶往清河劳改农场。

从知道这条消息起，包括在赶往劳改农场的路上，我自己的内心一直在矛盾着，一个在押犯人却为救两个儿童献出生命，这种善与恶戏剧性地交织在姜世杰一身，让人一时理不出头绪来。然而不管怎样矛盾，我却相信一点，姜世杰用生命最后的举动为自己曾经犯下的错误向世人谢了罪。于是一个片名在采访还没有开始的时候就先跳了出来：回归高尚。

到了清河劳改农场，气氛果真不太一样，接待我们的干警谈起这件事都很沉重，并且经常是带着感情谈姜世杰这个名字。我猜想：这恐怕是这些干警第一次满含深情地谈起自己看管过的犯人。

我们的拍摄是从采访姜世杰同屋的犯人开始，由于是深更半夜，加上我告诉干警：除去我和摄像你们谁都不要进来，因此干警有些担心，唯恐屋里的犯人会干出一些什么来。然而我从姜世杰这个事件中相信：犯人也是人，大多数人性尚存，犯罪是因为他们身上恶的成分在某一个时刻膨胀强化因此走上犯罪道路，但这不意味着他们的人性中没有善的成分，面对朝夕相处的姜世杰在大年初一不辞而别，悲痛也会出现在他们心中，也许姜世杰的善举激活了他们几人心中善的成分。

果真是这样。

小小的劳改农场宿舍里，几名犯人面对着我们的镜头坦陈着对姜世杰的怀念，在他们的言语中，我强烈地感受到一点。姜世杰的行为给他们造成了极大的震撼，长久认为自己不可救药的心态在姜世杰回归高尚的举动中发生着改变："也许我们也可以做好事？"这种言语意味着他们几人内心深处一些向善的东西复苏了。看得出来，甚至有人在内心深处对姜世杰的回归高尚有些羡慕。

走出生平第一次进去的监狱宿舍，我并没有一种如释重负的轻松感，反而更加沉重：为什么有的人就那么轻易地放纵自己恶的成分，而把善藏到一个连自己都无法感知的角落里？如果我们的社会能更有利于人性中善的成分发挥，犯罪的人是不是会少很多呢？

在劳改农场采访的时候，几天里内心一直在一种很大的冲突和矛盾之中：平常人都少有人做的见义勇为发生在一个在押犯身上，一个犯了罪的年轻人用自己的生命救助了看管他的干警的孩子；大年初一的喜庆中，一个儿子在母亲面前为了其他母亲的幸福走向天国……

这一切都和我们平常采访的主题不太一样，以至于我们不知道该怎样最好地去表达。

回到北京，听到不少议论，由于这样的事件在过去几年中没有发生过，因此司法部的人士也没有一个准确的态度。姜世杰死了，身后的评价该怎么样，是烈士？似乎根本没有这个可能；是罪犯？善良的人不会同意；姜世杰的亲人该怎样面对？追悼会的措辞该怎样考虑？

这一系列问题都摆在人们面前。

我们用最快的速度编成了两集节目，原本打算在《东方之子》播出，但由于姜世杰身份的敏感，最后放在了《焦点时刻》中播出。虽有这样的变动，然而节目能够播出，我已是很感动。

节目播出之后，很多人对我在节目结尾处给姜世杰母亲鞠躬的那个镜头很不满意，认为一来记者应该客观，二来给一个救人而死但毕竟是罪犯的母亲鞠躬，会不会有副作用？

说实话，当时，我没想那么多，我只知道，我面对的是一个失去了儿子的母亲，他的儿子不管过去曾经怎样，毕竟用自己的一条生命换回了两个儿童的生命，在生命面前，有些珍贵的东西是该被我们尊重的。

至于说到客观，我想在当时面对姜世杰的那么多不客观的议论，也许我们该重新考虑一下什么才是"客观"。

姜世杰的名字果真在人群中消失得很快，除了事发当时的新闻效应引起人们的广泛关注，之后不久，这事就没人议论了。毕竟罪犯成了英雄，让人们多少有些不适应，与其矛盾地寻找评价，不如偷偷地遗忘。但如果他不是一个罪犯，是不是今天还会在人们的赞扬声中活着？

1999 年 1 月，一个叫张穆然的十七岁女孩在人们的关注中离开，面对她生前的坚强，大人们再也坚强不起来

从 1998 年开始，中国人开始向小女孩学习坚强，远在美国的桑兰，用灾难面前的笑容征服了不同肤色的成年人，然后让我们每个人内心深处都悄悄地问自己：如果这样的灾难降临到我的面前，我会如桑兰般绽放笑容吗？反正我的回答很让自己羞愧：恐怕做不到。

于是桑兰成了我们心中的英雄。

哪想到，半年后，又一个十七岁的小姑娘用坚强和笑容走进中国人的视线，她的名字叫张穆然。

接到《实话实说》组打来的电话，我的第一反应是：要做一期关于足球的节目，让我当嘉宾去侃。

但结果没有这么轻松，小崔告诉我：北京有个小女孩叫张穆然，得了不治之症，生命之路对她而言已经不长了，她有个小小的愿望，能不能和小崔一起当一回她喜欢的《实话实说》节目的主持人，然后在这个节目中见一下她喜欢的主持人……

生命进行到尾声时候的邀请，不会有人拒绝的，于是有了那期《实话实说》

节目，有了我们评论部五个主持人（敬一丹、方宏进、水均益、崔永元和我）第一次在一个节目中团聚。

但这种团聚的目的却是我们那么不愿意面对的一个事实。

和小崔一样，录节目之前我们很担心：会不会让有些人觉得这有"炒作"之嫌。甚至我提议，这期节目不播出，只做给张穆然看。但张穆然的愿望毕竟是做一期正常的节目，于是咬咬牙，进了演播室。说句实话，这期节目直到进演播室前，才知道，张穆然由于病情恶化已经来不了了。这个时候，大家意识到，张穆然离去的时间已经倒计时，我们必须加快速度，才能把这期节目让她亲眼看到。

而这期节目该怎样进行，由于张穆然来不了了，也一下变得方寸全无，然后只好用小崔的话壮了自己的胆：看着办吧！

随着节目一开始，大家在大屏幕上看到张穆然坚强的样子和灿烂的笑容，我们和现场的所有人一样都进入了状态，节目录制得很顺。

不过在节目中我谈了自己的愿望，别让穆然在医院受罪了，让她回家吧，生命的最后时刻能在家中，那是一种幸福。很多人觉得这有些残酷，但这确实是我当时最大的愿望。

一录完现场，我们一伙人就赶去医院。

我和赵本山是先到的，在病床上躺着、身上插着好多管子的小穆然一看见我们进来，马上绽放出笑容，我握住她的手，可她却抢先说："我的手比你的凉。"听了这话，我的内心开始流泪，但外表却要比什么时候都灿烂。那一瞬间，我为大人在孩子生命受到威胁时无能为力感到羞愧。

一会儿大伙儿都来了，大家都笑着，拿来的鲜花在病房里无所顾忌地盛开着，而属于张穆然的生命之花却在日渐凋零。

没有人心里会好受。当我们和张穆然告别，可能很多人心里都知道：这告别有可能是永别。回到家之后，我无法控制住一种和穆然永别的恐惧，我很想来个回马枪，于是给小崔他们打电话，希望同去，但小崔他们一回来就进了机房，以便尽早编出片子，然后明天一早让穆然看。我想这事重要，只好放弃杀回马枪的念头。

第二天早上，小穆然在医院看到了小崔他们送去的节目录像带，节目编导熬了一个通宵，只为穆然能快乐。幸运的是，这个节目抢在了死神来临之前和穆然见了面。

第二个晚上，受其他几位一起录节目同事的心灵之托，我又去了一趟医院。

我采访预测大师翁文波院士时，他依然以科学预测研究为生活全部。但当我们节目播出不久却传来他去世的消息，也许他老人家一直关注的是人世间灾难的预测，却唯独忘记了对自己生命的关照。

这次见到的穆然已经没有了昨天的灿烂笑容，病情急剧恶化，神智已经不太清醒。然而，只要一清醒，她就会艰难地对我们绽放出笑容。搏斗之中，死神的力量越来越大。

和穆然的父亲坐在医院的长椅上聊，才知道，穆然的坚强也许是一种遗传。她的父亲当初从北京到陕北插队，和当地姑娘结了婚，然后有了穆然。回北京之后，一直都是他一个人带着小穆然，直到前两年，爱人才从陕西办过来。两口子的工资待遇都不高，希望自然放在穆然身上。然而人世间公平的事并不多，灾难还是在希望到达之前降临了。

小穆然很平静地接受了灾难，但她从没有想到，灾难不可战胜。也许，小穆然和桑兰如此坚强，恰恰是因为她们的年少恰恰是因为年少时的乐观。

由于这时穆然的情况已很危急，病房里很静，大家都看着穆然床边的那台仪器，随着仪器上面各种数据的变化而让自己的心情起起伏伏。

在这很静的病房里，我注意到另外一张病床上的小姑娘。经过询问才知道，她才十六岁，和小穆然得的是一样的病，但由于是刚刚住院，还没有经历残酷的放化疗，因此一头黑黑的长发还在，我知道，在这个漂亮的小女孩面前，有艰难的路要走。

一个细节让我记住了这个小女孩，知道了她和穆然一样坚强。

陪在她床边的父亲可能实在太累了，正在打盹，但显然这个小女孩很疼，而她又不愿意叫醒父亲，于是我看见她用小手紧紧抓着床单而没有发出任何声响。我过去握住她的手，小声问她："是疼吗？"她用美丽的大眼睛告诉我：是的。

　　这个小女孩和穆然一个病房，也将和穆然一样，必须让自己坚强。也许她不会像穆然一样被社会关注，但我还是希望，等待她的结局不要像穆然面对的那样残酷，虽然我知道，这很难。

　　我想，在很多献给穆然的鲜花当中，也一定有很多是给这个小女孩的。

　　面对这两个花季女孩，人们很容易发现，命运并不是公平的，至少不像善良的人们想象的那样公平。走出医院的大门，想着刚才小穆然昏迷的样子，我知道，小穆然和人世告别的时间很快要到了。这个念头让我一路上心头堵得厉害，第一次体会到一种白发人送黑发人的那种复杂情感。

　　两天后，穆然走了，坚强没能成为死亡的对手，当我们几个主持人参加她那朴实的追悼会时，我一直在想：十七岁的女孩之所以坚强，是因为她还不知道为何要软弱，这一点让我们当大人的汗颜。

　　去追悼会之前，我写下这样一段文字：穆然已经走了，很难说我们曾经把关怀给过她，因为她最需要的其实不是谁谁谁来了，不是为她做了一个什么节目，而是生命！可偏偏这一点连医生都没法给她，而我们每一个人就更不可能了。

　　因此我很想找一个没人的地方，哭一场，然后把这件事忘掉。因为穆然随风飘向天堂，我们在人间曾经所做的一切可能都像思考一样，让上帝发笑了。

　　可在忘记这件事之前，我还是有个遗憾：我总想，家，该是离天堂最近的地方，我一直盼着穆然能够回家，在自己熟悉的环境中，在那股熟悉的气味中，安安静静地躺在父母怀抱中，笑着离去，谁愿意去天堂前，在人间最后的一项事情，是让医生帮助拔掉自己身上的管子呢？

　　穆然离去了，我们每个到过她身边的人又都带着各自的心情回到喧闹而争斗的尘世中，面对死亡，面对一个让人钦佩的十七岁，我们瞬间雅了一会儿，可穆然飞走，我们又将继续往回俗。可还是要感谢穆然，她让我们在急匆匆地奔走中愣了一下神，想了想平常我们不习惯面对的终点问题。

　　也许有些事该看开一些了。

　　穆然在天堂还好吗？

19

我明白，采访张中行这样的学问大师，我只有站在身后聆听的份儿，但能近距离地靠近大师，于我来说，已是幸运。因为每次对他们的采访都是一堂不交学费的课。

答问之间：把触动珍藏起来

对于我来说，每天的工作就是不停地向坐在或站在眼前的人发问，形式变化得不多，然而内容和采访对象却每日变换，走马灯似的采访就是我的工作。

我很喜欢这种问答之中的碰撞和沟通，眼前的人都是禅师，他们的回答和社会与人生有关，这句或那句之间常常藏着禅机，对我来说，每次和他们沟通都是一堂不用付学费的课。

节目只有八分钟或十分钟，最后大家看到的总是浓缩的东西，更何况有些问与答还得含蓄，仔细解释是鸡蛋碰石头。

就这样我问别人答，一晃六年多的时间过去了，今日有意回头，在一路上捡起一些闪亮的问答碎片，算作一种对岁月的纪念和被访人的感谢。

被访者：赵鑫珊　上海社会科学院欧亚研究所教授

问：为什么这个世纪的科学技术进步得很快，然而这个世纪的人们却依然需要十八、十九世纪的音乐来安慰自己的心灵？

答：人性的进化是很慢很慢的。

回答者是上海的赵鑫珊，他的专业该是研究哲学，而他对艺术和科学的热情一点儿也不低，因此人们习惯把他当作一位交叉学科的研究者。

在我上学的年代里，他的一本《科学哲学艺术断想》是我们手中的热门书，谁想到多年以后，他坐到了我的面前。

采访是完全在聊天的状况下进行的，摄像机的存在被我们有意地忽略了，甚至在采访结束时，赵鑫珊还对我们说：可以开始了，可见气氛之宽松。

我是突然想起这个问题的，可赵先生的回答却显然不是即兴之作。

一想也是，几百年一晃就过去了，表面上看，人类的进步很大，上了月球，创造了计算机，克隆了羊然后只要你愿意就可以克隆你这个人……然而这一切都是生活环境的进步，是人类社会外在包装的进步。可我们的内心却很难说比前人进步了多少，甚至有的时候会觉得没退步就已经不错了。否则我们怎么总在前人的各种艺术作品中深深地感到一种震撼和深刻呢？也许我们在对人类的进步赞叹不已的同时，也需要一些反思。我们在回首或前瞻时，总习惯于拿一个世俗的标准去评判去衡量，而这些标准总是物质的、外在的。我们为这些进步沾沾自喜，却早已忘了我们是人，快乐、幸福与物质的进步有关，但更与心灵有关。大步走来，你照顾好自己的心灵了吗？

赵鑫珊的这个回答帮助我明白一个道理：面对这个新来的世纪，我们会有很多的幻想，人们期待未来时总是乐观的，然而人性的进化是很慢很慢的，这就注定，在新的世纪中，人类生存环境以及外在包装还会急剧变化，我们很难想象这个新的世纪中，人们会生活在怎样全新的盒子中。然而这种变化却丝毫改变不了这个新的世纪还会有战争，还会有欺骗，还会有以大欺小，还会有背叛、有猜疑、有嫉妒……人性中所能制造出的恶在新的世纪中都将会有。

人性的进化是很慢很慢的。这个回答告诉我，总为表象的变化争相鼓掌是愚蠢的。也许我们该常常静下心来，走进人性深处，看看我们有哪些缓慢的进步！如果真的能有少许，那才值得我们快乐地鼓掌！

被访者：袁庚　深圳蛇口开发区的开拓者

无论人类的历史怎样弯弯曲曲，它都是走向前去的。爱迪生发明的那个电灯泡，最初实验的时候只是半秒钟亮一下，但它后来却把整个世界照得灿烂光明。

说这句话时，袁庚已是一位八十二岁的老人。说这话的地方在离他家不远的一处海滩，在蛇口，这块海滩难得地还没有开发。在袁庚家里，透过窗户就能看到这片海滩。老人已经不打算住在别处了，每天他就是通过窗户守着这片还未开发的海滩。海浪拍打着岸边，也会有很多的往事拍打着老人的心田。

说这话的原因是因为有人认为蛇口落后了，因此认为袁庚的本事不算太大，更何况他只是开拓了蛇口这么一小块地方。但老人的回答却似乎不是辩解，他早已从个人的利益中跳了出来，把一种精彩的感触交给了历史。

老人的语言并不激烈，甚至平和得没有任何煽情的色彩，然而当我听到的时候，内心深处却有种泪流满面的冲动。

二十多年前，蛇口是一片寂寞的海滩，然而刚刚从监狱走出的袁庚来了，这片海滩不再寂寞，封闭的中国也就此撕开了一个大口子，清新的海风从南风窗里吹进大陆，中国人的脸色慢慢不再苍白。

袁庚还做了许多，比如创造了"时间就是金钱，效率就是生命"这句价值千金的口号，还有在蛇口开发区搞政治体制改革等等，而这一切都是在袁庚六十一岁之后开始的。

时间过得真快，二十来年一晃就过去了。现今的袁庚步履已经有些蹒跚，然而思想却依旧活跃。历史当然从他这一页翻了过去，蛇口甚至深圳都已不像过去那么耀眼，但是当我们欣赏满园春色的时候，难道不该对当时的拓荒者致以敬意吗？也许再过一百年，蛇口已经默默无闻，不过但愿那个时候的人们依然能记住袁庚。因为未来的人们肯定不会像今天这样健忘和苛刻。

被访者：王火　作家　久居成都

问：您在"文革"中的境遇怎样？

答：你想啊，我是一个有着两千名学生的中学校长……

平时看影片，最恐怖的从来都不是直接在屏幕上看见鲜血和肉体的折磨，而是这种画面只在你的想象中出现，这才让你不寒而栗。

作家王火对这个问题的回答就有点儿恐怖到了高级境界的感觉。

王火是一个出色的但却少被人知道的作家。当他的《战争与人》获得茅盾文学奖之后，很多人都问：王火是谁？这让王火在老年之后又找到了一点儿文学青年的感觉。

金庸在杭州建了一栋别墅，修好之后却嫌太过豪华，捐了。不过我对他的采访依然在这栋古香古色的别墅里进行。"大侠"告诉我，他是名声有了，地位高了，但学问不见了。这话像禅语，留给人们好好参悟。

进入老年生涯的王火一直居住在少被文坛关注的成都，寂寞地做着自己认为该做的事。上百万字的作品是在原稿毁掉一个眼睛失明的情况下从头再来的，最后拿下了文学大奖。

然而在王火家中，那个下午宁静的采访过程里，却是王火对"文革"境遇的回答最让我震惊。"你想啊，我是一个有着两千名学生的中学校长……"

不愧为大家，话到了这儿，接着便没往下说。我沉默了一会儿，脑海中浮现出种种恐怖的画面，两千多名学生疯狂的热情，真不知陷身其中的王火校长当时是怎样面对的。王火越是没说，那幅画面在我的脑海中越是惨烈……

在我沉默的这一会儿，王火也沉默着，当我进入一个恐怖片情节中的时候，王火怕也正在不堪回首。

对那个苦难的时代，我们至今仍然缺乏真正的直视，也正是在种种的禁忌之中，表达的含蓄和含蓄中表达出的苦难让我们痛心疾首并拥有更大的震惊。

什么时候我们能够对那个时代说得更多？

被访者：宋健　原国家科委主任

我对马寅初先生非常佩服，非常佩服这位科学家终身坚持科学真理的精神，不屈不挠，在别人都放下武器的时候，他还继续战斗。

他在人口论和经济学方面的见解是正确的，但受到不公正的待遇。可是他宁肯单枪匹马地战斗，我知道我挡不住，但人绝不能在这种风浪中投降，要为学子做出榜样。

什么是科学精神？回答起这个问题来一点儿都不深奥，但贯彻就不像回答时那么简单了。

1＋1等于2，和平时期每个人都能坚持这个答案，但如果风吹草动后，有要人非得说1＋1等于3，一些人就开始犹豫。要人之所以为要人，正是因为他掌管着很多人的生杀大权，"顺我者昌，逆我者亡"。如果回答1＋1等于2的话，那就会大祸临头；而放弃科学精神，两眼一闭，张口就来"1＋1当然等于3"，则会柳暗花明，生命的前方又是一条灿烂的光明之路。

可见，有的时候想坚持科学精神，那是有可能掉脑袋的事情。但马寅初偏偏不信这个邪，科学就是科学，1＋1本来就等于2，怎么能昧着良心说等于3呢？

宋健是一位多年任科委主任的老领导，慈眉善目颇有长者之风，不过说到他尊敬的马寅初时，激动了。

我听着自然也很激动，因为我们都知道，一个民族的科学精神在强权面前丧失，灾难才会普降众生。如果我们都能在有人说1＋1等于3时集体说"不"，那情形该多么让人兴奋！

也许历史上的事我们今天看起来清清楚楚，而当时处在历史迷雾之中的人们却很难下个判断，于是观望，左思右想，在是与非的判断中选择了沉默。最后就让马寅初等少数几个人成为后人心中的英雄。

今天当我们呼喊着"科学技术是第一生产力"这句口号快速向前走的时候，别忘了，全民族慢慢建立起一种真正的科学精神，那是比生产力更重要的东西。马寅初当初孤独地成为英雄，正是为了后人高举起科学精神大旗时不再孤独。如果在以后的岁月中，再遇到风吹草动，又是少数几个人成了新时代的马寅初，那就实实在在是我们民族的悲剧。

尊敬马寅初是为了让他老人家不再单枪匹马。

被访者：褚时健　原云南玉溪卷烟厂厂长

问：今年您已经六十六岁，按常规，您已经是超龄服役了，你考虑过急流勇退吗？

答：我在六十岁的时候打了一次离休报告，六十三岁又打了一次，但省委省政府的领导同志，专业部门领导都不批准我休息。现在六十六岁了，省委省政府和公司领导同志又和我打招呼，让我把红塔山翻一番的工作搞完。我说，如果这个工作搞完了，你们再不同意，我就自己走了，反正不管到什么时候搞完，1997年再不同意我也走了，太累了。

首先需要声明的是，采访人不是我而是我过去的同事温迪雅。

当我非常偶然地翻到这篇访谈的文字稿时，看到这一问一答，顿时内心感慨万千。因为就在这个时候，褚时健已经因为严重的经济问题被判无期徒刑，政治权利被终身剥夺，妻子儿女都受到牵连……

采访他是在 1994 年，他正风光无限，但也正是他的经济问题开始悄悄上演的时候。

如果像采访中褚时健自己所说，到了六十岁写了离休报告后，有关领导就让他离休，会有后来的牢狱之灾吗？

人生根本经不起假设。

他年满六十写离休报告时是 1988 年，经济问题在他脑海中可能还没敢想，如果那时就退了，他将和家人用一生的时间迎接鲜花和掌声，因为他的业绩实在是称得上伟大！

1979 年他任玉溪卷烟厂厂长之时，这个烟厂在全国八十四个烟厂中排名第四十位，到褚时健被捕之前，他领导的厂子早已是全国第一，世界上都挂了号。

因此有关领导三番五次不让褚时健离休，谁想到这挽留最后竟把褚时健送进了监狱。1997 年本是褚时健在接受采访时所说的宣告离休的年份，巧的是，正是在这一年的 1 月份，他被立案侦查，7 月正式逮捕。

这回没人挽留，想不退也得退了。

褚时健上演的仅仅是他个人的悲剧吗？一个企业家无论怎样优秀，都无法得到该得的奖励，仅靠一腔热血和信念就能把艰难的国有企业搞好吗？这一切都符合市场经济规律吗？如果在他为国家创造的利润中，也能有一部分属于他自己，悲剧会上演吗？那么多国有企业陷入困境，企业家仅靠一种信念就能挽救国企于水火之中吗？

我当然不想为褚时健唱挽歌，但在褚时健案件的回声里面，我们不该反省一点什么吗？

被访者：张中行　著名学者

问：您曾经有个朋友生活比较困难，每到年节的时候，您都邮钱给他，可他在这一辈子都没对你说过一个"谢"字，但您仍把他当成生平最好的朋友？

答：能交到两个永远不说谢的朋友很不容易，人生能够交这样几个朋友最好，你得到人家的关照不说谢，人家得到你的关照也不说谢，心里边想就应该是这样子……

当张中行老先生在我的对面如此回答的时候，我的思绪在感动中开始走神，第一反应就是反思自己的身边，究竟有没有如张先生交上的这种不用说谢的朋友。

结果还令我满意，于是采访才能继续进行下去。

采访结束之后，在回来的路上，我又在想：今天还可以不对你说谢的朋友，明天会不会让"谢谢"脱口而出呢？

台湾歌者罗大佑在多年前就已经幽幽地唱出：朋友之间越来越有礼貌，只因大家见面越来越少……

现在的朋友间，忙得已是手机和呼机沟通的缘分，从小到大一路相守相伴的朋友越来越少，大家天各一方，音容笑貌都慢慢开始有些陌生，难怪诗人舒婷会在散文中感叹：人到中年，友情之树也日渐凋零。

因此便多少有些不甘，但挣扎着也往往在最后感受到一种无奈，再深的友情由于年久失修，多年后重逢也如初次相识一般生涩，为某些事情让"谢谢"随口而出已是再正常不过的事。对张先生来说，好的朋友间一生无谢字出现，已被几十年的人生岁月所检验，想赶上新形势重新开口来个"谢谢"，怕也难。可对于我们，过去朋友间虽没什么礼仪之需，但今后怎样，却需要几十年去检验。世道人心，我盼着好友间永无谢字出现，可实在不敢乐观。

因为朋友间想多多见面，这年头也真难。

被访者：贝聿铭　世界著名建筑大师

问：在北京的城市建设——您的这个本行方面，有哪些您喜欢或者不喜欢的变化？

答：北京的面貌可以说是有所改变了，但现在这个面貌是否真的应该是北京的面貌呢？我有点儿怀疑。我是建筑师，我觉得北京的新建筑不够好，老实说一声，材料不够好，造得快了，建筑方面也太商业化，做得快，做得便宜，一看就看得出，好在规划还不错的……

在省略号后面删掉的是："将来拆起来方便。"这话让很多人大受刺激。不过实话总不会太过顺耳。

对北京的城市建设，担忧的人绝不只贝聿铭先生一个。中华人民共和国成立后，从梁思成先生开始，为京城风貌忧心忡忡奔走呼号总是前仆后继，可悲哀的是，北京城在人们的奔走中越来越有些四不像。

也因此每当我到其他城市，嘴上夸的是京城的人文风尚，闭口不提建筑特色，因为值得一提的故宫之美，不是咱们这几十年修的。

北京城里的人倒的确是来自祖国的四面八方，包容是这个城市的人文品质，但在建筑风格上，没有自己的特色。今天西方风格，明天东方特色，后天来个现代派，找个空当再加上个中西合璧，北京城里的建筑就成了今天的杂乱无章。

用贝先生的话来说,好在规划得不错,将来拆起来方便。从这一点,我们得到了一点儿安慰,毕竟可以把现在的一些不好的东西当成过渡期的中转房,也许将来有条件再起来的建筑能使北京的建筑风格统一。

但每一栋楼都是耗费人民币盖起来的,如果今天花的钱起的楼能立得长久一些,是不是也是一种节省呢?可事已至此,我们又能怎样?

从下棋到规划城市到建设国家,走一步不能看后三步的,都不是好棋手。而在有些城市,我还听到老百姓抱怨:我们这个城市建设是一位领导一条街,每人上台都按自己的喜好搞一个形象工程,结果整个城市在换了几任领导之后,风格各自为政,再也粘不到一块去了。

这么一听,北京还算不错!

被访者:傅聪 著名钢琴家

问:您现在平静了吗?

答:我从来就没有平静过。从来没有。

这是最简短的问答,但在我问和傅聪先生回答的时候都似乎有些艰难。

作出这句回答的傅聪先生优雅地坐在我的对面,嘴里叼着一个非常古典的烟斗,烟雾之中是一丝不苟的发型和很贵族的笑容。

这个简短的回答之后,我们俩似乎都沉默了一下,那短暂的沉默在回忆之中显得非常漫长。

采访之前,傅先生和钢琴在台上,我和众多的听众在台下,那场演出叫"肖邦之夜",但那一个夜晚实在是属于傅聪的。

然而,整个一场音乐会,在傅聪先生的指下,我听到的都是傅雷、傅聪和肖邦混合后的声音,平常熟悉的那些肖邦旋律,总是时不时地在我脑海中插进三四十年前中国的一些画面和一些狂热的口号,这些感觉让我第一次明白,在现场听音乐的确有听唱片所比拟不了的优势。

当年傅聪游离海外,傅雷夫妇在压力下没能躲开"文革"的风波,双双自杀,留下一本未来影响中国知识分子的《傅雷家书》和一段傅聪心中永远无法平静的记忆。

万幸的是,傅聪身边还有钢琴陪伴,他告诉我,从1968年到1975年,他完全是一个人过,祖国正发生着"文化大革命",父母双双离去;海外漂泊的孤独;感情的重创……可还是有一件事情可以让他逃避:那就是坐到钢琴的前边,然后伸出双手,让音乐响起。

于是我以为,再大的苦难有了音乐的抚慰,并且有三十多年时光的流逝,一切都可以变得平静些。

可三四十年了，傅先生的心里依然还不能平静，那就注定了今生傅先生的内心已不会再有真正的平静。

想起来好笑，问傅聪先生之前我也该先问自己，面对傅雷一家的遭遇和那个奇特的时代背景，我们的内心平静了吗？

答案其实也和傅先生一样，更何况傅先生本人呢？

少有一本书如《傅雷家书》一般在知识分子中流传，在我和妻子结婚后整理各自书籍时，这本书是相同的收藏，而在我的母亲和我爱人的父母那里，这本书也是必备。与其说，我们在这本书中看到的是父子情、一种艺术与为人的修养，不如说还看到一种历史，一种我们彼此用血和泪走过的不堪回首的历史。

采访傅聪的时候，我开始有些担心，因为大师的手因疾病出了些问题，于是我经常祈祷：让大师的手能够健康地和音乐同在。对于傅聪来说，音乐其实是他最重要的宗教，而手则是引领他走进圣殿的路标。一个内心受过重创因而迟迟不能平静的人怎么能缺少音乐的抚慰呢？

问完这个问题，我对傅聪先生的采访已近尾声，最后一个问题我问的是："您很热爱莫扎特，在很多人眼里，莫扎特是个孩子，特别纯洁，也有人觉得，他的苦难经历其实决定了他最应该是接受别人安慰的，但他却总是仿佛一切都没有发生过一样在用最美好的旋律安慰着别人，那莫扎特是你的一个安慰还是你想要达到的一个境界？"

傅聪先生把烟斗从嘴上拿下："是境界。我想假如每个人都把莫扎特作为一个想要达到的境界，那这个世界会变得更好。"

采访在还有很多话想说的情况下结束了，遗憾的是，这次我认为属于精彩的访谈，由于种种原因没能播出，看样子令我们不能平静的并不只是历史。

被访者：蒋丞稷　著名游泳运动员

问：你现在仅仅把游泳或者说体育当成一种竞赛吗？

答：我认为不是，是一个民族、一种气势也是一个人的较量，它不光是肌肉，不光是体能，它是整个人的体现。只有当你在综合指标上超过他、超过别人的时候你才有可能赢。肌肉发达、四肢发达、头脑简单，我认为不适合运动员，因为体育是人的竞争。

我一直不相信这样的回答是出自运动员之口，直到蒋丞稷用这段回答告诉我：轻视运动员的思想是错误的。

其实蒋丞稷正是用他的语言表现赢得我尊重的。在亚特兰大奥运会上，他用两个第四创造了中国男子游泳选手参加奥运会的最好成绩，而两个第四也似乎并不能让人在一片金牌的闪烁中注意到他。

然而当他结束比赛面对记者镜头时，一番回答立刻让我对他刮目相看："两个第四是一种缺憾，但有时缺憾也是一种美。"

在一片肌肉与肌肉、速度与速度的比拼中，蒋丞稷的言语卓尔不凡。显然这不是一个一般的运动员，于是当我离开电视机的时候，我暗下决心，几天之后，我要在北京采访他。

采访果真在几天后的北京顺利展开，他没有让人失望，妙语连珠："我要让波波夫知道，中国有个蒋丞稷。"

"我希望能够做领头羊，去冲击世界强手，希望能做到告诉中国的男子游泳选手，跟他们说一句话：我们可以，我们行。"

但最精彩的回答还是他对体育的理解。如果说其他的回答是一种气质和男子气，那对体育的理解就进入到哲学层次，而我们千万别忘了：说这话的蒋丞稷当时才二十一岁。

这之后他的路并不顺，我们俩后来陆续见过好多次，然后我就更加明白：

采访别人的时候，我也经常被人采访，面对诸多的镜头和话筒，我能做到说的都是有价值的吗？

游泳对蒋丞稷来说，不过是自己和人生挑战的一个媒介。悉尼奥运会当然是他的一个梦，不管梦是圆还是碎，蒋丞稷都会向更优秀的方向靠近，因为我感觉得到：他是自己对自己比别人对自己更苛刻的人生选手。因此当我不再在泳池边给他掌声的时候，也许他会从另一个方面脱颖而出。因为他毕竟在二十一岁的时候就悟出这样的道理：只有当你在综合指标上超过别人的时候，你才有可能赢。

生命的赛场正是如此。

被访者：丁聪　著名漫画家

问：我听许多人说丁老之所以长寿是因为懒？

答：是，我吃肉，因为肉一吃就进去了，可鱼吃那么一点儿得挑半天刺，得不偿失，不吃。吃水果得洗手削皮，不吃。运动要出汗，为了多活几年花进去的本钱比多活几年要多得多，不练。我说听其自然，人家给你气受，气死你，那我就不生气。

丁聪老的长寿秘诀有点儿和常理背道而驰的味道，但我必须告诉您：丁聪不仅长寿而且长寿得很健康。然而如果您想照方抓药，按丁聪老的指示办，那可能根本不会长寿，因为丁聪老真正的长寿秘诀其实是心灵的随遇而安。

八十多岁的丁聪头发还是黑的，手下的漫画让人乐的同时多少也让人感觉到一些麻辣的味道。脸上都是笑容，以至于让年轻如我般的后生都敢应他的要求称之为"小丁"。

如果觉得"小丁"没吃过苦那就错了，在知识界浪迹了几十年，伤口显然少不了，但"小丁"依然会笑，这点很让人服气。

八十多岁还和六十多岁一样，非常非常让人羡慕。不过"小丁"也为此有好多不顺心的事，比如他有一个老龄优待证，但上公共汽车没有人会给他让座。说这段话的时候"小丁"也是笑着说的，就像是在给我们讲一个有趣的段子。

这样的心境比什么补药都灵，于是不吃鱼不吃水果不运动照样长寿，这让好多寻找各种方法让自己长寿而不能的人郁闷。

采访结束，丁聪老把他的座右铭抄给我们，仔细一琢磨，又是一种长寿秘诀，拿出来大家一起分享："岂能尽如人意，但求无愧我心！"

被访者：徐益明　原中国跳水队主教练

问：作为中国体育史上取得连冠次数最多的一个主教练，在其他教练面前的自我感觉怎样？

答：像鲁迅所说，"世无英雄，遂使竖子成名"。我也有这样的感觉。我不敢大声说话，如果大声，那还是为了跳水事业。我这个人当第一把手可以，当第二把手也可以。不过当第一把手有创造力一些,当第二把手可以很服从的。

问:你这与众不同的性格或者说个性,是不是也开罪了很多人?

答:像我这样,的确是得罪了很多人,肯定有些人不喜欢我。也不要紧,这个地球照样转动。要工作的人不会没有缺点。只有躺在那个地方不干活的人才会没有缺点,才容易算计,他有时间,我没时间。

徐益明在说这番话时,还是声名赫赫的中国跳水队的总教练,训练馆里热气腾腾,一时看不出来世界上哪一个国家的选手,有实力从老徐这儿抢一块金牌。但现在老徐已经不是总教练。中国跳水队也没过去那么战绩辉煌。好在老徐原来调教出来的伏明霞和熊倪又在危难之际重新出山,让日渐凋零的中国跳水队这个花园显得色彩鲜艳一些。

功臣徐益明为什么会被解甲归田?回头看,当初徐益明的回答里,已经透露出很多信息。

在中国,比较有个性的教练一般来说结局都不是特别圆满。

因此,有个性的教练要么先收敛自己而后争取拥有好成绩,要么一直拥有好成绩让别人奈何不了你,徐益明属于后者。连续十七年,所有世界级大赛上中国队次次得金牌,那些半夜睡觉都可能对徐益明咬牙切齿的人也一时拿徐益明没什么办法,但后来实在忍不住了,于是吹起改革之风,改了机制,也改了徐益明的位置,一代名教头落得个要争一口气跑到南方办跳水学校的境地。不过我相信老徐会取得成功。

个性特点明显的老徐偏偏爱国,外面那么多邀请老徐怎么也不动心,非得在故土干出点名堂来。

老徐从一把手的位置上下来,中国跳水队就开始危机四伏,竟然在随后的大赛中,把奥运项目的金牌都丢了。一直被老徐压住的萨乌丁,也在中国跳水界内乱之后,成了压住中国选手的冠军王,我想老徐看着这种状况是咽不下心中的那口气的。

什么时候,有些人也能雅量大一点儿,能人即使不让自己高兴,但如果能让国人高兴,能取得显著的成绩,那就快快乐乐地用他,免得像徐益明这样的金牌教练,那么大岁数了,还得背井离乡从头再来。

20

作家韩素音一直住在瑞士，采访她的过程就是走近一段传奇的生命故事。时常拥有这样的机会使我"渴望年老"的念想一步一步向前推进着。

生命故事：别问人生是什么

我相信，在我的这本书中，"生命"这两个字出现的频率一定很高，这并不是因为我的刻意，而是这两个字每天都会莫名其妙地走进我的脑海里几次。

我的工作是和人打交道，尤其采访"东方之子"，一句"浓缩人生精华"，更是要求自己必须像个看客，看一个又一个采访者如何在生命的舞台上触目惊心地演出着。这个世界上，没有什么比生命更富于变化的。自己年轻时很单纯，曾经以为对生命知之甚多，随着自己的成长，随着眼前别人生命故事的接连上演，生命到底是什么，已经越来越是个疑问。

虽是一个看客，看着别人在舞台上演各种各样的生命故事，却不会总是一味地鼓掌或叹息，毕竟自己也是个演员，也在自己的生命舞台上翻滚与挣扎。有些生命的故事是相通的，而有些又太过不同，但正是在这很多的不同之中，我们明白了生命的万千可能。

季羡林

住在北大朗润园的季羡林老先生，作为学者写成的那些专著，我们绝大多数连听说都没有听说过，即使听说过，打算拿来一读怕也是读不懂的。但这并不妨碍文化人会把季老当作一面旗帜。因为读不懂的是他的专著，而更深刻却容易读懂的是他生命中的无数故事和人生态度。

有一年北大开学，一个外地的新生入校，拿着大包小包，走进校园后，实在坚持不住了，便将行李放在路边，正在为难之际，见前面来一布衣老者，于是请求老者帮自己看一会儿行李，老人爽快地答应了。这位新生如释重负地去办各种手续，很长一段时间过后，新生回来，老人仍在尽职尽责地看守着行李，谢过，两人分别。

又隔几日，北大召开开学典礼，这位新生惊讶地发现，在主席台上就座的北京大学副校长季羡林，正是那一天为自己看行李的老人。

我一直不知道，那一瞬间，这名新生的感触是什么，但我想，对于季老来说，那件事已是很自然地忘记了吧？

多年以后，又有一个美丽的故事在季老和学生中间上演。

新学期，一群年轻的学子相约着在一个中午去朗润园看望季老，到了门口，却开始犹豫：正是中午时分，会打扰了老人的休息吧？于是左思右想，终于有了主意，众多学子用一根树枝，在季老家门外的土地上，留下各自的问候话语，然后欢快地离去。

这是我在北大听过的最美丽故事之一，而把这个故事上演给季老是一种后辈给前辈的尊敬。已经不太知道，年轻时的季羡林是一种怎样的性格，但到了晚年，季老总是平静的，即使在夫人和女儿相继去世之后，我见到的季老，依然没有把那份忧伤写在脸上，平静中有了一种对生命中酸甜苦辣滋味的超越。

但季老的内心真的是平静的吗？尤其在中国，作为一个知识分子经历了这个百年。

在季美林先生的书房里，外面的喧哗之声丝毫都听不到，回顾几十年的学者生涯，季老在别人的一片崇敬和赞许声中异常平静："我分工就分到这条路来了，我也知道玩玩、吃吃、喝喝、乐乐，当然痛快多了，但就是欲罢不能。中国文化和世界文化之所以能够传下去，还是要靠几个人甘坐冷板凳。"

听一位北大的朋友讲，在北大百年那一个喧闹的庆典之中，常常见到已是八十七岁的季老一个人在树林中或是未名湖畔，一坐就是几个钟头。

这个时候的季老是平静的吗？

启　功

我们都习惯于把启功的全名理解成"爱新觉罗·启功"，但他自己却坚决不这样认为："有人给我写信来，信封上写着：爱新觉罗·启功，那我瞧都不瞧。有的时候我告诉人说：查无此人。你要到公安部查全国的户口，没有一个叫爱新觉罗·启功的。"

我们习惯把启功先生理解为大书法家，但他自己似乎并不这样认为。

"一位老长亲要我的画，他第二句话就说：你别落款，让你的老师给落上款。这下子给我的刺激很大，我这字不行啊！他不要！这样子我就发愤练字，干吗呢？就为在画上能题上字好过得了关，及格。多年以后，……书法家协会主席退了，我有事正在上海，协会缺席判决：让启功当主席，这下子又给我增加了一点儿虚名。事实上，我那字没当上主席时还好点儿，现在当上这主席，大伙都要求给写字，这一下子就成了大路货了，都是伪劣产品。"你看，启功老先生就是这样，你说一他偏说二，以让人接受的小恶作剧为乐，你指东他偏指西的一个被采访者。按理说，这样的被采访者是最糟糕的，但启功先生却是我最喜欢的被采访者，因为他正是通过幽默以及把人们看重的东西看淡来体现着一种深刻。

启功老先生的幽默出了名，路遇学子，人家问他最近怎样，他答："不好，鸟呼了。"众人不解，启功老先生解释："一场大病，差一点乌呼了，鸟字不是乌字差一点吗？"

众人皆乐。

我采访完先生之后，启功老问："什么族？"我答："蒙古族。父亲蒙古族，母亲汉族。"启功老一乐，接着双手举上头顶，手指却耷拉着，我不解，启功老又一乐："咱俩一样，纯种狼狗耳朵都立着，不纯的耳朵才耷拉着。"

于是我们开始一起乐。

但是也有启功先生乐着说，我却怎么也乐不起来的事儿。

有一天半夜，启功先生突然胸口发闷，憋醒了，以为是心脏病，这下子坏了："还有什么重要的事呢？我想要有就写下来点儿，假定叫遗嘱吧！总得有点儿内容有点儿题目，想一想，也没什么事，这样就睡着了！"

启功老是睡着了，但他讲过的这件事却让我睡不着，加在启功先生身上的盛名实在是太多了，但夫人多年前就已去世，加上没有子女，于是让一个国宝夜半时分醒来一个人孤独地想后事，这种感觉实在不好，幽默有的时候是喜剧，有的时候未必。在每天快快乐乐的启功先生面前，我总是觉得：笑容有时和严肃离得很近。正如他的好朋友张中行先生所说："如果仅仅看到（他的）幽默就会上当，他风趣的后面更多的是严肃。"

食 指

食指是一个诗人，他写的很多诗影响了很多人，但对我而言，他用自己的经历写成的无言之诗更具震撼力。不过，这首诗很难归类，既没有古典的对仗，也不像朦胧诗般充满理想和对现实的怀疑，非要归类的话，也只有划到后现代或是黑色幽默之类。

食指在 1968 年写成的《相信未来》可能到下个世纪的 2068 年依然会当做经典。

"当蜘蛛网无情地查封了我的炉台 / 当灰烬的余烟叹息着贫困的悲哀 / 我依然固执地铺平失望的灰烬 / 用美丽的雪花写下：相信未来 / ……"

可惜的是食指相信的与热爱的未来都以相反的方式回报了他。

写完这首诗后不久，他和很多同龄人一起去上山下乡。短短几年以后，他的同龄人面对残酷的现实依然用他的《相信未来》支持温暖自己，可食指却坚持不下去了。七十年代初，他因精神分裂回到北京，从此住进北京市郊的北京第三福利院。这是一个收养无依无靠、无经济收入及复员退伍军人中精神病患者的福利院。

不要以为我们从此就可以一眼看出食指与我们有什么不同。让他换下病服，和你交往一段时间，你一定会觉得他很正常，并时常会为他精彩的思考而激动不已。但熟悉他的人知道，当他设想未来和描绘身边现实的时候，他说的是一种美丽的谎言，有些是不存在的，有些是根本实现不了的。

他现在会继续喜欢崔健，会在吃饭时尽量不剩饭菜，会出席签名售书，会听说旧时的朋友回来了，就急切地上门询问人家又写了什么好诗，然后听说人家根本好久不写了也不失望立即开始念自己写的诗，会比过去还深刻地说出："艺术应当是璞而不是玉更不应该是精雕细琢的玉器。"

不管怎样，食指依然在物欲横流的世界里坚守着自己精神的世界，虽然让人看着有点儿辛酸，但谁又能知道，是他不正常值得同情还是我们都已不正常值得同情呢？

在上一个世纪里，有一个叫食指的诗人，由于《相信未来》，而住进了精神病院，至今没有痊愈。

张岱年

采访张岱年老先生之前，他年轻时的为人与处世方式给我留下了狂傲的印象。

初中毕业时就写下了终生志愿："强中国，改造社会，成或败，退隐山林。"

十九岁考上清华大学，因不愿意军事训练而退学，后又上北师大，喜自学，不爱听课。

二十多岁时，胡适在中国文化界可谓一棵参天大树，但张岱年先生敢于对胡适先生的某些观点提出全面批判，让人看出后生的勇气来。

带着这些年轻张岱年留给我的印象，我走近了老先生。他的家中面积很小，书占去了大部分空间，物品摆放杂乱无章，家具陈旧而不讲究，中秋时的月饼时至寒冬还在家中放着。由于家中无洗澡设备，因此必须去公共浴室，但年已过八旬，腿脚不便，洗澡成了他们老两口最担心的大事。

而坐在我面前的老先生早已不是当年后生可畏的张岱年，用他自己的话来说：历尽坎坷，性格早已外圆内方。

有时老先生一句话要重复个两三遍，对人的态度多少有些谦恭，早年的那个张岱年是不见了。面对这种变化，我的心不停地下沉，因为我知道，变化的原因不是年龄，而是一次又一次的运动对他的冲击和洗礼。

1957 年他被打成右派，一些熟人见面如同不相识。

"文革"中住房被换成小的，不敢违抗，于是卖掉四平板车的书，又卖掉一个书桌。

1958 年被下放劳动，农民对他表示同情，让他感慨万千，同时反思：自己遭受厄运是自己狂傲不慎所致。

"文革"中参加劳动，由于喝水不易，养成早饭后喝一杯水，午饭前一大杯，午休后一大杯，晚饭前一大杯，其余时间不喝水的习惯。

年轻时希望自己成为学术大家的希望也终于破灭，开始得过且过。

…………

改革了，开放了，张岱年如同经历了漫长的冬眠，终于开始慢慢地复苏，重新走上学术之路。但年轻时的那份傲气却在岁月的冲刷之下荡然无存，谁还能够说：江山易改，本性难移！采访结束，老先生和夫人（冯友兰先生的堂妹）下楼来送我们，张老脚踏布鞋，身上穿件蓝呢大衣，这是他 1955 年置下的家私，但我仔细观察后发现，上面只剩下一粒扣子。

我说了一声"保重"，然后与老人分别，至今未再见面，不知洗澡问题有没有好好地解决。

杨振宁

一个科学家该是一种什么样的形象，这不太好下结论。但与杨振宁交谈，却很容易找到一种面对大师的感觉。这恐怕是杨先生所关注的问题和好多有关他的故事，都已超越了科学的范畴。

不太肯下定论，但相信以下这句话是出自杨先生之口："物理研究到了尽头就是哲学，而哲学研究到了尽头就是宗教。"我想能拥有这份感悟的科学家，关注点当然不会只在科学本身。

1977 年 1 月 30 日晚，在以杨振宁先生为会长的全美华人协会和美中协会举办的欢迎邓小平副总理的晚宴上，杨振宁以一个政治家的眼光说道：

"邓副总理的访问是近代史上一个具有分水岭性质的发展，国际关系从此开始新纪元。"

相信熟悉他的人不会为他讲出这番有穿透力的言语感到惊奇，因为早在1971年，中美关系刚刚解冻，杨振宁先生就成了来华探亲的第一位美籍华人。争得这个第一，从某种角度来说，是一种夹杂着历史分析后的勇气。

单士元老先生在故宫待了七十多年，成了故宫文化研究方面的守护神。用他自己的话说，每天不到故宫转一转，心里就不踏实。现如今，老先生已经过世，不知故宫会不会孤单了些。

在这个世界上，在自己研究的领域取得杰出成就的科学家非常多，但如杨振宁般远远超越科学达到另一个高度的大师并不多。也许话还可以反过来说，正是视线超越了科学的范畴，杨先生才在自己的本专业上获得了那么大的成功。

和杨振宁有关的故事中，最让我难以忘怀的还是他和邓稼先的故事。邓稼先是我国的两弹先驱，他和杨振宁是从小一起长大的好朋友，但各自的道路却迥然不同。

七十年代初，当邓稼先告诉杨振宁，中国原子弹和氢弹的研究没有一个外国人参加时，杨振宁激动得热泪盈眶，不得不去洗手间整理面容。

当我采访杨振宁先生时，邓稼先已经去世很久，我陪着杨先生和夫人去八宝山为邓稼先扫墓，当然所谓的扫墓只是把骨灰盒从架子上拿下来，然后拂去上面的浮土，但杨振宁先生却做得极其认真，当骨灰盒上的浮土被他细心拂去后，我觉得，拂去的还有历史在他们两人友谊之间制造的距离。

如此密切的一对朋友，却有着两条迥异的人生道路，而赢得的尊敬却是一样的。只不过，杨先生一生都在面对鲜花和掌声，而邓稼先却更多的时候是默默地做事，在人生终了之后才面对永远的尊敬。

不过对于他们两人来说，真正永恒的是友谊。

孙 恂

我们绝大多数人活着，理想如万花筒般复杂变换，而对于有的人来说，能活着，本身便是生命中最大的理想。

在病床上已经躺了三十八年的孙恂就是这样。

十九岁的时候，如花一般的年华刚刚开始就结束了，一种叫做"重症肌无力"的病把她击倒。所有她身边的人们都从医生那儿知道，她这种病最多只能活五年，然而，三十八年过去了，孙恂依然活着，而且越活越好，并开始帮助一些健康的人活得更好。

数字是枯燥的，但枯燥数字的背后，是一种生命中艰难的抗争。

病后九年能顺畅呼吸，十七年后能自由翻身，二十五年后吞咽不太困难，二十七年后能洗衣做饭。

然后用一生去做一件事——活着。

现在的她依然在床和轮椅之间两点一线，每天一包感冒冲剂，因为小小的感冒对于她都是致命的。原来住平房的时候，用四年的时间学会了从房间到大街上晒晒太阳，后来搬到楼房，虽是一楼，但房间到外面的八级台阶，却把她重新困在屋中。打官司，要求落实《残疾人保障法》，赢了，但九年过去了，楼梯依旧，阳光，对于孙恂仍然奢侈。

不过，孙恂之所以令人尊敬，是因为她绝不满足于活着，她的力量也正是因此而产生。

1981年，她就发起了中国第一个"病残青年俱乐部"，宗旨是"自立互助"，同时，她又在中央人民广播电台《残疾人之友》节目中主持着"孙大姐信箱"，有了网络，孙恂又迷上了电脑，散发自己的光和热，她拥有了新的渠道。

以爱为生的孙恂自然得到了很多人的帮助，多年以来，她那间清冷而略有些灰暗的小屋从没有真正寂静过。但与其说，走进走出的人们是在帮助孙恂，不如说，正是在靠近孙恂的过程中，人们的精神得到了救助，帮助孙恂就是在帮助自己。

孙恂会活得更好，而一些健康但活得不太好的人，在经过孙恂身边之后，开始学会活得好一点儿。

曹春生

有些做了大好事的人，并不是一开始就想做好事，比如说河北的曹春生。

想当年，曹春生做企业家的时候，过的是一掷千金、饭店舞厅之间转悠的生活。直到有一天，曹春生陪一个客人到公园聊天，买的易拉罐饮料放在脚边，可聊着聊着，几个小流浪儿把易拉罐偷走了，这让曹春生大为生气，臭骂了一通之后，问小孩：怎么不上学？孩子答：穷。曹春生一冲动：我给你们出钱。

没想到，这一简单的冲动，就把曹春生今后的生命之路改写了。捐完钱后被学校尊敬地请上主席台，这阵势，曹春生以前没见过，于是头脑一热又拿出更多钱，再到后来，没人养的穷孩子几声"爹"，就让曹春生心头一热："我办个儿童村吧。"于是就有了河北邢台东方儿童村。

"穷"这个字，曹春生原来是没有太多感悟的，但收来的孩子在他这儿吃冰棍，半夜查房，睡着的孩子们依然叼着冰棍的木棒，这个场景让曹春生泪流满面。从此他在行善的路上"在劫难逃"。

曹春生当然想不到，一个小小的儿童村慢慢地壮大，竟让他原来的生意一天天惨淡下来，终于有一天，儿童村里孩子们的脸色红润起来，而曹春生的钱袋却干瘪下去。这个过去不太拿钱当回事的人重新知道了没钱的苦处。但身边孩子一句又一句的"爹"，让曹春生背负起沉重的责任，想轻松地一个人走回经商之路不太可能了。

社会各界开始伸出援手，于是容易激动的曹春生经常泪流满面。我相信，

孩子的事不能让曹春生一个人扛着，《东方时空》开播六周年的时候，我们在石家庄办了一场球赛，之后为曹春生的希望儿童村捐了22.6万元。但这钱只能救一时的急，儿童村办下去，还需要善良人的爱心不停传递。

当年经常和钱打交道时，老曹不会这般敏感和脆弱，可是与人，尤其是与孩子打交道，泪腺就慢慢发达起来。

虽是一时冲动最后走上行善之路，而且自己也由过去向别人施舍到向别人伸手，但老曹没有多少悔意。只是老曹在这几年间，头上的白发明显地多了起来，当初还多少有点儿企业家的派头，现在在他身上是一点儿也看不到了，看到的形象是非常职业的一个爹。

他的生命故事有了这么大的改变，不能不让看演出的人感慨万千，如果当初陪朋友进公园，没有买那两罐饮料，今日的曹春生会过着怎样的生活呢？

武 和 平

当年一部《9·18大案》让破获了这起大案的开封市公安局局长武和平成了家喻户晓的人物。不过武和平被人熟知，绝不仅仅因为电视的影响力，还应该加上武和平身上那种强烈的儒警味道。

在《9·18大案》中，我最喜欢的一场戏，是罪犯抓到之后，武和平和他面对面如同围棋一局终了胜负已定之后的复盘。没有高声调，一切都是心平气和的讨论，这样一个场面让我知道，武和平是一个喜欢斗智的人，斗力对于他来说显得过于简单因而不够刺激。

由于这个案件的轰动，武和平成了我的采访对象，在他过去生活中不太为人注意的故事开始显现出来，让我明白了今日的武和平从哪里走过来。

当年武和平非常想进有围墙的真正大学，但是由于时代的原因，这个机会他并不拥有。于是有一天，年轻的武和平在郑州大学的围墙外哭了半个小时。这半个小时或许对于武和平来说是人生重要的半个小时。

有过这样的眼泪，书本的重要性在他的心目中自然是至高无上的，于是从1975年起，他每天5点起床，啃各种书本，直到成了作协成员，拥有了各种文凭。

但学问并不是帮助武和平与众不同的唯一原因。在武和平的生命历程中有一个戏剧性的场面是别人很难经历的。

有一个和武和平一起长大的兄弟，本是很好的一个人，可由于意气用事，走上了犯罪道路，最后在执行枪决的现场，武和平作为公安系统的人在喊口号。这真实而有些残酷的场面，一定在武和平心里留下了一种剧烈的震荡。

一个姓武的人偏偏喜文，一个和罪犯打交道的人偏偏叫和平，从古老的开封走出却被人认为是极具现代感的警察，这一系列的反差很协调地出现在武和平身上。以至于到了今天，武和平已经是公安部宣传局局长，但在我心中，他依然是一个文化人，否则他怎么会坚决把儿子送到开封书法家那里去学很少有人能写好的魏碑呢？

在庞大的一个标题"生命故事"下，只写了八个人的故事，不知您看过以后会怎么想？

生命与人，是我思考最多却是最不敢触碰的命题。在我采访过的四百多人当中，让人激动与深思的故事有很多，但对于我这个刚过三十岁不久的人来说，自己的生命还需要发掘。我总是固执地相信，这篇"生命故事"只是一个开头，那过去一些年中我阅读过的生命故事和未来将观看到的人生舞台上的演出，一定会以一种更精彩的方式在将来一个安静的书桌上等待着我的笔。

我也在等待着那之后我们的再次相遇。

世界很大很辽阔，但对于现实生活中的我们来说，这世界又突然变得很小。于是，我们需要逃离，有时只要打开眼睛和耳朵。

阅读体验：从现实中逃离的方法之一

对幸福的理解，每人各不相同，陆陆续续的采访中，问过很多人关于幸福的理解，也听过不同的人给我描绘过所谓幸福的那种画面，时间长了，也难免问一下自己，回答之前，眼前先有一幅画面出现。

大约是头一天刚刚完成一项比较重要的工作，效果还算不错，而短期内也不会有什么工作需要自己介入，有种"偷得浮生半日闲"的感觉；这段时间最好是在初秋，日子总是晴的，却依然有些风，最好微凉，然后在打开门窗的家中，让背景音乐若有若无地响着；手中终于拿起一直想看而没有时间看的书，书页有时是自己翻的，有时是被风翻的，看一会儿，投入进去，又看一会儿，走走神，困了就打个盹，醒来再回忆：我看到哪儿了？

这就是我认为的幸福，其实实现起来并不难，但可惜的是：即使不难也难得实现。

人过三十，再谈到阅读，早已过了功利的阶段，翻书，不再是为了拥有一种谈资，或是填补头脑中的哪项空白，除去工作中的翻阅资料，生活中的阅读已经变成一种纯粹的快乐。也因此需要一种很好的心情，更需要拥有一段能让自己放松的时间，但痛苦的是：偏偏这两点我难得拥有。

也因此才有了我幻想中的幸福画面，虽然简单却相距遥远。

放松的阅读已经成了一种奢侈，对于现代人来说，这该算作一场悲剧。

几年之前，读过一篇散文，是武汉女作家方方写的。由于她工作实在太忙，有很多想听的音乐没时间听，很多想看的书没有时间看，直到有一天，她住了院，谁想到，音乐也听到了，书也看上了，于是，开始喜欢上住院的生活。看完这篇散文，我想，医院如果都成了现代人精神的避难所和补养地，那我们平日的生活实在有该反思的地方。

但必须承认，方方的感叹又是我们很多人共有的，在我的身边，就有一个真实的细节。《新闻调查》的王利芬是公认一心扑在事业上的女强人，忙是她的生活特征，但是有一天，她走进电梯，却突然被电梯里放的音乐深深地打动。这位音乐素养较高的女士，悲哀地发现：自己已经很久没有听过音乐了。

医院里看书，电梯里听音乐，然后感慨万千，再然后是继续原来的脚步。相信出了院的方方继续忙，而迈出电梯的王利芬还会有许多不听音乐的时光。"现代"这两个字，已经让我们的脚步不再受自己控制。

在我的很多同事家里，大都有一个装满书的书架，然而正如我的同事张洁幽默的说法："每一本书就像三宫六院里的嫔妃，而我像皇帝，不知哪一天会高兴地去宠幸哪一位。"但悲哀的是，我们这些皇帝，每天奔波之后，回到家中，明知书架上的嫔妃很好，只可惜，回到家倒头就睡，早就没了和嫔妃亲热一番的热情。

很多年前，听过台湾歌者李宗盛幽幽地唱过一首"忙与盲"的歌。"许多的电话在响／许多的门与抽屉／开了又关　关了又开　如此地慌张／我来来往往　我匆匆忙忙／从一个方向到另一个方向／忙忙忙　忙忙忙／忙是为了自己的理想／还是为了不让别人失望／盲盲盲　盲盲盲／盲得已经没有主张／盲得已经失去方向／忙忙忙　盲盲盲／忙得分不清欢喜和忧伤／忙得没有时间痛哭一场。"

当时听这首歌只觉得很有趣也还算好听，今天再听，才知道李宗盛多年前唱着他自己的生活也唱给我们当预言。今天预言已成真，忙果真和盲紧密相连。如果搞电视的人，连捧起一本书的时间都没有，那盲一定会在不远的前方悄悄地等着我们。

而我不止一次听过电视同行和我诉苦：几年里连看本书的时间都没有。每听这样的话，我都会紧张好久，暗想：我会不会也这样。

当然也知道，这种忙着忙着就盲了的节奏不是电视人专属。在校园里读书的孩子都偷偷溜出校园参与这份忙，身在忙中的人又怎能清静下来呢？于是我才明白，那些装饰书店里为什么会有空壳书卖，而且还有很多人买。

由自己的幸福谈起，没想到几笔过后就演变成了诉苦与担忧，一章本来关于阅读的文字竟悄悄变成对现代病的抨击。不过也好，忧字在先，之后就该是乐。言归正传，还是回到阅读体验中去吧！

阅读过程中的三次蜕变

十岁之前，除了小学课本，我没有和阅读有关的记忆。父母都是知识分子，以教书为职业，但说自己出生在书香之家，这的确有些夸张。家中的书那时虽然很多，可真正能读的极少，都是时代造成的。我怎么也不会在童年时捧起《毛泽东选集》来体验阅读的快乐吧！但十岁过后，这一切都变了。

可以说我的阅读热情是被我母亲调动起来的。1978年过后，文学热开始席卷全国，我生活的那个边疆小城也同样。每天母亲下班，在她的包里，总会找到可阅读的杂志和重新露面的小说。那时的我们不像今天的孩子这样幸福，有属于自己这个年龄阅读的书籍，我们那个时候可是大人读什么书我们就读什么。哥哥上大学走了，我和母亲就以读书为己任，什么伤痕文学，什么解禁的文学名著，年少的我拿来就看，慢慢就上了瘾。

到后来，仅仅依靠母亲带回来的书，我已经有些吃不饱。而在当时的海拉尔市，只有两个图书馆，我就利用母亲的借书证，开始每天在两个图书馆间奔波，书越读越杂，每天都在读书中充实着。

这段日子里，书为我这个边疆的孩子打开了一个新的世界，原来以为，世界就像家乡的小城一样大，而走进书中，才知家乡之小。于是幻想与好奇就开始萌生，越幻想越好奇，读书的渴望也就越强烈。少年时的读书生活，是极度的饥渴造成的，每一本书都帮助我消灭头脑中的一点空白。于是像很多不听话的学生一样，上课的时候，假装听课，却在书桌里藏着课外书，一边听课一边阅读，共被老师没收过几本我已记不太清。但正是在这种饥渴的阅读中，伴随着视力的下降心灵的视力就开始变得敏感起来，直到考大学的前一年，这种阅读的热情才开始稍稍收敛。

上了大学，读书终于成了正业，那正是文化热的时期，上大学时阅读，已和年少时的饥渴状态大不相同。读书多少与时尚有关，也多少和增加自己的谈资有关。不得不承认，大学时的阅读，功利色彩明显增强，从尼采到萨特，从叔本华到老庄，我都似懂非懂地阅读过。不过驱使我阅读这些书籍的真正动力，是因为大家都在读，我不读，明天能和大家聊什么呢？整个大学期间，虽有三毛、金庸、古龙调剂着我们的阅读口味，但读书中的思想走向却不可阻挡。周围的大环境就是这样，文学家和哲学家的讲座是最受我们欢迎的，文学持续坚挺，哲学红火，新思潮层出不穷，西风东渐的潮流不可阻挡。在这样的时期里，旧的被批判着，新的被争议着，校园里热情而不得要领的唇枪舌剑慢慢把我们逼进思考的空间，这是大学阅读中最大的收获。更何况，这段时间的阅读还开始引导我们关注人生关注人性，为以后走进社会，走人生的长路做了最好的精神准备。

从大学中走出，读书不再是生活的主业，年少时的阅读是因为饥渴，大学时的阅读是因为时尚，为拥有谈资，那走出校园后的阅读就开始是为了自己，读书成为一种生活习惯，成为日常生活中的一项内容，也终于成为一种快乐。

在现在我的生活中，一天中的阅读很明显地分为两部分，一部分是靠近现实，那就是晚饭前看当天的报纸杂志，这种习惯不仅仅是因为自己搞新闻，我非常清楚，即使自己做其他工作，这种关注当前社会的阅读习惯也不会发生丝毫的改变，谁也不想遗忘这个世界或被这个世界遗忘。从某种角度来说，这种向外的阅读是一种资讯依赖或者说是治疗社会性孤独的药方。

而晚饭过后直到睡觉之前，阅读于我就是向内的。在这段时间里，我读的书很少和我的工作有直接的关系，或是音乐家的传记，或是音乐方面的文章，或是一篇散文，或是一本可以连续阅读的小说。这时候的阅读，才真正变成一种快乐，往往有音乐做背景，偶尔走走神，书开始真正地将我不停地放飞。

当然，这是一种常态下的阅读，但做新闻的，生活被自己掌握的不多，也许刚刚拥有了放松的心情，呼机响了，一切就都乱了，也因此，读书便时常在非常态下进行。

从阅读的角度说，每次出差都是一次不错的机会。首先是来回飞机上的那几个小时，那可是丝毫不会被干扰的阅读时光，也因此，每次出差前，往包里装书时，都有一种难得的快乐，面对备好的书，心里知道，这一次我不会失约。

不过，飞上天空，从此地到异乡，一般也就两三个小时，虽然经常出差，可是这种难得的阅读还是不足以填补对书的相思，好在到目的地之后，阅读的时光也会比北京多得多。一来没有呼机的吵叫，二来每日的工作很单纯，闲暇就是闲暇，不会像在北京那样，即使没有采访，也常有其他的工作把它填满。

在回忆中，每次出差都是一次阅读上的恶补，另外空中的阅读也多次留下美妙的记忆。比如《贫嘴张大民的幸福生活》这部小说，长度如此适合飞行中的阅读，于是从起飞到落地，我正好伴着张大民的幸福生活来了一次完整的起伏，然后在很长时间都回忆张大民和他夫人的那间小屋。

除去出差与飞行，每年的春节也是一次读书的快乐时光。小的时候盼过年是过年时能从家中跑出去，不受约束地四处玩，而大了，盼过年，是能从外面的奔波中跑回家，不受干扰地过上一些日子。近几年的春节，给我留下的都是快乐的记忆，一种渴望已久的安静使得读书真正成为享受。于是，我绝不会浪费这样的时光。在近几年的春节中，我重新在读书中找到少年时的那种迷狂和投入。

除去出差与春节，逛书摊也是一种非常规的阅读方式。每隔几天，抽出时

部里出了书，我们就出去签名售书。每当遇到小朋友让我给他写几个字，我总会写上：多听父母的话，多看别人的书。

间，我都会到京城几处著名的书摊一条街上去闲逛。一家挨着一家的书摊在街边排得长长的，从这边的一家开始翻起，悠悠闲闲地逛下来，临走时买走几本，而更多的是翻过而没买的书。正是在这隔三岔五的闲逛与翻阅中，好多不值一买的书也就不经意地简单翻过，这种蜻蜓点水式的阅读对于有些书来说是合适的，而对于生活来说，也平添了一种乐趣。

不过这种乐趣现在是越来越少，随着北京城的治理与迎接建国五十周年的需要，几处有名的书摊一条街都被陆续拆掉，在我的生活中消失了，总是急匆匆怀着一种喜悦去赴约，而到了，才看到一片废墟，顿时有一种怅然袭上心头。我知道书摊在街边可能注定应该消失，但面对真正的废墟，我还是多少有些怀旧，因为逛书摊与买书，我很少进大而豪华的书店，恰恰是在看似散乱而又小的店中，才始终拥有一种闲散的淘书与读书的乐趣。不过我想，这样的乐趣怕也被迫要减少，看样我也要尽早培养起逛大店的习惯。

遗憾的是，春节一年一次，出差与飞行也不是贯穿生活的始终，逛书摊时的阅读如蜻蜓点水，平常的日子里，读书变得断断续续，看着书架上的书，时常有一种相思，慢慢地心里有些急，竟时常怀疑起工作的意义来。尤其是近几年，买书的习惯一直保持，书摊与书店早就是一种生活内容。因此书架上的书是越来越多，相思也就越来越重，买进的和读过的，差距越拉越大，这种相思就更变成了一种压力，书是用来读的而不是用来收藏，因此书架上的书越是多，心中的不快就越多。时间，在书的面前，竟如此吝啬。

在阅读中转换心情

诗歌： 在写下"诗歌"这两个字时，看书架上的几本诗集被翻得那种破旧样子，读诗的岁月与心情很快就回到眼前。还算幸运，进了大学校门，朦胧诗已经浮出海面，我们成了有诗读的一代人。那本云集了朦胧诗代表作的《朦胧诗选》被翻得早已发黑，和它旁边那些翻过一遍就放下的书比起来，诗集便显现出它的卓尔不凡来。在所有的文学作品里，诗歌是最为浓缩的，与其说它是由笔写成的，不如说是由诗人们的血和泪浓缩而成的。也因此，读诗便体会到一种强烈的心灵碰撞。"卑鄙是卑鄙者的通行证，高尚是高尚者的墓志铭。""黑夜给了我黑色的眼睛，我却用它寻找光明。""一切都是命运，一切都是烟云。""与其在悬崖上展览千年，不如在爱人的肩膀痛哭一晚。"……这样的诗句早已刻进生命中，思考也因此而产生，读诗的时候，血是热的，也因此，诗歌多属于青春岁月，但岁月沧桑，短短几年，让人热血沸腾的诗歌季节便悄然隐去。有的诗人浪迹海外；有的诗人美了别人却丑了自己，在荒岛上杀人；有的诗人在点钱的快感中重新找到一种让自己兴奋的节奏，而有的诗人在风景秀丽的城市里相夫教子……莫非，这个时代已经不再需要热血沸腾，而青春也终于不再需要心灵的碰撞？

由于和诗歌深深地结过缘，便时常想在新诗中找感动，但遗憾的是，可读的诗却慢慢没了。于是知道，读诗的快乐与震撼只能在回忆中寻找。

小说：读小说是阅读中最好的从现实中逃离的方法，拿起或厚或薄的一本，几页下去，生活的时空便与小说中的同步，然后和主人公同喜同悲。深深地投入后，还会时常感觉自己变成主人公，那种感受就更加刻骨铭心。即使小说读完合拢，一时间还无法从虚构的情景中摆脱出来，有好长的弯要转，好的小说一般都有这样的力量。

1993 年年底，有很长的时间，我是在唐浩明的《曾国藩》中生活着，进了书中便忘了身边的世界，曾国藩喜的时候我喜，悲的时候我悲，等到快读完的时候，竟开始有了一种依依不舍，读的速度明显故意放慢，希望和这本书的告别晚来一些，但天下没有不散的筵席，书终于读完。掩卷之后，告别的感慨让我在空空的屋子里飞也似的写下几千字的笔记，然后空空落落好几天。

不过，读长篇小说的时候毕竟少了，那种很长时间不知肉味的快乐也因此变少，但不长的小说却似乎精品更多。这几年中，以余华的《活着》《许三观卖血记》，刘恒的《贫嘴张大民的幸福生活》等作品最让我读后拥有再读的冲动。也许目前的中国作家，在不到二十万字的中长篇小说的创作中功力最深，作品的水平也最高，因此阅读这个长度的小说，自己最有信心，结果也往往是这样。

散文：读散文是一种最好的交谈，一个"散"字让写的人和读的人都放松下来。好的散文不是让人一口气读下去的，而是读一会儿乐一下或是读一会儿愣一下神，而且读散文时最好有音乐有好的心情。好的小说有一种麻醉的作用，可以让你不知身在何处；而好的散文却不会这样，它时常提醒你是在生活之中。

不过现在读散文并不是件太轻松的事，散文一热，写散文的人就多，而写的人一多，水平就参差不齐。时间本来宝贵，如果很多闲暇被劣质散文占了去，那享受就成了苦涩。也因此，我在读散文之前，选择时常是慎重的。那些好几个地方开专栏的作家，他们的散文我不读，小女人散文不读，过分风花雪月的不读，急就章的不读，太前卫的不读……虽然如此慎重，但也时常看走眼，不过往往读过几段，劣质的也就让你断了往下读的念头。比如有的名家，明明过去散文一直写得不错，可突然间，一整本新作读了却让你有买到假冒伪劣的感觉，那就只有把新书放上书架，让灰尘去和它靠近。

但千万别因为遇到真货难就躲开散文，在诸种文体中，散文是最容易让人找到读书乐趣的。无论是严冬还是酷暑，无论是深秋还是初春，一篇好的散文，读过之后，都会让窗外的平常景致变得美丽起来。

纪实： 读纪实文学读到的总是一种内心的忧患，歌功颂德的纪实作品少有优秀之作。近二十年来，打动人心的纪实作品都是拥有一种或悲壮或让人忧患的内在气质。

1996年是"文化大革命"三十周年。在那一年的前后，我读了大量记录从反右到文革这一阶段的纪实作品，历史才隔了不长的岁月，当初的真实在今天就已经有了荒诞的感觉。可怕的是，那样一段灾难岁月，正有着一种被故意遗忘的倾向，而阅读是如今唯一可以靠近那段历史的机会。

读这样的纪实作品，心情总不会很好，与其说是带着乐趣去读，不如说是带着责任去读。这样的作品很多，读起来也让人感慨万千。如果说好的散文是读过之后让人有种灵魂升空的愉悦感，那好的纪实作品则会在读过之后有种双脚再次着地的沉重感：我们毕竟不能遗忘过去，哪怕无法提醒别人，但通过阅读提醒自己也是好的。

不长的历史被尘封的人和事还有很多，我们现在读到的纪实作品还只刻画出冰山的一角。因此，我们完全可以等待，在不远的将来，还会有更多更让人震惊与感慨的纪实作品等待我们去不轻松地翻阅。

传记： 读传记是体验不同人生的最好方法，正如有的演员说："生活中我只能演自己，而当了演员，我就可以不停地扮演别人，找到另外一种人生体验。"这是演员的特权，我们无从体会，但多读人生传记，也就时常能在别人的一生中，找到自己未能体验的丰富。

可惜，读人物传记在我们国内并没有成为一种阅读的时尚，这一点和国外大不相同。杨振宁教授采访中就告诉我：闲暇时最爱读人物传记，而在国外图书排行榜上，各种人物传记也时常名列其中。

可能是由于工作的关系，时常要采访东方之子，要和不同的人生打交道，因此各种人物传记也看了许多，看传记不是看人的一帆风顺，而恰恰是看传记中人物在苦难面前是如何走过的，人生最关键那几步又是如何定夺的。我们每个人的一生都不可能重来，因此关键处也就那么几步。看多了别人的传记，关键时自己的主意也就好拿些，会避免一些错误和失误。当然这是一种实用性的做法，而更多的，在优秀的人物传记中，我们会读到一种人生观、一种对生命的感悟与思考，这正是开卷有益之处。

不当演员也可阅尽各种人生，何乐而不为？

走进孤岛，我会带上哪一本书？

几年之前，黄集伟先生曾在电台办过一档人物访谈节目，来宾大多是知识界人士，访谈的内容很有趣，黄集伟先生会首先告诉来宾：你将走进一座孤岛，衣食无忧，但只许带一本书和一张唱片，请问你最想带哪一本书和哪一张唱片？然后访谈开始。

广播节目播出的时候，我无缘听到，幸好这档访谈节目被结集成了书，使我得以感受到这种奇妙而有趣的交流。

这的确是每一个知识分子都该思考的问题。走上孤岛，面对书架上的万千宠爱，我会带上哪一本呢？而在众多的音符中，我又会让谁陪伴身边？

在阅读《孤岛访谈录》这本书的时候，看别人回答的同时，也常常代黄集伟先生问自己，竟很长时间没有答案，毕竟众里寻她是困难的。

不过在今日落笔之前，答案已经有了，虽然和黄集伟先生从未谋面，也不妨借创意一用，做一次无提问者的回答。

虽然衣食无忧，而且可避世事烦扰，但孤岛生活还是不能过太长时间。一来没亲人在身边陪伴，相思总是一种难言的苦，怕时间长了，心会变硬；二来只许带一本书一张唱片，可应付的时间必定有限，因此孤岛再好也不能久留。

两个月最好。

行期与住的时间一定，就开始打点简单的行装，这一本我将带上孤岛的书，是本厚厚的《鲁迅全集》。当然不是几十本的那种，一来违规，二来读起来不方便，我带的这本是像《辞海》那样合订的缩小了字号的版本，容量奇大，而且在美丽孤岛的下午，困了还可以当枕头。详细地通读鲁迅，是自己长久以来的心愿，虽然断断续续读过许多，但系统地一字不落却未曾读过，这一直是自己心中的一处痛。

对于中国的知识分子来说，鲁迅是无法逾越的一个名字。虽然不同的时代，

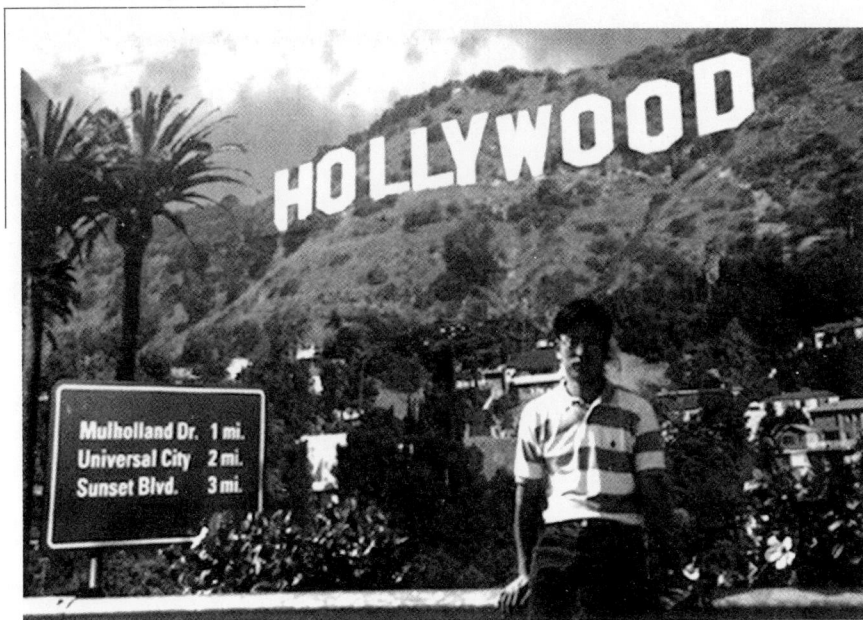

当我看到这张在美国好莱坞拍的照片，"阅读"这两个字就变得不再只面向文字。在我们的生活中，影像阅读已成为重要的一部分，但在电影方面，好莱坞却几乎帮全世界的人在虚幻中圆梦，这显然并不正常。电影上的中国梦在哪里？

鲁迅这个名字被打上不同的颜色，但只有静下心来，走进鲁迅的文字中，你才很快知道，鲁迅是永远属于中国的。

像鲁迅这样"横眉冷对千夫指，俯首甘为孺子牛"的知识分子已经不多，时常我都会感到，在奔波中，脊梁日渐软弱，这个时候，总会想起鲁迅来，因为那是中国知识分子中，拥有最硬脊梁的一个。

更何况，鲁迅当年入木三分的民族性分析至今仍未过时，还时有警世恒言的作用。幸亏鲁迅先生走得早，如果先生长寿，恐怕他老人家对民族强烈的爱未被人体会，反而是很快有人会因为他笔下的嘲讽与不宽容感到不舒服，然后鲁迅先生也会成为被批判的对象。

不过先生去了，灾难就一直没有降临，除了近年来一些"前卫"文人对先生大为不敬以外，鲁迅在我们心中变得更加伟大，冥冥之中我常常会感受到先生遥远的恨铁不成钢的那种眼神。

可惜的是，生在中国，自称知识分子却一直没有通读过鲁迅，这让我长久不安。

好在孤岛就在眼前，我终于有了和鲁迅先生独对的这两个月，我清楚，读鲁迅，这两个月心情不会轻松，但轻松能解决中国所有的问题吗？更何况，孤岛以外的世界，容许我们的心情永远轻松吗？

读鲁迅，就是一次精神上的补钙，孤岛两个月，相信自己的骨头会硬朗许多，这是健康的标志。

书的问题解决了，音乐呢？

就带上巴赫的平均律吧！这是被称为钢琴演奏圣经的音乐作品，从头到尾只有一架钢琴，初听起来，旋律也很简单，但听来听去，却越听越复杂，越听越美妙，看来，只有看似简单的东西，才会有真正的内涵，音乐也不例外。

带上这张唱片，我就放心，这是一张几年都听不透的唱片，更何况两个月。

有一直要读的书，有好听的并听不厌的音乐，有孤岛据说很美丽的风景，再加上限制好的两个月行期，就让我们早日出发吧！

不过两个月后，当我回来，再踏上孤岛的可能是你，你会带上哪本书哪张唱片呢？

这张照片拍于《五环夜话》讨论足球的一期节目中，名字不妨这样起：拜托了，中国足球！如果想让我们多活几年，你就赶紧踢出个样来，别把黑发人再用几十年的时间给熬成白发，最后还落个希望破灭。

足球生活：从现实中逃离的方法之二

时常被足球左右的生活

我可以称得上是一个全方位的球迷，这全方位指的是：一来我自己踢了二十多年的足球，二来我看了二十多年的足球，三来每当重大足球比赛之后，我也经常有机会发出自己的评论。

由于是全方位，足球就不可避免地占据着我生活中的很大空间。每个星期一、星期二，大量的足球报纸，我都会详细地阅读，但如果我喜欢的球队头一两天输了，那我可能会在这两天躲着报纸走。到星期四、星期五又是一次阅读高峰，而到了星期六、星期日，电视上的足球比赛我一般都不会落下。星期六的英超，星期日的意甲，星期日赶场般地看咱们自己的甲A联赛，最近一两年不太爱看了，不是因为水平低，而是因为甲A甲B的球场越来越不真实。在周末的日子中，足球几乎占到了最重的位置。而心情也自然深受影响。国际上有三支球队是我的最爱：阿根廷国家队、意大利的佛罗伦萨队、英格兰的曼联队，国内球队矬子里拔大个是国安与辽宁。每一个周末，我喜爱的球队的表现，直接影响到我周一周二的情绪。在这些球队的胜负上，我因为投入太深，因而不是一个很放得开的人，不可能有无所谓的心态，自己的球队赢了，周一周二神采飞扬，而输了，下个星期不可能有好的心情并盼着周六周末赢回来。就这样周而复始，因自己球队成绩的起起落落，我的心情也随之起起伏伏。

当然这都是常规日子里的足球生活。一到世界杯大赛，那我就会早早地进入临战状态。1994年世界杯，我提前一个月做完了所有的工作，在世界杯期间，一天班也没上，每天按美国时间过日子，早上8点多开始睡，下午5点钟起床。

近两届世界杯，由于我成了家，收看起来容易得多。而我永远忘不了的是，1990年世界杯时，我从农村锻炼的地方进城到处打游击看完所有的比赛。其中最艰苦的一天，离比赛还有不到一个小时，我和两个从小一起长大的朋友，还没有找到看比赛的地方，最后来到西直门火车站，任一个人领着走了很远的路找了一家小旅馆，几个人凑钱包了一个房间，然后用小的黑白电视看了那一夜的比赛。由于第二天凌晨还有阿根廷对苏联的小组赛，我们三个人轮流睡，始终保持有一个醒着，免得错过比赛……

那届世界杯观看过程中的艰苦，今日在回忆中都已变得美好。我相信这一生中不太可能再有那样艰苦的收看经历了，但也不会有那时年少纯真的执著和对足球刻骨铭心的狂迷。因此当我舒适地坐在家中收看世界杯的时候，仍然时常回忆起那个小小的旅馆和小小的电视，以及那种朝圣般的执著。

在家中看球是舒服的，但矛盾也时常存在。因为我的夫人也是球迷，偏偏她喜欢的是意大利队，阿根廷和意大利常常成为死对头，于是争吵便因为足球而起。我曾经开玩笑地说：我俩要是离婚的话，直接原因一定是某一届世界杯决赛，阿根廷和意大利相遇，在场上那是一场世界大战，而在我和夫人之间，恐怕也会是一场情感大战，后果让人不堪设想。为了避免这种局面出现，我把儿子的小名起为巴蒂，也就是阿根廷队巴蒂斯图塔的昵称。儿子的墙上，从五个月起就贴着巴蒂的好多照片。这样一来，我夫人便多少有些妥协。首先三人世界中，我和儿子都是阿根廷球迷，少数服从多数，这有利于团结；二来所有的母亲都爱儿子，一想自己的儿子和阿根廷队紧密相连，做母亲的自然和阿根廷队的感情不同以往。实践证明，我的策略起到了较好的效果，我的夫人已经基本接受了阿根廷队并愿意为之加油。

在不停地看球过程中，我从来没有停止过身体力行。二十多年来，我一直在足球场上奔跑，大学四年和后来在中央人民广播电台工作的几年中，我都是所在球队的主力前锋，队中进的球几乎有一半都是我踢进的。可以说正是足球和我所在的前锋位置，给了我自信以及追求速度的感觉。更重要的是，由于绿茵生涯，我结识了太多的朋友，因足球而靠近的友谊，其牢固程度令人惊异。

岁月不饶人，虽然在很多方面我一直"渴望年老"，但近来在足球场上却日益"渴望年轻"。站在前锋位置上，速度与反应都不似年轻时候迅捷灵敏，心有余而力不足的感觉经常体会。好的是，现在走上球场，对胜负的追求已不像年轻时那样强烈，和好友一起在绿茵场上奔跑几十分钟，无论输和赢都是一种莫大的享受。对我来说，心中一直觉得，光看不练的球迷是不会全面感受足球魅力的。也因此虽然年事已高，但我依然没有挂靴的打算，活到老踢到老，直到跑不动时我才打算言退，这一天到来得越晚越好。

和足球打了二十多年的交道，经常体验着足球带给自己的快乐，却很少有机会对足球说声"谢谢"，这是自己一直觉得理亏的事儿。受人滴水之恩当涌泉

每当中国男足折磨我们之后，中国女足马上跑过来，用好成绩安慰我们。在这支队伍中，有一批性格鲜明的运动员，比如门将高红。她的思考深度和对人生与足球的理解，是很多运动员都无法比拟的。

相报，二十多年里为足球哭过笑过悲伤过欢乐过，生命为此丰富而灿烂了许多。足球是一道美妙的风景，生命的路还很长，足球这道风景，没有看到的美丽还有很多。一想到未来的岁月里，足球还会给我们那么多精彩和美丽，就会感受到生命之路上的欣喜。虽然生命之路是艰辛而且难尽如人意的，但有爱好相伴，终究不算苦差，于是就有了继续前行的勇气。看样子这一生也难以和足球说再见了。

这算不算是对足球的"涌泉相报"呢？

快乐中的恐惧是：我必须永远是中国的球迷

在中国如果你恨谁，那就用各种方式，比如甜言蜜语或好茶好酒好招待，然后把你恨的人吸引到中国球迷的行列中来。未来不好说，至少过去二十年中，中国足球对它的球迷可以说是用尽了各种折磨心灵的手段，不夸张地说，这二十年中，每一个陪伴中国足球滚动的球迷，内心深处都是伤痕累累。

我自然也不例外。

中国足球折磨人的第一招是，它总有一个极好的开头，把你的胃口吊起来，以为成功与胜利就在眼前，然后它用接下来恶劣的表现或失望的结局，把你的心从高峰摔到谷底。

我们都是从容志行那一拨球员3：0胜科威特、4：2胜沙特那几场让人荡气回肠的比赛中成为中国足球球迷的。那个时候我才十几岁，由于哥哥是球迷，我自然也跟着关注。我快乐地以为，世界杯如此接近，咱们一冲不就进去了吗？于是我兴奋地等待着中国队在西班牙世界杯上的表演。可后来输给新西兰之后，世界杯的大门轻易地关上。不过那时候我还天真地以为下一次我们肯定就能进去了。

与此相似的是高丰文和他的子弟兵冲击罗马世界杯的那一次，还差三分钟，中国足球的世界杯之梦就圆了，我当时正在乡下锻炼，心情自然不好。如果这支球队冲出亚洲，我起码还能有几个月的好心情。比赛临近结束，中国队由于马林的进球仍然1：0领先于卡塔尔，我当时的手心里一定都是汗，我已经准备好了几分钟之后的狂欢。但"黑色三分钟"出现了，卡塔尔队连进两球，中国足球迈进罗马的一条腿又被劝了回来。我和朋友们在哨声响过很久依然不愿离开电视，心如死水，然后愤怒猛然爆发，拿起电话和其他乡锻炼的同事开始在电话中破口大骂，再然后是我们几个看球人一起用酒把自己灌醉。

输给强队，我们做中国球迷的已经多少有些适应，但输给弱队断送掉世界杯之旅，这是中国足球给球迷的第二种折磨，让你承受"意外之悲"。那一天，我早上起来，一边吃早饭一边听广播，惊奇地得知昨天晚上中国足球队以1：2在北京不敌香港队，和世界杯再次说"拜拜"，这让我大受打击。那一年正好面临考大学的重大压力，好在内心还算坚强，高考成功了但中国足球再次失利的阴影却好久都没有抹去。

苏永舜和他的球队把"5·19"变成了一个球迷难忘的日子，谁想到八年之后，德国人施拉普纳再次用阴沟翻船这一损招又折磨了我们一下，居然轻易地输给了也门队，然后世界杯大门又对中国关闭。这次冲击时，我已进入《东方时空》，新生活的开始使我对中国足球的兵败西亚和施拉普纳从神坛走下回到人间，感受的痛苦不算太多。中国不停地失利，可我们每个人的生活还要正常继续，中国球迷已经开始被迫冷静地接受失败。

但谁会想到，中国足球还会用第三招"坚决不争气"来折磨球迷。

戚务生率领他的子弟兵再次发起对世界杯的冲击，开局一如既往的漂亮，很快进了伊朗两个球。这个时候，我们是一大群球迷坐在办公室里看球，不让抽烟的办公室也破了例，可中国足球却绝不破例。果真，一会儿工夫，伊朗队就连进了四个球，法国世界杯又开始变得遥远起来。可谁知道，机会并没有丧失，一番乱打，中国要赢了沙特的话，出线希望依然存在。但谁能想到中国球迷已经有了绝处逢生的感觉，中国足球却自己先绝望了。必须赢沙特的比赛缩手缩脚，场面上看不出中国足球想赢的念头。这个时候中国球迷终于彻底失望。这一段时间，我是在三峡大江截流的直播船上关注这几场比赛的，可惜中国足球没给我们什么快乐的心情，大江截流是中国盛事，可中国足球却绝不想锦上添花。

直播结束后回到北京，我在《面对面》节目中发出了自己愤怒的声音。由于一段时间里，每想中国足球，脑海里总是跳出"不行"二字，因此评论中有了这样的内容。

"中国足球挺难弄好的，您想啊……

"没钱的时候不行，有钱的时候也不行；业余的时候不行，职业化之后还不行；穿红衣服不行，穿白衣服也不行；苏永舜不行，戚务生不行；中国教练不行，外国教练还是不行。

"北京有5·19，大连就有9·13，连成都都是伤心地，中国足球的主场在哪里？

"442不行，352也不行，451更不行，中国队的阵型什么行？

"和东亚比赛赢不了，和西亚比赛也赢不了；1：0领先的时候，守不住，0：1落后的时候追不回来；裁判向着我们不行，向着对方也不行；主场不行，客场也不行；你骂它不行，你表扬它更不行。

"中国足球真的是病了，这个病西医还治不了，只能靠中医，因为必须治本。"

这样一段内容出台，球迷的声援立即来临，之后在网上，便有了球迷的呼吁："谁认识中央电视台的领导，听说白岩松因为骂中国足球已经被停了职，如谁认识领导，说说情，让他回来。"看到这样的内容我苦笑。我猜想：有些人是不高兴啦，果真，再往后批评起中国足球来就困难得多。就是这样，中国足球虽然屡次伤球迷的心，但你想认真地批评它，它还不依不饶，让你难受还不让你发泄和表白。

可是我自己知道，当我的笔下出现众多"不行"的时候，我的内心痛苦万分。如果中国足球冲进世界杯，他们反过来说我们球迷再多的不行我们都能接受，可惜中国足球连这样欢乐的机会都不能给我们。

说多了中国足球给我们的伤痛，也得提一提中国足球给我们的难得欢乐。1987年初冬，中国奥运队在高丰文的率领下在广州迎战日本队，进行冲击奥运会的最后一搏，那一天，我正好因实习从北京到达长沙。在旅馆里，同去的不是球迷早早睡了，而只有我自己坚守在电视机前。外面下着雨，长沙的初冬冷得透骨，从比赛一开始到结束，我就由于冷和紧张，加上一个人看球的孤独，全身抖个不停，可比赛的结果更让人发抖，0∶1，中国主场不敌日本。一段时间以后，中国兵发日本进行最后的决战，由于实习的宿舍没有电视，为了看这场比赛我跑到了电台楼顶的发射室里。好在球迷的心都是相通的，屋里值班的人默认了我这个冒失鬼的闯入，结果柳海光和唐尧东的两个进球，把中国队送入了奥运会。那一个晚上我激动万分，但至今让我可惜的是，偏偏在狂喜来临的时候，我一个人身处异乡，想找人分享快乐都不能，而这以后的十几年又没有了这样的机会。也许有一天，中国足球能够让我和伙伴在一起的时候，再把狂喜给我，我将尽情欢乐。

在1990年国庆之夜，当泰国队在亚运会上攻破傅玉斌把守的大门时，我就坐在大门的后面。散场时，球迷群情激愤，高呼"高丰文下台"，我当时内心沉重，但仍然固执地感谢高丰文，因为他毕竟在1987年率队冲进奥运会，给过我们罕见的快乐。

关于中国足球的话题，每一个球迷心中都有一本酸苦的账，可幸运的是我们还可以抱怨，而有的球迷却永远没有了抱怨的机会。我的大学同学陈连永便是其中之一。徐根宝带队冲击奥运会的那一次，在最后一场对韩国的比赛前，在我那间狭小的宿舍里，我和连永仔细计算着最后一轮比赛的种种可能，总的分析对中国队都是乐观的，只要打平韩国，我们就可以狂欢。议论与分析持续到后半夜，还算不错的结果让我俩安然入睡。但谁想到第二天"黑色八分钟"，使得我们俩的所有分析都成了笑话，再次见面我们只有苦笑。几年后，年纪轻轻的他却在一个炎热的夏天突然急病发作不幸离开了人世，在他诸多的希望与梦想中，中国足球冲出亚洲争口气是其中之一，但至死他也没有享受到这种快乐。这让我回忆起我们俩那个足球之夜的时候格外伤感。如果将来有一天，中国足球冲出亚洲，我一定会把写有这条消息的报纸送到他的墓前，让他在另一个世界为足球快乐一次。

伤感、愤怒、担心、失望……中国足球把这许多的情感在过去的二十年中不止一次地给了我们，抱怨过后，我依然固执地盼着，这都是最后的抱怨。二十多年的时间里，我们一次次地受伤，然后又一次次地在心情的废墟上顽强地站立起来。每一次中国足球的出征，身后都有我们已经有些疲惫的祝福。伤口已经足够多了，一切折磨都应该停止。既然新的世纪已经到来，那中国足球也应该收起折磨人的脸孔，把笑容和欢乐送给饱经风霜的中国球迷。这已经不再是盼望而是心灵不能再承受折磨之后的祈祷。

中国足球，你已经准备好了吗？

为阿根廷辩护

当中国足球一次次折磨与伤害着我们的时候，好在世界上还有一些优秀的球队替我们圆梦，替我们胜利。

巴西、意大利、阿根廷还有英格兰在近十几年时间里牢牢占据着相当数量中国球迷的心，荷兰与德国也拉走了不少拥护者。而在这诸多队伍中，阿根廷队是我的最爱。

我在电视上看到第一场球赛就是阿根廷队在1982年世界杯揭幕战上迎战比利时，这是马拉多纳在世界杯上的处女演出。那一场比赛，我的眼睛就围着马拉多纳转，我不敢相信，足球场上竟有这样的天才。可遗憾的是，那一场比赛，阿根廷0∶1输了。

然而从此，蓝白相间的阿根廷队服就在我的心中牢牢地扎根，我开始盼着，什么时候，马拉多纳和阿根廷队能把更大的惊喜给我。

绝不像中国足球那样要经过漫长的等待还没有结果，仅仅四年的时间，1986年世界杯，欢乐就来了。大赛之前，我的大学同学绝大多数都站在普拉蒂尼这一边，只有我异常孤独地扛着马拉多纳的大旗。幸福的是：我和马拉多纳及阿根廷队笑到了最后，这是我第一次作为球迷和自己最喜欢的球队一起走上胜利的顶峰。从此我知道，不管今后再经历怎样的失败，已经不会再有哪个球队在我的心中取代阿根廷队的位置。

就这样，目光追随着阿根廷已二十多年。

不过还有一个现象让我觉得奇怪，在几支中国球迷喜欢的外国球队中，只有阿根廷队的位置最为特殊：喜爱他的球迷异常坚决，不喜欢他的则恨之入骨。而其他的球队就不是这样，比如巴西、意大利等等，你即使不喜欢也绝对不会对它产生恨的情绪。

这让我作为阿根廷球迷大为不解，但仔细想过之后却发现，世界上没有无缘无故的恨也没有无缘无故的爱。然而值得深思的是，当我们的恨意产生的时候，它是站得住脚的理由吗？

首先，绝大多数的中国球迷走进世界杯是从 1990 年的意大利之夏开始的。而在这一届的世界杯上，阿根廷队在实力下降的情况下，依靠前无古人的防守挺进决赛，最后因为墨西哥裁判的一次误判，点球输给德国。这一种死守的姿态激起了很多球迷的愤怒，但我们是否想过，一支伟大的球队采用和自己实力相近的策略，最后众志成城走进决赛，这本身就是值得尊敬的过程。难道我们都盼着，阿根廷队明知实力下降，依然攻出去打，最后城门屡屡失守，连小组赛都没出线就回家，人们就高兴了吗？这是一种典型的"坐山观虎斗"的心态。我深深知道，像阿根廷这样一支以进攻为乐的浪漫球队，一旦收起锋芒该是怎样的一种痛苦。但他们依然咬紧牙关坚持到了最后。这该赢得我们的尊敬而不是嘲讽。

其次，在十几年的几届世界杯中，阿根廷队千不该万不该淘汰掉几支人们喜爱的偶像级球队。1990 年世界杯上，接连淘汰巴西和意大利，1998 世界杯上又把万千球迷的宠儿英格兰队淘汰出局，这样的结果自然招来对方球迷的愤怒：我的最爱被你伤害了，于是你就变成了我的最恨。阿根廷就不得不成为众人所指的焦点。但我们不知是否有点儿健忘了，这么多年来，阿根廷队为我们上演了多少经典之战，很难想象，世界杯上没有了阿根廷队，精彩的比赛会少了许多。我永远忘不了被许多人忽略的一个细节，1990 年世界杯上，当阿根廷队淘汰掉巴西队之后，他们没有投入到狂欢之中，而是在出口处排成一排，为巴西队送行。每一个巴西队员经过，阿根廷队员会在他的脸上或肩上拍一拍，安慰一下，这一幕让我感动至极，一场比赛，如果有这样的对手为我送行，哪怕输了，也是一种美好的回忆。

说到这里，自然会有人拿出"上帝之手"和"假摔"这一类的问题打击阿根廷。但是奇怪的是在场上惩罚"上帝之手"的应该是裁判，而裁判没有判，我找不出任何理由去想象马拉多纳会满场追着裁判说：我手球了，你得判我刚才那个进球不算。更有趣的是，阿根廷人的上帝之手千夫所指，但美洲杯上巴西人用手球淘汰掉阿根廷，众人则幸灾乐祸，认为这是罪有应得，我不知道这该是怎样的一种情绪。还有假摔，明明是贝克汉姆踢了西蒙尼一下，虽然不重，但合理利用规则倒地寻找对自己有利的结果，足球场上此起彼伏。可是一片责骂声却给了西蒙尼，难道因为贝克汉姆长得帅我们就天真地遗忘掉是他踢人在先的吗？这以后，西蒙尼到英国比赛，主动承认假摔和贝克汉姆和解，如此君子行为，却最后落得贝克汉姆原谅了小人的评价。我不知道我们的理智与情感在哪儿出了问题。再然后是奥特加被荷兰门将范德萨的假摔赶出体育场，这一回却没人指责范德萨的假摔了，矛头又回到阿根廷的奥特加身上，可是人们想过没有，以奥特加的个头想顶到范德萨的鼻子，非得找一个梯子才行。

爱了什么，对方错的都是对的；而恨了什么，对方对的也是错的。包括我在内，球迷都有这样的毛病。但面对阿根廷，我作为它的球迷，却不得不声明：这的确是一支伟大的球队。它从不会像德国队那样刻板教条像机器人一样踢球。在场上，阿根廷人的创造力永远是绿茵场上的一道风景。十几年间攻进英格兰人球门的那两个球将成为流传到下一个世纪的经典，一个是马拉多纳的长途奔袭个人表演，一个是任意球的绝妙配合。而制造这样经典的进球，对于阿根廷队来说，并不是一件太费劲的事，他们进球的目的似乎一是为了胜利，第二就是为了让人惊奇。在场上阿根廷队永远有天才，从马拉多纳到巴蒂斯图塔到奥特加到贝隆到……，阿根廷人从来不会仅仅让你记住一个集体，而让你记住一个又一个天才球员。在场上但凡有可能，阿根廷人都会举起进攻的大旗。1994年世界杯，阿根廷人疯狂地打出卡尼吉亚、巴蒂斯图塔、巴尔博这样三前锋的阵势，加上马拉多纳的前腰、雷东多的后腰，这是近年来少有的梦幻阵容，可惜莫名其妙的兴奋剂葬送了阿根廷，否则世界杯历史将重写。

在场上阿根廷人浪漫的同时夹杂着野性，为日渐功利的球场带来不同寻常的反叛。如果说每一支球队都是一支乐队的话，阿根廷人在一片古典与流行的音符中玩的是摇滚，而且是长发飘飘的重金属，每当他们演出，你就只有在台下和他们一起青筋暴起、血脉偾张。每一次阿根廷人的亮相，不论胜利还是失败，平庸的过程都不多见，他们都会留下轰轰烈烈可圈可点的结果。阿根廷人有真性情，为巴西人送行；马拉多纳的痛哭；失去马拉多纳之后，全队立即两连败被赶出世界杯，这都让人感受到，阿根廷队是由性情中人组成的。这也就难怪，雷东多会因为长发问题而不入国家队，马拉多纳会不把自己打扮成一个伪君子。而在场上阿根廷人和意大利人、英格兰人一样，从不忘记将偶像球星列入其中。卡尼吉亚、巴尔博、巴蒂斯图塔、雷东多、扎内蒂，阿根廷小伙子天生有一种迷人的气质，他们往往会通过足球展现出另外一种魅力。在场上阿根廷人的爱国心感人至深，马拉多纳一心为国，无论曾经遭受过怎样的打击，只要阿根廷人一喊"迭戈"，马拉多纳就会快速地回到阿根廷人身边，尽自己最大的努力把胜利送给这个国家。而一旦失利之后，马拉多纳就会用孩子般的眼泪告诉同胞：是的，我和你们一样悲伤。

当然作为阿根廷的球迷，就注定了心情会起起落落，浪漫而野性的阿根廷人会战胜强大的对手也会时常败给一支二流球队，场上会有精彩的发挥，场下也会有招人指责的行为。阿根廷队就是这样一半是天使一半是魔鬼，一半是浪漫一半是野性，一半是美洲的技术与创造力一半是欧洲的力量与纪律性，一半是美丽的脸孔一半是"走自己的路让别人说吧"的执拗，一半是登峰造极的成绩一半是沉入谷底的落魄。但阿根廷队正因此奇妙的组合而显得更有魅力，它永远值得你期待，因为你永远不知道下一次，阿根廷人会用什么样的方式把球打入对方的球门；也不知道，下一次阿根廷人又会有哪些天才把世界足坛秩序风卷残云般改写。

我从草原来，阿根廷队也从草原来，这是我追随蓝白相间球队多年以后发现的缘分。草原一望无际，仿佛平坦得没有天涯，但他却从来都不会平静，哪怕偶有风停的时刻，你把身体贴近草原，都会在青青的草丛中，听到历史上金戈铁马的回声。也许阿根廷人的草原和我的家乡有所不同，但蓝天白云下一望无际的草原，总会勾勒出一些我非常熟悉的气质。我知道，我已不会在阿根廷蓝白相间的队服中清醒过来，他们的每一次奔跑，都会让我的心灵开始起飞。我正等待着我们的下一次登顶。

为什么喜欢足球？

童年的时候，当我开始和足球相识，当然想不到，这缘分竟是那么长，怕是一生也不会间断。在这个情感世界一波三折的时代里，能有一段彼此相爱相守到始终的故事，怎么说也是一件幸运的事。

与足球结缘的这二十多年里，和人生一样，酸甜苦辣的情感都有，有的时候，当我面对屋子里静止的足球时，常常有种感慨万千的情绪。足球，不动的时候，如此的乖巧和平静，而一旦在人们的脚下开始转动起来，这份平静便不复存在，人心和世界同时为之痴狂。很多事情都替代不了足球在人们心目中的位置，这种魔力自然有它的道理，有关的说法已有很多，在此不想重复，但我想，足球场和人生赛场有太多相似及关联恐怕也是其中重要的原因。

九十分钟或一百二十分钟的一场比赛，结果永远是个谜，你必须从一开始就进入到好奇和等待的状态中，直到裁判员的一声哨响，谜底才最后揭开。比赛之前，你也有种种的预测，从胜负到比分，但结果总是出人意料，按牌理出牌的比赛总的看来是不太多的。因此足球比赛对我来说就像是一场令人好奇的赌局。

人生也正如此。

人的一生如同一场足球比赛，一路上你会有这样或那样的预测，但直至人生终了，最后的结果才会全部亮相。同样的，按牌理出牌的人生也不多。

人生这样的赌局，结果与过程虽然令人好奇，可从开局的期盼到最后结果的实现，过程实在漫长，让人无法保持长久的关注，而一场足球比赛则大为不同，最多用一百二十分钟就从开局的迷雾看到最后的结果。这一点很让我们这些为人生赌局好奇与担忧的人们有了个最好的替代品。毫无疑问，足球比赛用最快的时间让你破解一种和人生相似的谜；而足球有时也觉得九十分钟太短，于是用一个赛季或一届几十场比赛的世界杯，来制造一个和人生更相似的赌局，让人们在稍稍漫长一点的期待与好奇中化解掉对人生赌局的担忧和不安。

其次，一场足球比赛的过程和人生过程也极为相似，大多数时间极为平淡。但恰恰是平淡的进攻与防守之中孕育着惊喜和悲伤。一场比赛进球与失球总不会

站在我和小崔中间的是古广明，光从这张照片上看，论身高论魁梧程度，我和小崔都显得更专业些，但一上球场，我们就业余起来。难怪东北有句老话：豆芽长房高——菜货。

太多，但是这几个关键的进球或失球却决定了一场比赛的胜负。这一点篮球就和人生大不相同，全过程总是充满了进球和失分。正如某位老先生曾经说过的：人的一生大部分时间是平淡的，狂喜与悲伤总是少的，只是很少的狂喜去牵着人们向前走甚至能够忍受太多时间的平淡。不过足球上也有0：0的比赛，人生中也有平平淡淡的一世，好在0：0的比赛结果并不意味着过程都不精彩，有时，一场好的0：0强过进球很多的比赛，这也是不争的事实。

还有，喜欢足球还可以解决孤独的问题。人总是生活在社会中，虽然大多数时间面对的是自己，但我们每个人内心深处，还是渴望着融入一个群体之中，众多的人一起欢乐和悲伤是一种难得的境界。足球为我们提供了这样的机会。任何一场比赛，收看的人无论多少也只分为左中右三类，一场比赛胜或负，你只要站在一方，结果出来时，总会有人和你一样欢喜、悲伤或是无动于衷。这种感觉让我们知道，这个时候自己并不孤独。当我们从体育场走出来，或是从电视机前离开，总会有心情相同的人和你同在。这就是足球，当你一个人看时，总是缺了点什么，如果志趣相同的人围坐在一起，看比赛才会变成一种享受。另外，当你在某些方面有所失去的时候，足球会从另一方面补偿你。马拉多纳曾经说过：当阿根廷国内问题众多的时候，如果阿根廷队拿了世界冠军，这一些问题短时间内就都不存在了。我们每一个人都活得不容易，每日的奔波，总会有或大或小的不如意，但如果你喜欢的球队这时候赢了，你阴暗的心情顿时会多云转晴。足球就是这样一个极好的麻醉剂。可惜的是作为中国球迷，这样的快乐少了一些，中国足球极少给我们忘掉现实的麻醉感。

说起我们喜爱足球的原因，千条万条，每个人心中都有自己的道理。但最吸引我们的就在于，一场比赛结束，新的比赛就将开始，过去总赢不意味着下一场还会赢，过去总输也不意味着下一场还会输。每当开场哨响起，一个新的谜底又在等着我们，于是我们一而再再而三地盯着滚动起来的足球，这种感觉让人快乐也让人终身与之相伴。

除了口琴，我这个爱乐人是再无乐器天赋的，照片上投入地弹钢琴纯属摆样子。但如果人过三十仍可学艺的话，我将在空闲一点的时候开始学钢琴，因为爱乐但却不能自己演绎，那是一件让人十分遗憾的事情。

音乐历程：从现实中逃离的方法之三

岁月如歌

人们习惯于把人生和音乐连在一起，比如"岁月如歌"这四个字。

岁月如歌，生命的前进如同起伏的旋律，有激昂处的振奋，有低回时的消沉，但人生正是如歌般地从第一个音符开始便不间断唱到尾声，然后在歌声散尽后，仍在世间留下一些回响。每当我们发出岁月如歌的感慨时，多少也夹杂着一种对人生充满些许浪漫的忧郁，歌是美而短的，人生不也正是如此吗？总是在不经意间一切都已流逝过去，最美的东西往往不可救药地留在记忆里。

好在音乐能帮我们回忆。

岁月如歌对我来说绝不仅仅只是一种比喻，它有着更真切的含义。

回忆中的生命之路，总是要有很多路标提醒你：在那个路段上曾经发生过怎样的故事和曾经拥有怎样的心情。音乐就是这样的路标。

一段熟悉的旋律或是一首好久不唱的歌，一旦不经意地在身边的哪个角落响起，我脑海中便很快浮现出与这段旋律相对应的岁月和心情，然后沉醉一会儿，晃晃脑袋从记忆中退出，再慢慢地上路。在这个时候，音乐于我，是生命回放的遥控器，而且屡试不爽。在音乐这种路标的提示下，回忆很少出错，几乎可以密不透风地把我这二十多年的人生经历很快串联起来，然后让我也能拥有岁月如歌的感慨。

每当《祝酒歌》《边疆的泉水清又纯》《洁白的羽毛寄深情》这些歌曲的旋律飘来，我马上就会让思绪飞到七十年代末、八十年代初。当时哥哥去北京上大学，家里就我和母亲相依为命，妈妈下班的时间总要比我放学晚一些，于是在东北严寒的冬夜，由于我不会生火，家中自然很冷，我缩在收音机旁听着这些歌曲等母亲回来。在那样的冬夜里面，这些歌曲天天温暖着我，成了呼吸都会产生呵气的屋里，让我不再孤独的朋友，而当时，我不过是十多岁的一个少年。

邓丽君在泰国离世，好多中国人会心头一紧，因为她的歌声陪着我们从精神的荒芜中慢慢走出。我也一样，邓丽君的歌声一响起，我就能记起旧的大墙刚刚倒下的岁月里，偷听邓丽君的有趣故事。在那时，不知翻录过多少遍的磁带，由于上面录的是邓丽君的歌，因此依然被当作宝贝。和同学互相交流收听"澳洲广播电台"中文节目的感受，因为在那里每天都可以听到邓丽君、刘文正的歌。当然邓丽君的歌声响起，也马上能想起身边手提录音机、穿喇叭裤、戴麦克镜的年轻人。在当时，我猜想，自己心里是羡慕他们的。可能正是这样的相依为伴，邓丽君的唱片成了中国市场上的长销货，她身边的歌手不停地变换，而她依然跨越岁月在那里忧郁地微笑。似乎每天都会有男男女女将她的歌声再度领回家中，去重温多年前的一段旋律，重温自己成长中的一段记忆。我也是如此，在告别邓丽君十几年之后，又买了一套她的全集，偶尔听听，回忆的底片便会泛黄。

而一唱《我的中国心》，我就马上想起 1984 年那一个除夕，吃完年夜饭，我急匆匆地到邻居家里在那个不大的黑白电视机前过了第一次没放鞭炮没在雪地里疯玩的除夕。也就在那一天，认识了张明敏，熟悉了《我的中国心》，然后在之后很长的时间里，嘴里哼的都是这首歌。

到 1985 年上大学后，同学之间传唱的是周峰的《夜色阑珊》和苏芮的《是否》《一样的月光》《酒干倘卖无》。上了大学要显得比中学时成熟得多，苏芮的一身黑色行头和与众不同的声音很符合我们的口味，更何况"是我们改变了世界，还是世界改变了我和你"这样的唱词，让我们意识到生命已经进入到思考的季节。

四年后，当然是在崔健的《新长征路上的摇滚》和齐秦的《大约在冬季》中从校园中出走。我奇怪的是这两首一动一静一个愤怒一个感伤的歌，为什么能如此协调地在那个夏季为我们送行。我猜想这两首歌和那段岁月的联系，在我同龄人的记忆中都是相似的。

当童安格的《让生命去等候》随风飘来的时候，我正在北京的周口店乡锻炼，当时的状态何尝不是让生命去等候！与此同时，王杰的《一场游戏一场梦》也开始让我们反思走过的一些道路：莫非付出了激情的一些举动都是梦一场，莫非我们正值青春便游戏人生？

然后是黑豹、唐朝，那重重的敲打和高亢的呼号竟成了我去电视台之前那一段日子的背景音乐。迷茫，希望看到更好的未来，周遭沉寂的世界开始慢慢苏醒，人们心中开始有话要说，唐朝与黑豹的声音成了表达我心情的最好替代品。

再然后，是柴可夫斯基的《第六交响曲》（悲怆）的第一乐章。那是 1994 年冬天，我正在采访十二位中国知名的老学者。天天准备到夜里一两点，眼前的故事都是些历史片段，十二位老学者，十二座人格的碑。那段准备采访的日子竟怎么也不能和老柴的《第六交响曲》分割开来。看到老学者的名字就想起老柴，听到老柴的曲子就想起采访老学者的那段日子，回忆和音乐就是如此奇妙地交织着。

人过三十之后，是巴赫的《平均律》，是舒伯特的钢琴曲……我将用更长的岁月去填上这省略号代表的部分。

而以上这些只是回忆中的几个片段，动用的路标还很少，没有提起的旋律和岁月太多了。我相信每一个心灵中，如此的旋律性路标都有很多。比如我发现，当苏联的一些老歌旋律唱响的时候，母亲的神情就会与往日不同，该是在熟悉的旋律中，母亲又回到五十年代的大学生活了吧？而当妻子听到郑智化的歌时，她的话就比平时多一些，因为在她毕业时，校园里的流行旋律就是郑智化唱出的。

　　谁的岁月中都有歌，不管你是喜欢音乐还是不喜欢。当然喜欢音乐的人回头时，旋律会更丰富一些。想一想也算幸福：一路艰难地奔波，在回忆时总有一些优美的旋律陪伴着，行走得也就不算孤独。音乐就是这样一位不动声色的朋友，不打扰你却暗暗地抚慰你，怕你忘掉什么因而时常用自己的旋律提醒你，一路行走，岁月中有歌，路，艰难些，也还算好走。

用摇滚向世界发言

　　我们这个年龄的人，想和摇滚脱开干系那是不可能的。从某种角度来说，在中国，摇滚就是为我们准备的。因为抒情、颂扬、流行、麻醉之后就注定是呐喊出一代人的声音，恰到好处，摇滚从《一无所有》中走出了。

　　崔健在工人体育场第一次唱出《一无所有》的那个历史时刻，我本该在现场，当时我们几个人从学校赶到现场，可在工体门口，看到了我们另外几个同学，手上的票显然不够，总得有人忍痛割爱，最后是我这个音乐迷和另外几个同学发扬了无私奉献的精神，起身返回学校。然后一直后悔到今天，这就是做好人的代价。

　　同学们回来后就开始兴奋地议论崔健和他的《一无所有》，我知道一个新的时代开始了。很快地，一些这样的歌曲来到了我的眼前，崔健的《一无所有》和《不是我不明白》快速地在校园中流传，我自然是推销这些歌曲的积极分子。由于当时广播学院的广播站由我们几个人主持，因此隔三差五，全校的学生就会在崔健的歌声中进午餐和晚餐。

　　很自然的，崔健成了我们当时的英雄，各种版本的崔健故事在我们中间流传，利用广播站的条件，我还费了很大的周折给崔健打了采访电话，放下电话，那种激动的感觉持续不停。崔健当然记不起那通采访电话，但对于我来说，那个电话却很难忘，以至于很多同学会追问我电话采访中的细枝末节，让我很是得意了一阵。现在回头看，那一阵崔健热，也正是我们这代人追星的时代。但更重要的是，在崔健的摇滚乐中，我们听到了我们自己心中的声音。很长时间以来，我们年少却学着别人的腔调说话，用别人用滥了的词，有怀疑，有愤怒，有希望，却不知道该怎样表达。直到听到崔健的音乐，我们知道，我们终于有了面对这个世界的语言，我们开始用自己的方式发言，我们和崔健虽不能算是太近的一代人，但彼此的灵魂在废墟上终于独立站起，这一点是共同的，于是我们就注定了和摇滚的血脉相连。

毕业后做报纸工作，等于有了自己的阵地，摇滚不仅仅是欣赏还成了一种责任下的推广。不管黑豹和唐朝最终出了多少盘专辑，但至少到现在为止，他们第一张专辑的震撼力才是最大的。听着黑豹和唐朝，在笔下写着有关的文章，然后在报纸上登出来，一段时间里我自己竟有了摇滚圈中人的感觉，因为我觉得我们是站在一起的，内心深处是一样的呐喊和渴望改变。

唐朝录制他们第一张专辑时，我一直在现场。由于我的朋友替他们当助理录音师，因此整个录制过程我印象深刻，几个长发的青年很健康很投入很有激情地做着他们的音乐。于是我知道，我必须支持他们，写文章，拿他们的歌曲小样在电台节目中做推介。这一切都做得很自然，因为那是一段属于摇滚的年代，从崔健到唐朝、黑豹到更多的摇滚乐队，曲折的创业之路被执著的人们艰难地走出，一种新的声音在一种新的状态和新一批人的推动下发出了。

然后摇滚在不正当的压抑下很火爆地轰动着。几年的工夫，热潮过去了。

很高兴，自己能和中国的摇滚一同成长，今日的摇滚不像最初时那样让人热血沸腾，但众多的乐队仍在生存状态的艰难中坚守着一种珍贵的东西，这种东西是在商业包装下的流行歌坛不易见到的。

摇滚不像有些人想象的那样反动和具有破坏力。好的摇滚是一种有责任感的音乐，他们像这个社会的清醒者，永远不会对现状满足，在他们的头脑中，前面永远有一个更美好的世界，而今天的许多东西是应当改变的。做摇滚的大多是理想主义者，也正因为他们的理想主义，他们是痛苦的，很少被人理

当初听懂老柴的《悲怆》，就是在这个音乐环境中。墙上的卡拉扬并不是我最喜欢的指挥，但实在因为照片很好，因此挂到现在，而照片中的这一套音响也早已落足人家。对我这个发烧友来说，面对音响是喜新厌旧的，这也能帮我在其他方面忠贞一点。所以，朋友到家中，音响角总是照相的最好背景。

解。于是一些让我们更不理解的丑恶行为，比如吸毒等就在他们中间出现了。但当我看到他们中的有些人和这些行为沾边时，我看到更多的是他们痛苦后的脆弱。

而在同时，摇滚乐又是真实的。当周围的人们虚伪地风花雪月时，摇滚乐直面着并不乐观的人生，说着真话，唱着真实的心情，这种真实在实话难说的时代中如何珍贵，我们自然知道。

千万别忘了感谢他们，他们总是在努力唱出一代人的声音，唱出阳光灿烂下的一种怀疑，唱出明天应该更美的一种希望，唱出外表疯狂而骨子里却很执著的一种责任感和使命感。与其说他们是在破坏不如说他们是想更好地建设。

当然，以上说的都是优秀的摇滚乐，然而现如今，摇滚乐正快速地流行化、商业化，哥哥妹妹的相亲相爱也成了摇滚的内容。我悲哀于这种变化，然而当我想到"诗人已死"，摇滚的局部下滑又有什么大惊小怪呢？更何况在这种商业化的背后，我仍然清晰地看见，真正的摇滚仍在夹缝中顽强地生长，我就快乐地知道：摇滚精神并不会死亡，它一定会在哪一个春天卷土重来。

我猜想，我和我的很多同龄人，摇滚精神已经深入骨髓，虽然不会拿起贝司、吉他或是敲鼓的木棒，可我们正在另外的舞台上摇滚着。因此我一直觉得，虽然摇滚世界里有歌者有听者，但有缘聚合在一起的人们，心灵是相通的，我们不过是不同舞台上的呐喊者而已。

生命是首无词歌

人们习惯于将音乐分为流行音乐、民族音乐、古典音乐和世界音乐，不过我不太喜欢这样的分类，音乐就是音乐，不同的心情下不同的音乐会给我们相同的安慰和启示。

我是一个喜欢古典音乐又喜欢流行音乐的人，因此我知道，流行音乐曾经在我的成长岁月中扮演过怎样的角色，而其中的优秀作品曾在我的心灵中造成过怎样的震撼。

比如说罗大佑的优秀作品曾经长时间地担当着我们精神启蒙的老师，《现象七十二变》《鹿港小镇》《爱人同志》《亚细亚的孤儿》，哪一首不是我们成长中的重要乐章。

达明一派也许并不为太多的人熟悉，但这支来自香港的乐队，由作曲者刘以达和歌者黄耀明组成，是华人音乐圈中我的最爱。很长一段时间，我陷在达明一派的音乐中不能自拔，他们的《石头记》用短短的一百多个字将《红楼梦》这部伟大的作品用音乐的方式表现出来，我相信达明一派的一些作品将骄傲地停留在华人音乐的殿堂里。

还有很多很多，在我们青春迷茫的时候，流行音乐一直在我们身边响着，除去文字书籍以外，流行音乐帮助并提醒我们思考着。当诗歌逐渐死亡以后，优秀的流行音乐在我们的心灵中替代着诗歌，和我们一起呐喊、沉思、迷醉和思考，很难把流行音乐从我们青春的脚步中剔除出去，否则青春将变得极不完整并缺少趣味。

生命总要从流行音乐这个阶段超越过去，在青春时节，流行音乐一直密切驻扎在我们身边的时候，古典音乐却在我们生命的远方耐心地等候着，当我们生命的跑道开始转弯的时候，他们传递接力棒。于是，走过青春的沼泽地，古典音乐很自然地出现了。年少时，流行音乐打动我们陪伴我们，在于歌词部分总是不停地撞击着我们，"我想要离开，我想要存在，我想要死去之后从头再来。""你曾经对我说，你永远爱着我，爱情这东西我明白，但永远是什么？""外面的世界很精彩，外面的世界很无奈。"……心中总有一些朦朦胧胧的感触，被不知哪方的歌者唱了出来，然后又长大了一点儿又和流行音乐亲近了一点儿。

但岁月流逝，青春过去，流行音乐中的歌词越来越难以打动我们。也许心中的感触和感悟已经不少于歌者，虽然时常还会在流行音乐中感受震撼，但这种震撼越来越少，更何况为生计奔波上有老下有小，心中的思绪再也不是几句深刻的歌词就说得清，一个人开始需要只面对自己的音乐，这个时候古典音乐来了。

我和古典音乐的真正结缘是1994年底，这之前我也陆续买了很多古典音乐唱片，可一直没入门，因而也谈不上爱好古典音乐。在那个冬天，我要采访季羡林、张中行、启功等十二位平均年龄在八十岁以上的老学者，因而闭门苦读有关材料和思考是必然的。每天晚上都是和老学者的人生故事相对的时间，可能多少受着老人们的影响吧，心情也和窗外的冬天一样有些苍凉。

有一天深夜，很偶然地将柴可夫斯基的《第六交响曲》（悲怆）放进音响，音乐响起，我奇迹般地被牢牢吸引住，而当第一乐章那伤感的转折出现的时候，我已泪流满面。后来知道这个乐章初起时描绘的是一个将要死去的老人，在死

痛并快乐着

李（德伦）大爷是国内我尊敬的指挥家，其实我并没有什么机会听他的指挥，但让我尊敬的是，他一直以普及古典音乐为自己的任务，像个音乐的传教士，执着而虔诚。

神的催促下，突然想起生命中的幸福时光，那个转折便是由死神的催促转至生命中幸福时光的回忆。当然这些文字描绘再丰富也比不上音乐中的那个转折。那一个晚上我听了将近三遍"悲怆"，我知道我和古典音乐的缘分终于开始了。

流行音乐也不会从我的生命中退去，只不过古典音乐的位置越来越重，一点儿都不奇怪，在古典音乐面前我听到的是无词歌，这一点恰恰帮助我将自己的复杂思绪投入其中。

听古典音乐长了，便发现，古典是一种静静的等待。有些乐章今天听来还索然无味，随着岁月的流逝，不知哪一天，你的心情便会和这个乐章奇妙地相遇相知相通，因此有些曲目今天听来还不得其味。但我一点儿都不着急，我常常看着唱片架上那些静静的唱片想：我会在哪一天与你们相见恨晚呢？

无论是古典还是流行，世界还是民族，音乐都只是音乐，但他们会在你不同的年纪和心情下发挥不同的作用。我不会因为今天认为古典音乐博大精深就觉得流行音乐浅薄无知，也不会因为流行音乐陪我走过青春的沼泽就拒绝古典的召唤。

随遇而安，随乐而安，拥有什么样的心情便自然欣赏什么样的音符。在音乐世界里，古典、流行、世界和民族可以是要好的朋友，它们相聚时也许常常会嘲笑人们的固执：你们人类以我们一方为阵地会错过多少动人的旋律和美好的感动啊！

当音乐响起，世界就安静下来

我一直很庆幸能和音乐结成要好的朋友，走进音乐世界长了，便会有一种后怕的感觉：如果在过去的道路中，一直没有音乐相伴，生命之路该多出多少枯燥和单调！

不过能和音乐结缘，对我也并非偶然。家乡的草原毕竟是块和音乐很近的地方。小的时候，大家都很穷，我所生活的这个边疆小城却拥有苦中作乐的习惯。当时舅舅还年轻，朋友异常的多，每到周末，他们都会聚在家里，很便宜的酒，很便宜的菜，然后就是一台小小的音乐会，有拉手风琴的，有吹笛子的，但更多的是歌声。音乐就这样在贫穷中装点着人们的生活。那个时候我和舅舅他们住在一起，这样的聚会对我这个小孩来说，是一周一次的盛会，因此我总是乐于为他们端酒上菜，赖在音乐中不走，时间长了就和音乐亲了近了。

上大学的时候家中的经济并不宽裕，但我还是很快地省出钱来，自己上街买了一个一百零五块钱的小录音机。这个数字对于当时的大学生来说，的确是一种奢侈的消费，可没有音乐的日子实在太苦，因此饿了肚子也不能饿了耳朵。

磁带并不多，不过同学之间可以互通有无，音乐声在各个宿舍里此起彼伏。可能校园生活自然助长浪漫，加上那个年龄，头脑中的想法五颜六色，音乐正好帮助自己搅拌着心情，于是大学时期，音乐就和自己成了不可分割的莫逆之交。

一直记得一个情节。有个冬天，我的小录音机坏了，好在这个小录音机的维修部在北京广渠门一带。于是坐着公共汽车去修录音机。可到了广渠门，偌大的地方，维修部在哪儿，一下没了方向。只得前后左右不停地问，天冷加上口袋里没钱，不忍在外面吃饭来补充热量，因此只好饿着肚子找，最后终于找到了修理部，录音机也很快修好。但那一天的冷却刻骨铭心，到今日都似乎在回忆中有种冻透了的感觉。

和音乐感情如此深厚，自然是因为它在生命中屡屡安慰和温暖着自己，不知在多少次没人的时候，在绝望和伤心的时候，音乐默默地把我从苦海中救助过来，又把我送入人群之中；还有多少创意和文思都是在音乐的伴奏下产生出来，效果让自己都惊奇。这样的好处说不完。不光于我，对别人也是这样。

大学快毕业前几个月，一个同班的好朋友显然遭受了失恋的打击，对于他，看得出来这次打击很重，我们作为朋友，虽有劝慰，但那份伤感在当事人的心里，别人的劝慰是不太能起作用的。

　　他就突然沉默了，竟有几天一个人离开北京，去了海边，让我们很是担心。几天过后，晚上，我回到宿舍，看到他回来了，并且正躺在我的床上戴着耳机听音乐。

　　对于这位过去不太喜欢音乐的朋友来说，这个时候也许只有音乐能真正抚慰他，一定是想了很多方法后，他才来到音乐身边的。看到这一幕，我悄悄地退了出去，我知道，他的伤口已经开始走向愈合。

其他乐器不会，只好拿自己当乐器，时常放开嗓子唱一唱。而在我"引吭高歌"的背后，是日内瓦歌剧院。这么一想，其实我是应该闭嘴的，否则有班门弄斧之嫌。

　　果真在几次音乐治疗之后，他的快乐慢慢恢复，我们都没有再和他提起关于失恋关于伤痛关于音乐的事情，很显然的，从此音乐成了他的好朋友。我想这种和音乐的患难之交恐怕是很难在他的一生中更改了。

　　四川省原省长肖秧因为癌症住进了医院并动了手术，由于我曾经采访过他并在音乐方面有共同语言，因此得知情况后我去医院看他，老人手术的情况良好也很乐观，而之所以这样，他告诉我是音乐的功劳。动完手术后，他又开始听贝多芬的东西，很快便在心里坚强起来。他自己也想不到听了很久的贝多芬在这个特殊时期又起了特殊的作用。

　　不过一段时间以后，他还是去世了。听到这个消息，我猜想，音乐一定会陪着他走进天国。也许在他生前任高官时有很多的朋友和各种关系，下来后，也有不少朋友，但真正能陪他最久的还是音乐。

　　在我失眠最严重的时候，对很多事已是万念俱灰，连阅读的兴趣都停止，只有音乐一直在听。那段挣扎过后，我在想，音乐是我最后的防线，只要还有心听音乐，那就还有希望，一切都会慢慢好起来，而如果有一天连听音乐的心都没有了，那可能就是真正的绝望。

需要声明一点，音乐并不只像上面几件事中说的那样只在人生特殊时期起作用，恰恰相反，正是在每一个平淡的日子里，音乐如同细雨润无声，每时每刻都平衡、安静、启迪着我们的内心。

前些年大家挤在一起住时，每天该起床的时候，我都是让音响放出迪斯科舞曲，然后大家快乐地起床，在那样一种节奏中走进新的一天，快乐是多一些的。后来搬出来单独住，邻里之间鸡犬之声相闻，放迪斯科舞曲是不太敢了，起床便显得有些沉闷。

但音乐是真正属于夜晚的。平常的日子里，每天晚上9点钟过后，好的电视剧都结束了，音响的那间屋子就属于我，一直到深夜12点多，就是我和音乐在一起的时间，这一段时间是我觉得每一天中最短的，好像一眨眼的工夫就不得不睡觉了，离开的时候竟总是恋恋不舍。

在每天晚上的这一段时间，也不一定是全神贯注地听，而是翻着书，让音乐做背景，或是在音乐中让脑子里胡思乱想，这是我最快乐的生活方式。在这段时间里，离报纸上的国际国内新闻、白天工作中的事都很远，而离心离人性却很近，常常听着听着音乐，会有一种深深的感动：这样的心情和平淡中的快乐如果能够凝固，那人生多么值得留恋！于是我常说："每当音乐响起的时候，世界就安静了，不管窗外有怎样的诱惑并上演着怎样的故事，旋律都遮盖了他们，几乎可以说，音乐响起，我就走进了自己的教堂，心便有了归宿，走出的时候，我知道，音乐扮成的上帝与我同在。"

写到这里我想应当从自己的沉迷中跳出来，还没有走进音乐世界的人有很多，面对这一点，我因自己的快乐而替他们着急起来，这会错过太多的乐趣。更重要的是，奔波日益紧张，在心理医生还太少的情况下，音乐能最好地为每个人实施心灵按摩，它让我们放松，它让我们幻想然后有梦，最终让我们健康而高尚。

在我周围的朋友中，我像一个音乐的布道者，帮他们配置音响，帮他们分析选购唱片，给他们讲有关的音乐背景，做这些事我从不觉疲劳。因为以我个人的体验，音乐实在是好东西，而好东西自己独享，自私了些，于是拼命推广，好在身边的人悟性不错，陆续走进音乐世界的人多了起来。几年过后，我知道，他们的心灵世界一定比过去丰富得多，也许他们会偷偷地谢我，但真正我们该谢的还是音乐。

　　写这段文字的时候，我出差在哈尔滨，身边自然没有音响设备，虽然买了些唱片，可也只能翻来覆去地看却不能翻来覆去地听，于是和往常一样，开始盼着回家，除去家人孩子，很重要的来自于每晚我和音乐在一起的感觉。和音乐分别几天日子就难过起来。

　　此时音乐只能在脑海里暗暗地响起，灵感有些枯竭，就此搁笔。

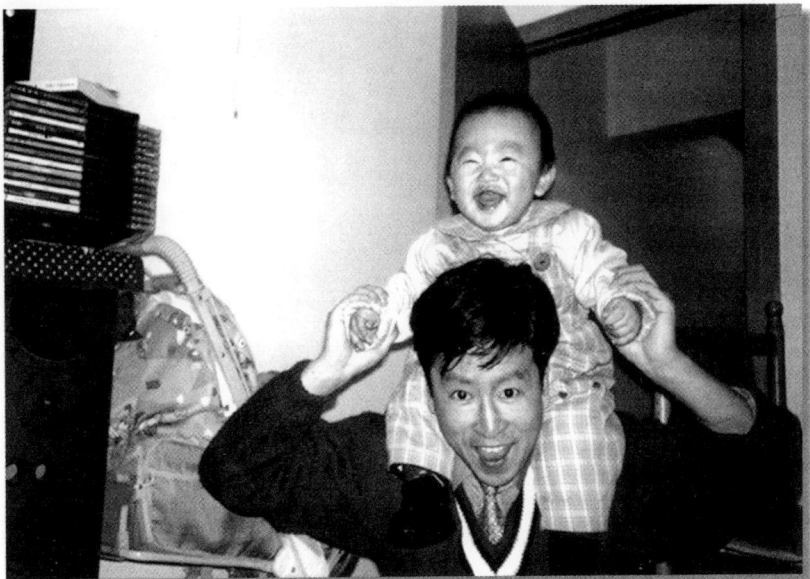

骑在我头上的儿子依然是我的朋友，只不过今天他还不能很好地和我交流，但明天，也许他给我的会更多。

初为人父：生命中最好的奖励

一

有一段时间，在我的生活环境中，不要孩子是正常的，而要孩子，多少显得有些另类。

身边的人们，无论是人过四十，还是三十好几，都是夫妇两个快乐地生活着，谈起孩子，显得有些不屑，然后劝导我："自己活着就够不容易的，还要个孩子，别逗了！"

我将信将疑，却信奉着"听人劝吃饱饭"的信条，在结婚后的几年一直过着快乐的两人生活，要孩子这个念头被我有意无意地闲置起来。

这样的日子过了几年后，我突然发现，这种前卫的日子不太属于我，就如同我吃饭不爱吃龙虾偏爱吃土豆粉条一样，自己本就是俗人一个，好在老婆也是如此，既然俗人一对，就得过俗人结婚生孩子的日子，不管身边的兄弟姐妹如何"无子一身轻"，过着快乐似神仙的现代人生活，我是打算从中撤了，哪怕背上逃兵的罪名。

似乎远方的孩子早就在等候父母在人间对他的召唤，因此当我们夫妻俩要孩子的念头才下不久，他就如约而至来到母亲的腹中。

最初听到这个消息，有些惊喜，有些手足无措，还有些想找个没人的地方偷乐或钻进人群大声呼喊"我要当父亲了"的冲动。

生活就此开始改变。

怀胎十月，对于等待中的父母来说，是太过漫长了。

和所有的父母一样，喜悦的同时是担心，将来的孩子是不是健康？是不是五官端正？十月的路途中会风调雨顺吗？我们会是个合格的父母吗？这一系列问题在每一个夜晚白天都在我们夫妻脑海中盘旋，于是相互打气，你担心的时候我自信，你自信时我担心，就这样在彼此的鼓励中扶持着向前走。

至此我才明白，十月怀胎，不只是孩子慢慢在母体中成长需要的时间，也是年轻的夫妻在成为未来的父母之前进行准备的时间，少了太过突然，长了又过于折磨人心。

妻子不再是年轻女子的模样，多少有了些母亲的光辉，而我自己，作为几个月后的父亲，也似乎褪去了一层青涩。

孩子在母亲的肚子里一天天长大，我们等待与孩子的相逢，心情也就日益迫切。

有些事情是难以解释的。我的妻子是一个地地道道的江南人，却在怀孕几个月后，时常要求吃羊肉、喝奶茶，这些过去她很少碰的食品却成了美味。这让我想起自己的家乡，那片草原，和与羊肉、奶茶有关的日子，莫非遗传真是如此的奇妙！

离预产期还有不到两个月的时候，由于我要参加长江三峡大江截流的现场直播，因此将夫人送回她的家乡待产。分别的日子里，白天忙着直播，晚上惦记着远方的那对"母子"，竟将白天的忙与累都淡化了。

直播顺利结束，回到北京又是日常节目的忙，人在江湖，身不由己，想早些回去等待相逢，照顾母与子，却脱不开身。好在预产期是 12 月 2 日，因此打算提前四五天的时候，怎么也得赶回去。

儿子却等不急了，还差将近十天的时候，一个傍晚，我突然接到妻弟的电话，妻子已经进产房，"今晚你就可能当爸爸。"

我一下蒙了，赶紧去看飞机时刻表，但时辰已晚，没有了去江苏的飞机，留给我的只有明天一早的航班和惶惶不可终日的等待。

好在岳母是当地优秀的妇产科专家，可我还是没理由地紧张与自责，电话一个接着一个，那边显然更忙，我像个没头苍蝇一样在自己家中小小的房间里来回乱窜。初冬的天气，汗不停地流下；不是教徒，也开始祈祷，佛教、基督教的招都用上，家中四面白墙让我有种喜悦与恐惧交织在一起的感觉，早已没了主张。

午夜过后一个小时，妻弟电话打了过来："生了，儿子，7 斤 8 两，母子平安，明天赶紧过来吧。"

心终于放下，却在几分钟后又提了起来，兴奋与急切地想和妻子孩子相拥的心情更加强烈，自然一夜无眠。

回忆不起来是怎样登上早晨的飞机，能想起来的画面已经到了医院的门口。走进母婴室，妻子疲惫而幸福地躺着，看见我之后用眼神引导我注意她身边的孩子。我看见了孩子，我知道，在我的生命之旅中，一个新的生命开始真实地介入，无论对于他还是我们夫妻俩，生命都是全新的开始。

岳母把孩子递到我的手上，我笨拙地抱住他，很轻却又很重，自己快乐得一点儿自信都没有。很多天之后，《半边天》节目的主持人张越把我叫进演播室，侃一个"初为人父"的话题时，曾经问我："第一次抱起孩子是什么感觉？"我的回答是："那无法用语言来表达，太奇妙了，各种情感混杂在一起，到现在还没有找到恰当的词来形容。"

我的回答是真实的。

当然我知道，抱起了，在心里，在生命里就再也不能放下，不管怎样的日子，我们都将相拥走过。约定了今生的相逢，就该担起那份责任，只是不知道，我们会成为合格的父母吗？

二

初为人父，心情与想象中的不同，似乎总有种掩饰不住的笑意，给周围的空气去分享，但怎样成为一个父亲，我并没有经验。

在我八岁那年，父亲去世，之后，母亲单身把我和哥哥带大。因此，记忆里，父亲是一张照片，言传身教的父爱几乎没有，也因此如何成为父亲，我必须自学成才。

曾经想要一个女儿，以为这样就可以成为慈父，更何况家中几代男丁兴旺，有了女儿更可以成为家族中的明珠。但来的却是儿子，似乎有些遗憾，然而相逢不久，这个所谓遗憾就不知飞到哪里去了！

正如我母亲在听到我报喜电话后说的："儿子也挺好的。"

儿子一天天长大，无数个第一次开始走进他的和我的生命中。

第一次哭我没有听到，但之后的我开始照单全收，第一次笑，第一次用眼神分辨出爸爸妈妈，第一次自己用手捧住奶瓶吃奶，第一次做出气愤的表情，第一次忍住眼泪，第一次叫爸爸妈妈，第一次站起来，第一次走第一次跑第一次为父母上班而依依不舍地哭第一次为父母下班回家而欢天喜地，第一次主动地因喜欢而来亲你……

好多的第一次记不住，好多的第一次再也忘不了，但记住的和忘记的第一次都在生命里留下了喜悦的印记。生命的开始，过程竟如此地奇妙和充满惊奇，让我不能不承认：生命才是这个世界上最大的变迁，竟比沧海桑田让人触目惊心得多。

一年多过去，一个春节，有记者采访我，问："过去一年中，你最难忘的是什么？"我答："看着儿子从两个月长到一岁两个月。"后来记者可能觉得我的回答不是什么重大主题，因此将这个回答删去不用，我为他有些遗憾：因为这是我真实的回答，并且我不认为这个主题不够大。

孩子一天天成长，我竟慢慢发觉到，有了孩子，为此付出了很多的艰辛和时间，但他给我的似乎更多。

我开始知道恐惧。

很长的时间里，自己天不怕地不怕的，有了孩子，这一切都不同了，有时抱着孩子走到窗口，都会下意识地往后退几步，像怕开着的窗户有吸引力似的，妻子带着孩子出去玩，在家中自己就会无由地担心起街上川流不息的车辆……这样的恐惧开始增多，也就慢慢懂得为别人去考虑。多少年来，我们无所畏惧地活着，然后将这个世界破坏得不堪入目，如果我们心中都能有所畏惧，不再天王老子第一，世界会不会和平些可爱些？

孩子也开始让我重回自然。

孩子五个月前，一直和妈妈在江苏的姥爷姥姥家成长着，五个月了，我坚决要求他们回来，因为做了父母，就必须让孩子在身边慢慢长大，否则，错过了成长中的风景，我会一生不安的。这张照片就拍于北京火车站，他们回来了。

好久了，在城市的钢筋水泥森林中穿行，绿色与大自然被悄悄地遗忘着。恋爱的时候，我和妻子也是属于商场派，更别说平时的忙碌日子。但有了孩子就不同，总不能带他到尘土飞扬的街道上玩吧！去商场酒吧也有些不合时宜，于是，很快，北京的一些公园就被我们跑遍了。

清清的水绿绿的树，你会知道，这才和幼小的生命最为配套，而我也自然跟着他体味到难得的清静与悠闲，并感叹：自己过去是在所谓的忙碌之中，忽略了一些什么，而在这个城市之中，又岂止是我一个人忽略了这些？其实，在不是周末的公园里，清静与悠闲一直都在，城市的喧嚣被公园的围墙隔断，想象着围墙外面我们奔波的脚步，看看绿树下孩子的嬉戏，我也时常感叹，生活可以如此美好，因为人本来属于自然和绿色。公园去得多了，想带孩子回到真正大自然中的念头就更强，于是在郊外无人关注的小溪之中，小小的儿子快乐地玩水；远方吸引人的海边，我被儿子好奇的目光牵引，在沙滩上打滚，在浪边和他一起面对大海……这个时候，我感谢儿子，因为自己重新又知道了什么叫活着。

当然有了孩子，我也可以把久违了的童心重新找回。

在孩子的面前，你是无法正襟危坐的，于是，和他满地打滚，给他当马骑，陪着他发出一些怪叫，做鬼脸，和他一起傻乐，玩他的玩具……平日西装束缚住的身体与灵魂又开始放松，生命里我乱了时差，忘乎所以地快乐。

有了孩子，我也真正开始知道"可怜天下父母心"这句话的含义。

以前听人说，在我们这个绝大多数人没有宗教信仰的国度里，孩子是我们的宗教。最初听到这句话，只当一个警句，而初为人父，才知道这是切身感受。

首先，我们曾是父母的宗教，成长的道路已经太过漫长，当初父母在自己身上的汗水与眼泪都在记忆里模糊，这一回，自己成了父母，一把屎一把尿中，开始重新品味出父母当初带自己的不易来，然后真正懂得了感谢，也懂得了"可怜天下父母心"这句话。

于是在带孩子的同时，赶快抓紧时间孝敬父母，心里还有些后怕，要是自己没孩子，对父母的感谢会淡一些和不够准确吧？

当然孩子给自己的远不止这几条，内容还有很多，然而总谈自己得到的好处，小气了点，大的话题也有，谈起来沉重了些，不过还是谈谈好，那就是：拯救男人从当父亲开始。这句话是两个意思。首先说说当父亲的人，改革这么多年，现代化的步伐一天快似一天，受到冲击最大的应当是男人。一天几份报纸一杯清茶闲天一聊就过去的日子一去不复返了，竞争之中，每个人为自尊为家人，为迎接别人的眼光拼争着，这其中，男人尤甚。成功是天经地义的，而不成功的男人怕是连自己都不能原谅自己，于是更是没白天没黑夜地在人群中摔打。因此现代化的步伐越快，这其中的男人越是可怜越是需要拯救。那为什么不在当父亲这一机会到来的时候，多给一些时间让自己和孩子待在一起，让那父子或父女之间的天伦之乐冲淡一下竞争中的残酷和疲惫。这是奔波中最好的良药，为什么要对此说"不"呢？看过一个调查，日本父亲平均每天和孩子待在一起的时间不到二十分钟，这个调查结果让我明白：为什么日本男人心理变态的比例高一些。但我想，中国的父亲大可不必如此，什么事情都是平衡着好一些。在过去的二十世纪里，母亲是最重要的词语，父亲的概念只是朱自清留下的一个《背影》，新的世纪中，父亲能不能转过头来，把更多的快乐给孩子更给自己？如果这样，那这个世纪是可爱的。

拯救男人从当父亲开始，这句话的第二个意思是，在孩子的成长过程中，如果父亲的身影在他或她的身边多一些时间的话，也许我们这个民族，阳刚气会更多一些。

中国人中庸气质浓厚，野性与阳刚却一直缺乏，各种因素都有，改变起来是难了些，但不改变这种情况，我们民族的血性又在哪里？

看看我们的孩子吧！从幼儿园到大学，一路上的老师，女性占了十之七八，难怪我们的孩子阴柔多了而阳刚却不足。即使在家中，中国的传统也是母亲和孩子待在一起的时间多，而父亲总是甩手掌柜，因此孩子寻找阳刚，父亲这个老师却不在身边。

今后的父亲别再这样，带着你的孩子去球场奔跑去呐喊去游戏去强健身体，也许一代又一代，我们的野性与阳刚会重新注入到这个民族的血脉之中。二十一世纪，让父亲和孩子在一起的时间多一些再多一些吧！

拉拉杂杂，从小到大，说了太多当父亲的好处，但任何事都有正反两面，初为人父的负作用也是有的。

人常说，玩物丧志，孩子虽不是物件，但玩耍中，这样的危险还是有的。过去多少有些事业至上，自从有了孩子，就总想在家里多待上一些时间，找一个借口就往家跑，周末加班，内心里也有了抵触。诸如此类，奔波的脚步开始有些放慢，但却并不着急，因为快乐。

记得儿子降生不久，我获得了金话筒奖，本该激动，但可能因为儿子的到来，让我看到了另外一种奖励。金话筒奖励的是我的事业，而儿子的到来却是对我生命的一种奖励，因此不管怎样金灿灿的奖杯，也比不上行走在人群中，儿子信任地倚着我的肩膀安睡让我兴奋与感动，这是我获得的最高奖赏。

三

几年前去学者于光远先生家中采访，闲谈中先生告诉我们，在写各种专稿、大部头文章的同时，这几年一直在做一件事：为自己的小孙女写日记。

先生觉得，小孙女从出生到掌握写日记的本领，大约得将近十年的时间。如果自己替她把这十年的日记写上，将来她自己接手，走到生命之路的终点，将会拥有一部完整的人生日记，从零到终点，岂不快哉？因此于光远先生快乐地做着这件事。

时常想起先生做的这件事，不过做了父亲之后，我想做的并不是和先生一样，为儿子先写日记，然后将来他自己接上。而是时常有种感触：没有谁，关于自己生命的记忆是完整的，岁月倒流，起始处依稀在三四岁的时候，再之前生命是一种怎样的情景，其实我们并不知道。

但有了孩子，这一切就开始不同，从第一声哭泣开始，在他的一天天成长中，我清晰地看到不在自己脑海中的那段岁月，三四岁之前的那段记忆盲区，终于被儿子的成长填补了。

过去我的母亲很少讲我婴儿期的表现，现在由于我儿子的种种表现，当奶奶的就经常来点纵向比较："你当初比他还能哭""你快两岁才会说话""每天特别晚了你还不睡觉，比你儿子还能闹！"如此这般，在母亲的不经意流露中，我也多了对自己婴儿时期的感性认识，一直以为自己是优良少年的念头多少有些动摇，种种劣迹让自己摇头。但生命终于被完整地串联，这种喜悦冲淡了知道儿时劣迹的羞愧。

常有人问我，要孩子有意思吗？

我总是先掩饰不住笑容，然后答："太有意思了！"

不是有人说：孩子是我们的宗教吗？那我看自己，很像这方面的传教士。当初张越和我聊初为人父的这个话题时，我的传教心态就暴露无疑，猛劝还没结婚的张越一定要成为母亲，这之后更加变本加厉，遇到结婚没结婚的育龄男女，就告诉人家当父母的快乐。效果如何，从不考虑，也因此当同事朋友中真的有人怀孕之后，就自以为是我的劝告起了作用，可人家极不屑地回我一句：想要孩子的念头比你还早呢？

但我劝同龄人成为父母是有道理的，现如今，和生命本身有关的快乐越来越少，我们常常在声光食色的刺激中，体味着一种快乐，直到孩子来了，你才知道，看着生命在你身边一点一点萌芽，该是怎样一道风景？

很多人选择两人世界当然有自己的道理，在我很多这类朋友的脑海里，认为现在走的这条路已经习惯，而有了孩子，相当于走上另一路，谁知那会是怎样的一段路程一种风景。沿着这条路前行，快乐自然，但少有意外的惊喜和想象不到的惊奇，快乐有时来自转折，成为父母就是一种转折，下决心转了以后才知道，熟悉的路上不一定有太多的风景，而转折处才是山花烂漫。

过去自己是儿子是孙子的时候，并不知道天伦之乐为何物，因为那时自己是别人之乐的缘由，而现如今，摇身一变，自己成了父母，天伦中的那份乐才真切知道，奔波中日益变硬的心竟又奇迹般的湿润与柔弱起来，粗糙的眼神重新变得细致。由于小生命的介入，对自己生命之路也开始有了全新的理解。走路时，是该多一些牵挂的，牵挂多了才留恋，才一步一回头，才体味与感动，免了一路向前奔波的无助与枯燥。

当然我知道，成为父母不只是我说的这些好，那种艰辛和未来路上的坎坎坷坷都在不知名的路口等待，但我不悔，选择了最初就选择了路途，将来儿子是争气也好不争气也好，令我满意也好不满意也好，他终将有自己的一生，我们不过是送他上路的人，他有了自己的舞台，而我们坐在台下，随着他的剧情或流泪或鼓掌；与此同时，我们也不会忘记自己的舞台，如果有机会，儿子在台下也能愿意鼓掌或流泪，那是最好。

正如一位散文家所写，我套用成：他有属于他的一生，是我不能相陪的，父子一场，只能看做一把借来的琴弦，能弹多久，便弹多久，但借来的岁月毕竟是有其归还期限的。不过归还时，我们要感谢上苍，肯在我们的奔波中借这样一段快乐的岁月给我们，将来的岁月如何，那是一种该随缘的事啊！

孩子还小，想太久的未来，会显得有些婆婆妈妈，但面对他们这一代的前路，担心不能说没有。

多年以前，读过台湾散文家张晓风的一篇散文《我交给你们一个孩子》，写这篇文章的原因是，张晓风的儿子要上小学了，当母亲的她本可相送，但终于忍住，挥了挥手，放儿子走了。站在阳台上的母亲看着儿子走进人流的背影，感触顿生："想大声告诉全城市，今天早晨，我交给你们一个小男孩，他还不知恐惧为何物，我却是知道的，我把他交给马路，匆匆的路人啊，你们能够小心一点吗？……我努力相信教育当局，多年以后，你将还我一个怎样的青年？……他开始识字开始读书，他会因而变得正直忠信，还是学会奸猾诡诈？当我把我的孩子交出来，当他向这世界求知若渴，世界啊，你给他的会是什么？"

多年以后，已经初为人父，重读这篇文章，字字句句砸在心里。孩子还小，还在我们的怀抱里在我们的视线中，但几年以后，他也会给我一个走入人流的背影，我相信那一刻的我会和张晓风一样拥有同样的祈祷和担心：

世界啊，今天早晨，我，向你交出一个可爱的小男孩，而你们将还给我一个怎样的呢？

四

注：以下这篇文章《写给孩子》动笔于 1997 年 11 月底，那时我的儿子刚刚诞生不久，过去两年多了，这篇文章我仍愿不时拿出看看，只是在重看时，越来越好奇，未来，我的孩子打开这封多年以前父亲写给他的人生邮件时，会像他父亲当初动笔时那样感动吗？

写给孩子

前一段时间，在我的眼前，经常会有一个孩子的身影在晃动，虽然那个时候，我还看不清他的面容，甚至连性别都模糊，但我知道，这是我们父子俩相遇前的通知。

今日落笔，已是在充满乳香的房间里，我的儿子在饱餐一顿后安静地睡着。

那种与新生儿见面所带来的奇妙感受充满我心，我知道，在我们彼此的生命历程中将相互温暖与扶持。

做了父亲，我不该两手空空迎接他的到来，但孩子那稚嫩的小手还举不起任何可作礼物的东西，那就让我的祝愿当做礼物，投入生命的信箱，来一个慢件邮递，当他长大的时候，再好奇地拆封吧！

学会宽容

如果所有的美德可以自选，那孩子，就先把宽容挑出吧！

在马上到来的世纪里，也许平和安静会很昂贵，不过，拥有宽容，你就可以奢侈地消费它们。宽容能松弛别人，也能抚慰自己，它会让你把爱放在首位，万不得已才动用恨的武器；宽容会使你随和，让你把一些人看得很重的事情看得很轻；宽容还会使你不至失眠，再大的不快，再激烈的冲突，都不会在宽容的心里过夜，于是每个清晨，你都会在希望中醒来。

我不知道，在未来的岁月里，该如何让你学会宽容，如果宽容可以遗传，你就将在母亲那里遗传很多。当然我希望你在成长的过程中，做父亲的也可以慢慢言传身教。

一旦你拥有了宽容的美德，你将一生收获笑容，而如果你真的学会了宽容，也许就不会在未来的那一天，抱怨父母为什么会把你带到这个并不纯净的世界里来。不过，这后一个想法，已是父母未雨绸缪的自私了。

不争第一

人生不是竞技，不必把撞线当成最大的荣光。

当了第一的人也许是脆弱的，众人之上的滋味尝尽，如再有下落，感受的可能就是寒凉，这样一来，就将永远向前，可在生命的每个阶段，第一的诱惑总在眼前，于是，生命变成苦役。

站在第一位置的人不一定是胜者，每一次第一总是一时的风光，却赌不来一世的顺畅。时代的风向总在转变，那些被风吹走的名字，总是站在队伍的前列。争第一的人们，眼睛总是盯着对手，为了得到第一，也许很多不善良的手段都会派上用场，也许每一个战役，你都赢了，但夜深人静，一个又一个的伤口，会让自己触目惊心。

何必把争来的第一当成生命的奖状，我们每一个人，只不过是和自己赛跑的人，在那长长的人生路上，追求更好强过追求最好。

爱上音乐

在我们身边，什么都会背叛，可音乐不会，哪怕全世界所有的人都背过身去，音乐依然会和你窃窃私语。我曾问过一个哲人：为什么今天的人们还是需要一二百年前的音乐抚慰？哲人答：人性进化得很慢很慢！

于是我知道，无论你向前走多远，那些久远的音符还是会和你的心灵很近。生命之路并不顺畅，坎坷和不平都会出现在你的眼前，但爱上音乐，我便放心，因为一二百年前，那些独对心灵的音乐编织者，早已为你谱下安慰乐句。

在你成长的时代里，信息的高速发达将使人们的头脑中，独自冥想的空间越来越小，然而走进音乐世界，你会在和乐人的对话中，学会独立思考，学会用自己的感受去激活生命。每当想到，今日在我脑海里回旋的那些乐章，也会在未来与你相伴，我就喜悦，为一种生命与心灵的接力。

…………

其实还有，比如说来点幽默、健康、有很多真正的朋友……但我想，生命的路自己走过，再多的祝愿都是身后的叮咛，该有的终将会有，该失去的也终会失去，然而孩子，在父母的目光里，你的每一步都将是我生命里最好的回忆……

很久很久以后，也许你该为你未来的孩子写下祝愿的话语，只是不知，会否和我今日写下的相似？

生命中最重要的是心灵路程，所以它和朝代的更迭无关。孩子，当未来你拆开这封今日寄出的邮件时，我还是希望：你能喜悦并接受。

25

儿子还不到两岁，就喜欢摆弄电脑的键盘，明天，他们用电脑一定像我们今天用笔一样灵活。这张照片上我旁观的眼神，竟让我看到自己内心对科技高速发展的一种畏惧。也许还有一种怕成为时代落伍者的担心？

别说我行：说我不行我就不行

在人的各种品质中，我历来主张，自信是最重要的之一。

好多事情，原本机会是不会降临到你的头上，但拥有自信，这让别人觉得你还可以，机会就来了；还有时，这个事情原本有可能成功不了，但你自信，最后坚持了一下，事情还真的成功了。而在更多的时候，自信是一种动力，是的，我可以，于是我一定要把好的结果做出来，结局还大致不错。

可有些事却是自信不得的。人总有自己的缺憾之处，虽不是不可弥补，但至少现在这个阶段，对某些事情还没有发言权。就我个人来说，古典文学底子薄、外语不好、电脑方面半盲……这些时常让我自卑。好在今后的路还长，弱项还可以有弥补的机会，但今日把我的一些弱项说给大家听，也许会起个相互提醒的作用。

一、古文化

我们这些六十年代出生的人，启蒙时没有背唐诗吟宋词的良好社会背景，这一点有点儿先天不足。我还不算愚笨，因此如果小时候，父母、周围的亲人给我先上古文化课，也许我在这方面的缺憾还不会太多。但回想当时，父母自身难保，正被运动冲击得灵魂出窍，更重要的是讲"古"就有宣扬封建糟粕的可能，于是只好把我儿时大好的时光放在了"我爱北京天安门，天安门上太阳升"这些红得发烫的歌词上。

足球要从娃娃抓起，古文化的底子也要从娃娃抓起。这是不用解释的大道理，但我想，不只是我，我们那一两代人，在这方面都有点儿先天不足。

如果仅仅是不会背几首唐诗或少吟几阕宋词倒也罢了，可怕的是，我们被迫和一种传统远离开来，难怪人们在十几年前要寻根，也许寻找的正是我们来时的那条漫漫长路。

在中国，没有多少《圣经》也没有多少《古兰经》，中国信教的人少，大多数人是临时抱佛脚。但中国人的信仰和道德规范一直藏在四书五经、史记汉书里，藏在唐诗宋词和一个又一个从古讲到今的传奇故事之中，然而我们早已冷淡生疏了它们，我们的儿时没有他们相陪，于是很多年后，我们不得不从学习"你好""对不起"这一类词语中开始道德重建。

我自己也不是没有奋起直追的雄心，可童子功没有打下，成人之后从头再来，就多少有点儿吃力。看见自己的岁数一天比一天大，渴望走进古文化之中的念头就一天强似一天。这倒不是把它当成一种时尚，而是在今天，新旧交合的时代里，不懂过去的博大精深，又如何真正的现代？

可笑的是依然有人在不知古的情况下批古赞洋，如同那些不知现代为何物却一味沉湎于讲古之中的人们一样。

课是要补的，也就顾不上面子，原文看不懂，哪怕先买一套蔡志忠的漫画，一页页翻着，就这样，过去的智慧开始浮现眼前，才发现时代虽然进步得很快，但智慧前行的脚步却并不迅速，甚至于冷眼看看现代人，更加发现：我们这一两

湖南长沙岳麓书院，门口有一副对联。上联：惟楚有才；下联：於斯为盛。每次看到这八个字，我都有些激动，因为蕴藏其中的骄傲、狂放和自信，今人中间开始少了。

代人真真切切地丢掉了什么！

除了翻漫画，还想练练毛笔字。其实练字是假，借这个机会走进与其有关的一两间古文化的屋子才是最重要的。于是琉璃厂跑了很多趟，好笔好墨没少买，字也的确练了有半年，感觉很不错，但日子一天忙似一天，笔也就放下。现在看着笔筒里各种漂亮的毛笔和桌上的砚台，也会嘲笑自己一下，莫非要等到自己退休以后，再用丹青去描绘夕阳之红吗？

也想重回童年，一首一首唐诗和宋词背下来，并不为"熟读唐诗三百首，不会写诗也会吟"，只是为唐诗宋词之中那种绝顶之美。看着一种美放在书架上，却不能时时去体会，那是有些悲哀的。

变着法地想追求，可还是现代的轻飘飘。难道年少时阴差阳错由于时代的原因错过了，就注定错过一生吗？难道从此只能把这种梦想，变成几幅字画或是一套红木家具放在家中附庸风雅吗？我是有些不甘心，但一时也没有主意。

前不久，听我同事讲采访中的一件事，一位老学者告诉我的同事，人们常说过年过年，年其实是一头恶兽，每年除夕之夜就会出来游荡，到人间作恶，于是人们放鞭炮贴对联，希望把年弄走，折腾一个除夕夜，大年初一早晨，天亮了年跑了，于是见面的人互相恭喜："过年好""过年好"，潜台词是：咱们都没让年给吃了。老人给我的同事讲了这个故事之后，就发了感慨：现在的人们离除夕还差十天半个月，就开始拜上了早年，一口一个"过年好"，孰不知，年这头怪兽还没出来呢，说个什么"过年好"啊！

你看，在古文化方面非常无知就会常常上演非常笑话，想着自己也常给人拜早年，我就想找个地缝钻进去。当然也可以安慰一下自己，谁让我无知呢？可一想在这方面无知的不只是我一个，对这事就不太想原谅了，因为笑话可能闹得更大。

二、外语

有这么一个段子，和外语能力有关。

三只小耗子，有一天在耗子妈妈的带领下出去散步，鸟语花香，心情不错，一路欢声笑语，可危险突然来了，前方出现了一只猫，三只小耗子立即惊慌失措，可耗子妈妈镇定自若，对小耗子说："别怕，看我的。"说完，耗子妈妈就大声叫道："汪汪汪。"猫听到狗叫，转身跑远了，耗子妈妈得意地对小耗子说："怎么样？掌握一门外语很重要吧！"

段子讲完，听者哈哈大笑。可笑过之后有些悲哀，这类段子一般是外语不怎么样的人最乐意讲，这就有点儿阿Q的意思，透着一种吃不着葡萄说葡萄酸的味道。

其实外语真的很重要。

对这一点我也从小就知道。打倒"四人帮"后不久，母亲就逼着我天天坐在收音机前听陈琳的英语讲座。母亲还告诉我，父亲当年还打算自学英语，那可是文化大革命中的事，显然在我的家里对外语还是很尊重的。

最初我还可以，上了初中，由于跟着收音机学过一段英语，竟当上了英语

和外国朋友可以照一张这样亲密的合影，但没有语言做媒介，快门一闪过后，我们只能各奔东西。而如果有了语言，除去这张照片，我们之间是不是还能够留下另外的一些记忆呢？

课代表。但那时改革开放还没有蔚然成风，对英语的重视在我的心里一天不如一天，加上咱们外语教学的确有些问题，这个句型那个语法，把外语当大学问来研究。慢慢地，自己对英语的兴趣就淡了下来，考高中时，英语才得了四十七分，这让我对英语彻底绝望。

上了高中，一切要听从高考这个指挥棒的引导，英语如此糟糕，将来考大学会出问题，好在我们那儿可以改学俄语，于是高中三年，走进俄语世界，三年学完六年的课程，高考竟得了七十八分，顺利走进高校。

上了大学，本有重学英语的念头，但看着同学英语快慢班分着，压力还挺大，就乐得在俄语世界里潇洒。在广播学院，我们这个年级，一共才五个学俄语的，上起课来如研究生一般，考试也极其容易，一晃四年过去了，俄语没什么长进，毕业后，中俄边贸虽然热火朝天，可我留在北京又干上了新闻，俄语极少派上用场，十年过去，俄语已从我脑海中慢慢退出。

在外语方面，我终于又成了"文盲"。

为此产生的遗憾一天强似一天。

出国多少次，本是研究同行的好机会，但打开电视，除了研究一下布景和猜猜主持人的年纪，说的什么，就一头雾水！采访中，老外就在身边，本想交流一下，可除了翻翻白眼，又能说些什么呢？

于是，就只能凭借道听途说，来了解西方的同行在怎么做着电视，自己的主动观察与评析就没了市场，相信这种遗憾不仅只属于我。这就难怪，资讯如此发达，在很多方面，我们仍不能和国外的发展保持同步，总是晚了半拍的感觉。

光我一个人这样就罢了，可身边如我类人实在太多，另外还有相当多的人光能睁眼看一下文字，到张嘴的时候又成了哑巴，这让我们这个最需要沟通的行当，时常封闭起来，只好大言不惭地说：走自己的路，让别人去说吧！

更何况还有别的弊病。

不是已经有很多学者发过议论吗？当初马克思恩格斯的著作，我们都是从俄译本中去理解消化的，而过了很多年，当看到原文的德语马恩著作，才知道其中的误差。如果当初直接从德语著作中吸收马恩精髓，我们是不是会少走许多弯路呢？这可不是一个人外语不好只耽误自己这么简单的事！

对外语文盲这个身份我是不甘心的，不能掌握外语，就不能真正了解世界，无论个人与国家都是如此。也许当我完成这部书稿之后，就会赶紧去找个外语班报名，三十多岁开始学艺还不算太晚，我真不想这只腿迈进新世纪，而另一只却一直停在过去，被封闭自然会被淘汰，谁也不想中途掉队，真希望有一天碰到你，我们会用外语叽哩咕噜半天后，像耗子妈妈那样得意地说："怎么样？掌握一门外语还是挺重要的吧！"

三、电脑

现在的人们常说一句话：现代人必须掌握三种本事，外语、电脑、驾驶技术。

每次面对这句话，我都很自卑，因为外语方面的文盲加上电脑方面的弱智，在新世纪里，看样子我只剩下开车乱跑的份儿。

我的电脑水平不高，写这本书的过程也可以证明，别人早已经是电脑代笔，可我依然用笔用纸，一字一字写出，然后夫人接手，打到电脑上，再打印出来，我在上面修改。如此复杂的流程，加上面对夫人的劳作，我只有打趣地自嘲：还好，将来咱有手稿可供拍卖。

话是这么说，却掩饰不住我面对电脑的智商不足。

我也不是对机器一窍不通的那种文科学生，比如音响发烧，我就到了很高的热度，至少在周围的人群中算作专家，书架上一堆堆音响类杂志也还读得进去。

可遇到电脑就有些发蒙。

也不算没名师指点，周围高手很多，也都好为人师，但我却迟迟进入不了角色，让老师们空有一身技艺无的放矢。

想当初，大约是1991年，我还被报社送到山东华光集团学过电脑排版，当时也算好学生，每分钟打个三四十字没问题，电脑排版也入门，怎奈回来后，几顿饭过去，就消化掉了。

有一点要声明，如果说古文化底子薄，今日想恶补，但心有余而力不足加之发力太晚，迟迟进入不了情况，而外语则是今日弱，但变弱为强的决心很大，明日一定会有结果，那么面对电脑，我是多少有些躲避的。

在电脑上打不打字不重要，我还是喜欢稿纸铺好，选一支顺手的笔，然后开始沙沙作响地写作。一来有种古典美二来这时灵性飞扬，可面对电脑，思绪往往变得枯燥，这可能是我的一种毛病。

在电脑上游戏，我也偶尔试过，运动类的我手忙脚乱，有点儿跟不上，放弃，于是电脑上打打扑克下下棋甚至来两圈麻将还算经常。可玩来玩去，没发现什么好软件，再精彩的编程也不如几个真人坐在一起玩得快，游戏本来就不只为了胜负，更在于游戏过程中的人际交流，没有了游戏中朋友间互相诋毁和冷嘲热讽嬉笑怒骂，游戏的乐趣就淡了。在电脑上游戏，要么孤独，要么快乐得有些自欺欺人，我实在不喜欢对手是个机器，我希望在游戏中坐我对面的是活生生的人，而只剩我一个人的时候，我宁愿阅读或听音乐。

当然还没有上网，这似乎显得更加落伍，但我自己感觉还算良好。我多少有些惧怕，一旦上网，便没了自己独立的空间，我们会陷在信息的海洋中，成了可怜的网虫。现代人的真正烦恼，其实并不是资讯太少而是相反，每一日，我们都渴望信息冲浪，唯恐自己被世界抛离，但我想，丧失独立思考能力的人们才会被真正抛离。

也曾在网上，在别人的率领下与众人聊天，可看着屏幕上真真假假的思想和真真假假的名字，我多少有些厌倦，"实话实说"这四个字至少在网上还是梦想。

当然，现在不和电脑结缘，也因为操作还显得复杂，我乐观地相信，傻瓜型的电脑离我们已经很近，在很短的时间内，电脑将如电视般容易操纵，我不妨晚到些，也可省却些麻烦。

我知道，以上这些理由都是自己面对电脑比较弱智时的借口，在我们的生活中，电脑的出现打破了一种禁忌和言论的不够自由，人们拥有了更多的知情权和选择权，我当然知道这一点有多么重要，可我不会因为感激就在电脑面前变得聪明些。

我可能会在不久后的哪一天，和电脑亲近起来甚至在网上拥有自己的网页，但那不会是因为我突然爱上了电脑，而是因为：受不了现代人看我像看原始人一样的眼光。

你看，在电脑面前，内心深处，我还是有些自卑。

四、合作

合作不只是我的弱项也是我们的弱项。我过去做过报纸广播，但电视的特殊性大不一样，最重要的是它需要人与人之间的互相合作。

做报纸记者的时候，拿个本顶多加个录音机就走了，采访完毕，自己苦思冥想，文章写出后，很快乐，很有自我成就感，广播也如此，一晚上的节目，推个装满音乐 CD 的小车就进了直播间，主持完了，想着刚才那种电波中的交流当然也自得其乐。

做电视，想自得其乐，难一些，没有摄像、录音、主持和编导，这活儿就不能干。即使最节俭，也得摄像和记者两个人，合作还是跑不掉。

合作好了，节目就会加分，可如果摄像那儿减了十分，编导和主持也各自减分，最后的节目能不能及格都是个问题。

可是合作又不是简单理解为处好人际关系，而是如何在合作之中，既有良好人际关系又能激发各自潜能，尤其后者几乎是我们所有人的弱项。

激发自己的潜能容易一些，但一花独放不是春，电视节目组一出去就是支庞大队伍，只有一两个出彩，回来后，节目还是不一定上档次。

学会合作，是电视人面对的第一课题。

有的电视人单打独斗惯了，要么大包大揽，事无巨细都自己来，伤了同伴的自尊不说，自己还累个半死；要么放任自流，好好先生一当，宁伤节目不伤感情，一来二去也不是长久之计。

因此，除去节目，想得最多的就是合作问题，曾经采访过在美国的一位华裔科学家，他曾在几千名科学家共同承担的登火星计划中担当重任，我问过他一个问题：新的世纪中，人才最重要的素质是什么？他回答：合作精神。听到这个回答，我沉默良久，又是一个关于新世纪的命题，但我相信他说的是对的。

中国并不是一个拥有合作精神传统的国度，比如在音乐领域，我们习惯一把二胡或一架古琴诉说情怀，而西方音乐家却善于把不同的乐器组合在一起，用合作带来的和谐感动我们。

你还可以观察我们的游戏，像麻将一类，不仅是"各人自扫门前雪，哪管他人瓦上霜"，而且是把自己的成功建立在别人的失误上，平时还要看上家盯下家琢磨着对家，对人家怎么不利怎么出牌；再如拱猪、锄大地一类，更是以陷害对手的狠毒程度为胜利的标志，合作是根本谈不上的，即使偶有合作也是先把一个对手陷害完毕再来两个人间的争斗。而如升级、敲三家这一类所谓合作的牌局，我看到更多的也是同伙间因为出错一张牌而产生的互相指责，这一点让我看到一种传统。

当然谈到合作，我们还有一个特点，那就是可以共患难，却不能共享乐。多少人患难时是至亲良朋，而境遇转好，钩心斗角就来了，这样的例子我们每个人都可以举上一大把。

总这样下去显然不行。

在我们电视圈，就面临着从体力向智力再向合力的转变过程。电视原本就是个需要合作的行当，再向前发展也必须向合力要效益。也许在大学的课程中，也应该为电视人开一门合作课才是。

中国向前发展也是如此。

单打独斗的时代过去了，不懂得合作，我们只是一个又一个容易被征服的个体，而懂得合作，我们就是一个无法战胜的整体。我永远忘不了在美国听别人讲的一件事：由于开餐馆的华人不合作，还竞相拆台，因此互相咬着降价，致使许多餐馆都无利润可赚。而韩国人则团结如一家，订立价格同盟，结果日子过得都不错。难道就因为我们人多，竞争激烈，就必须单打独斗互相拆台吗？

我喜欢足球，不仅因为它的精彩激烈，还因为它给我们有关合作的启示。一场比赛，需要十一个人上场，位置各不相同，但每个人必须全力以赴，既要为同伴制造机会，也要把伙伴为自己制造的机会把握住，同伴犯了错误，其他人要赶紧弥补而不是马上指责，只有这样，一场比赛才能赢，没有大明星的球队也才有机会战胜明星云集的大牌球队。而任何一名球员，如果自己精彩发挥，整支球队却输了，那快乐也大大地打了折扣。

因此当有人问我：新世纪该成为一名什么样的人才时，我往往回答："无论从事什么职业，都力争使自己成为一支十一人的队伍中不可替代的一员。"

我还要继续学习合作，我们很多人也要学会如何合作，甚至可以上升一点高度：新世纪里，中国是否能够真正强大，首先取决于我们是否学会合作。

为了明天，请同意我的观点。

五、不行与不安

这年头，一不注意，电视节目主持人竟成了被人议来评去的公众人物，于是，在生活中，由于所谓"知名"二字，干这行当的就享受到很多便利。其实，我也是主持人一个，因此很多便利也享受得到，甚至还有人群中一种让我忐忑不安的尊重神情，更让我觉得，这都属于多得。

如果这个社会，医生或教师必须通过电视来工作，那明星该是他们吧。由于分工，我们必须通过屏幕工作，可怎么原来正常的工作就让我们得到了很多意外的"收获"呢？

我因此常说一句话，背靠大树可千万别拿自己当大树，也许电视在这二十多年的中国的确占据着人们很多的时间，但不能因自己靠上了这棵大树就飘飘然有些自傲，认为自己做好了一些什么。

我常常对被采访者说，我们不过是月亮，本身根本不发光，但由于反射太阳的光，被采访者正是一个又一个太阳，我们看着亮，其实这只属于借光，时间长了，如果月亮本身真的以为自己很亮，那就是太过可笑的事情。

我的诸种说法还显得有些绕，另一种说法则直接得多：

如果把一条狗拉进中央电视台的演播室，然后在黄金时间连播它一个月，这之后，这条狗就成为中国一条名狗。

这比喻有些尖刻，但我必须当做一种善意的提醒而接受，因为它最能快速地告诉我们：别太自以为是，你并没有做得很特别！

从我本人来说，没想过成为公众人物，也因此，这种局面来了，我便常常有种不安，因为自己这半斤八两，自己该是最清楚的！

必须承认，做了电视节目主持人，就拥有了公众话语权，经常有机会不管人家愿不愿意，就在屏幕上说三道四，对这种局面，我时常感觉到压力，因为每天自己在屏幕上说话的时间，如果折算成了广告，是要花好多钱的，因此越是拥有公众话语权，也许越该天天问自己，我说的都是有价值的吗？如果没有价值，我浪费掉人们多少时间，又浪费掉多少金钱呢？

一想就是一身冷汗，看着自己身上这么多的不行，面对众人的关注，时常便会有羞愧感。但人更要面对将来，过分的自卑和过分的自傲一样可笑，坐在这个位置上就必须承担起应当承担的使命，那怕为此付出十二分的努力。因此希望，我能很快不辱使命。

26

More is absolutely forbidden in the area of sculptures! please don't take any pictures where the white signs are set!

　　与其让人说砸烂电视，不如我也砸烂一回摄像机，但这不过是开个玩笑而已。砸烂电视毫无意义，改造电视才切实可行。

我和电视：在欣慰与担忧中约会

痛并快乐着

一

　　电视，对于我们绝大多数人来说，都是个相知还不算太长的新伙伴。

　　不像其他一些事情，谈起源头来，要从爷爷那儿说起，关于电视，我们自己就可以把和它的相逢回忆起来。

　　在我儿童时代，"电视机"这个词从来就没有进入过我的脑海。当时家中有一台大的红灯牌收音机，那可是家中的大件，我当然也和其他孩子一样，绕到收音机后面去看看里面是不是有人在说话。

很长一段时间，收音机伴着我度过了一个又一个寂寞的傍晚，当时的我对于收音机的感情是亲切中夹着一分惊奇：也不知是谁发明了这样一种高级东西。

大约是在打倒"四人帮"之后的那一年夏天，院子里的一个小伙伴忽然神秘地把我们几个小朋友约到一起发布了一个让我们摸不到头脑的消息："今天晚上我爸在单位值夜班，他们单位有一个机器，能自己演电影，我爸说领着咱们几个去看电影。"

"在单位里就能自己看电影"，这事有些让人兴奋，我记得那一个下午，我们几个都是在一种兴奋的等待中度过的。

吃过晚饭，我们几个小伙伴聚到一起，在那位父亲的率领下一起去了他们的单位。

进了办公室，我们被安排好位置，大人拿出钥匙，打开高处一个柜子的门，一台电视机出现在我们面前，如果没有记错的话，那是一台十四英寸的黑白电视，这也是我第一次见到电视。

那一天晚上，电视上演的是电影《节振国》，我们一群小朋友兴奋地说着看着，眼睛一直没从这个方匣子上离开，心情也像过节一样，电视开始在我的记忆中定格。

小伙伴的父亲并不是天天值夜班，更何况，他就是值夜班，也不能总把我们带去，然而断断续续，电视给我的印象越来越深。

在那个年代中，我们谁也不敢奢望将来自己的家中能有一台电视机。再后来，周围的人家陆续有了电视机。每到晚上，那些提前有了电视的人家，总会聚满了人，家中有了电视，心里当然自豪，可每天晚上一屋子人，还得陪上烟和茶，相信他们也会有些烦，但邻里之间怎么好下逐客令呢？于是很长一段时间里就得让这种自豪和烦恼紧紧缠绕着。

那些年里好多与电视有关的记忆现在还都十分清晰，1982年考高中之前，我每天去学校上晚自习，家里人都以为我很刻苦，其实我是去学校一个朋友家，看电视连续剧《姿三四郎》。直到有一天，我母亲去学校看我自习的情况，在教室中没有找到我，最后万般寻找终于在朋友家电视机前把我找到。大考在即，儿子却如此不争气，我受到的训斥自然可以想象。

不过，电视毕竟已经开始走进我的生活，几年之中，从《加里森敢死队》到《大西洋底来的人》，从《排球女将》到《上海滩》，从审判"四人帮"到新星新秀音乐会，我都采用四处游击的方式断断续续地看到了。对于我这个边疆小城中的孩子来说，电视已不再只是演电影那么简单，一个新的世界在我面前打开，我终于开始知道，家乡不是世界的全部，一个梦想开始在少年的心中升腾：我也要走出去。

到了我考大学的1985年，有电视的家庭已经相当多了，但我的家境并不富裕，另外我要考大学，电视机就一直没有走进我的家。我猜想，当时很多这样家庭里的孩子一定也和我一样，盼着父母能把电视机搬回家，圆自己一个梦。

梦终于圆了，只是自己已经不能经常享受。1985年8月底，哥哥终于把家中买的电视机搬了回来。那是一台求了半天人才买到的二十英寸三洋牌彩电，可几个小时之后，我就要登上去北京上大学的火车，因此临走前我看到的只是家中这台电视机而不是其中的内容，但心里还是异常激动，毕竟家里拥有了自己的电视机。

对于当时的很多中国家庭来说，电视已经不是一台机器，而成了一种生活目的。看看左邻右舍开始陆续架起电视天线，自己家里一定会咬紧牙关，争取排除万难，将电视抱回家。电视机是八十年代初中国人的梦想之一，而正是这股强大的电视热为后来走进电视的人们搭建了最好的舞台。

只不过，当时的我还无法预料，将来有一天，我也会走进电视，成为屏幕上的人。

二

几年时间里，电视机潮水般涌入中国人的家庭，当拥有者开始感叹生活变得如此美好的时候，不知是否预感到，在你有了电视的同时，这个黑匣子也开始改变你；当你以为拥有绝对的自主权用遥控器调换着频道时，电视机正牢牢地束缚着你；而当很多年以后，意识到这一点的中国人对电视有所抱怨的时候，人们却又发现，自己早已离不开电视。电视不仅改变了我们每个人的生活，社会前进的脚步也多少受着它的影响；当你罗列出电视各种罪名的时候，它的另一些优秀品性也能很大程度为它挽回面子。公正地说，电视是现代人该用爱恨交加的心情来面对的魔匣。

记得有一位老人在有了电视很多年之后，叹息着对我说：如果电视在中国的普及早上二十年，也许很多的灾难都可以避免。

我知道这位老人话中的意思。在这位老人的生命中，和他的很多同龄人一样，世界只是报纸和书本中的那一点。慢慢地，当一股热潮席卷而来的时候，有的人就慢慢地在他们的想象中变成了神，然后是顶礼膜拜，然后是疯狂地追随和把自己的生活破坏到一塌糊涂的地步，再然后是面对过去的那一片废墟对年轻人发出如此的感叹。

然而一切都已经酿成，叹息丝毫不能修正过去岁月中的狂热和呼号，不过庆幸的是我们终于开始拥有今天。

但还是想假设一下。

如果电视在中国早二十年普及，我们就不会相信很多谎言，我们也不会那么容易被蒙蔽。每日新闻中和领导人见面，时间长了，某些人被神化的可能性也就减少，狂热的崇拜便没了基础，还会有十年浩劫吗？

在封闭的年代里，拥有资讯是体现社会等级的重要标志，再大的事情，往往通过层层传达的方式向下落实，普通的民众想和权力拥有者共同享有知情权，只是痴人说梦。于是权力拥有者大可在眼前昏暗一片的民众面前发号施令，然后荒诞的更荒诞，混乱的更混乱。

采访张明敏的时候，他告诉我，1984年他在春节联欢晚会上唱完《我的中国心》之后，就急着出去放鞭炮玩了。而就在那一年，电视机却把我们都牢牢地吸引住，开始忘记了用鞭炮去过除夕。

当电视出现在我们每个人的家中，这一切操作起来，难度增加了太多。

原来以为这个世界上还有三分之二的人等着我们去解放，但打开电视才知道，那些等着我们去解放的人，日子过得还真不错，倒是我们这批责任感强的人，日子差强人意。

原来的生活中，权力拥有者看到的表演可不是老百姓有眼福能看到的，那些外国电影，官不到一定的级别，就别想批判着吸收。可现如今，电视走进家庭，您花不了几个电钱，再高级的表演都可以走进您的家庭。一年一度的春节联欢晚会，把全国文艺界的腕都汇到一起，来唱年夜大戏，别管你是高官还是下岗的百姓，除去电视屏幕的大小尺寸这种区别外，其他的都一样，屏幕上的那些星星都会卖力地唱，不会区别你是平民还是高官，这个时候，您又会感觉到电视把一种平等给了你，而这在过去是难以获得的。

电视的另一个好处不得不说，那就是我们很多人都从结识了电视之后开始拥有了新的梦想。

在封闭的世界里，梦想很难成长，即使梦想因为自己年龄的增长如约而至，大多数仍受到封闭的束缚。

然而二十多年以来，太多人的面前，电视为他打开了一个世界。身居山区的孩子知道了外面的世界有宽广的平原，内地小城的人们知道大城市里的人们过着怎样丰富并令人羡慕的生活，贫苦的人们知道了有些人通过双手改变了自己的命运，发达了不久的人们也通过电视知道了人外有人，天外有天。

知道了，就想改变，而只要想改变，传统的生活就开始有了活力，活力之中，梦想也终于有了变成现实的机会。

我一直不知道，一百年前的人们，心中的世界是怎么样的。当资讯掌握在权贵手中，封闭还是大多数人的生活真相时，人们脑海中的世界一定比现在小得多，而他们心中的梦想，也一定比现代人小得多。

再把同样的问题提给现代人吧，答案会让一百年前的人吃惊，世界的规模成倍扩张，电视中的世界有多大，现代人脑海中的世界就有多大；电视中的欲望有多么诱人，现代人的梦想就有多么惊人。没办法，电视早已改变了一切，现代人毕竟在电视里和阿姆斯特朗一起登上过月球，和探险家一起到过南极北极，甚至在炮火连天的战场上，和危险同在。这一切在一百年前的人们脑海中是无法设想的。

如果要评选二十世纪对人类影响最大的发明，我当然会在前几名之中投上电视一票。因为如果你语言可以过关的话，通过电视机，你可以好像生活在另一个国家，这个时候，你会觉得，世界地球村的说法有时还是有道理的。

三

当我们喜笑颜开地讲述着电视优点的时候，它的阴影随之而来，而这种阴影不仅难以驱散，甚至有越来越令人担心的蔓延趋势。

有歌手唱道：是我们改变了世界，还是世界改变了我和你。

我们也可以这么唱：是我们遥控着电视，还是电视遥控着我和你。

这并不是危言耸听。有一则像寓言一样的故事常常被人们提起：有一个居民小区，住户搬入之后老死不相往来。每日华灯初上，家家飘出饭菜香味的同时，家家也飘出几乎同样的电视声，饭菜香散尽了，电视交响曲却愈演愈烈。如果你注意一下就会发现，电视关了，电灯也就关了，人们告别电视的同时也很快走进梦乡，人们告别一天是以告别电视为标志的。

第二天，炊烟四起，电视声也四起，聪明的电视人是不会把空闲留给人们的，而百姓也乐于接受这种填补空白，迎接新一天又是从打开电视开始的。

各个小区的建筑大不相同，但这样的生活内容却大致相似，日复一日年复一年。

但是有一天，一个小区突然停了电，对于带电生存的现代人来说，停电是打乱人们正常生活秩序的最好方法，果然小区里的人们开始手足无措，混乱中，也一定有人动过点蜡看电视的荒唐想法，可都无济于事，只好从黑暗的家中走出。

开始多少有些不适应，平日邻居一场，今日却都有些陌生，只不过停电帮助人们戴了一个面具，不善与人交往的现代人也都陆续打开了话匣，一聊，还有那么多共同语言，竟也有了沟通的欢乐。远处的路灯下，打牌的老年队伍中也开始多了些中年的看客，原来也有喜好这个的，只是平日的工作像搏命，哪有今天这工夫看看牌局。那边，一群妇女聚在一起，从孩子到老公再到商场中的服装，平日家中操持家务时紧锁的眉头也展开了。而最快乐的当然还是突然拥有了自由的孩子们，有了时间，有了玩伴，停电的时光是孩子们的节日。

快乐，让有些人怀疑起电视来。每日都被电视拴在几十平方米的钢筋水泥居室里，怎么忘却了外面的世界那么精彩呢？

停电的不快几乎很快就被人们忘记了，男女老少都有些乐不思蜀，似乎还有些盼望停电时间再长一点儿的愿望。

这个时候，消失了一段时间的电又来了，小区内重又是万家灯火的局面，人们依依惜别，孩子们更是难舍难分。然而，电，对于现代人来说，似乎是一个命令归家的信号弹，难舍的人们还是要舍，惜别的孩子还是要别，陆续回到家中，门一扇扇关上，人们刚刚打开的心扉也随之关闭；电视机又打开了，也如同打开日复一日的生活。小区慢慢安静下来，看着几乎同样的电视，做着不一样的梦。虽然临上楼前还都约好第二天即使有电也相聚，但第二天灯光和电视声依旧，小区楼下仍然是安静的。现代人在和电视的约定前毁了对邻里的诺言。

生活一如往昔。

这件事叙述得有些夸张，不过在夸张之中的确可以找到我们生活中的真实影子。

当电视走进我们的家庭，我们的生活就已经被改变了。很难有多少家庭能够理智地控制打开电视的时间，也许是惧怕孤独，也许是唯恐被时代抛弃，也许是生活实在有点儿乏味，几乎没什么抵抗，电视就赢了，就成了太多人业余生活中的主角。曾经看过多次调查，对于中国人的业余时间来说，排在第一位的休闲活动，就是看电视。

我不知道对这个调查中所显示的中国人业余生活现状，是应当欢喜还是悲哀。

我一直忘不了过单身生活时，天天面对的一个场景。我和很多单身同事当时住在一个小旅馆的一排平房中，我的隔壁住着我的一位同龄人，每天下班回到宿舍，他都会打开电视，一晚上守候在电视前，从一个频道调到另一个频道。有不少个夜晚，当我半夜去上厕所的时候，发现他已经躺在床上睡着了，而电视依然在不知疲倦地播映着，有时甚至是满屏的雪花，每到这时总是我进去为他关掉电视再把他的灯关掉，然后离去。

电视是被我们偶尔看的，还是充当我们平淡生活中的一个不可缺少的伙伴，我有些搞不清楚了。

常常在文章中看到，国外的很多家庭，每天晚上有一段固定的时间不打开电视，然后全家人聚在一起聊天沟通，其乐融融的场面让人浮想联翩。

我去瑞士采访，曾到过一位瑞士人的家里，进了屋子我发现，他们家的电视放在一个不太起眼的位置，屏幕尺寸也很小。显然，看电视在他的生活中并不扮演重要的角色。看到这种情况我想：也许看电视的时间长短也和恩格尔系数一样，能衡量出我们的生活质量，人们业余生活中休闲方式进一步增多，看电视的时间才会自然减少。从某种角度说，现在我们被电视所左右也正说明我们的日子还不太富裕，小康之路还漫长。

作为一个做电视的人，写下这样的担忧，内心自然有些矛盾。按理说，看电视的人越多，时间越长，我们工作的价值就越大，但另一方面，我们工作的目的不正是为了众多人生活质量的提高吗？也许当更多的人在每一个夜晚都能够有适当的时间离开电视，去看书看戏去玩去进行人际沟通，我们的工作才真正达到了目的。

不过在目前，我们注定还要面对众多中国人全身心地关注，面对这种持续不退的电视热。作为电视人，压力是有的，每天那么多人拿出那么多时间守在电视机前，做电视的如果拿出的都是劣质品，那和图财害命毫无区别。这样想，就只能多抱怨自己，必须和很多人一起慢慢改变电视，让人"开机有益"。

四

面对电视，还有一种担忧比上面说的更严重。这种担忧的降临和我曾经看过的两部电影有直接关系。这种担忧来自于一种对电视发展深层次的恐惧，而命题依然是：是我们改变着电视，还是电视会改变我和你？

好莱坞有部电影片名叫做"摇尾狗"，整个片子由两位大明星担纲，影片看下来，好像看完一个人类写给现在或未来的寓言。

故事是这样的：美国一位总统正在中国访问，但媒体上突然爆出总统性丑闻的消息，而这时候总统离大选还有几天的时间，怎么办？如果任事态发展，总统连任的可能微乎其微。这时白宫的策划班子想到了电视，我们能不能在电视上制造一场战争，转移民众注意力，最后让总统连任呢？

白宫人士之所以这样想是因为有着他们自己的一套逻辑：有谁真正亲眼看到过一场战争的场面呢？难道我们绝大多数人不都是在电视上看到战争在地球的某一个位置上进行着吗？如果我们凭空制造出一场战争在电视上播放，民众会坚信战争真的爆发了。

于是，白宫人士找到一位好莱坞的大导演，搭起摄影棚，一场无中生有的战争被这位导演精彩地制作出来，有战争的场面，有逃难的细节，有失踪美国兵的命运，有动人心扉的歌曲。很快，电视上开始接连不断地播出这场制造出来的战争新闻，于是美国人群情激愤，战争就在眼前，总统的性丑闻已不重要，一两天时间，关于战争的消息占满了各个媒体的显赫位置，性丑闻被挤到不被人注意的角落。

计谋得到最好的效果，总统连任了，而他之所以能够连任，就因为电视制造了一场根本不存在的战争。

片子的结尾是，编导了这场战争的好莱坞导演被秘密处死，生活又回到正常秩序中来。

看完这部电影，我有种发自内心的恐惧。人们习惯于眼见为实，电视由于声画俱全，人们相信在电视上看到的就是真的。但真的眼见就为实吗？一旦电视被利用，声画俱全的电视更容易扮演骗人的角色。

电影只是电影，可我们真的就敢相信：这一切都不会在真实的生活中发生吗？

还有一部电影从另一个角度写到了电视，写到了一种现代人对电视的担忧。

这部电影的片名叫"楚门的世界"，又译"真人秀"，是由好莱坞大笑星金·凯瑞主演的。片子中金·凯瑞扮演的是一个蒙在鼓里的电视纪录节目的主角。这个节目从他一出生起，一直纪录到他走向成年，每天全世界的电视观众都可以在电视里看到关于他的一切故事。真实的生活，真人的表演，感情冲突，戏剧化的事件，让世界各地的观众对主人公的命运始终保持关注，也因此该节目的收视率在全世界位居前列。

但可怕的是，金·凯瑞扮演的角色本人却一直不知道这一点：他生活的这个小岛其实是一个偌大的摄影棚，号称在月球上能看到的两个建筑，一个是长城一个就是这个摄影棚。摄影棚之大足以保证里面有山有海，有正常生活的人们，有主人公的妻子和朋友……但是除了主人公，其他所有人都是演员，摄影棚内共有五千个摄影机，这一点也足以让主人公的每一个生活细节都可以展现在观众面前。悲哀的是，观众也和主人公一样蒙在鼓里。

不过终于有一天，主人公开始觉得有些不妥了，他慢慢发现了事情的真相，于是他要挣扎要逃离，直到有一天他驾船出海，以为从此可以走向新的生活，但船到尽头，海的那一边竟是摄影棚边界的白色幕布。

观众在电视机前看到了主人公逃离的这一幕。这个栏目露了馅，再也办不下去了，可观众的反映却并不像人们想象的那样愤怒或是有种被欺骗了的感觉。片尾处意味深长地展现着：一个又一个观众看到了这个栏目的结局，然后马上寻找电视报，看这个栏目停止了，我们还有哪些别的栏目可看。

金·凯瑞演的一直是喜剧。但这个片子看完，却让我一点儿都找不到喜剧的感觉，甚至可以说是一出和人与电视有关的悲剧。

是谁制造了这场骗局，是导演？是金钱？还是我们每个人对电视的依赖？

答案在我们每一个人的心里。

　　不管你是担忧还是欢喜，电视还将在我们的生活中继续扮演着重要角色，我们之所以提出担忧，正是因为电视的巨大影响力。用电视之长而不被电视彻底左右，是现代人面对电视时应该采取的正确态度。

　　可这么说总还有些底气不足。

　　我的儿子今年也才两岁多一点儿，和我们这一代人不同，他从不到一岁的时候，就已对电视产生了极大的兴趣，尤其是在播放广告的时候，他更是聚精会神，以至于他在一岁多一点儿的时候就已经学会了自己独立打开电视机然后舒服地躺在沙发上当一个忠实的电视观众。

　　对于我们绝大多数人来说，电视还只是陪伴了我们半生，但对于我儿子这一批又一批现代孩子，电视将陪伴他们一生。当他们拥有记忆的时候，电视就在他们的生活中，他们不会觉得有什么不妥，有什么惊奇。

　　而我们必须想一个问题，电视在他们的一生中，将扮演什么角色呢？是慢慢在他们的生活中退居边缘还是会继续主宰他们的生活？

这张照片拍于美国的赌城——拉斯维加斯。后面狮子大张嘴的就是著名的美高梅饭店。其实人生有时也像一场赌局，你投入了岁月、努力和健康，但谁知道这一人生的大局，最后是输是赢呢？

未来：生命中的一千种可能

写完这本书正文部分的最后一个字，似乎为自己过去的十年结了一次账。岁月流转，从一个刚刚走出校园的青涩少年到一个竟有了出书可能的主持人，一种荒诞感油然而生。

今日的这种局面并不在我十年前的设计之中，而出现了这种局面，让我不得不感叹，生命这个巨大的万花筒，竟有着各种组合的能力，谁都想设计、梦想自己的未来，但万花筒不规则地转着，谁又能知道未来究竟是什么？

十年前，我走出校园不久，在京郊周口店乡的简单住所里，我和我的同事认真地算过一笔账：我们用多长时间才能买得起一台二十一英寸彩电。

当时流行的牡丹牌二十一英寸平面直角彩电，已被我们认为是彩电极品，市场价为两千六百多块钱，而我们的工资每月还不到一百块，省吃俭用，一个月能存上二十块钱，一年二百四十块，这样大约需要十一年，才能把那台梦想的彩电搬回家。

账算完了，我们多少有些泄气，但看不到这种计算有什么错误，因此很快就开始顾左右而言他，反正靠自食其力是买不起的，又何必自寻烦恼呢？

在计算之中，刚好就是今年，我该从银行取出那笔存款，快乐地直奔商场，去买那一台二十一英寸彩电。

显然这一幕不会发生了，二十九英寸彩电早已驻足家中，彩电再也不会是我们很多人生活中最大的目标。

然而这样的一件事，却明白无误地告诉我：没人能够设计一生，即使设计十年，结果也会离奇得让人啼笑皆非。

按常规，在十年之后，我应当再写一本这样的书，名字也许叫"在痛并快乐中继续"。那一本书，我相信，一定会更犀利，更言无禁忌，更能在行笔中自由地呼吸，当然，快乐也许会比痛苦更多一些。我真盼望十年后，在我人过四十之后，有很多问题，已经真的不惑了。但我知道，岁月是不会按常理出牌的，今日去想十年之后的事情，多少有些不知天高地厚。

几年前听过一首歌，叫"一千个伤心的理由"，连伤心都可以找到一千个理由，生命的可能又何止一千个呢？

不妨让思绪放飞，在今日去想那今后十年的诸种可能，哪怕仅仅当做面对岁月无常时的一种游戏。

好，这就开始吧！

当老师一直是我的梦想，这可能和我的家人大多是老师有关，我喜欢那两个假期，以及学校中的一个体育场，还有面前永远年轻的学生。这几年在当主持人的同时，我也经常回学校去为人师表几回，有没有误人子弟不敢打保票，但讲台上的感觉很好，我时常梦想着走回校园。谁知道哪一天，这个念头强大到无以复加的地步，我会收拾好电视台里的物品，走进校园，去当一个很可能被学生喜欢的老师。我想会走得很坚决，不会有什么告别。从此在校园中让自己的脚步慢下来，让心情宁静下来，也算是一种享受。

但至少在今日，我还没有购买这张单程票的打算，不过，校园总在我梦里出现，只是有可能不是未来十年里的故事。

如果在未来十年中，上一个故事成为事实，那还有继续发展的可能，一来安于校园，终生为师，此处按下不表，但也有可能是在校园中安静了一两年，过去做主持人时不喜欢的浮华与虚荣突然在校园里在自己心中升腾，自己又怀念起当初在屏幕上的那种所谓风光，还有别人对自己的关注，以及为"名人"的种种好处，然后在校园里越来越耐不住寂寞，又开始给过去的电视伙伴热线联络，这个栏目露露脸，那个栏目风光一下，一来二去，又吃了回头草，或许也会仗着过去这张老脸，在哪个卫视扎下根，重操旧业，继续被人关注的生活，顶多在夜深人静的时候，笑话一下自己：你这个耐不住寂寞的俗人。

不是没有这个可能。

几年之前，在武汉的长江边上，一位看着很像高人的算命先生当街给我算过一卦：你在三十多岁的时候，会出国！

他说得很坚决，当时我这个外语文盲并不把这句预言当真，心里想：我出去？连要饭都只知道伸手而不会张嘴说话，饿死的可能是有的。

可就在近几年，自己想学英语的念头一天强似一天，没准哪一天，有了一定的外语基础，我会飘洋过海，后果也有两个：一是一年之后充电完毕，回国继续主持或从事其他什么行当；二是出去时信誓旦旦，可出去一段时间之后，却慢慢断了回来的念头，从刷一切圆的东西开始，成了新移民。

继续干主持，也有多种可能，一是在新闻领域轻车熟路，继续一步一个台阶向上走，这是最现实的，变数却也有。

其实，我不是特别喜欢在一个被人广泛关注的栏目里长期干下去，心灵与思想伸展的空间太小，我多次梦想，能去做一档或者午夜或是哪一个不被人关注时段的节目，内容也不一定是新闻，音乐、人生、读书都可以，观众不一定很广泛，但有缘就注定相逢，在一定的空间里和一定的人群中，自己过着很自由也很有创意的生活，不见得不好。

可是人在江湖，身不由己，梦想只是惯性生活中的点缀，能否实现，那不是自己能够定的。我们会在哪一个午夜的电视屏幕上相遇呢？

　　我对未来是乐观的，但这种乐观并不是意味着不会有悲观的事发生。我当然相信，未来的中国，言论会更多自由，社会氛围会日益宽松，言者大多无罪。

　　但也可以悲观地想一下，算作一种提醒。

　　人们常说："常在河边走，哪能不湿鞋。"当主持人，是一个靠嘴吃饭的职业，言多必失是有可能的。如果有一天，你突然在屏幕上看不到我，除去作风、金钱、团结等方面犯错误的可能以外，说了不该说的话也是理由之一。只不过我相信，未来我们注定要面对更加宽松的社会氛围，即使我真的不慎犯了这种错误，领导也一定会本着批评教育为主的方针，不至于让我的饭碗破碎。更何况，因为思想的独立却要丧失生命的时代早已过去，因此碎个饭碗其实也不是什么大事。

　　想一想挺好玩的，可想一想又挺可怕的，不过我依然乐观面对前方。中国会一天好似一天的，否则，我们今天的努力就毫无意义。

　　和音乐的缘分一直没断，当初想办《流行音乐世界》这张报纸未果，终于自己走进电视的行当，可时至今日，内心里依然有种摇滚的情结。当初风光一时的主持人蔚华，洗去铅华，从呼吸乐队到自己单干，音乐的梦想占居了生命的上风，她的音乐我不一定都喜欢，但那种毅然决然的转身却是让我钦佩的。因此，谁又能够保证我不会是第二个蔚华呢？

　　写歌词的爱好一直没断，偶尔吼两嗓子也还算有特色，不知道会是哪一件事或是哪一种情绪，让我投靠音乐的怀抱，如果真的是那样，走穴到了您的家门口，请一定捧场。

　　不思进取，越来越被观众反感，然后被劝退下岗，其实也是一种可能。

　　我一直相信，如果真的有这种结局，我一定会等不到别人的劝退自己就先撤退。但站着说话的时候，腰一般不疼，没准真的有那么一天，我会面对人家的反感，装聋作哑，赖着位置不走，直到领导和观众都下了逐客令，才依依不舍一步三回头并且哭哭啼啼地离去。

　　一想到有可能未来出现这种场面，今天我自己就感到挺没面子的，于是更加坚定地认为，一定要在别人赶自己走之前快速跑掉，免得留下一个笑话，或者一直快马加鞭，不让那尴尬的场面出现。

　　但花无百日红，竞争如此激烈的世界，出现什么场面都是可能的，我随时准备收拾行装。

身上的小资情调是有的，和夫人、朋友一起开个小小的酒吧或者小小书店的念头一直都有，可从来都觉得自己花钱是个好手，而挣钱却是绝对外行，因此念头产生，说说也就过去了。但不定哪天，这个念头又强烈起来。然而我相信，那必定是从屏幕上走下来，成为自由人之后的事。

那个酒吧或书店，最重要的特色会是音乐，别的地方不会有的一种音乐品格或编排方式。哪怕你仅仅因为音乐来到这里，最后也会喝上一杯或买上两本书吧！我不指望以此能挣多少钱，但也别赔本，玩上几年，再转手给别人，也算潇洒走过一回。

当然，能体会到半夜关门后夫妻俩点很多钱的滋味最好。

还有冒险或者说是旅行。

我采访过好几位探险家，吸引我的不是他们本人，而是他们走过的那些路程。

我毕竟来自草原，虽然在城市中生活得久了，偶尔被人当做南方人也不足为怪。大多的日子里，内心的野性被关在牢笼之中，但酒醉之后或受到一些我本人无力改变的挫折时，我总想从这个城市中逃离出去。

在我的床头柜上，放着一本又一本《旅行家》杂志，时常翻一翻，今天晚上去了土耳其明天晚上又到了阿根廷，可这只是过了一次眼瘾，而且"旅游"二字多少有些商业的气息，我更喜欢孤独地旅行。

也许有一天，我会收拾起行装和家人告别，然后上路，一番风雨兼程之后，又当什么都没发生过一样，回到这个城市回到家人中间，但走过一次就上瘾，怕是再也挡不住出行的双腿，于是，成了路上的人。

可在城市中已经待得久了，我会不会弱不禁风呢？我能不能挡住身后家人盼归的目光呢？

我是比较受不了朝九晚五的工作模式的，干电视免了这种刻板，但时间依然不能由自己支配。我很少敢和别人约几天后做一件什么事情，因为计划没有变化快，早早安排就有失约的可能，这种无法计划的生活属于电视，属于我们做电视的人，这一点，是不让我喜欢的。

因此，很有可能彻底让自己成为自由人，不再受机关或部门的限制，成为社会上的一个闲人。刚开始时，也许真的什么都不干，只是四处闲逛或在家看书听音乐，但后来毕竟要考虑养家糊口的问题，这个时候，我自然会选择以写作为生。多年以来，一直不敢让自己的笔停下，就是为自己安排的一条后路，当然也不会什么挣钱写什么。在我的脑海中，有无数我认为有价值但还没成形的文章，也有很多精彩但入不了"东方之子"的人生等着自己去发问，夜深人静或风和日丽的午后，在稿纸上用笔狂奔是种享受，又养了家又滋润了自己的心灵，一举两得的好事。

在一本畅销书的后记里，作者一句话深深地打动了我："理想主义者是最容易成为颓废主义者的。"

我自认为是一个理想主义者，能继续乐观前行的动力也正在于理想，但在未来的岁月里，不是没有这样的可能：理想在残酷的现实面前终于破碎，道路的前方已不是我们想看到的风光，那个时候，哀莫大于心死，我开始颓废，开始醉生梦死，人们只是在我酒醉后的眼泪中，才能依稀看到我过去拥有的理想之花的影子。这个局面，是我最不愿意看到的未来。

…………

当然还有很多很多，甚至是和某一可恶的邻国或某一地区打一场战争，自己奔赴前线，也不是没有血洒疆场的可能；甚至去经商；去办一本一直想办的杂志；成为一个体育记者；迎合世界潮流，自己不再隶属于哪一个电视台，却依然做着主持人的行当，这种可能也是极大的。还有包括连我自己都不情愿的从政之路都在可能发生的行列中。

生命就是如此离奇，当我面对未来十年，面对自己的人生之路，各种可能奔涌而来，面对这诸种可能，只能如歌者唱的一样"让生命去等候，等候下一个漂流"。

仿佛有些消极，但的确有些事情不是能轻易控制的，属于你的自然会来，不属于你的强求也无用。也许每一个人，不光面对世事，即使面对未来的生命，也必须保有一颗夹杂着感激的平常之心。

这一切，都只是从一个微小得不能再微小的个体生命出发，去做着种种设计，但谁又能够如此自主？五十年前，四亿多中国人随着毛泽东在天安门城楼上的挥手走进了新中国，也许他们对自己的未来也都有着设计吧？可新中国接踵而来的一系列事件像一列大型的过山车，将无数中国人的人生曲曲折折地抛上抛下，直至近二十多年才慢慢进入一个相对平缓的轨道之中。试想，在这剧烈摇动的过山车中，我们谁能够记住当初的梦想当初的设计，谁又能平静地保持着自己的节奏，步步按牌理出牌呢？

　　我真的希望能有一种魔法，让我们接受了以后就沉沉睡去，很久很久之后，我们在一片清晨的和风中醒来，鸟儿在林中欢快地叫着，绿色的丛林中有一种湿润的雾在缓缓地飘移，人群中涌动着一种和善温暖的气息，人们的脸上没有刻下沧桑的皱纹，没有算计别人的心计，没有经历过苦难的愁容。醒来的我们在经历了最初的茫然、不确认和手足无措之后，终于开始相互击掌庆贺：一切苦难都已过去，原来在我们梦想中的世界就在我们眼前。

　　我不知道，这样一个梦想时分会需要我们付出多少沉睡的时光？

　　我们现今正行走的人们怕是没有这样沉睡的权利，但很多年后诞生的孩子们也许就是幻想中的沉睡者吧！想一想多年以后他们在人间醒来的样子，我就说不出的羡慕和快乐。

　　我知道，我们这几代人是注定要继续在痛苦与快乐的情感中前行并奋斗。不管生命有多少种可能，我们终将是做铺垫的一代，但是，为了孩子，为了今日痛并快乐的共识，为了一种手拿接力棒的神圣感，我们只能选择对着未来说：是的，我愿意！

相信未来

当蜘蛛网无情地查封了我的炉台
当灰烬的余烟叹息着贫困的悲哀
我依然固执地铺平失望的灰烬
用美丽的雪花写下：相信未来

当我的紫葡萄化为深秋的露水
当我的鲜花依偎在别人的情怀
我依然固执地用凝霜的枯藤
在凄凉的大地上写下：相信未来

我要用手指那涌向天边的排浪
我要用手掌那托起太阳的大海
摇曳着曙光那枝温暖漂亮的笔杆
用孩子的笔体写下：相信未来
....

作者注：1968年，在我出生的那一年，诗人食指写下这首经典之作，多年以后，我无
可救药地被这首诗感动，并从中读出带泪的乐观和深藏痛苦的信念。

这首诗已支撑了我很久并将在未来继续支撑着我。

同时也希望它能支撑你。

一场文字上的相遇，在你我之间展开又将很快结束，谢谢你的耐心。

没什么可在分手时当作纪念的，那就一起记住这首诗吧！

十年后的记（修订版后记）

文 / 白岩松

一

翻开十年后重新修订的《痛并快乐着》，仿佛已有些遗忘的青春突然在文字中又鲜活起来，"那是我吗？"一瞬间有些不确定，然后笑了，距离不一定产生美，却制造陌生感。

青春并不容易被遗忘，只是人生是条单行线，更多的时候只关注于脚下和未来，就忘了回头，像是遗忘，其实翻开这本书才知道，青春从未走远，它一直就在身边。

不过毕竟有了岁月制造的距离，自己终于能像一个旁观者，在远方看那青春中的自己，以及青春中的改革，还好，没有脸红，没有嘲笑，没有时过境迁后的不屑一顾，而是尊敬并羡慕。尊敬自己也尊敬那个时代——毕竟是认真地走过，哭过，笑过，大喊过，绝望过，期待过，热血沸腾过，有时连肤浅都带着活力，不能要求更多了，于是羡慕也是自然的。那时，可以正确，更可以犯错误，因为未来有大把大把的时间可以改正错误，所以，青春真是好。

二

也许有人说，我没十年前尖锐了。

从外表上看，也许。

那时，人长得尖锐，体重比现在轻几十斤。激情与冲劲都写在脸上，也在文字中。

而今天，不尖锐了吗？

岁月带不走一切，有些东西只会随着生命的成长更加坚决，只不过不一定都写在外表。记得有人说过：二十岁时不偏激，身体有病；四十岁时还偏激，脑子有病。尖锐与偏激从不是目的，改变才是。人到中年，该努力地让理想变现，哪怕自己的力量微不足道，却也有多大劲使多大劲，让改变一点点来，让年轻人的偏激与尖锐有更自由的空间。

所以，走到生命的哪一个阶段，都该喜欢那一段时光，完成那一阶段该完成的职责，顺生而行，不沉迷于过去，不狂热地期待着未来，生命这样就好。

三

虽然抱怨声更多，变革也还在继续，时代或多或少地在进步中。

《痛并快乐着》中，用那么大篇幅去写直播，写舆论监督，今天不会了，一切都正常到平淡的地步。现在我们新闻频道里，不直播是个别现象。至于舆论监督，现在不再是哪个栏目的特权，而回归于新闻，无处不在却也似乎失去了曾有的那种力量。不过，不是坏事，社会越发正常，没有什么力量可以所向披靡。

而书中提到的贫富差距、自然与人心的环保和自然灾害，这十年，没消退，反而变本加厉，成了前行中的中国面临的越发严峻的挑战。于是担心：下一个十年，它们会不会依然是难题，我们真的可以相信未来吗？

四

一本书重新修订，想着该送读者一份什么样的礼物，于是，有了书后赠送的光盘。

这光盘或许比本书更有价值。它们都是我在那一个十年里留下的光影与文字中精选出来的。十年太长，光盘容量太小，只能是精选中的精选。不过，有的时候，打动人的东西，本不在于数量。

采访季老、启功老等学者时，是我回忆中最专注最平静也最听得到内心声音的时光。准备过程持续了一个冬天，面对的是季羡林、启功、胡绳、张中行、王朝闻、任继愈、张岱年、侯仁之、汤一介等大家，平均年龄超过八十，到如今，大多驾鹤而去，这采访便空前绝后。

那时的自己，离三十岁还远；那一个冬天，清净而专注，古典音乐也是在那个阶段入的门，采访笔记写了有十几万字。然后一位又一位拜见、聊天、补养、成长，也自然有了"人格才是最高的学问"这样的感悟。

所以，在季老、启功和之后丁聪老的访谈里，平平淡淡中，或许您可以读出大智慧，如我当初受益一样，成为我们生命走向下一步时的营养。

《我们能走多远》和《我们生活在什么样的时代》，是我当主持人两年后写下的论文，不，应该叫散文，或者更准确地说，是自己的宣言，是对未来的承诺，也是对自己的约束。

十几年的时间过去，今天看来，它依然是我的镜子。宣言就在那儿，庆幸的是，我并未背叛。

五

相隔十年，一本书可以修订后重印，不过人生不能了。

我从不会为此而沮丧。青春很好，然而现在与未来，依然有让人欣赏并好奇的风景。

更何况，有一本书记录了自己的青春和那个时代，已经感恩；还有人分享，就更好。

回望过去，依然是为了今天和明天，所以，不管正经历着怎样的挣扎与挑战，或许我们都只有一个选择：虽然痛苦，却依然要快乐；并相信未来。

2010 年 12 月

我的娱记时代

白岩松

长江出版传媒 | 长江文艺出版社

北京长江新世纪文化传媒有限公司
www.cjxinshiji.com
出品

几 句 开 场 白

没当成"娱记"，遗憾吗？

文 / 白岩松

一

这本小书收录有我进入《东方时空》前几个月的采访，从某种角度说，正是这几篇对香港歌星的采访，间接起到把我送上电视屏幕的作用。《东方时空·东方之子》制片人时间与我的第一次见面，有点儿"面试"的意思，我拿了这几篇访谈给他，只看了不到两篇，他对我说："我要的就是你这样的。"于是，我的"娱记"梦想破灭了，从此人生走上了另一条路。

二

这一组对香港歌星的采访，是因为我当时供职的中央人民广播电台与香港商业电台，在 1993 年 1 月 14 日，联合搞了一场"叱咤乐坛流行榜北京演唱会"。参加这场演唱会的香港歌星包括刘德华、张学友、林忆莲、草蜢、Beyond、刘以达与梦、叶倩文等等。看这些名字就知道，在 1993 年的北京，这是一场怎样重量级的演唱会！而我近水楼台，代表《中国广播报》去采访，有机会几乎对这些歌星一网打尽，也有了这些采访内容。只不过，采访问题还算多，但刊登时受版面限制，短了不少，是为遗憾。

三

在当时的流行乐坛，香港"叱咤乐坛流行榜"可是赫赫有名，虽然只是从 1988 年才开始办，但因其专业眼光及苛刻标准，迅速成为观察一年香港流行音乐的一个标杆。尤其是其中的年度十大金曲，更是乐迷必听曲目。印象中有一届的颁奖礼，我是通过一盘效果已很不佳的录像带观看的，可还是看了不止一遍。其中 Beyond 的《真的爱你》与杜德伟的《夜半一点钟》都是在这盒录像带上第一次听到，然后因喜欢再去寻找盒带。也正是有这样的记忆，这次香港歌星们送货上门，我自然不想错过机会，短短两天之内（人家只提前两天来到北京）完成这些采访。不过有一点可以自傲一下：对这些歌星的身世与作品，我不用查资料，基本了如指掌。

四

采访 Beyond 时，31 岁的黄家驹一看就是乐队的主心骨，其他成员围着他坐，几乎所有的提问都是他来回答，当时的 Beyond 因《真的爱你》与《光辉岁月》在华语乐坛如日中天。

然而多年后写这些文字，先从 Beyond 写起，实在是因为之后发生的事儿。这次采访后不到几个月，黄家驹在参加日本的一个娱乐节目时，不幸因意外而辞世，年仅 31 岁。我不知道，我的那次采访，是不是他在内地媒体上的最后一次发声。采访时的录音磁带保存至今，只是，二十多年时间过去，录音带还能复原他的声音吗？

五

别人盯着张学友们，我个人的重点却是刘以达与梦。

这是达明一派解散后，刘以达和一位美女创办的新组合，而达明一派是我在香港乐坛中最痴迷的组合。于是，那天对刘以达的采访已经超过了工作的状态。可能是采访中，我体现出对达明一派的极度熟悉，甚至连上一周，刘以达与梦排行榜的表现都知道，刘以达也就把我当成知音，采访变成深聊，时间一拖再拖，甚至误了晚饭，可双方都很开心。

多天以后，我收到一个小包裹，里面有五张《刘以达与梦》的新专辑，显然，刘以达对这次采访应当是印象深刻。只不过，达明一派辉煌在前，刘以达与梦终究只是梦，没过多久就宣布解散，那张专辑也成绝唱。

六

最有趣的一幕，发生在采访刘德华之前。

当时在北京国际饭店刘德华的房间门口，一个服务员小伙子正要端盘子往房间里送饮品，但可能里面正接受采访或有其他什么事儿，遭到了刘德华保镖近乎"野蛮"的阻拦，对，是"野蛮"，很不礼貌。我见这个小伙子憋红了脸，极委屈地转身离开。

颇为戏剧的一幕出现了，在转角处，他向另一个同伴小声诉苦，因为我就在不远，听到了他的最后一句：你丫牛×什么啊！再过几年（1997年），你丫算外地人知道吗！……

用北京的优越感，发泄一下内心的委屈，而且还这么有幽默的效果，应该还是可以原谅的吧？

七

这一组采访在《中国广播报》上陆续刊登之后，没想到，我接到了《音像世界》杂志的邀约，希望能将这组采访刊登到他们杂志上。对我来说，这个邀约可相当于一个奖励。因为当时的《音像世界》杂志在流行音乐迷中的分量可是举足轻重，我的很多国内外流行音乐资讯都是来自于它。印象很深，每个月《音像世界》快上摊的时候，我都会一次又一次去报刊亭，直到杂志入手。所以，这组采访每个月在《音像世界》杂志上刊登时，都会让我小骄傲一下，虽然这个时候，我已在《东方时空》开始了新路程。

几年之后，由于时代变迁，《音像世界》慢慢不再红火直至退出我们的视线。送别这样的杂志，如同送别与青春有关的记忆，总是有些不舍，至今，那近十年的《音像世界》，我大多都保留着。那是这本杂志和我最好的一段时光。

八

这些文字在刊登的时候，我已准备离开《中国广播报》，加盟《东方时空》。

其实，做这个决定之前，我是犹豫的。因为还是想创办《流行音乐世界》这份新报纸，踏实地当一个"娱记"。可惜，新报纸被上级领导毙掉，也粉碎了我的"娱记"梦。

有人和我聊过这件事儿，问是否遗憾或庆幸。

其实，无论遗憾或庆幸都没有，人生就是这样，一步是一步，没有涂改液。一旦错过就什么都改变不了。

但还是有些不甘。

因为我当时想创办的这张报纸，不仅只是提供资讯，而是明确在电台内部强调：扛起中国流行音乐这面大旗，办演出，签歌星，出专辑，弄产业……

可惜，今天回头看，这些想法是对的，而且依托中央人民广播电台这棵大树，这些开先河的事儿都是能成的。

这，不是很好吗？

如果做成了娱记，我可能比今天富有。更重要的是：一定比今天多了不少快乐，少了很多郁闷；也应该为中国流行音乐的发展做了不少贡献，尤其是摇滚乐、民谣什么的。

但是，人生没有如果。

九

除去对歌星的采访，这本小册子当中，还收了两篇对1991年和1992年的回眸文章，一来更好地去了解那个时代，二来也是我当年的创新之作。

这样的写作方式，在当时几乎还没有，刊登后，甚至被《中国新闻出版报》全文转载。所以，今天让它再次浮出水面，与《动荡节拍》那几万字的小书一起，对自己《东方时空》前的文字生涯做一次告别。

而在这些文字之后，我开始成为电视上的新闻专题类主持人。除去偶尔有机会为流行音乐做几期节目加加油之外，更多的时候，则是用聆听为华语流行音乐摇旗呐喊，一直到今天，并将继续。

2016 年 3 月

目 录
CONTENTS

Beyond：你知道我的迷惘

  Beyond 组成于 1983 年，早期以地下乐队姿态出现，1987 年正式踏进香港乐坛推出唱片，作品以乐与怒音乐为主，受到不少乐迷支持，而摇摆及重金属亦成为 Beyond 的风格。

  Beyond 由黄家驹、黄家强、黄贯中、叶世荣四人组成。多年来，Beyond 共出版八张大碟，为香港乐队的中坚分子，与草蜢、太极分庭抗礼，他们的《真的爱你》（国语版为《你知道我的迷惘》）和《大地》《光辉岁月》《长城》等歌曲是排行榜的榜首歌曲，从 1988 年开始，连续四年获得香港商业电台叱咤乐坛组合银奖。

  白：Beyond 最开始在香港是以一个地下乐队的形式出现，自从 1987 年加盟唱片公司以后，开始日益受人重视，发展了几年，到 1989 年《真的爱你》夺得"十大劲歌金曲"之后，很多你们过去的歌迷说，Beyond 已经不是原来的 Beyond 了，现在已经很商业性。那么你们乐队的四位成员是怎样做出转变风格这种决定的呢？

  Beyond：其实我们也花了很多时间在想：我们的音乐应该怎样才能让对音乐不太懂的人明白，所以，我们要改变我们本来想做的事情，从简单的方面让他们去感觉我们的音乐，然后再去感觉我们其他的东西，我们其实还保留了自己的感受。但是如果用我们平常做的这个歌曲去讲，可能他们会觉得奇奇怪怪的，所以我们选择他们容易领会、平常他们也接触的形式去表达，在香港就是这样做音乐的，没有别的办法，如果我们要坚持自己的音乐，恐怕就没有咱们之间的这次访问了。

白：那么在《真的爱你》以后，Beyond 陆续推出了几张唱片，慢慢地风格又同《真的爱你》有点不一样了，比如说现在的《长城》以及《光辉岁月》和《送给不懂环保的人》。把更多的注意力都投向了对社会的关心上，不是像香港很多的歌曲那样以抒发个人的内心感受以及爱情为主，那么，Beyond 是怎样把歌曲定位在对社会关注方面呢？

Beyond：其实我们也很喜欢抒发爱情感受的歌曲，我们觉得人应该有爱情有生活，以及很多的其他东西让我们在旁边照顾。但是我们旁边的人都不停地唱情歌，什么样的感觉都已经被他们唱出来了，流行乐坛里大部分都是情歌，我们就觉得非常闷，所以我们要跟听音乐的人讲，爱情只是社会生活的一部分，还有很多的东西需要我们去关心，正如社会的问题呀，环境的问题呀，外面的世界是怎么样的。香港这个世界很小，虽然香港人觉得自己很聪明进步，但是他们知道的东西很少，所以在我们的音乐中，希望能把我们看到、感觉到的东西放到音乐里面。而对于我们来说，只有音乐才能把我们想讲的东西讲出来，我们不希望把 Beyond 当作和其他的歌手一样，只是唱情歌，只有爱情一种感觉。我们也很奇怪，其他的歌手难道只有爱情的感觉，没有其他的东西吗？其实这是不可能的。

白：对一个乐队来说，自创歌曲要占很大的分量，因为他们要以此体现自己的特色，而香港本地乐队的创作力恰恰很弱，尤其是在作曲方面。而从 Beyond 来看，你们创作了很多非常好的歌曲，比如《真的爱你》《命运派对》《AMANY》等等，尤其《光辉岁月》还夺得香港最佳填词奖，可以说 Beyond 唱的大部分都是自己作词作曲的歌曲，当然在创作上，黄家驹是主力，但是在创作的时候，乐队的四个人是否有很多的交流呢？

Beyond：我们创作完一个唱片，就会争取忘记已经做过些什么，只是去想明天要做些什么。我们觉得音乐跟生活是分不开的，于是就把我们生活中听到、看到的东西用我们自己的音符表达出来。我们所有的创作都不是刻意去做，总是自然地想起一件事情来要讲，有的时候也想市场的问题，虽然自己有东西要讲，但没有那个市场，事实上有这种感觉的人可能很多，但是他们现在都已经忘记了，当然了，这些事就不说了。在创作上我们四个人都在一起写曲，我们选择都同意的歌曲，比如每个人写的歌曲都拿出来一起听，每个人希望这个音乐是要讲什么东西，于是听完之后我们坐在一起研究，就这样选择 10 首内容有些相近的，有我们四个人讲的东西在里面，一般都是这样。

白：最近 Beyond 准备在日本发展，并且在日本录了音，那么在日本的市场发展前景怎么样呢？

Beyond：日本这个市场很大，但是竞争也很激烈，我们觉得，应该对自己的音乐有信心，最重要的是要有自己写的歌，因为只有自己写的歌，他们才不可能把你比下去，因为这都是我们自己的感觉，用心唱自己想唱的事，我们觉得不一定会很成功，但是也许会有机会，因为这样总比在香港这个弹丸之地每年出同样的唱片强，我们已经很闷了，真的。

白：《真的爱你》改成国语版叫《你知道我的迷惘》，在大陆非常流行，并引发很多歌迷去听你们的粤语原版，以及新的粤语专辑。那么面对大陆这个很大的流行音乐市场，你们有没有想过发更多的国语专辑来激发大陆不懂粤语的歌迷对你们的热情？

Beyond：这个当然会，只是一个时间的问题，在日本我们刚刚开始，只有多花些时间才会做得更好。基本上在台湾我们也出很多唱片，但是为什么现在到日本发展，因为如果总是在香港、台湾玩我们自己的音乐，可能音乐的感觉会很小，因为我们要看市场来做音乐，所以我们从日本开始，做比较宽一点的音乐，融合很多不同感觉的音乐，再拿回来。我们觉得在大陆、台湾、香港的歌迷都会从 Beyond 的身上感到更多的新东西，而我们自己的也会跟从前有更大的区别。所以以后国语的歌我们也会出，我们每次录音都会有三个版本，日语的、粤语的、国语的。

白：从前几年你们的个人形象来看，你们的头发也很短，非常像歌迷邻居家的大男孩，但是到现在，随着你们年龄的增长，你们的个人形象也有所改变，家强一头披肩长发，家驹的耳环也增大了，那么从这个新形象来说，是否是为了配合你们音乐风格的转变呢？

Beyond：其实最早 Beyond 处于地下乐队的时候，我们都是这个样子，只是香港的歌迷有的时候觉得你这个外形奇奇怪怪的，看你的外形就不去听你的音乐了，所以我们觉得这很不值，就改变了自己的外形来吸引他们听我们的音乐，但是现在由于我们不是偶像派，所以我们不再有这个顾虑，你们要喜欢我们的音乐就去听，玩音乐跟这个外形没有什么关系了，只要是用心去唱我们的歌，我们觉得还是有人听的。

白：去年你们有一首歌叫《长城》，写了你们对大陆的一些感觉，这次来北京，你们一定会有自己新的感受，那么回香港以后你们是否还会写类似《长城》这种感觉的东西呢？

Beyond：我想不会了，《长城》这首歌，想法是我们 1988 年来北京时产生的，只是没有时间没有机会发表我们自己的看法，其实现在有些感觉已经完全改变了，只是把心里过去的感觉唱出来，再去想新的东西会很好一点。要我们再做和《长城》一样的东西，我们已不可能会这样做了，可能会有另外的一些想法，《长城》只是写了我们作为一个中国人对一些事情不是很清楚、又有点清楚这样一种感觉，我们也不能肯定我们的想法。这也只是我们自己的想法，不能代表大家。

张学友：真情流露

张学友，1984 年参加"全港十八区业余歌唱比赛"，勇夺冠军，从此走上歌唱生涯。

出道八年，张学友一向以实力赢得歌迷赞赏。近两年可算是张学友歌唱事业的最高峰。1990 年推出《情不禁》大碟，主打歌《每天爱你多一些》，在叱咤榜创下惊人纪录，连续上榜 32 周，其中包括 5 周冠军。

1991 年的"叱咤乐坛流行榜颁奖礼"中，张学友风头一时无两，以《情不禁》大碟及《每天爱你多一些》连夺"男歌手金奖""至尊歌曲""我最喜爱的歌曲"及"IFPI 大奖"四项大奖。

1992 年，张学友乐坛成绩更创高峰，《真情流露》大碟破销量纪录，共销出 47 万张，而同一张大碟亦有八首歌上"叱咤榜"，成绩骄人。

白：从现在的香港歌坛来看，"四大天王"之中只有你是跨越了两代的歌手，这个"两代"指你在刚出道不久就和谭咏麟、张国荣等人成为香港歌坛的支柱，而且阿伦和张国荣都已经退了，黎明、郭富城等新人在成长，而你仍然牢牢站在一线。作为一个歌手，你心中怎样看自己走过的路呢？

张：其实最早的时候，我就是一个新人，阿伦和张国荣的时代我才刚刚出道，也许我是很幸运的，我的歌很快就被歌迷接受了。同一起出来的其他歌手比，我当然是幸运的，因而回顾自己走过的路，我最大的感触是自己很幸运。

白：张先生，在 1988 年，你在电影上取得了很大的成就，连获香港和台湾的电影奖，但恰恰在这个时候，你的歌唱事业却走向了低潮，后来你凭借自己的实力，慢慢又走回了一线，直至今日成为"四大天王"之首。那么你觉得在以后的日子里还会不会出现像1988年那样的低潮呢？

张：我自己觉得这很难讲。因为我那个时候也不希望拍戏不唱歌，碰巧那一年我在歌唱上一个奖也没得。对我来说，这是一个蛮大的打击，也许刚出来的时候太顺利了，所以有了打击，当时有些不知道怎样去应付去面对，那个时候我常喝酒，后来觉得喝酒也没什么帮助，它只能让你暂时忘记，一睡醒，什么又都来了。后来觉得还是要靠自己去努力，于是又慢慢重新做好了。在那个时期，有的时候我也想，在制作唱片上我太依赖监制了，自己什么都不去管，后来发新专辑时，我用的时间就比较多了。现在很难保证以后不再出现1988年那样的低潮，从我自己来说，当然希望不再有，如果有，我也曾经面对过，比较起来，心理上容易接受了。

白：《每天爱你多一些》这首歌，曾经32周上榜，榜首五连冠，《真情流露》专辑在香港销售了惊人的47万张，可以说你在歌迷中的影响是非常大的。你自己有没有想过，歌迷为什么喜欢你？

张：我自己看我自己的发展过程，开始很幸运，被很多的歌迷认识，这样就有了一个基础的听众群，再加上自己努力，所以我想我现在的大批听众是一年一年累积起来的，是用时间培养起来的。

白：现在很多歌手侧重于自己写歌，而你最早是以航空公司职员的身份参加新秀奖而走向歌坛的，那么你觉得自己的将来有没有唱自己创作的歌曲的可能性呢？

张：我自己觉得我现在创作力不强，我从刚出来到现在只是一个纯歌手，自己写的歌只有一首。写歌词也是因为来的歌词不好，才自己去改。当然，在音乐方面基础的东西我是有的，而可不可以作一些曲子或是写一些词令人满意，那就很难说了。而在唱的方面我比较有把握。

白：从现在的香港歌坛来说，张立基、草蜢、杜德伟都慢慢向演绎快歌方面发展，而从你新近几张专辑来看，像《爱得比你深》《爱火花》都是些快歌，而你又恰恰是以唱《月半弯》之类的慢歌最为拿手，那么以后你向快歌方面发展的可能性有多大？

张：我自己以为每一个歌手的专长不一样，快歌我刚出道的时候也唱过，只是比较张立基、杜德伟、草蜢这些本来就是以跳舞的形象出来的，他们的舞台形象比较强，其实现在我在舞台也经常会有一些跳舞的场面、比较有舞蹈动作的东西，只是比他们来说要差一点。当然以后制作的方面还会依着我的长处去做，快歌也会有，但不会成为我主攻的方向。在舞台上表演的时候，你也不能光站着，像我最新的专辑《爱火花》，主打歌就是一个快歌，而且我还为此配了一段舞蹈。这样的歌以后也会多做，我争取在舞台上要活跃一点。

白：你的祖籍是天津，听过你国语专辑的大陆歌迷，都觉得你的国语歌唱得蛮不错的，现在你在大陆拥有这么广阔的歌迷市场，有没有更多的打算来吸引大陆歌迷呢？

张：本来我一直在发国语专辑，大约在三四年前我就停止不发了，其中主要的原因就是我那时正在香港的歌坛上处于低潮，在检讨的时候，我认为可能是自己把注意力分散了。由于我是在香港出生的，香港是我歌唱事业的基地，因而我觉得在基地上要打好一个基础。而从现在的情况来看，我已经比较稳定了，那我想以后的日子里，我会多发一些国语专辑。因为国内普通话毕竟是主要语言，光唱广东歌，有些歌迷可能没有机会听到我的歌，因此我希望能通过唱国语歌把我的歌介绍给更多的歌迷。我想在今年多发两张国语专辑。

白：从《月半弯》到《每天爱你多一些》，从《微笑》到《真情流露》，你改编了很多的日本歌曲，那么从公司或制作人以及你自己的角度来说，为什么很多的注意力都投入到日本的作品里？

张：其实也并不是全选日本歌曲，我自己觉得可能是因为日本也是亚洲的一部分，音乐比较接近，接受力比较强。我们当然也希望能做多一点香港本地的创作，但香港的创作人比起歌手的数目来讲还是不多的，因而想找本地创作时，困难就比较大。一年的大半时间就要去准备了，那就把时间撑得太久了。我们一直在找，但找到的机会不多，所以就要碰机会，要把自己的唱片质量保证一点，就只有找些已经做好的音乐，这样，改编歌就比较多。从香港来说，很多歌手都要去找歌，比如说吕方就改编了《弯弯的月亮》，而日本的唱片市场建立比较久了，歌曲的曲目比较多，可以找的目标也比较多。

白：谢谢你，张先生，最后祝贺你获得香港商台"叱咤乐坛男歌手金奖"。

张：谢谢，并祝所有的歌迷朋友身体健康！

刘以达与梦：继续追寻

刘以达是香港流行音乐界的一位才子，1983 年他公开招一位歌手与自己合组乐队，结果电台 DJ 出身的黄耀明走进了刘以达的音乐世界，"达明一派"从此诞生。

从诞生之日起，"达明一派"便以前卫的形象出现在香港流行乐坛。刘以达在作曲和配器方面的探索使歌曲不断创新。"达明一派"的成名曲《石头记》是香港第一首乐队的榜首歌曲，这首歌曲由于词意深刻、音乐风格奇异加上黄耀明潇洒飘逸、充满灵性的演唱而被称为香港划分流行音乐新旧时代的里程碑，甚至香港中文大学在讲述《红楼梦》时都要提到《石头记》这首歌。这以后，"达明一派"陆续推出了《今夜星光灿烂》《不一样的记忆》《天问》《天花乱坠》《十个救火少年》等等既有深刻探索又有流行价值的艺术杰作，成为香港乐坛一个突出的高地。可以说，"达明一派"的出现提高了香港流行音乐的总体水准。然而，令人遗憾的是，"合久必分"这句古语在"达明一派"身上得到再度体现。1991 年，歌迷们遗憾地看到刘以达与黄耀明分手。

1992 年，刘以达以组成"达明一派"的方式重新寻到一个适合的女主音，这就是清新可人的梦，组成"刘以达与梦"乐队。随即，获得 1992 年度香港"叱咤乐坛生力军组合金奖"。他们的第一张专辑《末世极乐》描写了香港人走向 1997 年的各种心态。刘以达的多幅充满象征意味的绘画出现在专辑的宣传品里。意念和音乐的前卫性仍然没有远离"刘以达与梦"。

没有华丽炫目的包装，刘以达仍然坚守他的音乐抱负，并没有为了迎合市场的需要而随波逐流。

还有一点可以肯定，只要接触了刘以达的音乐，都会感受到心灵上的震撼，直到沉迷其中，无论你、我还是他。

白：刘先生，大陆的《音像世界》杂志有一专栏叫《摩登谈话》，专门评价最新的海外及港台专辑，他们的最高评定星级为五星。而我至今只见过两盘专辑获得过四星半的最高荣誉，其中一个就是"达明一派"的《意难平》专辑，你们其他的专辑也从来没有低于过四星。而这样高水准的乐队解散以后，大陆的歌迷非常关心你们的去向，黄耀明先生加入"音乐工厂"，并不断有新歌上榜，那么你一直在做些什么呢？

刘：在这一段时间里，我一直在寻找新的合作伙伴来组成二人世界，结果我碰到了梦，经过试音我感觉她的声音和外形都很适合，所以我们就组成了新的乐队。这次我们没有签约宝丽金公司而是 BMG 公司，这是一个并不大的唱片公司。

白：那么，梦小姐，你能不能介绍一下你自己和你心中的乐队？

梦：我希望大陆的歌迷能接受我和新的乐队，我们的歌和别人很不同，我是新人，希望歌迷也能支持我。我学了九年唱歌，也学了一些音乐方面的东西，比如钢琴、音乐乐理，偶然我经过朋友的介绍认识了刘以达，于是我们就合作了。

白：在"达明一派"时，刘以达基本上没有走入前台，只是在《我爱你》这首歌里才展示了一下自己的歌喉，那么在"刘以达与梦"中刘以达会不会更多地开口唱歌呢？

刘：在我们的第一张专辑里，我参与了几首歌的演唱工作，但是更多的精力我都放在了音乐的制作上，还是和在"达明一派"时一样。

白："达明一派"的《石头记》和《天问》被公认为是华语流行歌曲的经典之作，香港的创作力很弱，尤其在作曲方面，那么刘以达先生，你们这个新乐队会不会给歌迷带来更多前卫性的精品，或者说是否会趋向商业性一点？

刘：我们会自主创作，因为我们觉得香港已经有太多改编歌，所以我们希望能为本地多创作一些歌，并且给听众朋友们带来一些新鲜感。在风格上我们不会太前卫了。为了让听众能接受我们，我们会多创作一些比较商业化的歌，但是商业化不是我们的宗旨。

白：记得"叱咤乐坛"第一届颁奖礼时，"达明一派"获得的是"组合金奖"，事隔多年以后，"刘以达与梦"却以新人的形象夺得金奖，这个过程就像梦一样，那么从"达明一派"到"刘以达与梦"，之间有什么大的区别吗？

刘：我们的新专辑是一张带有音乐会风格的东西，歌与歌之间没有停顿，是连续的，在编曲上也与过去有许多不同，在乐器方面我们用了更多的电子乐，加上了中国传统的乐器，以及一些中国少数民族的音乐。我们的第二张专辑也正在创作中。

白："达明一派"已经解散很久了，那现在刘以达与黄耀明先生还有经常合作的机会吗？

刘：我们属于不同的唱片公司，所以很难有合作的机会，但是两年或是三年以后，我们或者说我们三个人会在一起合作。"达明一派"毕竟已经解散了，我觉得，现在是一个新的开始，新的开始有新的发展、新的创作，我已经没有必要再怀念过去。

白："达明一派"面向的歌迷是知识文人层次比较高的群体，那么"刘以达与梦"面向的歌迷对象又是什么层次呢？

刘：我想跟过去有所不同，会更商业化一点，我们新的专辑一开始很像一部电影，这部电影围绕香港人对1997年的心态，所以说这张唱片是具有一定故事性的，或者说概念性，跟"达明一派"最大的不同，我想就是梦的声音。

白：梦小姐，"达明一派"曾经达到了非常高的高度，那么你以刘以达新伙伴的形象出现，怎样面对歌迷的期望值？

梦：我当然希望能比过去更好，但我现在还是新人，一切都还刚刚开始，过去他们的支持者很多，我也有很多的压力，不过我会努力的，不让歌迷失望，希望朋友们能够支持我，我会加倍地唱好我的歌。

采访的当天晚上，"刘以达与梦"和香港的歌坛巨星们一同出现在北京的工人体育馆，身材高挑的梦和手持键盘的刘以达，风格儒雅地演唱了他们的上榜歌曲《玫瑰园》，同刘德华、草蜢、黎明、林忆莲相比，他们获得的掌声似乎少了一些，然而有的时候，掌声并不能说明一切，也许同"达明一派"一样，"刘以达与梦"的歌声都只适合一个人在空屋里静静地品味，让那歌声中表达出来的新音乐因素充斥我们的心灵。然后，就在心里，永远抹不掉"刘以达"这个名字。

由于语言上的障碍，这次采访虽然双方都有很多话要说，却难以表达。又过些日子，刘以达亲自把他的新专辑邮到了我的手上，富有感染力的音乐拆除了所有交流上的障碍。刘以达还是刘以达，前卫性仍然充斥于他的新专辑。

人心在变，世界在变，而刘以达的音乐抱负没有变，作为他的歌迷，今天应该很高兴。

石头记

曲：刘以达 词：陈少琪

演唱：达明一派

看遍了冷冷清风吹飘雪渐厚
鞋踏破　路湿透
再看遍远远青山吹飞絮弱柳
曾独醉　病消瘦
听遍那渺渺世间轻飘送乐韵
人独舞　乱衣襟

一心把思绪抛却似虚如真
深院内旧梦复浮沉
一心把生关死劫与酒同饮
怎知那笑靥藏泪印

丝丝点点计算
偏偏相差太远
兜兜转转　化作段段尘缘
纷纷扰扰作嫁　春宵恋恋变卦
真真假假　悉悲欢恩怨原是诈
（花色香皆看化）

林忆莲：逃离钢筋水泥的森林

个子小小、眼睛小小的林忆莲，她在乐坛所得到的成就绝不小，她的《爱上一个不回家的人》《依然》《前尘》《再生恋》都已成为歌迷传唱的经典之作。

林忆莲自小热爱音乐，毕业后即进入商业电台任音乐节目主持人，后被唱片公司发掘试音，成为歌手。多年来，凭其对音乐的热诚和不懈的努力，终于成为香港新一代乐坛顶尖的女歌手。近年她成立了自己的唱片公司，制作更高水准的歌曲，为她的音乐事业再创高峰。

白：在走向歌坛以前，你是一个电台的主持人，从现在的香港歌手来看，有很多都是 DJ 出身，比如黄凯芹、黄耀明、颜联武等等，那么你觉得，从一个 DJ 起步成为一个歌手之间有什么联系或帮助吗？

林：我想会有一个很大的帮助，在做 DJ 的时候你对音乐会有很丰富的了解，对于自己成为歌手之后的确有很大的帮助。而且在同一时间你还会对乐坛有初步的了解，究竟他们是怎样运作的。那么与自己的发展，会有一定的联系。但我觉得，做一个 DJ 和做一个歌手实际是两回事，很不同的两回事，也有不同的心理负担和压力以及一些不同的付出。

白：人们常说林忆莲的歌曲很城市化，林忆莲的歌曲有一种独特的林忆莲式激情，那么在演唱这类很有激情的歌曲的时候，你是怎么样表现自己的内心世界的？

林：唱每一首歌的时候，我都会有一个幻想，那就是在脑海里会有一些画面，虽然每一首并不都是我自己的亲身体验，但我在唱的时候，一定要把这首歌当作是唱我自己，或者把自己投入到这首歌里面，去感受它究竟要表达什么，我觉得，这是很重要的。因为你如果不把你的感情完全投入的话，听众朋友就不可能感受到歌曲所要表达的东西。

白：你曾经说你有一个愿望就是要汇集中国香港、中国台湾、日本、新加坡、马来西亚等地乐坛的一流好手为你专门制作一个专辑，那么现在这个愿望是否已经开始实施？

林：这个愿望一直在实现中，因为在过去的几张专辑里，我不停地找一些来自亚洲不同地方的乐坛好手，与我合作过的有新加坡、马来西亚的创作人、编曲家，还有台湾的一些作曲人和歌手，另外还有一些日本的录音师。在不久的将来，我还会更多地和日本合作。唯一没有做到的我想就是大陆，但还没找到一位大陆的朋友跟我合作。那我希望在我这几次不同的参与大陆的活动中，有机会认识更多的中国内地的创作人、歌手跟编曲家，我希望将来有机会能够和他们合作。

白：在1992年"叱咤乐坛"的颁奖礼中，周礼茂先生获得最佳填词奖，而在香港的歌手中，你与周礼茂先生的合作最多，那么在你们的合作中，双方怎样交流呢？

林：我们私底下是相识很久、很了解的朋友，他对我自己在个人的成长方面非常了解，知道究竟我是一个怎样的女孩或者女人。他对女性感情的描述，是非常细腻的，我想我们在每一首歌的合作以前，都会了解一下大家对这首歌究竟会有什么感觉，会有什么样的感受，然后就找一个主题，来放在这首歌曲里面。

白：从大部分的林忆莲的歌曲来看，大多都是比较西洋化的，那么从你1992年的榜首歌曲《再生恋》来看，编曲很刻意地加上了京剧音乐素材，甚至包括你的一段京剧念白，那么由这首歌来说，是否表明林忆莲的歌曲会更东方一点呢？

林：作为一个歌手我喜欢尝试不同类型的音乐。对，以前我是比较西洋化一点，比较黑人的，比较JAZZ（爵士）的，而中国比较东方一点的音乐是我音乐的根。我的爸爸是一个二胡手，我从小就在这些很多不同的中国色彩的音乐里面长大，那我想如果有任何的机会可以运用的话，我会把一些不同色彩的中国音乐都放在我的流行音乐里面。我想这也许可能成为我们中国音乐中的不同的音乐特色。

白：在台湾你已经推出了两张国语专辑，《爱上一个不回家的人》和《都市心》，并且都取得了非常好的成绩，而且这些专辑又通过台湾反馈到大陆，激发起更多的歌迷对你的狂热喜爱，那么以后你会不会把更多的精力投入到台湾和大陆这两个国语市场里面去呢？

林：一定会。我在台湾和香港的发展是同步进行的，在以后的日子里，广东话专辑和国语专辑的比例会是一半对一半。比如说一年以内，我一定会有一张以上的国语专辑，我想这是同时间去进行的。

白：作为歌迷都有一个感受，就是林忆莲的专辑制作非常精良，那么这样非常先进的制作，通常是怎样完成的呢？

林：这不单单是香港人的功劳，也有新、马、台北和日本朋友的努力，是整体的一个合作。这也是我一直以来希望亚洲音乐人可以走在一起的原因。因为我觉得每一个地方都会有一些很好的音乐创作方面的朋友。如果集中在一起，这个力量就会很大。

白：在大陆有一个人们非常知名的日本演员叫田中裕子，有很多大陆歌迷都说林忆莲和她一样可爱，那么对你来说，你有没有像香港其他的歌星一样，以更多的时间向荧屏或银幕发展？

林：我以前也尝试过拍电影，我在香港差不多拍过七部电影，可能是我一直没有碰到适合我自己的角色，而这几年我在唱歌方面的发展已经需要很多很多的时间，我实在没有办法再腾出时间来拍个电影了。可是这不代表我对电影没有兴趣。我觉得做一个好的演员其实对唱歌会有很大的帮助。因为同时我们都在扮演一些角色，同时都在表露我们的感情。如果有一个好的剧本的话，我还是会愿意去尝试，继续在电影方面发展。

　　白：这次中央人民广播电台的春节晚会，你的歌声和祝福作为一个节目与全国的听众朋友见面，你心中的感受怎么样？

　　林：我自己的感受是很兴奋，同时我觉得更高兴的是除了我以外还有其他的香港朋友，我们是一起来把香港的音乐带给大陆的朋友，我们来做一个音乐上的交流，那么我觉得这就是一个非常难得的机会。

　　白：最后谢谢你接受我这次采访！
　　林：谢谢！

草蜢：永远爱着你

蔡一智、蔡一杰、苏志威自小是邻居，友谊建立于小学阶段。中学阶段后，一智与志威又成为同事。三人志趣相投。偶然的机会看到新秀大赛的宣传，在好奇心的驱使下，报名参加，成为草蜢踏入乐坛的第一步。草蜢于1988年推出第一张大碟《草蜢》，三位大男孩凭其充满动感的舞蹈，成功赢得乐迷欢心，迅即成为年轻一代的新偶像。三位男孩子并没因胜利冲昏头脑，反而更加努力钻研歌艺及舞蹈，每一次的演出都令人激昂赞赏！连续三年草蜢荣获"叱咤乐坛组合金奖"，成绩优异，魅力覆盖香港、台湾、大陆及周边国家。

白：嗨，草蜢，恭喜你们再次获得"叱咤乐坛组合金奖"。

草蜢：谢谢，非常感谢！

白：去年你们在中国大陆巡回演出，所到之处，歌迷对你们都是狂热喜爱。现在已经过去很长时间了，在你们记忆里还会不会出现大陆歌迷表达出来的那股热情？

草蜢：大陆歌迷朋友对我们那么支持，那么热情，我们很意外。在这里我们真的要感谢大家给了我们那样好的回忆。

白：从1992年来说，草蜢遇到了很多不幸，一杰、一智的母亲去世了；在排练中，成员的眼睛也被刺伤，但是在1992年，草蜢出的专辑又非常多，并且取得了比以往更大的成绩，那么你们是如何协调不幸和工作之间的关系呢？

草蜢：我们有时候觉得自己比较幸运，虽然去年我们有些不幸，但是我们很多的朋友和歌迷都在那个时候给我们以支持，让我们在事业上比较顺利，所以他们的所作所为也给我们带来了温暖的回忆。谢谢他们，谢谢他们！

白：很多歌迷说，草蜢是在香港歌坛上跳舞跳得最好的，那你们几位平常是怎么样排练舞蹈动作的？

草蜢："最好"不敢当，但我们的确常常练习跳舞，一个星期有两天的时间我们都一起去排练，所以在台上就显得比较熟练一点。

白：随着草蜢成员年龄的慢慢增大，你们有没有准备改变只是一个偶像派的形象来吸引新的歌迷群体？

草蜢：我们希望更多地锻炼我们每个人的内涵，比如写歌、写词以及拍一些我们草蜢的电影来改变一下我们现在的状况。

白：草蜢刚刚出道的时候，得到了梅艳芳大姐的热情扶持，那么现在你们已经成为香港一线非常著名的组合，阿梅大姐还有没有经常给你们教导？

草蜢：也有。平常我们有空的时候，我们会跟她一起出去吃饭、聊天。她在那个时候也会给我们很多的帮助，指出我们自己平常可能没发现的缺点，以后应该怎么做，她也会提醒我们。

白：在 1993 年，草蜢有什么新的打算吗？

草蜢：今年将继续我们的巡回演唱，因为大陆南方的很多地方还没有去，今年年中的时候，一定会去，还有美国、加拿大、欧洲以及其他很多地方都需要我们举办演唱会。还有就是要出我们新的专辑。

白：1992 年台湾成立了"草蜢歌迷会"，当你们到台湾听说这个歌迷会拥有 20 万成员时，你们都很惊讶，而现在凭你们在大陆的影响，如果拥有一个"草蜢歌迷会"的话，这个数字恐怕很容易要再乘上一个 10 了。那么你们有没有打算为大陆歌迷做些什么呢？

草蜢：当然有很多要做，下半年我们会在大陆举行很多演唱会，并且希望成立一个草蜢的歌友会，由于这个歌友会的人可能会很多，我们会花很多的时间去慢慢地办这个歌友会的。

关淑怡：制造迷梦

今年 26 岁的关淑怡，广东佛山市南海区人士，身高 1 米 60，体重 43.5 千克。

性格乐观、活泼的关淑怡，在香港完成了中四课程后，便到美国修读中学、大学。在大学里她进修时装设计课程，修读完毕后，1986 年便回港定居。平常她热爱各类运动：跳舞、游泳，然而她的最大兴趣还是在歌唱方面，她没有跟随歌唱老师学习，只是爱跟着唱片练习，还尝试学习作曲，中学时也尝试过参加校内的歌唱比赛。

1988 年 8 月 4 日，关淑怡参加在日本举办的 "MARINE BLUE" 歌唱比赛，经过试音录取后，便远征日本参加比赛，并由日本作曲家、作词家合作参赛作品，凭《WE》由初赛进入决赛，在万名参赛者中脱颖而出，勇夺冠军。

日本方面对关淑怡的外形及歌艺十分欣赏，觉得适合在日本发展，所以签约为日本 APOLLON 唱片公司旗下歌手，并在日本推出个人光碟。

加入乐坛五年，关淑怡共推出十一张唱片，其中包括广东话及日语，脍炙人口的歌曲包括《难得有情人》《叛逆汉子》《恋一世的爱》《夜迷宫》和《制造迷梦》等等。

白：现在国内正在卖以你去年的榜首歌曲为主打歌曲的专辑《制造迷梦》，很多歌迷听了这个新的专辑以后，觉得关淑怡变了，就是更黑人一点，更西洋一点。那么跟以前一些歌曲相比，你以前也唱过一些快歌，比如《叛逆汉子》，但是更多的人们熟悉关淑怡则是因为你的一些很慢的情歌。从过去的这些慢歌到今天的像《制造迷梦》这样非常西洋、非常黑人的一些歌曲，你是怎么作出这种转变的？

关：其实我觉得每一位歌手都应该去尝试多一点的东西。我的转变并不是太大，我仍然在唱一些慢歌。我觉得人是慢慢长大的，每一天都会更成熟一点，他们对事物的看法每一天也都不同，所以我觉得改变一下会更好。

白：很多的歌迷听了《制造迷梦》专辑之后说，不仅仅是配器、作曲方面跟以往不同，关淑怡的唱法也跟过去大不一样了，跟林忆莲有某些很相像的地方。

关：我想唱歌有很多种唱法，我并不是模仿林忆莲小姐唱的方式，唱的时候我是发自内心的。可能我平时听很多英文歌，唱的时候，我采用了他们唱英文歌的方式，所以可能有一点点变了。还有就是歌曲的感觉也是跟以前不同，再配合我的唱法，就会有一点改变。

白：你一直是宝丽金公司重点推出的歌手。宝丽金公司有许多大歌星，就你个人而言，与宝丽金公司合作是否很满意？

关：满意。我在宝丽金已经四年了，我跟每个人都非常熟悉。我很喜欢唱歌，对于这一份工作已经投入了感情。我把宝丽金看作家一样，每一次回去的时候，都有这种感觉。

白：这次关小姐获得"叱咤榜"的铜奖，歌唱事业又上了一个新的高峰，那么 1993 年，公司及你本人有哪些新的打算？

关：我会放一段短假到外面去学点东西，唱歌方面的技巧以及跳舞的课程，还有音像方面的课程。我觉得 1993 年我会做一些更有利于我歌唱事业的事情。我很想接受其他一些新的东西。

白：香港歌坛很多歌星，比如林忆莲、刘德华，他们的国语歌曲波及国内许多地方，拥有很多的听众群，那么关小姐有没有准备在国内用国语吸引更多的歌迷呢？

关：有啊！当然了！我希望 1993 年能出国语唱片，虽然我的国语不是太好，但是我想唱是没有问题的，而最大的问题是讲，所以我希望多一些机会到北京和内地其他地方。

叶倩文：真心真意过一生

出生于台湾的叶倩文，四岁半开始随家人迁往加拿大定居，故此说得一口流利的国语和英语。1983 年加入乐坛，推出首张个人大碟《零时十分》，大受欢迎，奠定了乐坛地位。其后一直留在香港发展歌唱事业，成就显著，多年来共推出 15 张个人歌集。她演唱的《祝福》《焚心似火》《秋去秋来》《潇洒走一回》《情人知己》《真心真意过一生》屡获殊荣，更为歌迷广泛传唱。

白：叶小姐，如果说从加拿大回台湾，1979 年参加《一根火柴》的拍摄并唱主题歌开始，你走进娱乐圈已经 14 年了，到现在取得了这么大成就，回首来时路，你本人一定会有很多的感触吧？

叶：哇，14 年了，我一直以为只有 12 年呢。这条路真的很长啊！但是一直觉得很丰富，一直很顺利，而且所有的人对我都非常好，非常疼我。这个事业是选对了，我从没有后悔，越来越开心。现在能到大陆来，和内地的听众朋友见面，而且可以和他们沟通，我更加觉得没有选错。而且借这个机会可以回到自己的家，我真的觉得很开心。

白：1988 年，你以一首《祝福》一举获得香港商界"叱咤乐坛"四项大奖，声势盖过梅艳芳。现在在香港歌坛，你又有很多对手，比如林忆莲小姐。作为一个歌手，你怎样看待歌手之间的竞争？

叶：我觉得歌手之间的竞争，如果是很健康的话，应该是没有问题的，因为竞争是一定会有的。但是我不赞成两个人一定要打破头、流了血，大家才会舒服，因为大家都有自己的特色。比如梅艳芳，有她自己的特色，她是一个很有才华的演员和歌星，她的位置站得很稳定。而我自己呢，也有特色，我也站得很稳定。林忆莲也有她的特色，她也站得很稳定。现在又有了一个王靖雯，她也站得很稳定。我们四个人的味道，唱歌的方式，走的路都不同。没有一个人可以代替另外一个人。不仅在这个圈子里，甚至在生活中都不可能我作你，你作我。所以大家不必打下一个人，然后去代替另一个人的位置。我们大家都有一个位置，那我们就在这个位置上开开心心地站稳定就好了。

白：你的很多歌曲比如《祝福》《珍重》《诺言》《秋去秋来》《情人知己》都是从台湾的歌曲改变过来的，这是否和你出生于台湾有关呢？

叶：我的很多歌除了《祝福》和《情人知己》以外，全都是我自己选的，因为我很喜欢台湾的歌，很抒情、很舒服，像林忆莲选西洋的歌，我也很欣赏，但我没有她的能力，可以唱得很有技巧，日本歌我也选过，但是没有选到很好听的。比较起来我选台湾歌算是比较顺利的，每次都有一首歌可以唱到自己都觉得很舒服。《祝福》真的是碰巧，因为本来我的经纪人叫我唱这首歌，我不肯唱，我说这首歌不是很好听，事实上这首歌旋律的确很简单，但是用粤语的歌词写出来，它非常非常地迎合了那时香港人的心理状态，所以这首歌才那么成功。

白：1991年，你和杜德伟合唱了一首动感很强的《信自己》，当大陆歌迷在录像中看到你和杜德伟带着各自的舞群边跳边唱这首歌时，都很惊讶地说："能把《祝福》唱得那么温柔的叶倩文，竟然能把快歌劲舞也表达得这么完美。"他们都很关心叶倩文在平时是怎样锻炼自己的舞蹈能力的。

叶：我从小就喜欢跳舞，但是一直都没有学，原因是一来没有充裕的时间，二来家里不给钱，但是我本人一直有这个兴趣。所以我进了歌坛以后，就决定一定要想办法去完成我这个愿望。当然，跳舞也不能随便跳，一定要跳好看了，所以我就拼了老命去看别人是用了什么技巧才跳这么好看的。

我发觉要跳好看的方式就是不要去想那么多，就是用自己心里面的感觉，用灵感去揣摩，就像揣摩一个角色一样。很投入，就可以做得很好，我跳舞就很投入，有时候我都觉得自己是一个舞蹈师了。

白：在你的新专辑里，公司有意安排了你和国际歌星 Tom Page 合唱了一首歌曲，并且他也为你的新专辑写了一首歌，谈谈你的这次世界性合作，好吗？

叶：这不是为了国际市场，而是为了通过这两首歌把他在亚洲推广一下。他的人很可爱，也很好玩，我们合唱了一首英文歌，虽然我很喜欢英文歌，但我一直没有唱过，我从小在加拿大长大，我的英文比较顺利一点，这次和他合作就给了我一次机会。

白：前不久北京各大影院上演了你很久以前和周润发一起拍的影片《喋血双雄》，虽然现在在大陆你的歌迷比你的影迷多，可是人们还是愿意看到你更多的银幕形象，这方面的可能性有多大？

叶：我现在对拍戏比较淡一点，我这几年甚至这几个月都拍了好几部戏，因为我明年在香港要办一个大型的演唱会，而且我也正在谈八九月份可不可以到北京举办我的演唱会，我希望我自己能很专心专意地去做这件事情。如果现在去拍一部戏，拍到四五月份的话，那我准备演唱会的时间会很不够。过了九月，如果能有一点点时间，我会考虑到拍一部戏，那个时候，如果有人找我的话，我就会去拍。

白：《潇洒走一回》这首歌在台湾和香港都被评为年度最佳歌曲。你的国语歌曲唱得非常好，你以后会不会把更多的精力投入到国语歌的市场上呢？

叶：我觉得国语真的很好，现在很多人都是用国语来沟通，大陆很多歌迷都是听国语歌，听到香港歌星唱国语歌也会觉得很亲切，既然国语是沟通的很好方式，我就喜欢这样做。我现在在台湾发展，可以唱国语歌，这是在开通我在亚洲所有的路，比如在大陆或在新加坡、马来西亚。如果唱国语歌能让歌迷感到亲切，很开心很舒服，比如《潇洒走一回》就很好听，你不喜欢我叶倩文没有关系，只要你喜欢我的歌就行了。

刘德华：末世天使

刘德华，1961年出生，属牛，喜欢紫色，热爱家庭，是一个传统中又带点浪漫的人。

1981年，刘德华参加无线电视台艺员训练班，成绩优异，荧幕演出大受欢迎，拍摄电视剧超过15部，电影超过70部，凭其精湛演技，成为东南亚国家票房最佳保证。

电影以外，刘德华更凭他的智力和决心开创歌唱事业，1984年推出他第一张个人唱片《只知道此刻是你》，至1992年在国内外推出15张个人歌集，总销量超过200万张，现在是香港歌坛"四大天王"之一。他的歌迷会"华仔天地"在香港及东南亚都有会员，总人数达25万人，其受欢迎程度由此可见。

近年间，刘德华全力发展歌唱事业，大受歌迷欢迎。他的《如果你是我的传说》《我和我追逐的梦》《爱不完》《末世天使》《谢谢你的爱》都已成为歌迷熟知的曲目。1991-1992年度，他荣获"叱咤乐坛男歌手银奖"，而《一起走过的日子》则荣获1991年"叱咤乐坛·我最喜欢的本地创作歌曲大奖"，同年，亦得到无线电视主办的十大劲歌金曲最受欢迎男歌手奖。

白：刘先生，你今年三十二岁，而大陆你的歌迷许多都是十六七岁，你怎么样用你的歌声缩短三十二岁和十六七岁之间的年龄差距呢？

刘：歌声其实没有年龄的差别，对我来说，只是用心去唱。

白：你的歌词写得非常好，有很多歌曲都是你自己写的歌词，那么在今后的专辑里，你会不会有更多的，甚至整个专辑都有你写词的歌曲呢？

刘：整个专辑都是我一个人写，可能题材没那么多了，因为我自己写的东西大部分都是有关男女之间的感情上的东西，如果整张唱片都是同一样的东西，我想会有点闷。所以说，我每一次就写几首歌，如果可以的话，就五首，但不可能整个专辑都是我写。

白：在去年的"无线电视十大劲歌金曲"里，你有三首入围，并且你获得"最受欢迎男歌星奖"，今年的"叱咤榜"里头，"最受欢迎男歌星奖"得主是张学友先生，你是第二位，那么你怎么看待这种歌星之间的竞争呢？

刘：我感觉每一年的颁奖礼都有不一样的选择方法。如果以后的评奖都是以歌曲为主的话，竞争的情况就会好一点。

白：在香港歌星里，你是以国语来打动大陆的歌迷，比如《如果你是我的传说》《我和我追逐的梦》，今年，你有没有准备做更多的国语专辑来打动更大的国语市场？

刘：我从 1987 年开始出我的国语唱片，开始是《回到你的身边》，后来有《爱的连线》《如果你是我的传说》，最近有《来生缘》《谢谢你的爱》，以后每一年我都会最少出一张国语唱片。

白：刘德华先生，你现在无论在大陆还是港台，到任何地方都会有一群人捧着，很多歌迷围着你要求签字，你现在自己的生活已经变得越来越少了，你喜不喜欢这样的日子？

刘：你想一想，能够受那么多人的欢迎，那么多人的支持应该是开心的，你的生活因为他们变得多姿多彩，变得比较充实。而对于我自己来说，我进了这一行从第一天开始就希望出现现在这种情况，总不可能是希望每天没人找你来问，找你签名，没有人听你的歌，那就真的糟糕了。

白：歌迷的喜欢是正常的，那你怎么对待歌迷的狂热呢？
刘：可能是我们以前来大陆的机会比较少，所以他们见到的时候会比较疯狂，但是如果接触比较多的话，就好像我跟我香港的歌迷，虽然我的歌迷会有三千多人，但他们都规矩，他们的行为都很正常的，我希望以后有机会多来北京、广州，希望多同他们见面，多沟通，也许不会那么"乱"了。

回眸 1991：热门话题大写意

中国：社会超越　浪高风急

●华东水荒：炎黄大义演

1991 年夏季，中国华东地区发生自 1954 年以来最大的水灾，暴雨持续 60 天，受灾人口 2.3 亿，死亡 1700 人。到 7 月中旬，直接经济损失达 350 亿元。

血浓于水，风雨同舟，使中国在 1991 年拥有灾难夏季的同时也拥有了一个炎黄团结的夏季。所有华人地区紧急募捐，款项、实物迅速送往灾区。文艺界开始空前义演，大陆共有近万名文艺工作者投入义演之中，募款 8000 多万元。《风雨同舟》《华夏之情》《共有的家园》……使 7、8 月份中国天天有义演。香港 7 月 27 日举行"演艺界总动员忘我大汇演"，义演历时 7 个半小时，共募得港币 1 亿零 72 万元，全世界有 27 亿人收看了转播。

●交通、能源：投资环境悄然改善

1991 年，上海南浦大桥的建成，北京西厢工程的完工通车成为引人注目的话题，秦山核电站并网发电标志我国自行设计生产核电的能力已经具备，年底三峡论证结束，工程即将上马，南方电力不足的状况将在三峡工程建成后得以较大改观。

●房改风正急：百姓积蓄待乔迁

1991 年春节晚会，电视屏幕上出现了李鹏总理到"房改样板"——北京菊儿胡同视察并赞扬房改的画面，于是，房改成为百姓关注最多的话题，三四月间七届人大四次会议明确提出"居住条件明显改善"作为我国 20 世纪末主要奋斗目标之一，与此同时，房改在全国各大中城市全面展开，各种模式、方案竞相出台。积蓄将有新的消费去向、花钱买自己的房这种想法在 1991 年正式灌输到中国百姓的头脑之中。

●粮油涨价：百姓平静接纳

1991 年 5 月 1 日，国家调整粮油统销价格，中国百姓以异乎寻常的平静接纳了这次物价改革，与此同时，国家还调整了原油、计划内钢铁产品、水泥和铁路货物运输的价格，虽然如此，1991 年零售物价上涨幅度仍是历史上最小的一年。物价专家宣布，1991 年价格改革是改革十几年来最为成功的一次。虽然这次价改规模之大、涉及面之广是改革十几年来绝无仅有的。

●当头棒喝：阴暗面难续前缘

1991 年 10 月 26 日，在昆明拓东体育场，4 吨鸦片和 1 吨海洛因被当众化为灰烬。共有 35 名毒品罪犯被处以死刑，与此同时，广州、昆明等城市开设戒毒中心，扫毒行动在各地展开，体现了中国向毒品开战的勇气。

1991 年，哈尔滨枪震四方，我国第一个以乔四为首的黑社会团伙被枪决。毒品、黑社会、艾滋病、嫖娼与性病在 1991 年成为社会打击的重点阴暗面目标。

● 文化衫闹暑夏：别理我，烦着呢

1991 年夏天，文化衫走俏于北京、天津、上海等大城市，"别理我，烦着呢""点背不能怨社会""拉家带口"穿在人们的身上招摇过市，在社会上引起强烈反响。普通汗衫印上调侃、灰色内容的字样以"文化"的身份出现，成为社会上畸形的"服装文化"。风潮之中，有关部门出面干预，"文化衫"慢慢由热转凉，最终被另一种文化衫——"风雨同舟""共有的家园"所取代。

生活：赤橙黄绿青蓝紫

● 八小时以外："卡拉"在大陆"OK"

1991 年，卡拉 OK 对于中国老百姓来说，变得异乎寻常地接近，在几乎所有的大陆城市，都有卡拉 OK 机进入寻常家庭、日本松下、夏普、日立纷纷向大陆推出带卡拉 OK 功能的录像机，闲暇、周末，家人朋友聚集在一起低吟浅唱，别具情调，成为人们八小时以外新的"工作"。顺乎潮流，文化部推出"中华大家唱"卡拉 OK 曲库。但不相称的是：广东抽查国产卡拉 OK 机，结果被抽查者为 100% 的不合格。

● 住得高雅：装饰一个情调的家

生活水平提高使人们对居住环境的装饰兴趣越来越大，城市街头随处可见手持"镶瓷砖""封阳台""贴壁纸"的活广告——从业人员。据悉，北京市 1991 年装饰材料销售高达 5 亿元。随着装饰业的迅速崛起，装饰已经成为 1991 年城市居民在解决电器以后的首要消费选择，商业部信息中心作出预测：在今后一段时间内，包括装饰材料在内的"新兴商品"销售将增长 30%。

● 健康消费：高速支出

1991 年 2 月，面向大众的北京月坛体育馆健康城开张，仅一个月，报名人数达 4000 人，不得不一度暂停报名。这以后，北京、上海、广州陆续有健康城向大众开放，走出小康的人们开始体会到"生命诚可贵，健康价更高"，健康消费开始持续支出。室内健身器和老年室内滑雪器在北京、上海、沈阳等大城市四个月售出 25600 套。北京利生体育用品商店一个月售出三用拉力器 1300 箱（每箱 12 副）。工作过后，用体育活动恢复身心成为时尚。

一些新的保健用品走俏热卖，505 神功元气袋、磁化杯、百龙矿泉壶……在 1991 年成为明星商品。新型滋补药——中华乌鸡精、太阳神口服液向传统补剂发起强有力挑战。

健康消费在中国起步较晚，但势头强劲，商业部预测：健康消费将成为我国一年内新兴的五种市场之一。

● 大专院校："考研"神奇得宠

一度不景气的报考研究生事宜，在 1991 年"扭亏为盈"，各高等院校"考研热"急剧升温，北京地区第一天报名超过 3000 人。北京大学 1988 级经济法专业一个班 40 人有 23 人报考研究生。

"考研热"出现，一来因为学生觉得大学四年生活学到的东西不足以应付即将面临的社会，二来对 1992 年大学生毕业分配说法很多，"考研"成为另一种出路，三是因为"考研"政策的变动，吸引了一大批在职人员报考。

总的来说，"考研热"的出现对"读书无用论"是一种打击。

●大哥大、BP机：通信设备新形象

1991年，中国各大中城市，手持移动电话和BP机（传呼机）业务突然加温，到当年6月，全国已有300多个城市开设无线寻呼业务，用户达60余万，移动通信业务也在十几个城市相继开通。可容纳100多个汉字的液晶屏幕BP机已经研制成功。在北京、上海、广州，拥有大哥大已成为"大款"们新的形象。

大哥大、BP机的急剧升温迎合了现代社会的联络需要，它们的出现配合传统电话、传真和写信将构成新的通信联络体系。

文体：成熟的宁静与喧嚣的变动

●电影：历史"巨片年"，双奖失去轰动效应

1991年，《大决战》《周恩来》《开天辟地》《毛泽东和他的儿子》《焦裕禄》等巨片独霸中国影坛，发行量占全年电影发行总数的五分之一，巨片公映，场场爆满，甚至出现"高价票"，"巨片"使政治、票房双丰收，"主旋律"大获全胜。还历史本来面目，以情动人、明星出演成为"巨片"的特色。

双奖在1991年失去轰动效应，百花奖只收到7万张选票，权威评选的"金鸡奖"屡遭圈外人士抨击，金鸡奖女主角第一次被观众毫不熟知的演员获得。双奖评选，已慢慢走出人们的生活。

●报纸：疯狂的"周末版"现象

1991年初，《北京日报》的《京华周末》问世，随之中央级和各部委有20多家开始"周末版"行动，街头报摊热卖各种"周末"。至此，集可

读性、趣味性、知识性、服务性为一体的"周末版""星期刊""月末版"在全国已有40多家。据分析，"周末版"现象出自于：快节奏工作之余，人们需要真情暖意的"软文化"环境。1992年，《中华工商时报》等至少30多家报纸将推出"周末版"。

● 出版：大人看小孩的书

1991年年初到年底，街头书摊上始终热卖的书是蔡志忠的历史典籍漫画和译林出版社的世界漫画系列。《史记》《庄子》《老子》等几十种典籍从沉重走向轻松，与此同时，国内推出《资治通鉴故事精选连环画》《中国通史连环画》《孙子兵法连环画》等面向"大人"的"小人书"，此类书以通俗易懂，易被人接受的形象诠释中国文化，使小人书一夜长大，在人们读书生活中挑起了重担，"小人书"的优点是简捷，缺点是浮浅，被人们称为"精神快餐"。

● 音像：强劲"台风"和快速盗版

"西北风""东南风"，铺天盖地刮"台风"，台湾、香港引进版音像带左右大陆音像市场。1991年大陆大约推出100余种引进版通俗音乐磁带，各种重要演出均有台港歌星、影星压台。与此同时，大陆歌星除崔健、唐朝乐队、黑豹乐队、红豆之外，专辑出版都在"台风"压迫下处于窒息状态。

1991年盗版风猖狂，许多台港最新磁带均被盗版，姜育恒《一个人》专辑同时推出四种盗制版本，童安格《一世情缘》有五种盗版带，而黑豹乐队与台湾滚石唱片公司联合录制的专辑还未推出，市场上已有盗版带出现，周期短、信息准、行动快、质量差成为盗版带主要风格。

●体育：阴盛阳衰，悲喜交加

1991 年是我国运动员在重大世界比赛中获得世界冠军最多的一年，一共 93 个，然而阴盛阳衰，1991 年中国体育十佳的评选将最少有七名女将，谢军、黄志红、徐德妹、女子游泳运动员都是中国体育史上划世纪的冠军。只有体操的两枚金牌和赵剑华、夏嘉平的夺冠勉强为男子项目争来一些面子。女足失利、中国男女乒乓球队双双落马（男子仅为世界第七）成为体育迷心中难忘的"滑铁卢"。

对于男子足球来说，1991 年是真正的转折年，也是外国教练穿梭往来最多的年份。大陆足球中的甲级联赛 A 组施行主客场制，使多年空空荡荡的体育场重新成为一景。一些新思路和新体制伴随年底开始集训的中国足球队同时诞生，预计中国足球长期在低谷徘徊的局面不会再持续很长时间。

争办奥运从 1991 年开始，最后结果如何？

金融：钱找钱？人找钱？

●证券：南方股票"热"，北方债券"火"

1984 年 11 月，上海飞乐音响公司首次向社会发行了 350 万元股票，到 1991 年，我国股票证券业已发展到相当规模，全国从事证券交易的专业公司已达 59 家，证券营业部 300 多家，截至 6 月底，全国各类人民币有价证券发行额已达 2600 多亿元，其中，国家债券 1000 多亿元，金融债券 285 亿元，股票 46 亿元。老百姓在温饱之后，开始熟悉陌生的证券业。李鹏在上海视察证券交易所，1991 年国库券发行引起老百姓强烈的购买欲望，成为 1991 年证券热的"景点"。

● 集邮：中国投资者的"华尔街"，先热后凉

集邮的增值作用使邮票在 1991 年显得格外火爆，成为 1991 年最吸引人的"华尔街"，六七月间，北京月坛邮票市场不足 1000 平方米的场地挤满了全国各地的"大款"，高峰期一天成交额超过北京百货大楼一天营业额，小小的地盘内有数十个移动电话通往全国各地，邮票不再以张论值，大多以几百版、几千版成交，人民币被人们装在密码箱和编织袋内进进出出，这股热潮迅速席卷全国，少数人在这股热潮中赚取了高额利润。邮票价值翻番快、成交价值奇高、投机者收手早，成为 1990 年集邮热最大特点。11 月 10 日，月坛邮市被关闭，集邮热迅速降温。

● 广东风行信用卡

12 年前对信用卡认识几乎空白的广东人，如今已把信用卡作为生活时尚，从 1985 年珠海发行全国第一张信用卡开始，至今广东信用卡市场居全国之冠，消费额、存款、发卡、透支均为全国第一。至今全省持卡者已达 80000 人，占全国三分之一。1989 年 10 月，广州地区发行第一张牡丹卡，1990 年仅 5000 张，1991 年上半年剧增到 19000 张，年底突破 30000 张。

信用卡的出现和风行，将改变中国人买贷交现钱的传统方式。

● 苏联解体，世界将由军事抗衡转变为综合国力的比较

1991 年 8 月 19 日，苏联突发"8 月事件"，亚纳耶夫副总统宣布戈尔巴乔夫由于"健康"原因暂停履行总统职务。8 月 22 日，戈氏重掌权力，苏联掀起反共浪潮，执政 70 余年的苏联共产党从组织上解体。之后苏联又起独立风潮，12 月 21 日，俄罗斯等 11 个独立国家领导人在哈萨克斯坦首都阿拉木图正式宣布成立独立国家联合体，并通知戈尔巴乔夫，苏联总统这个职位已经失去存在的必要。1922 年 12 月 30 日成立的苏维埃社会主义

共和国联盟不复存在。

苏联"亡党亡国"使战后的"雅尔塔体系"退休，世界两大军事阵营发生决定性的倾斜，欧美势力进一步增长，世界各国将由军事抗衡转变为综合国力的比较。

● 欧美共组多国部队，伊拉克在劫难逃

1991年1月17日凌晨，以美国、英国为首的多国部队对伊拉克入侵科威特进行惩罚，战争第一天投弹量达1800吨，地毯式轰炸持续了38天，而地面进攻仅仅持续了四天，就使伊拉克在2月27日接受了联合国安理会的全部12项决议，2月28日，海湾战争停火。苏联解体后，以多国部队的形式对局部地区的事态进行应急干涉将成为新的动向。

● 柬埔寨结束战乱，中越干戈化玉帛

1991年10月23日，巴黎，18个国家政府代表和柬埔寨全国最高委员会12名成员，分别在《柬埔寨冲突全面政治解决协定》等四个文件上签字，延续了13年的柬埔寨战乱从此结束。

11月5日到9日，越南共产党中央总书记杜梅、部长会议主席武文杰对中国进行正式访问，标志中越关系重新正常化，十几年前中越边境的轰鸣炮声将成为淡化的"血染风采"。

● 南斯拉夫内战使国家面临解体危险

1991年6月25日，斯洛文尼亚、克罗地区宣布脱离南斯拉夫联邦独立，尔后，南斯拉夫内战开始，内战使南斯拉夫人均国民收入倒退到1965年水平，经济损失已达700亿美元。南斯拉夫出现解体的危险。

●南北朝鲜和为贵

1991 年 12 月 13 日，汉城，南北朝鲜签订了《关于南北和解、互不侵犯和合作交流协议书》，这标志着朝鲜半岛的缓和及民族和解进入一个新阶段。

●中国不是苏联，"台独"自取灭亡

1991 年的台湾，"台独"风日盛，10 月 13 日，在国际形势和台湾当局的某些做法影响下，民进党内"台独"分子将"建立独立自主的台湾共和国"条文写进党纲。在大陆、香港和岛内舆论的严厉谴责下，台湾警方 10 月 17 日逮捕了"台湾建国运动组织"总干事等 6 人，移交法办。有识之士认为：中国人尽管存在不同政见，但在维护国家统一的问题上，都有对外的一致性。

回眸 1992：热门话题大串联

改革篇

●邓小平"南方视察"引爆中国改革向前

1992年1月19日，邓小平同志到达深圳，开始具有深远历史意义的"南方视察"。"南方视察"期间，他发表了"胆子再大一点，步子再快一点""社会主义也要有市场""不再纠缠姓社姓资"等全新理论，成为1992年中国改革大步向前的助推器，并且成为当年召开的十四大的理论基础。从此，中国改革揭开了崭新的一页，其影响将辐射至以后的几代人。邓小平由此更加确立了中国改革总设计师的形象。年底，邓小平以其南巡对中国及为世界作出的巨大贡献，被英国一家新闻媒介评为1992年世界风云人物。

●质量万里行和全国打假

1992年2月11日，由中国一些新闻单位联合发起的"质量万里行"开始了开篇报道。这场行动使一些企业因为产品质量低劣，被推向了公众批判的前沿。

质量问题是长期困扰我国经济发展的一个重要问题。据国家有关方面估计，每年因质量问题而给国家带来的损失高达两千亿元。因而，动用新闻舆论监督手段来抓质量问题，是个深得人心的好兆头。

自7月份起，全国打击假冒伪劣产品成为"中国质量万里行"之后的又一个热门话题。仅7月下旬到10月中旬，全国统一销毁的假、冒、伪、劣商品货值达 2.07 亿余元。

●知识分子忙下海

观念的转变和从商价值的升高，使中国知识分子不再安心于书斋，一时间，下海弄潮成为时尚。暑假期间，北京某高校某系党委副书记在校园内卖馅饼，瞬间成为热门新闻。一些著名文人也不甘其后，张贤亮开了宁夏艺海实业发展有限公司，陆文夫也下海以商养文，还有王文娟、卢新华、谢晋、蒋学模……

●澳星升空起起落落

1992 年 3 月 22 日，国人关注的澳星发射，以失败宣告结束，成为中国航天事业的黑色星期天。

但发射失败时所表现出的中国航天控制发射的能力，又慢慢增强了国人与海外对第二次发射成功的信心。经过航天人员几个月精心的准备，1992 年 8 月 14 日，澳星成功升空。12 月 21 日，第二颗澳星升空再告成功。

虽然好事多磨，但中国航天终以成功的第一次迈向国际市场，犹如商战一般，中国航天将引来更多的"外活"。

"战争"篇

●名人官司硝烟不断

著名歌唱家李谷一与青年歌手韦唯同时对簿南阳公堂，几乎成为中国百姓家喻户晓的话题，而在李谷一、韦唯的身后，1992 年的名人官司硝烟不断。

《青春之歌》的"生母"杨沫告《当代》杂志社汪兆骞侵犯其名誉权。杨沫一审胜诉。已故作曲家李劫夫的家人状告北京电影学院音像出版社，称其出版的《东方红》等盒带侵犯了李劫夫的著作权和署名权，结果原告胜诉。台湾作家罗兰状告大陆出版机构侵犯其版权，胜诉。还有作家冯骥才与吴尧增对簿公堂，经调解不再开庭。崔健一告两状，起诉陕西西部音像出版社和北京师范大学出版社，要求保护自己的著作权、肖像权和名誉权。还有香港艺员刘嘉玲状告大陆企业侵犯其肖像权，一开口便索赔一千万。

名人官司的增多，是件好事，表明法制观念的深入人心和我国法制慢慢走向完善。

然而，名人打官司，自有其名人官司的麻烦，是与非很难评说。

● 矿泉壶广告大战

一部《编辑部的故事》，很快使中国百姓记住了矿泉壶这个新玩意儿，也记住了"百龙"这个名字。可当"百龙"也还没有进入多少家庭时，人们却发现，矿泉壶已如雨后春笋，满街都是。于是，一场广告大战在矿泉壶之间展开。

葛优、吕丽萍捧红了"百龙"，属于明星效应；"富豪"矿泉壶为了不辱其名，竟出巨资包租了凯迪拉克等名车，为其鸣锣开道，四处周游；而"亚都"推出矿泉壶之时，"百龙"、"富豪"已先声夺人，如何后来居上？"亚都"先在广告中袭击了对手的要害之处，然后声明"虽说晚了一步，慢了半拍，但是……技高一筹，还是亚都"，这种主动出击的打击对手的广告方式也应运而生。这以后，又有一些牌子的矿泉壶也悄悄出台，广告大战当然在所难免。产品的"一窝蜂"现象，是中国经济的弊端之一，矿泉壶广告大战背后的"求同思维"让人不敢恭维。

● 室内剧火爆荧屏

年初，《编辑部的故事》在王朔、冯小刚等文坛"大腕"的制造下，走进中国的千家万户。接着，苦泪戏《风雨丽人》又通过凄凄惨惨的人生，引起了不小的轰动。到年底，荧屏成了室内剧拼争的战场，《半边楼》引起了知识分子的共鸣，《皇城根儿》和《爱你没商量》同时以强大演员阵容出击，胜负自有公论，而王朔等人的《海马歌舞厅》开了十集，又临阵换将，申军谊、马羚"经营不利"，陈小艺、刘斌接管"海马歌舞厅"。

室内剧在大陆起步之晚，而成熟之快，使老百姓有了美味的"消夜"。同时，也很难再引起类似《渴望》一般的轰动效应。

● 京城快餐中外明争暗斗

● 康师傅统一大战方便面

● 减肥食品争出风头

大款篇

● 贺年明信片大开奖

猴年未到，信箱里便堆满了有奖明信片，祝福与运气满天飞，成为人们的议论话题。

这是由邮电部首次在全国发行的中国邮政有奖明信片，发行量惊人——两亿。低价格，高产出，一举多得，使有奖明信片销量盖过了各种贺卡，新鲜感更促使人们拾落起各自忘却的友谊。关键是，对于那些年年深陷于贺卡应酬而又囊中羞涩的人来说，有奖明信片提供给他们的是一个体面的台阶。奖额分成差距颇大的六等，使大部分"幸运者"只沾了运气的边，未尝到真正的实惠。

●奥运巨奖，国人眼红心热

巴塞罗那奥运会，中国健儿夺得 16 枚金牌，体育健儿扬眉吐气之时，企业家的巨奖活动也拉开帷幕。

国家体委金奖 8 万、"505" 的金奖 5 万、健力宝的金罐、荣老板的 5000 美钞、富豪霍英东的 4 万美金外加 1 千克重的真正金牌、曾宪梓的金奖 10 万……加之地方上的重重奖项、实物、终身优惠，使奥运金牌得主迅即迈入大款行列。一时间，大众议论纷纷，与此形成鲜明对比的是澳星升空之后，有关科技人员依旧清贫，人们的心理失衡了。

巨奖后的体育明星开始遇到来自各方面的骚扰，钱，成了一个新的挑战，虽然明星们声称，大多数奖金并未落实，然而，从此，百万富翁已和中国体育明星挂上了钩，为此，中国的体育应当"再上一层楼"了，否则，人们怎么说……

●拍卖槌震四方

曾被认为是资本主义社会专利品的拍卖，这两年在中国名正言顺地面向公众。1992 年，最多的拍卖活动是围绕吉祥数字的电话号码和车牌号等等，北京电信局拍卖 48 个电话号码，拍卖金额高达 104 万元，七月，上海拍卖 14 个汽车牌照，拍卖金额高达 211.3 万元。与此同时，高新科技成果、沿海风景线、市内黄金地带，甚至连市政府大楼都成为拍卖品。10 月，新中国历史上首次文物大拍卖也在北京拉开帷幕，世界各地的"大款"为此云集北京。

拍卖已成为一种面向社会的更加开放的交易形式。为目前一些不能正常进入市场的物资开辟了一条新的流通渠道，也是一种面向社会筹集建设资金的有效办法。

● 别墅热卖 从南到北

在中国的报纸上，1992 年可能是别墅广告出现最多的一年，无论广州、上海还是北京，各种中国百姓还依然对其价钱瞠目结舌的别墅，正在热卖之中。

什么富豪山庄、鼎湖居、建庭山庄、怡园这些听名字便让人心动的别墅，在房地产日渐升温的中国，成了港澳人士、外资驻华机构、炎黄大款们投资的新方向，一些大款见面寒暄中，时常可以听到"别墅"二字，从南到北，购买别墅者，大多以投资期待来日价格上涨之后大赚一笔为目的，真正以享受为主的选购者还是少数。

别墅的热卖，是不是一种畸形的繁荣？会不会有房者更有房，无房者们依然无房？人们议论纷纷。

一些信息表明，别墅热卖渐渐从热趋冷。

● 销售巨奖让人以购求钱

巨奖销售之风是越演越烈，就连以前的净土北京也卷入其中。和前些年的有奖销售相比，1992 年则是巨奖年。头奖一般由桑塔纳、夏利、三居室这些庞然大物来领衔主演。北京几乎没有任何一个大商场能离开这个促销活动，最高峰时，号称"北京商业信用卡"的王府井百货大楼前竟同时停放着四辆夏利轿车。买东西的同时，撞撞大运，已经成了一些老百姓的购物心理。

这股巨奖销售风是从南国吹起的，巨奖的功能无疑是为了促销，而"羊毛出在羊身上"，真正的幸运儿毕竟是海中拾针，只不过是其他的购物人一起为中奖者凑份子而已。

这种巨奖销售风和前几年的消费野马脱缰相比，似乎反映了近年来消费的不甚景气，因而人们像前几年呼唤彩电、冰箱一样，呼唤着新一代明星商品的问世。

高烧篇

●呼啦圈全国呼啦啦

不知因何起，1992 年春夏，五颜六色的呼啦圈风靡了华夏。呼啦圈初起时，呼啦圈的健身作用被夸得神乎其神，呼啦圈大赛也应运而生，国外呼啦圈的表演也走上了荧屏，于是，呼啦圈从京城热向了全国，城镇中没玩过呼啦圈的人可能太少了。没过多久，热速很快的呼啦圈迅速转冷。

从喝凉水到鸡血疗法，从红茶菌到健美潮，呼啦圈不过是中国百姓寻求健康热潮中的一朵浪花而已。

●《红太阳》唱遍中华

年初，歌颂毛泽东、歌颂共产党的老歌，被中唱上海分公司以当今流行歌手孙国庆、李玲玉等人老歌新唱的形式，推出盒带《红太阳》，没想到，最终销量超过 500 万盒，成为不景气的大陆音像市场中的奇迹。

有人说，这《红太阳》热来源于人们的怀旧心理，有人说，来源于老一辈无产阶级革命家的德高望重，还有人说，这股热反映了社会急剧变革，人们不适应的一种心态。在《红太阳》的带动下，司机们在车内悬挂毛主席像和周恩来像成为时尚，据称可"消灾"。一种伟人的"迷信化"、"神圣化"也随之而起。

市场效应，使《红太阳》又很快推出第二辑、第三辑，音带市场也出现了一股老歌新唱风。

●洋倒遍华夏 边贸成奇观

苏联的解体，使本来就已开始的边贸日益兴盛起来。一方面是生活物品的紧缺，卢布价格的上涨和政局的动荡，另一方面是丰盛的日用物品和相对稳定的人民币，于是，以货易货就成为中国和独联体之间边境的重要活动。大量的独联体倒爷涌入中国，用他们的望远镜、呢大衣等"硬通货"换回他们的生活必需品，而中国的倒爷也当仁不让，独联体"几日游"成了一些中国个体户的重要赚钱手段。以货易货的同时，独联体的一些年轻人来中国打工，一时间成为新闻。

繁盛的边贸一方面使中国得到了钢材、木材和大型生产机械等紧缺物资，另一方面也使中国老百姓认识到了经济改革的成效，可谓物质文明双丰收。

●跳蚤市场与第二职业

1992年开春以后，除了寒风，似乎没有什么能阻止跳蚤市场和第二职业的升温。北京的一些公园在星期日似乎都变成了跳蚤市场，甚至连北京航空航天大学等高等学府里也开设了跳蚤市场，教师、员工、学生同场竞卖，摊位有时达二百多个。

第二职业也在同时蓬勃兴起，在广州，1992年炒股者的比例上升到30%以上。顺应时尚，在北京开设的美国麦当劳公开张榜招聘愿意从事第二职业的钟点工。在北京新成立的家庭劳务服务公司里，登记请求兼职的也是络绎不绝。对此，赞扬声与批评声同时响起。

跳蚤市场与第二职业的同时兴起，表明了我国经济的活跃，但第一职业是否会因此受到冲击，人们似乎完全有理由表示忧虑。

●股票热引发股票灾

近年来火热起来的股票，在1992年可谓悲喜交加。

8月10日，接近150万人拥挤在深圳的300个新股认购发售点前，"买股即可发财"的信念驱使股民们等待着财神——股票认购证。然而，这一天，一些未如愿的股民闹事游行，引发股市骚乱，为刚起步的中国股市蒙上了阴影。5 月份，上海股市达到创纪录的高潮，上证指数最高为 1519.8 点，而到了 10 月份，上海股市"盛极而衰"，上证指数仅为 450 点，为此而自杀的人终于成为新闻。虽然如此，1992 年仍为中国股市的黄金年，一些大城市纷纷开通与上海、深圳的股票交易专线，异地买卖成为可能，同时，中国股民大范围增长，中国股票市场已完全不能满足股民的胃口。

有悲有喜，使 1992 年成为中国股市走向成熟的开始。

文体篇

●施拉普纳盘带中国足球

年初，中国国奥队八分钟让韩国人踢进三球，兵败新加坡，彻底断了中国足球自力更生的老路。

在上海大众的协助下，日耳曼人施拉普纳于 6 月 16 日从天而降，开始盘带中国足球。

上海足球邀请赛、北京戴拿斯杯，中国足球队一场未赢，正当人们开始怀疑洋教练能力的时候，广岛传来喜讯，中国足球队在悲歌四起时，竟拿了个第三名。接着又以 2∶1 战胜人员不齐的挪威队，算是和中国足球的低谷时期告了个小别。不过，中国足球几十年的宿疾，施大爷也不能立马药到病除，中国足球的路还长，虽然施大爷的到来，代表中国足球新时代的开始，但目前还只是曙光初现，黎明未至。

●海外歌星全面"进犯"大陆

1992 年，中国流行音乐的舞台，真正成为"海外星"的天下。林忆莲、黎明、草蜢、南天群星、约翰·丹佛、叶倩文、赵传、庾澄庆、伍思凯、谭咏麟等人分别在北京、上海、广州等地举办个人专场音乐会，除个别歌手以外，港台歌星基本于 1992 年全部到齐，大陆歌迷已能基本上同步把握港台流行音乐的脉搏。

海外歌星的到来，使大陆歌迷疯狂有加，索吻、献花、打火机、纸飞机、有唱有和，使每一次台港歌星的露面，都成为一个歌迷的节日。

海外歌星的登陆，飞速刺激着大陆流行音乐的发展。

● 张艺谋卷土重来

宽容的文化环境，使张艺谋、巩俐卷土重来，纯写实的《秋菊打官司》一炮打响，国内、海外纷纷获奖，由此带动了张艺谋被禁之片的复活。

《大红灯笼高高挂》《菊豆》一解冻，便成为影院票房价值的保证，这两部张艺谋风格十足的"灰片"成为人们议论的话题。

张艺谋这次卷土重来，更多引起人们思索的是宽容的文化环境和艺术之间的关系，由此可说，张艺谋是 1992 年影坛的"幸运儿"。

● 摇滚乐柳暗花明

经过多年的忍辱负重，1992 年，中国摇滚可以直面舞台了。

在香港大出风头的黑豹乐队，由于盗版带的大量出现，知名度在大陆日益上升。唐朝乐队经过近一年摸爬滚打，终于推出《梦回唐朝》专辑，首发式异常轰动，警察不得不出动以维持秩序。呼吸乐队也推出专辑，并且由于主唱蔚华解冻，荧屏上频频主持节目而日渐红火。两年没在北京舞台上露面的崔健，年底在北京展览馆推出专场音乐会，黑市票价据称已被炒至 800 元。日本的"南天群星""爆风"等摇滚乐队也进一步激发起歌迷的兴趣，此外，介绍摇滚乐和国内摇滚乐队的文章也大摇大摆地走上版面。

●港台大陆合作拍片

港台大陆影视界的合作在 1992 年显得非常紧密。刘晓庆出演台湾连续剧《风华绝代》主角；陈凯歌、张国荣、张丰毅、葛优、巩俐联手拍摄《霸王别姬》，在合作片中霸气十足。大陆新影帝李雪健和台湾老影后合作拍摄《幻影》，在天津成为新闻界追逐的热点。香港千面小生万梓良和大陆姜文共赴《疯狂的旅程》，又成为合拍片一景。

同以前台港影视界借大陆拍外景相比，1992 年的合作则是全方位的。大陆影视界的一些著名导演、演员也成了香港影视界千金难睹其风采的腕儿。双方的合作在技术、技巧、演技、演员知名度、资金方面取长补短，无疑会使双方的影视作品质量向前大步行！

●文坛小说经营梦

1992 年风头最劲的一部小说当属《曼哈顿的中国女人》，出版了仅三个多月就连续加印了三次，印数超过三十万，并多次成为书市书展的畅销榜首书籍。

这是作者周石历一部近似自传体的小说，无外乎是一个女人在美国的发家史。就是这样一部文学色彩并不浓厚的小说，也有许多名导演要求拍成电影。无独有偶，曾经风靡大陆的《北京人在纽约》在 1992 年也被大陆电视界看中，导演、演员耗巨资，赶赴美国开拍，姜文领衔主演，陈道明、杜宪也曾成为重要人选（后被更换），足见这本小说被重视的程度。而梁凤仪这名香港女作家的财经小说系列，也被我国级别最高的出版社人民文学出版社连续出版，这是绝无仅有的高规格，抛开畅销的因素不谈，似乎标明了一种文学出版的走向，那么，大陆作家跟着便要作何去何从的选择。

拾趣篇

● "入关"，让中国企业欢喜让中国企业忧
怕挨揍，就把自己的体格练得壮点！

● "俄罗斯方块"，缩短中国人上下班的旅程
自己和自己较劲的好方法！

●飞机频繁失事，让人"望空兴叹"
难怪火车票涨价以后还特别难买！

●选美风潮日渐兴盛
在美的面前何必考虑姓"社"还是姓"资"！

●争办奥运走向白刃化
各国的运动员们，咱们2000年见！

●歌坛大腕出场价超越五位数
四位数就够科学家挣半年的！

●报纸轻型化，争相办扩版
报纸也走向了市场，你爱看什么，只要不出大格我就登什么！

●人才跳槽引发人才大战
水往低处流，人往高（工资）处走。

●以才得财，科技人员屡受巨奖
脑体倒不倒挂，还得看你的本事有没有用。

●京城出租打"面的"让人"一张"享受大款待遇
满足了人们囊中羞涩却又可以奢侈一下的心情。

●商场越发高档化、舒适化
越看商场越像游乐场。

●广告礼品行使"公关小姐"的魅力
"行贿"者心安，"受贿"者理得。

●上海特受重视，准备重振雄风
被广东"挤对"这么多年，也该抬头"牛"一下了。

●文化搭台、经济唱戏，中国"节日"多过假日
让你来过节，事实上是想让你掏钱。

●奥运金牌大丰收，国人欣喜若狂
主要是上届太惨了！